KB166063

공자가 우리 곁으로

孔子如來 by 鮑鵬山
Copyright © 2015 Hunan Yuelu Publishing House Co.
All rights reserved.
This edition is published by arrangement with Hunan Yuelu Publishing House Co., Ltd.
Translated by 張英美, 崔敏, 李美靜 from the original Chinese language version.
This Korean edition was published by YOUKRACK PUBLISHING CO. in 2022.

On the back of the half-title or title page of every copy of the Translation issued in the Korean language.
The Publisher undertakes to register the Works and/or the Translation under
any relevant national copyright law at its own expense
and shall protect such copyright and prosecute at its own expense
any person who infringes the copyright in the Translation.

孔　　子　　如　　來

공자가
우리 곁으로

바오펑산鮑鵬山 지음

장영미·최민·이미정 옮김

임기헌 감수

역락

『공자가 우리 곁으로(孔子如來)』는 바오펑산 교수가 공자의 사상을 주제별로 나눠 해석한 칼럼들을 모아 묶은 칼럼집이다. 이 칼럼집에서 우리는 공자 사상의 현대적 가치를 느낄 수 있다. 중국 학계에서 일으킨 국학 열풍 가운데서 제일 우선으로 꼽아야 할 것이 바로 공자학설이다. 공자에 관한 저서들은 어디에서나 쉽게 찾아 볼 수 있을 정도다. 하지만 수많은 공자학설에 관한 저서들을 보면 다음과 같은 폐단이 존재한다. 첫째는 일부 저자들이 고전을 해독하고 해설하는 능력이 약하고 문헌고찰을 통한 해설이 미비하여 공자의 학설을 해석한 문구가 난삽하고 이치에 맞지 않는 말들을 억지로 끌어다 붙여 그럴듯하게 해석하는 경우가 적지 않다. 두 번째는 일부 저자들은 전통적으로 내려온 관례를 답습하여 공자의 사상을 종교적 색채가 농후한 학설로 탈바꿈시켜 "종교는 백성들을 마비시키는 아편과도 같다"고 역설하여 공자를 염오하는 대상으로 여기는 경우도 있다.

바오펑산 교수는 바로 이러한 잘못된 인식을 지적하면서 자신의 글을 통해 극복하려고 노력했다. 그는 공자와 『논어』에 대한 오랜 연구를 거쳐 일부 학교와 베이징, 상하이 등 지역에서 진행하는 인문학 TV 프로그램을 통해 공자를 논했으며 『논어해설』, 『공자전』, 『공자를 말하다』, 『공자는 어떻게 단련되었는가』 등 저서들을 집필했다. 그는 농민의 아들로 태어나

유명한 교수에 이르기까지 전 중국을 답사하면서 많은 역경을 치렀다. 이에 현실에 대한 인식이 객관적이고 시비관념이 아주 뚜렷하다. 그는 『공자전』에서 다음과 같이 말했다. 무릇 글쓰기는 먼저 "바른 지식을 전수해야 한다"는 것이다. 즉 역사적인 사실은 있는 그대로 객관적으로 서술해야 한다. 다음은 바른 가치관을 전수해야 한다. 즉 시비에 대한 판단은 명확해야 한다. 이 저서에서는 일부 단락에서 이미 이러한 특징을 체현하고 있으며 바오펑산 교수의 명석한 사유와 사변능력을 구현했다.

이 칼럼에서는 "용감함을 좋아하지만 가난을 혐오하는 것은 사회적 폐단이다"는 공자의 글귀를 빌어 도덕의 경계에 대한 반성을 이끌어 내어 공자도 극단적인 방법으로 정의를 실현하고 도덕을 수호하는 것을 반대했다고 서술했다. 즉 모든 극단적인 수단은 가치에 대한 파괴이다. 이러한 파괴성은 가장 원시적이며 기본적인 가치에 대한 파괴이다. 마치 잘못된 방법으로 재앙을 없애려다 오히려 재앙을 키우거나 혹은 폭력으로 폭력을 바꾸는 격이 된다고 했다. 천하 많은 재앙은 바로 소위 도덕주의자들이 초래한 것이다.

또한, 공자의 도(道)는 '충(忠)'과 '서(恕)'일 뿐이다. 자공이 스승인 공자에게 "평생토록 지키고 실행할 만한 말 한마디가 있습니까?"라고 물었을 때, 공자의 대답은 소극적인 '서(恕)' 즉, '자신이 원하지 않는 것을 남에게도 강요하지 않는 것'일 뿐, 적극적인 '충(忠)' 즉, "자신이 서고자 할 때는 먼저 남을 도와 남부터 서게 하고, 자신의 일을 잘 하기 위하는 등의 뜻을 이루고 싶을 때는 먼저 남을 도와 남부터 뜻을 이루게 하는 것"이 아니었다. 바오펑산 교수는 적극적인 '충'은 소극적인 '서'에 비해 양날의 칼과 같다고 해석하고 있다. 왜냐하면, 그것은 많은 사람들이 공통적인 취미와 욕구가 있다는 것을 전제로 함축하고 있기 때문이다. 그래서 속내를 헤아릴 수 없는 음흉한 무리들이 '충(忠)'인 척 가장하는 수법을 이용해 간판으로 삼고 많은 사람들의 선택과 생각을 대신하여 그들의 영혼을 노예화시킨다.

중국 고대사회에서는 전제 군주가 폭력으로 백성을 굴복시키고 전제 정치를 실시하여 복종할 것을 강요하며 민의(民意)를 짓밟았다.

'충(忠)'을 구실로 삼아 군주가 백성의 이익을 대표한다고 공언함으로써 그들의 개인적 이익을 희생하게 했다. 이로써 집단의 이익이 보호된다는 명분 아래 집단의 이익을 대표한다고도 공언했으며, 각각의 모든 개인적 권리를 박탈했다. 즉, 백성들의 개인적 이익을 포기하도록 미래를 위한 장기적인 고려라고 선포하고 그들의 당장의 이익을 빼앗았다. 이러한 말은 일리가 있고 근거가 있는 것 같아 백성들의 현재 이익을 박탈하는 것이 당연하다고 함으로써, 백성들에게 대립을 포기하고 복종하도록 했다. 이것은 백성을 기만하며 민의를 유린한 것이다.

백성에게 복종할 것을 강요하며 민의를 짓밟을 때, 그들은 법가(法家)의 법률과 형벌, 정치적 수단, 지위적 위압 등을 이용한다. 백성을 기만하며 민의를 유린할 때는, 그들은 이른바 '충(忠)'을 이용한다.

상앙(商鞅)이 다스린 진나라, 이사(李斯)가 다스린 진나라 왕조도 바로 백성에게 복종할 것을 강요하며 민의를 짓밟았다.

또한 주원장(朱元璋)이 다스린 명나라, 강희(康熙)·건륭(乾隆) 황제가 다스린 청나라도 백성에게 복종할 것을 강요하며 민의를 짓밟았을 뿐만 아니라 백성을 기만하며 민의를 유린했다.

동서고금을 막론하고 전제 군주들이나 독재자들이 백성들의 이익을 대변하고 대표한다고 주장하면서 그러는 척 가장하여 독재 통치를 행하지 않은 나라가 있었던가?

그들은 늘 백성에게 복종할 것을 강요하며 민의를 짓밟거나 백성을 기만하며 민의를 유린하는 두 가지 방법을 사용한다.

'복종할 것을 강요하며 민의를 짓밟는 것'을 당할 때, 우리는 저항을 한다. 그래서 우리는 오늘날까지도 이세(二世)와 조고(趙高)를 몹시 미워한다.

'기만하며 민의를 유린하는 것'을 당할 때, 우리는 자주 거기에 호응하며 협조를 한다. 그래서 오늘날까지도 많은 사람들이 주원장·강희·건륭 황제를 위한 찬가를 부른다.

공자는 이미 이러한 현상의 잠재적 위험을 꿰뚫어 보고 2천여 년 전에 우리에게 일깨워 주었던 것이다.

공자가 산 시대는 우리와 너무 멀어 그가 남긴 말들을 이해하기가 쉽지 않다. 또한 그것을 마음속으로 터득하기에도 어렵다. 모든 사람들이 선현으로서의 공자에 대한 학설을 긍정적으로 받아들인 것도 아니다. 이 책을 읽다보면 사람마다 견해가 다를 수 있다. 하지만 공자의 말들은 오늘에 와서도 음미할 부분이 많다. 특히 바오펑산 교수가 공자한테서 얻은 계시는 동시대 사람으로서 심사숙고하게 만든다.

푸제(傅杰)

2014. 7

○
목
차

서문   5

공자,   공자, 노자를 만나다   15
노자를   지혜의 극치는 덕행이다   19
만나다   겸손함의 극치   22
     돌다리는 두드리지 말고 건너라 25
     반대방향으로 움직이는 것도 지혜이다 28
     남을 경계하는 마음이 있어서는 안 된다 31
     공자의 '오불(五不)'   34
     자공은 돈을 어떻게 썼는가   37
     쾌락의 비용을 줄여라   41
     만족을 알면 항상 즐겁다   45
     부지와 부앙시   50
     가치의 경계   54
     소인을 이기는 비결   60

군자는   군자는 '그릇'으로 잴 수 없다 67
'그릇'으로 군자는 곤궁해도 지조를 잃지 않는다 72
잴 수 없다 자기 자신을 내려놓아라   76
     군자도 속을 수 있다   80

인덕은 시련과 동행한다   83

도덕의 유익   87

도덕의 변질   91

도덕 강박증   96

타인을 바로잡는 권한   101

덕의 파괴자   105

공정함으로 원한을 갚아라   109

정의의 경계   113

시비는 그 수단과 방법이 결정한다   117

'충'인가, '서'인가?   121

힘든 인생, 자비를 베풀어라   126

만물에는 슬픔이 있어도 나에게는 사랑이 있다   130

온유한 마음   135

관심은, 자신의 마음과 관련되어 있다   140

자기 몸처럼 소중히 지키는 새하얀 깃털   145

때로는
군주가
있는 것보다
없는 것이
낫다

때로는 군주가 있는 것보다 없는 것이 낫다   153

덕성의 힘을 믿어라   160

늙은 여우 위령공   165

생명의 힘   170

공정은 마음에서 비롯된다   175

형식의 가치   180

저항의 권리   185

부자지간에도 고발해야 하는가?   192

공자와 맹자의 차이:
자신을 바르게 하는 것과 남을 바르게 하는 것   196

공자와 맹자의 차이: 겸손과 자존   202

시언지(詩言誌)   207

온고지신

온고지신		215
스승의 사랑		221
공자는 어떻게 역사를 가르치는가		228
대학이란		233
장점의 여지		239
지식을 경계하다		244
하나로 전부를 이기다		248
행단: 천국의 모습		253

공자의
자서전
두 편

공자의 자서전 두 편		261
만약 내가 공자의 이력서를 쓴다면		266
공자의 기질		272
성인의 감성		276
뗏목을 타고 망망대해를 표류하다		282
하늘과 대면하다		289
공자의 넋두리		294
신중함은 좋은 품행이다		302
'공문(孔門)'의 유머		309
간고함으로 탁월함을 추구하다		314
자공의 총명함		321
장점에 걸려 넘어지다		327
유자는 공자 같다		335
공자와 양화		341
『논어』 속의 무명인들(1)		345
『논어』 속의 무명인들(2)		350

『논어』 속의   『논어』 속의 "죽음"   357
"죽음"   인생은 곧 천명이다   361

             공자는 왜 점을 치지 않았을까   365

             공자는 왜 침묵을 지켰는가   373

             귀신도 하나의 가치로 존재한다   377

             후기   382

             역자 후기   384

             저자·역자·감수자 소개   387

공자,
노자를 만나다

공자, 노자를 만나다

『사기·노자한비열전』에는 다음과 같은 감동적인 이야기가 전한다.

공자가 주나라에 가서 노자에게 예(禮)를 물었다. 노자가 말하기를,

"당신이 말한 성현들은 이미 뼈가 다 썩은 지도 오래다. 오직 그들이 한 말들만 남아있을 뿐이다. 군자는 때를 만나면 득세하고, 때를 만나지 못하면 민망초처럼 떠돌이 신세가 된다."

공자가 노나라에서 노자를 만나러 먼 길을 온 데에는 두 가지 목적이 있었다. 첫째는 노자에게 자신의 학문을 드러내 보이기 위함이었다. 이에 공자는 노자를 보자마자 격앙된 어조로 성현들에 대한 자신의 견해를 이야기했다. 둘째는 노자의 학문을 빌어 지식을 더하고자 한 것이다.

뜻밖에도 노자는 가차 없이 공자의 학문을 부정했고, 오히려 성현들에 대한 공자의 공경을 비웃었다. 노자는 담담하게 말했다. "군자는 말이야, 천하가 태평하고 관리들이 사회를 깨끗하게 다스린다면, 밖으로 나와 마차나 타고 다니면서 관직에 있으면 그만이야. 만약 시운이 좋지 않아 관

리들이 부정부패한다면, 들판의 잡초가 되어 시골에서 소풍이나 즐기면서 편안하게 사는 거야."

노자를 만날 때 공자의 나이는 고작 34살이었다. 그는 포부가 크고 재능이 뛰어났으며, 천하를 다스리기 위해서 자신의 모든 열정을 불태우려는 기세였다. 하지만 노자의 말은, 마치 뒤통수를 얻어맞은 것처럼 공자를 놀라게 했다.

사람이 아무리 재능이 뛰어나고 포부가 크고 야망이 있으며, 기세가 등등하고 사람을 몰아붙이는 재주가 뛰어나더라도 이때 가장 필요한 것은 바로 저런 따끔한 경고와 가르침이다.

노자가 그에게 일깨워준 것은 "젊은이여, 이 세상은 네 이마보다 훨씬 딴딴하니, 정면으로 부딪치지 않도록 매사에 삼가며 조심스럽게 행동하라는 것"이었다.

용감하게 앞으로 나아갈 줄도 알고 뒤로 물러설 줄도 알아야 하며, 용맹하지만 세상을 무서워할 줄도 알아야 한다. 또한 직진할 줄도 알고 우회할 줄도 알아야 하며, 확고함도 알고 유연함도 배워야 한다.

노자를 만난 후 공자의 변화된 모습은 『논어』를 읽다보면 그 속에서 노자를 만나고 있는 기분이 든다. 『논어』의 글귀들을 보기로 하자.

"… 천하에 도가 있으면 자신을 드러내 관직에 나가고, 도가 없으면 자신을 숨긴다. …"

"… 나라에 도가 있으면 벼슬하고 나라에 도가 없으면 자기의 주장을 거두어 가슴속에 감춘다."

"나라에 도가 있을 때에는 말과 행실을 바르고 당당하게 하지만 나라에 도가 없을 때에는 행실은 바르고 당당하게 하되 말은 공손하게 해야 한다."

이것은 공자가 한 말이지만 노자가 한 말이기도 하다.

이어 노자는 공자에게 다음과 같이 말했다.

"내 듣자니 거상은 깊숙이 물건을 감추어 마치 아무 것도 없는 것처럼 보이게 하듯, 군자는 내적으로는 고상한 덕성을 갖추고 있지만 외적으로는 어리석은 듯 비쳐진다고 한다."

노자의 이 말 속에는 두 가지 뜻이 담겨져 있다. 즉 숨김과 어리석음이다. 여기서 말하는 어리석음이 바로 숨김이다. 자신의 지혜를 숨기고 재능을 숨기며 포부를 숨기고 이상을 숨기는 것이다. 숨긴다는 것은 잃는다거나 포기하는 것이 아니라 겸손하게 자신을 갈고 닦아 그것을 확고히 유지하고 결코 타인을 무섭게 몰아붙여 공격하지 않는 것이다. 『노자』에서는 어리석을 '우(愚)'자가 모두 세 번이나 나타나는데 모두 긍정적인 의미로 씌어졌다. 왜냐하면 노자의 '어리석음'은 지혜의 소실이 아니라 지혜의 저장이며, 지혜의 모자람이 아니라, 지혜의 단속이며, 지혜의 무감각이 아니라, 지혜의 숨김이다.

노자가 공자에게 가르친 것은 이뿐만이 아니다.

거만함과 욕망을 버리고 색과 음란함을 버려야지 그렇지 않을 경우 자신에게 득이 되지 않는다.

즉 오만함과 오기, 지나친 욕망과 지향을 버려야지 그렇지 않을 경우 해가 된다는 것이다.

30살에 뜻을 세우고 천하에 이름을 떨친 공자가 얼마나 의기가 양양하며, 투지가 드높아 얼마나 원대한 뜻을 품고 있으며, 숭고한 이상으로 미래에 대한 의지가 얼마나 확고하고 자신감이 넘쳐 있는지를 가히 상상할 수 있다……

이것은 젊은이들이 가지고 있는 기질이자 장점이며, 이러한 기질이 구비되지 않으면 무슨 일이든 이루기가 어렵다.

하지만 이러한 기질도 적당한 유연성과 얻은 것에 대한 만족감, 그리고 지나친 욕심을 버릴 줄 알아야만 큰 재목이 될 수 있다.

젊은 나이에 공자는 학문과 지향, 안목과 포부를 모두 겸비했다. 그러나 한 가지 결핍된 것이 있었는데 이것은 보완해야 할 것으로 바로 융통성이 있는 유연한 성격이다.

노자가 공자에게 알려준 이치는 바로 '성격도 하나의 지혜'이다.

지혜의 극치는 덕행이다

공자가 주나라에 가서 노자에게서 가르침을 구하려 했지만 오히려 따끔한 충고를 받았다. 공자의 체면이 서지 않은 것 같아 사마천은 이 일화를 『공자세가(孔子世家)』가 아닌 『노자·한비열전』에 기록하였다.

『사기·공자세가』에 기록되어 있는 것은 이별을 앞두고 노자가 공자에게 한 말이다.

"배웅할 때면 돈 있는 사람은 재물을 주고 인덕이 있는 사람은 가르침을 준다. 나는 돈이 없으니 인덕이 있는 사람으로 행세하고 몇 마디 충고하겠네."

첫째는 "똑똑하고 통찰력이 있는 사람은 오히려 쉽게 죽임을 당하오. 뛰어난 언변으로 남을 평가하는 것을 좋아하기 때문에 오히려 자기 자신을 위태롭게 하는 거지."

총명하고 통찰력이 예리한 사람은 좋다. 그러나 어리석은 사람보다 쉽게 죽음의 화를 불러온다. 왜냐하면 비평하기를 좋아하기 때문이다.

박식하고 언변이 뛰어난 사람들도 좋지만 어찌 보면 늘 위기에 처해 있다. 왜냐하면 험담하는 것을 좋아하기 때문이다.

총명한 사람은 타인의 단점을 쉽게 찾아내고, 언변이 뛰어난 사람은 타인의 약점을 한눈에 알아본다.

어리석은 사람이라고 해서 남을 헐뜯거나 남의 사생활을 침해하여 들추어내지 못하는 것이 아니라 눈치가 무디고 타인의 흠을 비난할 재능이 없기 때문이다. 설령 남을 비평하더라도 상대방의 아픈 곳을 찌를 정도는 아니다.

노자가 공자에게 말하고자 한 것은 무엇이었을까? 바로 단순한 재능은 손잡이가 없는 칼날과 같아서, 칼날을 쥐고 있는 사람이 스스로 다치게 하고, 날카로울수록, 세게 잡을수록 그 상처가 더 깊다는 것이다.

열다섯 살에 공자는 이미 학문에 뜻을 세웠고 서른 살에야 자립하였다. 공자야말로 현명하고 통찰력이 있고 박식하고 언변이 뛰어난 사람이다.

노자가 공자에게 가르쳐 준 것은 바로 인생에는 두 가지 과정이 있다는 것이다. 첫째는 자신을 총명하게 만드는 것이고 다음은 그 총명함을 숨길 줄 알아야 한다는 것이다.

노자는 계속하여 말했다.

자식 노릇을 할 때는 자기 자신, 즉 사심이 없어야 하고 신하일 때도 자기 자신, 즉 사심이 있어서는 아니 된다.

아들 노릇을 할 때나 신하일 때 자신을 너무 고집하지 말아야 한다. 이기적이기보다는 웃어른을 공경하고 충성할 줄 알아야 한다는 것이다.

누구나 다 한 부모의 자식이요, 누군가에게 종속되어 있는 존재이다. 마치 장자가 말한 "하늘과 땅 사이에서 도망갈 곳이 없다"라는 윤리의 그

공자가 우리 곁으로

물에 갇혀 있는 것과 같다. 때문에 우리는 늘 겸손하고 다른 사람의 말에 귀 기울이며 권위에 복종할 줄도 알아야 한다.

필자는 늘 노자가 한 말에서 자식 "자"자와 신하 "신"자를 지우고 "인간은 자신만을 위해서는 안 된다(爲人者毋以有己)"고 적고 싶다.

이런 생각은 필자가 총명해서 성현들의 글귀를 마음대로 정리하자는 것이 아니다. 이미 장자는 일찍이 이 도리를 깨닫고 세 글자로 더 간략하게 정리했다. 바로 "오상아(吾喪我)", 즉 "내가 나를 버린다."이다. 인간은 오직 한자리에만 머물지 말고 새로운 인간으로 거듭나야 한다는 메시지이다.

'오(吾)'는 자아의 본체, 본래의 자기 자신이다.

'아(我)'는 자아의 독자적인 관념, 지식, 경험, 시비, 호불호 등에 기대여 보이는 대로 마음을 전달하는 것이다.

'아(我)'는 항상 자아를 숨기고 '오(吾)'를 이 세계와 단절시키고 있다. 오히려 '오(吾)'로 하여금 '아(我)'가 '오(吾)'인 것처럼 오해하게 하고 '오(吾)'를 대신해서 행동하게 하는 것이다.

그러므로 인간에게 지혜의 근본은 본연의 자아, 즉 '오(吾)'를 드러내는 데 있다. 자아 속에 있는 '아(我)'를 버리고 진심으로 다른 사람과 만나는 것이다.

인간은 늘 자기를 내세우고 자신의 주장을 고집하려고 한다. 이럴 경우 세상은 서로를 감싸고 이해할 수 있는 포용은커녕 산산이 부서진 조각과 다름이 없을 것이다.

노자의 "무기"(无己), 장자의 "무아(无我)", 이것은 덕의 경지이다. 지혜의 극치는 바로 덕행이다.

겸손함의 극치

어느 날 공자는 제자를 데리고 노환공의 사당을 구경했다. 사당을 돌아보면서 이상한 것을 발견했다. 이상하게 생긴 그릇이 구석에 기울어져 있었던 것이다. 공자가 사당지기한테 물었다. "저것은 무엇에 쓰는 그릇입니까?" 사당지기는 "이것은 유좌기(宥坐器)입니다."라고 했다.

성인들은 늘 여러 가지 방법으로 자신의 단점을 고치려고 노력한다. "서문표(西門豹, 춘추전국시대 위나라 문후 때의 목민관)는 가죽을 차고 다니면서 급한 성격을 고치려 했고, 동안우(董安于)는 활시위를 차고 다니면서 느린 성격을 고치려고 노력했다(『한비자·관행』)" 옛 사람들이 옥을 달고 다닌 것은 현시대 우리가 말하는 장신구로 쓰거나 액운을 없애거나 부를 과시하기 위해서가 아니라 자신이 갈고 닦은 덕을 옥에 비유하기 위해서였다. 그리고 '좌우명(座右銘)'이 있는데 자신을 일깨워주는 말을 의자 오른쪽에 새겨놓고 늘 자신을 성찰하였다.

공자와 제자들이 발견한 '유좌기'란 과연 무엇인가? 그것은 바로 임금의 자리 오른쪽에 놓여 있는 기물이다. 이 기물이 어떻게 생겼고 또 어디에 쓰이는 물건인지 공자의 설명을 들어보자.

공자가 우리 곁으로

"유좌기는 속에 물이 없으면 기울어지고 절반정도 차면 반듯해지고 가득 채우면 엎어진다고 한다."

공자는 한번 실험해 보자고 제자들에게 말했다. 제자들이 유좌기에다 물을 붓기 시작했다. 물을 반쯤 담았을 때 원래 기울어져 있던 그릇이 과연 반듯하게 세워졌다.

공자는 물을 더 부어라고 했다.

물을 채우자, 과연 유좌기는 기울어지더니, 물이 전부 쏟아지고 말았다.

기울어진 유좌기를 보면서 공자가 제자들에게 말했다. "조심해야 하느니라, 만물이 다 그렇다. 자만하면 반드시 넘어지고 교만하면 반드시 무너지게 마련이다."

명하니 이 광경을 바라만 보고 있던 자로(子路)가 공자에게 물었다. "선생님, 그럼 우리는 어떻게 인생을 살아야 넘어지지 않고 원만하게 살 수 있을까요?"

공자는 다음의 네 마디 말을 잘 기억해 두라고 했다.

"첫째는 총명하고 지혜롭더라도 어리석음(愚)으로 지킬 것"

"둘째는 공이 커 천하를 얻었을지라도 겸양(讓)으로 지킬 것"

"셋째는 세상을 흔드는 용맹을 떨칠지라도 무서워하는 마음(怯)으로 지킬 것"

"넷째는 부유하기가 온 세상을 다 차지할지라도 겸손(謙)으로 지킬 것"

"이것이 바로 겸손함의 극치이다."

(『순자·유좌』, 『공자가어·삼서』)

버리라는 것은 바로 비우라는 것이다. 공자가 우리에게 일깨워주는 것은 바로 인생은 적당히 버리는 법, 즉 비우는 법을 배워야 한다는 것이다. 우리는 늘 인생에 무엇을 채울 것인가를 고민하며, 가득 채워지기를 바라고, 또 덤으로 뭔가를 바란다. 하지만 중요한 것은 비우는 법도 배워야 한다는 것이다. 원만하고 행복한 인생은 얻은 것이 얼마이냐가 아니라 비워둔 것이 얼마인가에 따라 달라진다.

무언가를 소유한다고 해서 반드시 행복하지는 않다. 돈이 많다고 해서 행복한가? 권력을 가졌다고 해서 행복한가? 살면서 행복을 보장받을 수 있는 것은 어디에서도 찾을 수 없다. 그러나 채워두기보다는 스스로 무언가를 비워둔다면 오히려 뜻하지 않는 행복을 느낄 수 있을 것이다. 이를테면, 초조·근심·욕심·원망과 같은 감정, 보잘 것 없는 작은 이익을 위해 싸우는 것, 인생의 갖가지 득실을 걱정하는 마음 등이다. 이런 마음을 비워둔다면 오히려 평온해지고 행복해질 수 있다.

이것이 바로 '비우고 또 비움'에서 오는 '얻음'의 이치가 아니겠는가? 사람마다 타인에게 손해를 끼치면서 자신의 이익을 도모하려고 하지만 자신이 손해를 보는 것이 오히려 자신에게 더 득이 된다는 것을 망각하고 있을 뿐이다.

공자가 우리 곁으로

돌다리는 두드리지 말고 건너라

필자는 예전에 쓴 글에서 공자는 점을 치지 않았다고 한 적이 있다. 사실 공자가 점괘를 치지 않은 중요한 원인은 바로 어떤 일을 행할지 말지에 대한 결정에 있어서 가장 중요한 것은 이해와 득실, 그리고 성패에 대한 판단이 아니라 옳음과 그름, 선과 악, 아름다움과 추함의 판단이기 때문이다. 그러나 점괘는 오직 이해득실에 대한 판단이다. 옳음과 그름, 선과 악, 아름다움과 추함을 판단하는 데 필요한 것은 우리의 도덕성, 즉 양심이며 기본 가치관이다. 이것은 점괘와 무관하다.

이를테면 우리가 어떤 일에 대하여 행할지 말지에 대한 선택을 내릴 때, 시비와 선악의 양심적 판단에 따라야 하는지 아니면 성패와 득실 여부를 판단하는 점괘를 믿어야 하는지 갈팡질팡할 때가 있다. 어떤 하나의 일에 대해서 옳고 그름과 선악의 도덕적 양심의 기준에서 보면 우리는 마땅히 해야 하지만 점괘는 오히려 해롭다고 한다. 이럴 경우 우리는 어떤 선택을 해야 하는가?

이해관계에 따라 움직여야 하는가, 아니면 옳고 그름의 판단에 따라 행동해야 하는가?

공자의 답은 이렇다. "군자는 의(義)에 밝고 소인은 이(利)에 밝다."

즉 군자는 사람으로서 지키고 따라야 할 바른 도리에 따라 행하고 소인은 이익이 있어야 비로소 움직인다는 것이다.

비로소 우리는 공자가 왜 점을 치지 않았는지 알 수 있다. 즉 '의'가 있다면 그 '의'를 위해 뒤돌아보지 않고 용감하게 앞으로 나아갈 것이며, '불의'가 있다면 부요하고 귀한 것이라도 자신에게 뜬구름 같기에 행하지 않을 뿐만 아니라 점을 칠 필요도 없다는 것이다.

공자가 불가능한 일임을 알고도 행한 것은 바로 '의' 때문이다.

공자는 "의로운 것을 보고도 행하지 않는 것은 용기가 없는 것이다."라고 했다. 하물며 점괘라니!

노나라에 계손행부(季孫行父)라는 대부가 있었는데, 사람들은 그를 계문자(季文子)라고 불렀고 사후 '문(文)'이라는 시호를 받았다. 계문자는 무슨 일이든지 꼭 세 번이나 깊이 고민하고 결정했으므로 사람들은 모두 그의 신중함에 몹시 탄복했다. 공자는 이 이야기를 듣고 완곡한 어조로 말했다. "두 번 숙고하고 행해도 될 것 같은데…."

오늘날에는 경전을 깊이 해독하고 그 속에 담겨져 있는 숨은 뜻을 이해하는 사람들이 그리 많지 않다. 해석하는 과정에서 와전된 것도 적지 않다. 예를 들어, "세 번 숙고하고 행동하라(三思而后行)"는 말은 많은 사람들이 공자가 한 말이라고 생각하지만 사실은 공자도 이 습관을 반대했다.

계문자는 사람들의 신망을 얻기 위해 선량을 가장한 위선자 같은 사람으로서 처세술에 능하고 계산에도 능하여 늘 자신을 위해 이익을 도모한 인물이다. 어찌 계문자뿐이겠는가, 사람마다 화복과 이해득실을 너무 깊이 따지다 보면 부정행위를 보고도 의를 위해 선뜻 나서지 못한다. 그래서 공자는 두 번 정도 반복해서 생각해도 족하다고 했다. 생각이 너무 많으면 움츠러들어 오히려 우유부단해지고 용감하게 대처하지 못한다. 이러한 현상이 오래 가면 더욱 움츠러들어 사소한 일에도 구애를 받게 되는데 이렇게 되면 주위에 대한 판단이 점점 흐려지게 된다.

명나라 때의 이지(李贄)는 '동심설(童心說)'을 제창하면서, 사람은 반드시 동심을 유지해야 진정한 인간이 된다고 말했다. 동심이란 무엇인가? 바로 "최초의 한 생각에서 나온 본래 마음이 인간의 가장 본연의 마음, 즉 초심이다."

왜 '초심'이라 했을까? 그것은 바로 처음에 먹은 마음이 가장 본연의 가치 판단이며 선과 악, 아름다움과 추함에 대한 판단이기 때문이다.

예를 들어, 길거리에서 절도행위를 하는 사람을 발견하게 되면, 우리 자신에게 가장 먼저 나타나는 반응은 범죄행위이므로 반드시 제지해야 한다는 것이다. 그다음은 어떤 반응일까? 아마도 "그 행위를 제지하면 오히려 나에게 피해가 오지 않을까? 그럼 아예 그냥 모른 척하고 지나쳐 버릴까?"일 것이다.

전목(錢穆)은 『논어』를 다음과 같이 해석했다. "일을 처리함에 있어서 단호해야 한다. 즉 지나친 심사숙고는 오히려 자신을 위한 계산이 된다." 이 도리는 주위의 지나치게 조심성이 많은 신중한 사람들, 계산적인 사람들의 도덕적 본색, 그리고 많은 겁쟁이들의 본 속셈에 일침을 가했다.

공자는 왜 세 번 숙고한 다음 행동하라는 것을 반대했을까? 바로 신중하게 고려하다보면 정의는 행하지 못하고 오히려 사리사욕으로 변하기 때문이다.

반대방향으로 움직이는 것도 지혜이다

어느 날 공자는 제자들과 잡담을 나누면서 울적한 기분을 달래기로 했다. 공자는 제자들에게 장래 희망과 추구하고자 하는 것이 무엇인지를 이야기해 보라고 했다.

자로가 먼저 자신의 마음을 털어놓았다. "만약 어느 한 나라가 있는데 강한 외적의 침략을 받아 백성들이 여러 해 기근에 허덕인다면 나는 기필코 패군의 위기를 막기 위해 위험을 무릅쓰고 나라를 구할 것이며 3년에 걸쳐 백성들에게 용기와 자신감을 심어줄 수 있고, 그들에게 교양과 예의를 가르칠 것입니다"라고 호언장담했다.

이에 공자는 의미심장한 웃음을 보였다.

상대방의 의중을 잘 헤아릴 줄 아는 염구(冉求)는 스승의 웃음이 무엇을 의미하는지 알아챘다. 그것은 자로가 너무 자신감에 넘쳐 스스로를 대단하게 여기고 있다는 것이다. 공자가 염구를 호명했을 때, 그는 좀 당황하며 자리에서 일어섰다.

그는 말했다. "만약 저에게 사방 6, 70리……" 잠시 그는 선생님의 눈치를 살펴보더니…… "5, 60리쯤 되는 작은 나라를 제가 다스리면 3년에 이르러 백성들을 부유하게 할 수 있습니다. 정신문명과 같은 위대한 사업에 대해서는 더 현명한 군자가 하면 됩니다."

공서화(公西華)는 나이가 가장 어리고, 공자의 문하에 갓 입문하여 경력이 가장 짧았다. 그의 차례가 되자, 그는 몸을 꿈틀거리며 일어서더니, 스승이 가르쳐 주는 대로 각종 예의(禮儀) 제도를 터득하여, 장래에 조상에게 제사를 지내거나 제후들이 회동할 때에 예모(장보관)와 예복을 갖추어 착용하고 의식과 절차를 진행할 수 있는 작은 관리가 되기 위해 노력하겠다고 했다.

공자와 제자들이 진지하게 이야기를 나누고 있을 때, 또 다른 제자 한 명이 계속 슬(瑟, 중국 고대 아악기의 하나)을 타고 있었는데, 소리가 맑고 은은하여 그도 유유한 가운데 즐거움을 얻고 있었다. 마치 옆에 아무도 없는 것 같기도 하고 그들을 위해 배경음악을 깔아주는 것 같기도 했다.

누구길래 이렇게 초연하단 말인가?

그가 바로 증점(曾点)이었다. 훗날 유명해진 증삼(曾參)의 아버지다.

증점의 차례가 오자 공자는 그의 이름을 불렀다.

"저의 견해는 앞의 세 사람과 다릅니다."

공자가 말했다. "그럼 다를 수 있지, 사람마다 어떻게 생각이 똑같을 수가 있겠는가?"

그래서 증점은 다음과 같이 말했다.

"늦봄에 봄옷이 만들어지면 갓을 쓴 어른 5, 6명, 동자 6, 7명과 함께 기수에서 목욕하고 무(기우제를 지내는 제단)에서 바람 쐬고 노래하면서 돌아오겠습니다."

증점이 한 말을 후세에 와서 누군가 다음과 같이 해석했다.

"2월이 지나, 3월 3일이라
새로 지은 무명 적삼을 입고
어른이나 아이들이나
남강에 가서 목욕하며
시원한 밤바람을 맞고
노래하면서 산비탈을 노니는
양떼와 함께 귀가하노라"

"그렇지, 바로 이거야!". 공자는 연신 감탄하면서 증점의 말에 공감했다.

원대한 포부를 가진 자로도, 착실하고 성실한 염구도, 조심스러운 공서화도 공자의 속뜻을 알지 못했다. 세 사람은 자신들의 포부가 얼마나 원대하고, 하는 일이 얼마나 고생스러우며, 책임이 얼마나 무거운데, 스승께서 왜 하필 휴가를 즐기려는 증점의 말에 공감을 하는지 그 영문을 몰랐다.

공자가 왜 증점의 말에 감탄했을까? 그 답은 아주 명확하다. 증점은 긴장할 때는 느슨하게, 성급할 때는 침착하게, 명예와 이익 앞에서는 초탈하게, 중책을 지고 있을 때는 내려놓을 줄 알았기 때문이다.

가끔 지혜는 뜻하지 않은 반대편에서 찾을 수 있다.

일반적으로 사람들은 모두 순방향으로 간다. 그러나 때때로 역방향으로 갈 때도 있는데 순방향으로 갈 때와 자연 풍경이 모두 다르다. 이와 같이 지혜는 때로는 뜻하지 않은 반대편에서 찾을 수도 있다.

공자가 우리 곁으로

남을 경계하는 마음이 있어서는 안 된다

공자는 "남이 속일 것이라고 미리 추측하지도 않고, 남이 성실하지 않을 것이라고 억측하지도 않지만, 그래도 미리 알아채는 자가 현자이다(不逆詐, 不亿不信, 抑亦先覺者, 是賢乎!)."라고 했다.

'불역사(不逆詐)'에서 '역(逆)'은 '미리 짐작하다, 미리 추측하다'는 뜻으로 대인관계에서 타인을 먼저 짐작하여 의심하지 말라는 뜻이다. 군자는 호방하고 마음이 넓으며 긍정적인 안목으로 대하며 상대방을 자신처럼 호인으로 생각하는 경향이 있다. 이것이 바로 '불역사'이다.

'불억불신"(不亿不信)'에서 '억(亿)'은 '억측하다'는 뜻으로 상대방이 불성실한 사기꾼이라고 미리 억측하지 않는 것을 의미한다.

섣불리 한 사람을 유죄로 판정하는 것은 법도 허용하지 않는데 하물며 덕으로 유죄를 판정할 수 있는가?

늘 남을 의심하고 경계하는 자세로 대인관계를 유지한다면 오히려 상대방의 반감을 사고 기회를 잃게 되며 친구를 사귀기는 고사하고 비호감에 빠져 건강한 심리 상태를 유지하기 어렵게 된다.

심리적 건강이 좋은 사람은 타인을 신뢰하고 또한 아주 솔직하다. 물론 누군가에 대한 믿음과 솔직함이 자신을 속일 수 있다는 우려가 있을 수도 있다. 하지만 살면서 한두 번쯤 남에게 속으면 또 어떠하리? 평생을 편안하고, 남을 의심하지 않고, 긍정적으로 살다보면 기나긴 세월에 즐거운 날이 더 많을진대, 어쩌다 한두 번쯤 속으면 또 어떠리? 우리는 무언가에 얽매여서 갇혀 살아서는 안 된다. 건강한 사람은 외출할 때마다 병에 걸릴까 봐 우려되어 마스크를 쓰거나, 비가 올까 걱정되어 우산을 준비하거나, 바람을 맞고 햇볕에 쬐일까봐 걱정을 하지 않는다. 행여나 걸릴지 모를 한두 번 감기 때문에 매일 마스크를 쓰고 다닌다고 생각해 보자. 그럴 필요가 있을까? 혹시나 있을 법한 한두 번의 속임수 때문에, 평생 두려워하고 움츠러져있고, 너무 조심스럽게 살아간다면 오히려 잃는 것이 더 많을 것이다. 몇 번 정도 사기를 당했다고 해서 모든 것을 잃는 것은 아니다. 인생에서 가장 큰 손실은 바로 속임을 당할까봐 우려되어 자신을 상자 속에 갇히는 인간으로 만드는 것이다.

옛말에 이르기를 "사람을 해치려는 마음은 있어서는 안 되지만, 사람을 경계하는 마음은 결코 없어서는 안 된다(害人之心不可有, 防人之心不可无)"라고 했다. 이 말의 핵심은 뒤 문장이다. 즉, "사람을 경계하는 마음은 없으면 안 된다"라는 말은 경계해야 한다는 말이다. 앞 문장은 뒤 문장을 강조하기 위한 '잔말'이고 뒤 문장은 '잘못된 좋지 않은 말'이다. '사람을 해치는 마음'은 당연히 있어서는 안 되지만 그렇다고 '사람을 경계하는 마음'은 제창할 바가 못 된다. 어떻게 늘 남을 경계하고 의심하는 사람과 친구가 될 수 있겠는가? 따라서 "사람을 경계하는 마음은 없어서는 안 된다(防人之心不可无)"라는 말은 아주 황당한 견해라고 할 수 있다. 어찌 보면 '해인지

공자가 우리 곁으로

심(害人之心)'보다 '방인지심(防人之心)'이 더 억지일 수도 있다. '해인지심'은 어느 특정한 시간이나 특정한 환경에서 특별히 지정된 사람에 의해 일어날 수 있다. 한 개인이 주위의 모든 시간과 공간에서 모든 사람들을 해치려는 마음이 생긴다는 것은 불가능한 것이다. 그래서 '해인지심'은 특정인만을 대상으로 한다. 아무리 나쁜 사람이라도 시시각각으로 늘 남을 해칠 수는 없다. 은행털이범도 슈퍼에서 물건을 산다. 은행을 털었다고 해서 어디에서나 빼앗거나 강탈하지는 않는다. 그도 많은 시간을 법을 준수하며 생존하기를 바랄 뿐이다.

그러나 사람을 경계하는 '방인지심'은 모든 시공간 속에서 온갖 사람들을 경계하는 것을 말한다. 평생 타인을 경계하는 데 시간을 허비한다면 이것은 자신의 생활을 파멸시키는 것과 다르지 않다. 사회적으로 '방인지심불가무(防人之心不可无)'를 제창한다면 많은 사람들이 서로 경계하고 서로에 대한 믿음을 잃게 된다. 서로 의심하고 경계하게 되면 결국 이 사회는 '사람과 사람 사이의 전쟁'으로 전락될 뿐만 아니라 심지어 철저히 분열되고 와해되고 말 것이다.

서양 종교에서도 가장 용서받을 수 있는 것은 '경신(輕信)' 즉, 쉽게 믿는 것이라고 했다. 이 논제에 대한 공자와 서양 종교의 사고와 결론이 모두 일치했다.

공자의 '오불(五不)'

　지난 장절에서 우리는 공자의 '불역사, 불억불신(不逆詐, 不億不信)' 즉 "남이 속일 것이라고 미리 추측하지도 않고, 남이 성실하지 않을 것이라고 억측하지도 않는다"라는 이치를 논했다. 공자는 우리에게 한두 번 속는 것으로 자신이 어리석다거나 멍청하다고 말할 수 없으며, 자신의 인격에 피해가 가지 않는다고 가르쳐 준 셈이다. 이것은 우리가 나쁜 사람을 믿은 것이 아니라 이치에 맞는 것을 믿었을 뿐이며 이러한 믿음은 바로 인간에게 가장 중요한 신념이다. 또한 인생에서 가장 소중한 신념은 바로 믿음이다. 만약 속을까봐 전전긍긍하며 신의를 저버린다면 인생 최대의 손실이 되는 것이다.

　사실 『논어』에는 '불역사, 불억불신'이란 두 가지 "불(不)"만 있는 것이 아니다. 세 가지 "불"이 더 있는데 이를 합쳐서 공자의 '오불(五不)'이라고 한다.

　우리는 공자가 백이(伯夷)와 숙제(叔齊) 두 형제를 '구인구덕(求仁得仁)' 즉, 인을 구하여 인을 얻는 사람이라고 하여 높이 추앙하고 있다는 것을 알고 있다. 백이, 숙제 두 형제는 의리로 주나라의 곡식을 먹지 않았고 자신에 대한 도덕적 요구도 매우 엄격하였다. 그러나, 『논어·공야장』에서 공자는 우리에게 백이와 숙제의 또 다른 모습을 보여주었다. 공자는 다음과 같이 말했다. "백이와 숙제는 남이 저지른 일에 원한을 품지 않았기에 이들이 다른 사람을 원망하는 일도 드물었다(不念旧惡, 怨是用希)." 여기서 어떤 학자들은 "'원시용희(怨是用希)'를 그들에 대한 남들의 원망이 드물었다"로 해석했다. 이러한 해석도 틀린 것은 아니지만 백이와 숙제가 남에게 원한을 품지 않았기에 다른 사람에 대한 원망이 없었을 것이라는 것이 더 옳다고 본다. 이 해석이 어법에 더 맞을 뿐만 아니라 그 뜻 또한 아주 잘 통한다.

가령 자신의 마음속에 타인에 대한 원망이 없다면 누구에게 가장 득이될까? 일차적으로는 바로 원망을 받지 않는 사람일 것이다. 내가 원망하지 않는다면, 상대방이 피해볼 일도 없기 때문이다. 오히려 가장 큰 수혜자는 바로 자기 자신이다. 왜냐하면 원망이 없는 사람만이 마음이 홀가분하여 기분도 상쾌해질 것이고 기분이 상쾌해지면 표정도 한결 밝아질 것이다.

반대로 가슴속에 오직 타인에 대한 원망으로 가득 차 있다면 마음은 뒤틀리고, 심적 고통은 점점 더 심해질 것이다. 그러므로 누구에 대한 원한이나 원망을 품지 말고 지나간 것은 지나간 대로 넓은 마음으로 받아들인다면 타인에게도 좋을 뿐만 아니라, 자신에게는 더 좋다.

원망이 없는, 좋은 일을 베풀면서 남과 잘 지내는 건강한 삶을 살면 얼마나 홀가분한가.

지나간 일에 원한을 품지 않는 것, 이것이 백이, 숙제 두 형제가 우리에게 보여준 좋은 본보기이다. 공자도 마찬가지로 우리들의 삶에 모범을 보여주었다. 하루는 공자가 한탄하며 말했다.

"'아무도 나를 알아주는 사람이 없구나!' 이에 자공이 염려하며 말했다. '왜 아무도 선생님을 알아주지 않는다고 생각하십니까?' 공자가 말했다. "하늘을 원망하지 않으며 사람을 탓하지도 않고 아래로 땅에서 배워서 위로 하늘에 이르니 나를 알아주는 것은 하늘인가 보다(『논어·헌문』)"

공자는 한평생 수많은 우여곡절을 겪었지만 늘 즐겁고, 아무런 원망도 하지 않았다. 대인관계나 매사에 늘 평온하고 온화하며 친절했다. 이렇게 할 수 있었던 것은 바로 '불원천, 불우인(不怨天, 不尤人)' 즉, '하늘을 원망하지 않고 사람을 탓하지 않는' 두 가지 '불(不)' 때문이다.

이런 경지는 바로 "나를 알아주는 이가 없고, 나를 알아주는 것은 오직 하늘인가 보다"에서 온 것이다.

"불역사, 불억불신, 불념구악, 불원천, 불우인(不逆詐, 不亿不信, 不念旧惡, 不怨天, 不尤人)" 즉, "남이 속일 것이라고 미리 추측하지 않는다. 남이 성실하지 않을 것이라고 미리 억측하지도 않는다. 지나간 일에 원망과 원한을 품지 않는다. 하늘을 원망하지 않는다. 사람을 탓하지도 않는다. 이런 공자의 '오불(五不)' 사상에는 삶의 바른 지식과 견해인 올바른 인생관이 담겨있다. 타인에 대한 용서와 관용, 내려 놓음, 천명에 대한 인정과 수용도 들어 있다. 이것이 바로 공자의 지혜이며 이러한 지혜를 갖춘 성인을 우리는 추모한다.

자공은 돈을 어떻게 썼는가

공자의 제자 중에 자공은 공리(事功)를 따지는 인물이다. 공자는 자공을 가리켜 '그릇(器)'이라고 했다. 이 말은 공자의 '군자불기(君子不器)' 즉, "군자는 그릇으로 잴 수 없다"는 말과 비교하면 폄하적인 발언임에 틀림없다. 아마도 자공은 '군자불기'라는 말을 알고 있었기 때문에 스승의 말을 듣고 나서 깜짝 놀랐을 것이다. 공자 자신도 이런 폄하가 너무 지나치다고 생각했는지 자공을 '호련(瑚璉)'과 같은 그릇이라고 위로했다.

호련은 무엇인가? 호련은 종묘에서 사용되는 그릇이다. 금과 옥으로 장식했으며 조상에게 제사를 지낼 때 제물을 담는 귀중한 그릇(礼器)이다. 옛날부터 나라를 다스릴 때에 '제사와 병장기'를 가장 중히 여겼는데, 특히 제사는 국가에서 치르는 가장 엄숙한 행사였다. 이런 행사에서만 쓰이는 귀중한 그릇을 자공에 비유하니 자공에게는 조금이나마 위안을 준 셈이다.

자공은 그 시기에는 아주 드문 인재였다. 그는 또한 걸출한 외교가이기도 하였다. 제나라가 노나라를 치려 하자, 국력이 약한 노나라는 외교적인 수단으로 버틸 수밖에 없다는 것을 공자는 잘 알고 있었다. 공자는 제자들에게 말했다. "노나라는 조상이 묻혀 있는 나의 고향이요, 조국이다. 내 나라가 이렇게 위태로운데 왜 누구도 나서지 않느냐?" 사실 공자는 제자들 중에 한 명을 염두에 두고 한 말이다. 제자들은 공자의 속내를 알 수가 없었다. 이에 자로가 행하기를 청하니, 공자는 그를 제지시켰다. 자장(子張)과 자석(子石)이 행하려고 하자 역시 거절했다. 공자는 염두에 두고 있었던 한 제자가 나서길 기다리고 있었던 것이다. 선생님의 말뜻을 알아차린 자공이 일어서며 아뢰었다. "선생님, 제가 갈게요." 그제서야 공자는 고개를 끄덕였다.

그 후에 자공은 제나라, 오나라, 월나라, 진나라 등 여러 나라를 잇달아 방문하면서 외교를 전개하였다. 그 결과 "자공이 나서서 노나라를 지켰고 제나라를 혼란에 빠뜨렸으며, 오나라를 망하게 하고 진나라를 더욱 강대하게 만들었으며, 월나라를 패권의 위치에 서게 했다. 자공의 외교적 수단은 십여 년 동안 다섯 개 나라의 커다란 변화를 가져오게 했다(『사기·중니제자열전』)."

자공의 큰 공에도 불구하고 공자는 오히려 그를 나무랐다. "나는 단지 제나라가 노나라를 공격하는 것을 막게 했을 뿐인데 말이야! 말재주를 부려 신의를 해치니, 앞으로는 입을 잘 다스려야 한다(『공자가어·굴절해』).

또한 자공은 굉장히 뛰어난 상인이었다. 그의 돈버는 재주는 공자를 놀라게 했다. 『논어·선진』에는 "본분을 지키지 않고 장사를 하여 돈을 벌었는데 이것은 시세를 정확히 예측하고 판단했기 때문이다(賜不受命, 而貨殖焉, 億則屢中)."라고 기록되어 있다. 좀 더 자세히 말하자면, 자공의 본이름은 단목사(端木賜)로 잘 순종하지 않는 편이며, 늘 물건을 사고팔고 다니면서 시장 시세를 예측하는 것이 매우 정확하여 부가 나라와 대적할 만큼 넘쳤다는 것이다. 공자는 자공의 돈 버는 재간이 왜 그렇게 뛰어난지 잘 알지 못했다. 사마천의 『사기(史記)』에는 중국 역사상 최초의 상인전기인 『화식열전(貨殖列傳)』이 있다. 이 전기에서 두 번째로 소개된 상인이 바로 자공이다. 사실, 자공은 중국 역사서에 기록된 최초의 거상일 것이다. 왜냐하면 『화식열전』에서 첫 번째 상인으로 기술된 사람이 도주공(陶朱公)일지라도 도주공은 자공 뒤에 부자가 된 상인이기 때문이다. 사마천이 왜 도주공을 자공보다 맨 앞에 기록하여 서술했는지는 의문으로 남는다.

자공의 부유함에 대해 사마천은 다음과 같이 기록했다. "자공이 열국을 돌아다닐 때 제후들은 자공을 자신들과 같은 대등한 지위에 놓고 후한 예의로써 대우했다." 사실 이러한 예의는 공자도 받아보지 못한 예우였다.

그러나 더욱 놀랍고 대단한 것은 그의 마술적인 신통한 돈벌이가 아니라 독특하게 돈을 사용한 방법이다. 역사적으로 보면, 그보다 돈이 많은 사람은 수없이 많았으나 그보다 돈을 가치있게 잘 쓸 줄 아는 사람은 없었다. 자공은 돈을 거의 스승에게 사용했다. 사마천은 다음과 같이 말했다. "공자의 이름을 천하에 알린 자는 자공이다(『화식열전』)." 이렇게 사용된 돈은 잘 쓰이고 가장 가치가 있는 것이다.

중국 역사상 돈을 가장 잘 번 사람이 아마도 자공은 아닐지도 모른다. 하지만 그는 돈을 가장 잘 사용할 줄 알고 가장 가치 있게 사용한 인물임에는 틀림없다고 생각한다. 누가 자공처럼 그렇게 복이 있어 성인에게 유의미하고 가치 있게 돈을 사용할 수 있었겠는가?

돈은 사용할 곳이 있어야 비로소 '쓸모있는 돈'으로 가치가 있다. 사용할 곳이 없어 번 돈을 모아두기만 하고 사용하지 않는 돈은 아무런 가치가 없게 된다. 지금에 와서 보면 오히려 자공에게 고맙게 생각해야 마땅할 것이다. 그가 우리에게 돈을 쓰는 방법을 가르쳐 주었기 때문이다.

자공이 공자에게 투자한 것은 바로 민족문화를 계승하기 위함이며 이치를 바르게 함이요, 성인의 도리를 보존하기 위함이었다. 이것은 자공에게는 더할 나위 없는 영광이자 행복이었으리라. 공자가 자공에게 고마워해야 할 것이 아니라 오히려 자공이 공자에게 감사해야 한다. 이 점은 자공도 잘 알고 있었다.

자공이 공자의 십대 제자 가운데 하나로 꼽힐 수 있는 것도, 그의 외교가로서의 생애나 사업가로서의 명성보다 더 사람들의 마음을 움직이게 한 것은 바로 이 때문이 아닐까.

쾌락의 비용을 줄여라

공자는 열국을 두루 돌아다니다가 부함(負函)이라는 곳에 도착했다. 이곳은 초나라 북방의 문호인데, 초나라 소왕이 이 문호를 관장하도록 보낸 사람은 그 명성이 공자 못지않은 '섭공 호룡(叶公好龍)'의 주인공 심저량(沈諸梁)이다. 섭공 심저량으로 불리기도 한다.

섭공 심저량은 남방의 명인이요, 공자는 북방의 명인이었다. 심저량은 오로지 천하를 다스리려는 야망을 품고 있었는데 북방의 공자가 걸림돌이었다. 몇 차례 이야기를 주고받으면서 그는 공자가 보통 인물이 아님을 직감하였다. 오히려 공자가 신비하게 느껴졌고 신성해 보이기도 했다. 하지만 공자가 어떤 사람인지는 도무지 알 수가 없었다. 참다못해 공자의 제자 자로에게 물었다.

"자네 스승은 어떤 사람이오?"

자로는 어리둥절하여 순간 섭공이 말한 의도를 이해하지 못했다. 타인에게 자신의 스승을 어떻게 평가해야 알맞은지 몰라 선뜻 답을 하지 못했다. 그는 이 상황을 공자에게 알렸다.

공자는 자로를 탓하며 이렇게 말했다.

"이렇게 오랫동안 내 곁에서 가르침을 받았으면서도 어째서 나의 인품을 모르느냐? 섭공에게 '저희 스승님은 오직 배움을 좋아하여 이치를 얻지 못하면 분발하여 구하여 밥 먹는 것조차 잊으며, 이미 얻었으면 즐기고 그 즐거움으로 비록 근심할 일이 있더라도 또한 잊어버려서 자신이 늙어간다는 사실조차도 모른다'고 말하지 못하였느냐?"

책을 읽다 보면 침식을 잊어버리고 즐거우면 걱정도 잊어버리게 되어 심지어 덩실덩실 춤까지 춘다. 이처럼 어린아이같이 천진난만한 공자는 자신이 이미 60세가 넘은 노인이라는 것도 잊어버리게 된 것이다.

섭공 심저량의 심중에는 공자는 천하의 모든 일들을 근심하는 성현인지라 근엄하고 늘 깊은 수심에 가득 차 있어 위엄이 있고 엄숙한 인물로 그려졌다.

만약 자로가 그에게 공자가 말한 대로 말했다면, 그는 틀림없이 자로가 자신을 놀린다고 생각했을 것이다. 자로 역시 스승이 자신을 놀린다고 여겼기 때문에 그렇게 말할 수 없었다.

자로는 어떤 사람인가. 그는 스스로 자신이 아주 고상하다고 여겼고 매사에 확고부동하여 바보스러울 정도로 성실한 사람이었다. 자신에 대해서는 도덕적으로 엄격하기에 유머가 없고 늘 엄숙했다. 또한 온종일 '천강대임(天降大任)' 즉, '하늘이 자신에게 큰 임무를 내림'을 염두에 두고 세상이 얼마나 어두우며 그래서 자신은 얼마나 짐이 무거운가를 스스로 압박감을 받으면서 산 사람이다.

만약 당신이 자로에게 긴장을 풀라고 하면서 농담을 하라고 한다면, 오히려 당신을 노려보며 "세상이 이렇게 어둡고 백성들이 도탄에 빠져있는데 어떻게 농담할 겨를이 있겠는가!"라고 크게 호통칠 것이다.

어찌 자로뿐이겠는가. 공자의 제자들 중에서 자하(子夏)는 엄숙하지만 낙을 모르고, 증삼(曾參)은 깊이가 있지만 즐길 줄 모르고, 자로는 용맹하지만 생활의 즐거움이 없고, 자공은 총명하지만 기쁨을 모른다. 염구는 다재다능함에도 불구하고 계략에만 빠지니 즐거움이 없다. 자장은 재능이 뛰어나고 포부는 원대하지만 스스로를 너무 대단하게 여겨 즐거울 리가 없다. 공자의 즐거움을 헤아릴 줄 알고 또한 공자로부터 칭찬을 받은 사람은 오직 증석(曾晳)과 안회(顏回) 두 사람뿐이다.

증석[본명은 증점(曾点)]에 대해서는 앞에서 이미 논했으므로 안회에 대해 말해보자.

공자는 안회를 두고 감탄하여 이르기를, "어질도다, 안회여! 대나무 그릇의 밥을 먹고 물 한 표주박을 마시고서 누추한 곳에서 살면 사람들은 그 근심을 견디지 못하는데 안회는 그렇게 살면서도 자신의 즐거움을 바꾸지 아니하니 정말 어질구나, 안회여!"라고 했다.

물론 즐거움에는 조건이 필요하기도 하지만, 많은 것을 요구하지도 않는다. 대나무 그릇의 밥과 표주박의 물, 누추한 골목이 바로 그것이다. 푸짐한 식사와 마오타이(중국 마오타이전에서 나는 유명한 술)를 즐기며 별장에서 사는 것을 행복의 조건으로 여긴다면 이것은 잘못된 판단이다.

공자는 자신을 돌아보며 다음과 같이 말했다.

"거친 밥과 찬물을 먹고 팔을 구부려 베개를 삼을지라도 그 가운데도 즐거움이 있으니 의롭지 않음으로 얻은 부귀영화는 나에게 뜬구름과 같다."

뒤 문장인 "의롭지 않음으로 얻은 부귀영화는 나에게 뜬구름과 같다" 라고 하는 말이 핵심 포인트인데 구속을 받지 않아 참으로 시원스럽고 소탈하다. 이런 얽매임이 없는 큰 소탈함이어야 큰 즐거움이 따른다. 내려놓아야 가질 수 있고 아까워하지 않아야 얻을 수 있다. 공자가 안회를 가장 좋아한 것은 너무나도 당연하다. 그들은 모두 소탈하고 대범했으며, 비울 줄도 아는 사람이었다. 또한 즐거움을 만끽할 줄 아는 행복한 사람들이었다.

불의로부터 오는 부귀를 포기하고 제한된 조건에서 무한한 기쁨을 찾는 것, 가장 적은 비용으로 가장 큰 행복을 누리는 것은 보통 사람들에게서 찾아보기 힘든 덕목과 재능이다.

만족을 알면 항상 즐겁다

공자는 여러 나라를 두루 돌아다녔는데 그중 위나라에 가장 오래 머물러 있었다. 춘추시기 위나라와 노나라는 관계가 가장 좋았다. 노나라의 선조는 주공 희단이고, 위나라의 시봉군은 주공의 동생 강숙인데 모두 문왕비(文王妃)의 소생으로 형제 중 정분이 가장 두터웠다. 위나라의 공숙문자(公叔文子)는 춘추시기 대부로 공숙발이라고 하는데 위헌공의 손자로 익호를 '문'이라 하여 그를 공숙문자라고 칭했다. 『좌전·전공육년』에 바로 이 공숙문자가 말한 내용이 등장하는데 "문왕비의 자식들 가운데 주공과 강숙이 제일 화목했다."라고 기록되어 있다. 공자가 살았던 시기에 노나라와 위나라는 이미 쇠퇴해졌고 마치 난형난제(難兄難弟)와 같다고 해서 공자는 "노나라와 위나라의 정사(政事)는 형제지간이다"라고 했다. 실제로 이 두 나라는 형제의 나라였지만 혼란스러운 정국이 마치 난형난제처럼 똑같은 어려움에 처해 있었다는 풍자적 의미를 담고 있다.

두 나라는 이미 쇠약해졌지만 전통이 오랫동안 가장 많이 축적되었고, 선정을 베풀고 현명한 정치로 국가의 기강을 바로 세웠기에 군자와 현인이 대대로 끊이지 않았다. 온화한 기상은 온 나라에 널리 퍼졌다. 공자도

『논어·공야장』에서 복부제(宓不齊, 자는 자천(子賤)으로 공자의 제자임)를 칭찬하며 다음과 같이 말했다. "복부제와 같은 사람이 바로 군자로다. 노나라에 군자가 없었다면 이 사람이 어디에서 이런 군자다움을 얻을 수 있었겠는가?" 즉, 복부제와 같이 덕이 있는 고상한 사람은 오직 노나라 같은 군자의 고장에서만이 나올 수 있다는 것이다.

노나라와 마찬가지로 위나라도 군자의 고장으로 현인들이 많았다. 『논어』에도 기록되기를 "군자와 현인은 위나라에 많다. 이를테면 사어(史魚), 거백옥(蘧伯玉), 우무자(宇武子), 공자형(公子荊) 등이다."

공자는 『논어·자로』에서 위나라의 공자형(公子荊, 위나라 헌공의 아들)을 두고 다음과 같이 말했다.

"그는 집안의 재정 관리를 검소하게 잘 했다. 처음에 가구가 갖추어졌을 때에 말하기를 '그런대로 모아졌다'고 하였고, 조금 더 갖추어졌을 때에 말하기를 '그런대로 완비되었다'고 하였고, 더 많이 갖추어졌을 때에 말하기를 '그런대로 아름답다'고 하였다."

공자는 이러한 공자형을 다음과 같이 평했다. "공자형은 집안 살림을 잘한 사람으로 재산을 잘 관리했다. 재산이 조금 있을 때 그는 '그런대로 갖추어졌으니 내 요구에 부합된 것이다'고, 재산이 어느 정도 늘어나자 '그런대로 완비되었다'고, 재산이 풍부해졌을 때는 '그런대로 빛나고 아름답다'고 한 인물이다"

공자가 공자형을 "선거실(善居室)"이라고 치하한 것은 부를 축적하는데 있어 그의 능함을 말한 것이 아니라 재산을 모으기만 하는 사람에 대해서 경계해야 한다는 것이다.

공자는 자공에 대해서도 그랬다. 공자가 공자형을 칭찬한 것은 부를 축적하는 재능이 아니라 부를 대하는 마음이었다. 공자형의 재산은 세 차례의 변화를 거쳤다. 재산이 처음 생겼을 때, 조금 더 모아졌을 때, 부유해졌을 때의 과정을 밟았다. 그러나 그의 즐거움은 처음부터 끝까지 항상 한결같았다. 재산을 이루어 가는 모든 단계에서 분수를 지켜 만족할 줄 알았고, 탐욕스럽지도, 지나친 욕심을 부리지도 않았다. 한정된 재산에서 만족과 행복을 느꼈다. 재산을 늘려가는 과정에서 다음 단계가 오지 않으면 무리한 욕심을 부리지도 않았고, 다음 단계가 왔을 때는 만족함으로 받아들였다. 빈천하면 빈천한 대로 부귀하면 부귀한 대로 어떠한 상황에서도 만족할 줄 알고 마땅히 해야 할 일을 했다.

공자형에게서 배워야 할 것은 모든 일에 만족할 줄 알고 그 만족함에서 항상 즐거워 할 줄 아는 것이다.

만족을 알면 항상 즐겁다.

하지만 만족을 아는 '앎'은 우리가 흔히 말하는 '알다'는 것 외에도 '감지(感知)' 즉 느낌의 뜻도 포함되어 있다.

왜냐하면, 즐거움은 즐거움의 이치에 대한 이성적 인식에서 비롯된 것이 아니라, 즐거운 삶에 대한 감성적 체득에서 비롯된 것이기 때문이다.

"만족을 알면 항상 즐겁다"라는 이치를 안다고 해서 반드시 신정한 즐거움을 얻을 수 있는 것은 아니다. 단순히 만족을 앎으로는 결코 진정한 즐거움을 맛 볼 수 없다.

즐거움은 우리의 마음이 유한함 속에서 무한함을 감지할 수 있는지, 모자람에서 풍부함을 느끼고 있는지, 불충분한 점에서 오는 아쉬움 중에 원만함을 느끼고 있는지, 부족함 속에서 충분함을 느끼고 있는지에서 온다.

한마디로 말하면, 불완전한 세상에서 행복을 감지할 수 있는가? 즉, 복잡한 세상에서 행복을 감지할 수 있는가 하는 것이다.

우리는 색채를 감지하는 시각, 소리를 감지하는 청각, 맛을 감지하는 미각이 있다.

하지만 세상은 인간에게 더 중요한 능력을 주었다. 행복을 감지할 수 있는 지각이다. 우리는 이것을 '족각(足覺)'이라고 하는데 일종의 '만족감'이다.

'만족감'은 일종의 심리현상으로서 시각, 청각, 피부로 느끼는 촉각보다 더 중요한 감지능력이다.

세상에는 볼 수 없고 들을 수 없어도 행복하다고 느끼는 사람이 있는가 하면 똑똑하면서도 스스로 불행하다고 하는 사람도 있다. 전자는 시각과 청각을 잃었지만, '족각' 즉, 만족감을 알며, 후자는 눈과 귀가 밝지만, '족각'-만족감을 상실했다.

미각을 잃으면 맛을 느낄 수 없고, 청각을 잃으면 음악을 감상할 수 없고, 시각을 잃으면 색깔을 인지할 수 없는데, 족각인 '만족감'을 잃으면 행복을 느낄 수 없다.

'만족감'은 우리로 하여금 인간의 따뜻한 정을 느끼게 할 뿐만 아니라 세상의 아름다운 시적 정취를 느끼게 한다. 이러한 '만족감'을 가지고 있는 것이 바로 '지족(知足)'-앎이다.

'만족감'을 잃은 사람은 물욕에 빠져 욕심을 채우기 위해 허덕이고, 그 욕심 때문에 싸우기도 하며 나중에는 모든 일에 감각이 무뎌져 결국에는 술에 취한 듯 아무 의미 없이 세월을 보내게 된다.

공자가 우리 곁으로

따라서 사람은 '만족감'을 가지고 스스로 행복을 감지하는 능력을 보호하는 것이 끝없이 외적인 물질을 추구하는 탐욕성보다 더욱 중요하다. 왜냐하면 '앎' 즉, '지족(知足)'은 '사욕에서 얻은 만족(饜足)'보다 더 본질적이기 때문이다.

무지와 무양지

공자는 "지자(知者)는 미혹되지 않는다" 즉, 지자는 지식이 많고 사리에 밝은 사람으로 어떠한 경우에도 미혹되지 않는다고 했다. 그리고 자신은 '사십이불혹(四十而不惑)'이라고 말하면서 나이 사십이 되면 어떠한 일에도 미혹되지 않는다고 하였다. 이것으로 미루어 많은 사람들은 공자를 아주 박식하다고 여겼다. 『사기·공자세가』와 『공자가어·변물』에도 공자는 박식하고 여러 가지 기이한 것을 잘 식별할 뿐만 아니라 그러한 각종 기이한 현상에 관한 이야기에 대해서도 쉽게 답을 할 수 있다고 기록되어 있어서 많은 사람들에게 더 깊게 그러한 인상을 주었을 것이다.

그러나, 우리 모두가 알듯이 사람은 신이 아니다. 삶은 끝이 있으나, 앎은 끝이 없다. 육체적으로도 만물을 이길 수 없고 지적으로도 모든 만물을 분별하여 알 수 없다는 것을 안다. 그러므로 공자가 말한 '불혹(不惑)'이란, 세상의 모든 의문과 현상에 대해서 자기 자신이든 지혜로운 자이든 모든 것을 다 설명할 수 있다는 뜻이 아니다.

'혹(惑)'의 한자 부수를 자세히 들여다 보면, 아래에 '마음 심'이라는 '心'자가 있으므로 '혹'은 곧 '마음의 미혹'을 말한다. 따라서 불혹(不惑)이란, 주관적인 마음의 미혹을 없애는 것이지, 객관적인 세계 속의 모든 신비를 꿰뚫는 것이 아니다.

『논어·안연』편에는 제자 자장(子張)과 번지(樊遲)가 '혹(惑)'에 관한 문제에 대해 분명히 알고자 공자에게 물었다는 일화가 기록되어 있다.

자장이 어떻게 도덕적 수양을 높이고 어떻게 혹(惑)을 분별하는지에 대해 묻자, 공자가 말했다. "충과 신의를 위주로 하며 의를 향해 나아가는 것이 덕을 쌓고 높이는 것이다. 한 사람이 누군가를 사랑할 때는 그 사람이 살기를 바라고, 미워할 때는 그 사람이 죽기를 바라니, 살기도 바라고 또 죽기도 바라는 것, 바로 이것이 '혹(惑)'-미혹이다."

위와 같이 공자는 미혹을 어떻게 분별하는지에 대한 자장의 질문에 직접적인 답을 주지는 않았다. 오히려 '미혹'이 무엇인지를 가르쳤고 추상적인 철학적 개념으로 설명하기 보다는 생활 속에서 쉽게 다가갈 수 있는 개념으로 설명했다.

공자는 자장에게 어떻게 하면 판단력을 가질 수 있는지보다는 무엇이 판단력을 잃게 하는지를 명백히 가르치고 있다. 그것은 바로 우리의 마음이 사랑과 미움 때문에 좌우될 때이다.

그렇다. '혹(惑)'은 객관적인 사물을 분별하기 어려울 때를 말하는 것이 아니라 주관적인 감정을 통제하기 어려울 때를 말한다. 주관적인 감정이 이성을 좌우할 때 우리의 판단력은 떨어지거나 심지어 완전히 잃어버리고 만다.

번지(樊遲)의 물음에 공자는 또 어떻게 답했을까?

번지가 공자를 따라 무우(기우제를 지내던 제단) 아래에서 노닐면서 말하였다. "도덕적 수양을 높이고 사악한 생각을 다스리며, 미혹을 분별하는 것에 대하여 감히 여쭙겠습니다." 이에 공자는 이렇게 답하였다. "좋은 질문이구나! 먼저 일을 하고 이득 취함을 뒤로 미루는 것이 덕을 높이는 것이 아니겠느냐? 자신의 나쁜 점을 비판하고 타인의 나쁜 점을 공격하여 비판하지 않는 것이 사악한 마음을 다스리는 것이 아니겠느냐? 하루아침의 분노로 자신의 안위를 잃어버리고 심지어 부모에게까지 누를 끼쳐 그 화가 미치게 하는 것이 미혹이 아니겠느냐?"

'미혹 분별(辨惑)'에 관한 번지의 질문에 대하여 우리가 주목해야 할 점은 공자의 답변이 앞서 자장에게 답변한 관점과 완전히 같다는 것이다. 즉, 무엇이 '미혹(惑)'이며 어디에서 비롯되는지에 대한 대답일 뿐 '미혹 분별(辨惑)'에 대한 직접적인 대답은 하지 않았다. 또한 공자가 염려한 것은 역시 인간의 통제하기 어려운 주관적인 감정이다.

두 제자에 대한 공자의 답변을 종합해 보면, 제자가 질문한 '미혹(惑)'과 공자가 언급한 '사랑(愛)', '악함(惡)', '분노(忿)'가 있는데 이 네 한자(번체자) 안에는 모두 마음 '심(心)'자가 들어가 있음을 알 수 있다. 이로써 공자가 우리에게 가르쳐 주고 있는 것은 '미혹(惑)'은 마음에 있지 사물에 있지 않으며, 안에 있지 밖에 있지 않으며, 자기 자신에게 있지 타인에게 있지 않다는 것이다.

이 점을 알게 되면, 어떻게 '미혹 분별(辨惑)'을 할 것인지에 대한 답변도 아주 자명해진다.

사랑과 미움의 감정으로 상대에 대한 객관적인 평가와 태도를 잃지 않

공자가 우리 곁으로

고, 분노를 잘 다스려 화를 내지 않으며, 혐오로써 사람을 대하지 않는다면 바로 '미혹(惑)'을 분별할 수 있다.

침착하고 자기 통제력이 강하여 갑자기 큰일을 당해도 놀라지 않고, 이유 없이 해(모욕)를 당해도 화를 내지 않으면 곧 '불혹(不惑)'이다. 즉, 자신의 감정에 미혹되지 않는다는 것이다.

또 한 가지 흥미롭고 주목할 점이 있는데 자장과 번지 두 사람이 '미혹 분별(辨惑)'에 대해 물었을 때 모두 '숭덕(崇德)' 즉, '도덕적 수양을 높이다'까지 포함하여 공통적으로 물은 것이다. 왜 그랬을까?

왜냐하면, '미혹 분별(辨惑)'은 주로 지식적 문제가 아니라 윤리적 문제이며, 사물을 인지하는 것이 아니라 가치를 판단하는 것이며, 지식과 학문에 대한 추구가 아니라 오히려 도덕 수양에 대한 존중이기 때문이다.

인간의 생명은 끝이 있지만 앎에는 끝이 없다. 어찌 유한한 삶을 살면서 무한한 사물을 다 인지할 수 있겠는가? 이것은 불가능하면서도 불필요하다.

사람은 사람됨을 알아야 한다. 인격을 갖춘 인간으로서, 만물의 영장으로서 옳음과 그름, 선과 악, 아름다움과 추함을 어찌 가리지 못할 수 있겠는가?

인간은 만물을 두루 다 살필 수는 없으나 홀로 있을 때에도 자기 한 몸은 감독할 수 있어 도리에 어긋나는 일을 삼갈 수 있다.

광활한 우주에 비하면 인간은 무지하다. 그러나 인간은 결코 미미하여 보잘것없거나 비천하지 않다. 왜냐하면 인간에게는 양지(良知)가 있기 때문이다.

사람은 무지할 수 있지만 양지(良知)가 없으면 안 된다.

가치의 경계

'신의(信)'는 공자가 확립한 여러 가지 가치 중 하나로 그가 제자들에게 가르쳤던 네 가지 교육 방면[문(文), 행(行), 충(忠), 신(信)]의 한 영역이기도 하다. 공자는 "사람으로서 신의가 없으면 그 가함을 알 수 없다. 사람은 신의가 있어야 한다(『논어·위정』)"라고 가르치고 있다. 그러면서 "백성들의 신뢰가 없으면 나라가 존립할 수 없다(『논어·안연』)"라고 단언하기까지 했다. 그런데 다른 자리에서 공자는 의외의 말을 하는데 "말을 하면 반드시 지키고 행동으로 옮길 때는 반드시 과단성 있게 실행해야 한다. 이것이 비록 융통성이 없는 소인이긴 하지만……(『논어·자로』)"라고 하는 마치 앞뒤가 서로 모순되는 듯이 '대인'인 것 같지만 오히려 '소인'이라고 하니 흥미롭고 어리둥절하게 하는 대목이 아닐 수 없다. 이에 맹자도 뜻밖의 말을 하는데 "말을 하면 반드시 신의를 지키지 않아도 되고, 행동으로 옮길 때도 반드시 과단성 있게 실행하지 않아도 된다. 오직 '의'가 있으면 된다(『맹자·이누하』)"라고 했다. 즉, 도덕 수양이 높은 사람인 대인은 말을 하면 반드시 구구절절이 지켜야 하는 것이 아니라, 행동으로 옮길 때도 반드시 결과가 있어야 하는 것이 아니라, 도의에 맞으면 된다는 뜻이다.

공자가 우리 곁으로

말을 하면 반드시 지키고, 행동으로 옮길 때는 반드시 과단성 있게 실행하는 것이 뜻밖에도 소인이란 말인가? 말을 하면 반드시 신의를 지키지 않아도 되고, 행동으로 옮길 때도 반드시 과단성 있게 실행하지 않아도 되는 것이 곧 대인이란 말인가?

공자는 성실함으로 신의(신용)를 지키는 것을 반대하거나 무언가를 할 때 결과가 있어야 한다는 것을 반대한 것도 아니다. 그는 단지 '반드시(必)'인 절대화를 반대한 것뿐이다. 여기서 말하는 '소인(小人)'은 융통성이 없이 자기 자신의 견해만 고집하면서 항상 자신의 관점이 옳다고 잘난 체하는 사람을 말한다. '경경연(硜硜然)'이란 매우 완고하여 자기의 관점을 조금도 바꾸려고 하지 않고 오직 자신의 생각만 단정하는데 이런 완고함이 마치 화강암처럼 단단하여 바꾸기 어렵다는 뜻이다.

공자가 겪은 일화를 보자.

공자는 여러 나라를 돌아다니면서 '포(蒲)'라는 곳을 지나가다가 현지인에게 포위되었다. '포' 지방 사람들이 제시한 조건은 공자 일행이 위나라로 가지 않으면 보내주겠다는 것이었다. 공자는 그렇게 하겠노라고 답했다.

'포' 지방 사람들의 포위망이 풀리자 공자는 마차를 돌리며 위나라로 가자고 제자들에게 말한다.

제자들은 공자의 언행을 이해할 수 없었는지 "선생님, 방금 한 맹세를 저버리셔도 됩니까?"라고 물었다. 이에 공자가 말하기를, "이렇게 맺은 맹약은 신도 듣지 않을 것이다(『사기·공자세가』)" 즉, 강요받은 맹세는 신들도 동의하지 않는다는 말이다. 오늘날의 법률 용어로 바꾸면 상대방의 의사에 반하여 체결된 계약은 법으로도 인정받지 못한다는 것과 같다.

위의 예는 앞서 공자가 언급한 "말을 하면 반드시 지키고, 행동으로 옮길 때는 반드시 과단성 있게 실행해야 한다"라는 '언필신, 행필과(言必信, 行必果)'가 맞지 않음을 확실히 말해 주고 있다. '필신(必信)-반드시 지키다'와 '필과(必果)-반드시 과단성 있게 실행하다'의 서술 방식은 논리학적으로 말하면 '전칭긍정 판단'인데 명제가 되는 문장에서 주어에 대응하는 명사의 모든 범위에 걸쳐서 긍정하는 판단이다. 이러한 긍정적 판단은 어떤 사물의 모든 대상에 대하여 모두 어떤 속성을 가지고 있다는 것에 긍정적인 판단을 가하는 것으로, 구조적 형태는 다음과 같다. '모든 S는 모두 P이다'. "말을 하면 반드시 지키고, 행동으로 옮길 때는 반드시 과단성 있게 실행해야 한다(言必信, 行必果)"라고 하는 뜻을 논리학적 개념의 하나인 '전칭긍정 판단'으로, 다시 한번 구체적으로 서술하면 "강요에 의한 약속일지라도 모든 약속은 반드시 지켜야 하며, 잘못된 행동일지라도 모든 행동은 반드시 결과물을 내놓아야 한다"이다. 얼마나 터무니없는 논리인가!

어떤 훌륭한 삶의 원칙, 이를테면 말에는 믿음이 있어야 한다는 '언이유신(言而有信)'을 일단 절대화하면 스스로 어질지 못하고 의롭지 못한 '불인불의(不仁不義)'에 빠질 수 있다. 세상은 매우 복잡하고 상황도 다양하여 끊임없이 변화한다. 비록 자율적이고 자유로운 상황일지라도 말에도 실수가 있을 수 있고, 행동에도 실수가 있을 수 있다. 그런데도 일단 자신의 언행에 실수와 잘못이 있음을 발견하면, 설마 '필신(必信)-반드시 지키다'와 '필과(必果)-반드시 과단성 있게 실행하다'를 내세워 무리하게 억지를 부리겠는가?

그래서, "말을 하면 반드시 지키고, 행동으로 옮길 때는 반드시 과단성 있게 실행해야 한다"라는 '언필신, 행필과(言必信, 行必果)'는 적어도 또 다른 가치있는 삶의 원칙과 모순이 생기는 경우가 있는데, 그것은 바로 "잘못을 알면 바로 고쳐야 한다"이다. 여기에서 '개과(改過)-잘못을 고치다'도 공자가 강조한 가치 중 하나이다. 공자는 다음과 같이 말했다. "잘못이 있는데도 고치지 않는 것이야말로 진짜 잘못이다(『논어·위령공』)" 그리고 '불이과(不貳過)' 즉, '같은 잘못을 거듭 범하지 않는다'고 제자 안회(顔回)를 높이 평가했다(『논어·옹야』). 공자에게 있어서 인생은 잘못을 고쳐나가는 과정이며, 끊임없이 자기 자신을 부정하는 과정이었다. 한번은 거백옥(蘧伯玉)이 사람을 보내 공자를 만나게 했다. 공자는 그 사자에게 물었다. "거백옥 어르신은 어떻게 보내고 있는가?" 이에 사자가 "저희 어르신은 잘못을 적게 하려고 노력하시는데 그렇게 잘 되지 않습니다."라고 답했다. 사자가 돌아가자 공자는 "훌륭한 사자로다! 훌륭한 사자로다(『논어·헌문』)!"라고 감탄했다. "잘못을 하면 즉시 고치는 것을 주저하지 말아야 한다."라는 공자의 이 한마디 말은 『논어』에서도 두 번이나 나타났다(『논어·학이』, 『논어·자한』). 공자의 이러한 가르침은 제자들에게 깊은 인상을 주었다. 특히 자공(子貢)은 '개과(改過)-잘못을 고치다'를 군자의 품성으로 보고 "군자의 잘못은 일식이나 월식과 같은데 만약 잘못을 하게 되면 사람들이 모두 보게 되고, 만약 잘못을 고치면 사람들이 모두 우러러 본다."라고 말했다.

세상에는 여러 가지 가치 기준이 존재한다. 그것들은 모두 나름의 경계를 가지고 있어서 동시에 존재하기도 하는데 병행하기도 하고 병립하기도 한다. 한 가지 가치를 절대적인 수준으로 끌어올려 무한히 확장하거나 막힘없이 통하게 하는 것은 오히려 다른 가치를 훼손하거나 심지어 짓밟는 행위이다.

소식(蘇軾)의 『성시형상충후지론』에는 "지나치게 '인(仁, 인자)'해도 역시 군자이고 지나치게 '의(義)'하면 사정없이 무정해진다"에 근거하여 기록하기를 '인(仁, 인자)'은 지나쳐도 되지만 '의(義)'는 지나쳐서는 안 된다."라고 결론지었다. 그런데 사실, '인(仁)'도 너무 지나치면 안 된다. 너무 지나치면 이는 마치 명나라 마중석(馬中錫)의 작품인 『중산랑전』에 나오는 동곽(東郭) 선생처럼 '인(仁)'이 미련할 정도에까지 이르게 된다. 즉, 공자가 비웃었던 '우물에서 사람을 구하는 것'과 같은 것이다. 『논어·옹야』에 나오는 이야기다. 제자 재아(宰我)가 물었다. "어느 인덕이 있는 한 사람이 있는데, 만약 다른 사람이 그에게 '인(仁, 인자, 사람으로 해석하기도 함)'이 우물 속에 있다고 말하면, 그도 우물에 뛰어내려가지 않겠는지요?" 공자가 말했다. "어찌 그렇게 하겠느냐? 군자는 자기 자신을 우물까지 가게 할 수는 있어도 우물에 빠지게 할 수는 없다. 그럴듯하게 잠시 속일 수는 있어도 사리에 맞지 않는 방법으로 우롱할 수는 없다."

자공(子貢)은 공자에게 이런 질문을 한 적이 있다. "평생토록 지키고 실행할 만한 말 한마디가 있습니까?(『논어·위령공』)" 사실 이러한 질문은 형이상학적으로 말하면 절대적인 가치가 존재하는가에 대한 질문이다.

공자의 대답은 매우 흥미롭다. "그것은 '서(恕)'일 것이다! 즉, 자기가 원하지 않는 것을 남에게도 강요하지 않는 것이다."

절대적인 가치를 지닌 것은 '온화·선량·공경·절검·겸양(溫良恭儉讓)'도 아니요, 공손하고 너그러우며 신의가 있고 실천이 빠르며 남에게 베푸는 '공관신민혜(恭寬信敏惠)'도 아니요, 인의(仁義)도 아니요, 효제(孝濟)도 아니요, 용기(勇)도 아니요, 성실함(誠)도 아니다. 심지어 한 가지 이치로 모든 일을 꿰뚫는다고 하는 '충서지도(忠恕之道)'의 '충(忠)'도 아니라 오직 '서(恕)'이다.

공자가 우리 곁으로

왜냐하면, "자기가 원하지 않는 것을 남에게도 강요하지 마라(己所不欲, 勿施于人)"의 '물시(勿施)'는 '강요하지 말라, 시키지 말라, 행하지 말라'의 뜻으로 '하지 않는다'의 의미를 함의하고 있는데, 하지 않는 그 일만이 비로소 절대적 가치가 있기 때문이다. 무릇 언행이 있으면 반드시 규칙으로부터 속박과 제한을 받게 될 것이다.

공자에게는 네 가지를 끊고 하지 않은 절사(絕四)가 있는데, 사사로운 뜻이 없어 자기 마음대로 억측하지 않았고, 반드시 그렇다고 독단적으로 단정하는 마음이 없었고, 고집을 부려 집착하는 마음이 없었고, 자기만을 내세우지 않아 이기심이 없었다(『논어·자한』).

공자는 가치의 경계를 깊이 알고 있었을 뿐만 아니라 인간의 한계도 더욱 깊이 알고 있었다.

한계가 있는 우리는 경계가 있는 가치만을 사용할 수 있다.

한계가 있는 우리는 반드시 경계를 지키는 겸손함을 가져야 한다.

소인을 이기는 비결

『논어·양화』에 나오는 첫 번째 이야기는 양화와 공자 간의 맞대결이다. 양화는 공자가 산에서 내려와 자신을 도와주기를 바랐다. 그러나 공자는 어려서부터 양화를 싫어했으며, 성인이 되어서는 신하의 신분으로 나라의 정권을 장악한 양화의 행실을 보고 더욱 싫어했다.

양화는 허세를 부리며 친히 공자를 찾아가지 않을 것이다. 그는 공자가 자신을 탐탁해 하지 않는다는 것도 알고 있다. 또한 공자가 절대 주동적으로 자기편에 서지 않을 것이라는 것도 잘 알고 있다. 그러나 양화도 그냥 지켜 보고만은 있을 수 없는지라 공자가 먼저 자신을 만나러 온다는 소문을 퍼트렸다. 하지만 공자는 멍청한 척하면서 모르는 체했다. 양화는 고심 끝에 공자가 집에 없는 틈을 타 사람을 시켜 그에게 삶은 돼지 한 마리를 보내는 계책을 생각해 냈다.

맹자의 말에 의하면 "고례 즉, 예로부터 내려오는 예법이나 예절에 따라 사대부가 선비에게 선물할 때 만약 그가 집에 없을 때는 그는 사대부를 찾아가 예를 행하여 감사를 드려야 한다. 그래서 양화는 공자가 집에 없는 틈을 타 그에게 삶은 돼지를 보냈던 것이다(『맹자·등문공하』). 이 일화를 두

공자가 우리 곁으로

고 주희(朱熹)는 다음과 같이 해석했다. "양화는 공자가 집에 없는 틈을 타 그에게 삶은 돼지 한 마리를 보냈는데 그것은 선물을 보고 자신을 찾아오게 하려는 것이었다(『논어집주』)" 즉, 삶은 돼지고기 선물로 공자로부터 답례를 얻고자 했던 것이다.

집에 돌아온 공자는 보내 온 삶은 돼지를 보고 양화의 뜻을 알아챘다. 사실 그는 공자에게 두 가지 난제를 낸 것이다. 하나는, 공자가 만약 찾아오게 되면 자기 쪽으로 넘어온 것이 되어 손을 잡는 셈이 되기 때문에 그가 이를 빌미로 여론을 조성해 소문을 퍼트려 공자가 자신과 손을 잡은 협력관계라는 반향을 불러일으킬 수 있다. 다른 하나는, 공자가 만약 자신을 찾아오지 않으면 오히려 주례(周礼)에 어긋나기 때문에 공자가 그것을 어기려 하지 않을 것은 명백하다. 이를 통해 그도 공자에게 타격을 가할 수 있을 뿐만 아니라 그의 명예를 훼손시킬 수 있다.

그러나 난제이긴 해도 이런 작은 일이 어떻게 공자를 곤란케 할 수 있겠는가? 문제를 해결하는 방도는 사실 우리 눈앞에 있다. 공자가 바로 가까운 데서 찾은 방법은 양화가 자신에게 사용한 방법이었다. 즉, 공자도 그의 방법을 사용하여 그가 집에 없다는 것을 알고 찾아간 것이다. 하지만 계제가 안 좋았는지 공교롭게도 돌아오는 길에서 그와 마주쳤다!

양화를 태운 수레를 보자 공자는 저절로 황급히 방향을 돌려 피했다. 그러나 이미 양화는 길 위의 공자의 모습을 보았을 뿐만 아니라 재빠르게 자신을 피하는 공자의 불쾌한 모습까지도 느낄 수 있었다. 이로써 곧바로 그는 어찌 된 일인지 알 수 있었다. 당시 권세가 등등한 그는 몹시 화가 났고 말하는 어투도 아주 과격했다. 그가 공자에게 말하였다.

"숨지 말고 이리 오시오. 내가 그대에게 할 말이 있소. 한 사람이 자기의 재능을 숨기고 나라의 혼란함을 그대로 내버려두는 것이 '인(仁, 인자)'이라고 할 수 있소?"

"그럴 수 없소."

"그럼, 본래 관리가 되어 정치에 참여하는 것을 좋아하면서 오히려 자주 때를 놓치는 것을 '지혜(智)'라고 할 수 있소?"

"그럴 수 없소."

분명히 공자는 면전에서 그의 질문을 반박하여 직접적으로 충돌하는 것을 원치 않았다. 그래서 공손하게 그의 질문에 따라 대답했을 뿐이다. 하지만 두 번의 똑같은 "그럴 수 없소."라는 대답은 진지하고 심각하게 대하지 않고 겉으로 따르는 체한 것이 분명하다. 양화도 물론 알아챘지만 공자의 태도가 저렇듯 공손한데 그도 화낼 방법이 없었다.

결국 양화가 마지막으로 한마디를 던졌다. "흐르는 세월 속에서 시간은 나를 기다리지 않는다!"

위의 말 속에는 "공 선생, 당신은 이미 쉰 살인데 앞으로 몇 번의 기회가 더 남았는가?"라는 뜻이 담겨져 있었다.

양화의 마지막 말은 공자의 마음을 세차게 두드려, 20여 년 동안 가슴속에 숨겨두었던 관리가 되어 정치에 참여하는 꿈과 비전을 불러일으켰다고 생각한다. 공자의 가슴속 꽁꽁 얼어붙어 있던 얼음이 녹기 시작하면서 비로소 이 두 사람 사이에 갈등이 해소되는 순간이었다. "알겠소, 관직에 나갈 준비를 하겠소(『논어·양화』)"

공자와 양화, 이 두 사람의 대화는 매우 멋지고 훌륭하다. 공자는 관리가 되어 벼슬하는 것을 원하지 않은 것이 아니라 정치 질서를 파괴하는 양화 쪽에서 벼슬을 하지 않으려 한 것이다. 따라서 양화를 만나지 않은 것은 군자의 도리인 "의(義)" 때문이었고, 부득이하게 양화를 찾아간 것은 "예(禮)"를 지키기 위함이었다. 양화가 집에 없다는 것을 알고 찾아간 것은 형편과 경우에 따라서 일을 융통성 있게 잘 처리한 '권(權, 권변)'이었고, 길에서 우연히 마주쳐서 지나치게 단호하지 않고 공손하게 대답한 것은 '반드시 그렇다고 독단적으로 단정하는 마음이 없음과 고집을 부려 집착하는 마음이 없음(毋必毋固)'이었다. 양화가 물을 때마다 공자가 모두 대답한 것은, 그가 이치에 맞는 말로 질문을 했기 때문이다. 자신도 이치에 따라 대답하고 변명하지 않은 것은, 겸손함과 굴복하지 않음이었다.

설령 공자와 같이 초탈한 사람이라 할지라도, 살면서 상대하기조차 어려운 까다로운 사람들과의 복잡한 갈등을 피할 수 없다. 그렇다고 해도 원망할 필요가 없다. 우리는 공자처럼 다음과 같이 생각할 수 있다. 소인을 포함하여 인생 역정에서 만나는 각양각색의 사람들을 모두 운명으로 받아들이고 우리를 단련시키는 것으로 여기는 것이다. 사실, 어떠한 장애물(장벽)도 다른 각도에서 바라보면 하나의 높이이다. 가령 자신이 장애물을 뛰어 넘을 수 없거나 심지어 그것보다 더 낮은 곳에 처해 있다면 그것을 단지 똑바로 바라볼 수 있거나 올려다볼 수 있을 뿐이다. 장애물은 말 그대로 장애가 되거나 이겨 내기 어려운 것으로 종종 우리의 앞길을 가로막기도 하는 절벽과 같은 것이기도 하다. 하지만 장애물을 뛰어 넘는다면 그것을 내려다볼 수도 있고, 장애물 앞에서 발을 들어 그것을 디딜 수도 있다. 그때, 그것은 계단으로 변하여 우리로 하여금 올라가도록 밀어준다.

기세등등한 양화 앞에서 공자는 변명하지도 않고 단지 응답만 했는데, 이것은 굴복이 아니라, 그와 얽히기를 원하지 않은 것이다. 공자는 결국 양화 쪽에서 벼슬을 하지 않을 것이지만, 양화가 질문한 관점에 대해서 논쟁하여 누가 옳고 그른지를 가려내려고 하지 않은 것으로 그럴 필요가 없었던 것이다.

소인를 이기는 비결은 그와 정면충돌하여 싸우는 것이 아니라 그보다 더 성장하여 더 높은 경지에 이르는 것이다.

당시 17세인 공자는 양화의 비웃음 앞에서도 변명하지 않고 다투지도 않았다. 몸을 돌려 그 자리를 떠날 때, 그의 눈에 비치는 양화는 이미 그가 성장하는 계단이 되었다. 하물며 30여 년 후의 공자의 모습이 어떠했는지는 말하지 않아도 주지하고 있다.

공자가 우리 곁으로

군자는 '그릇'으로
잴 수 없다

군자는 '그릇'으로 잴 수 없다

공자는 '군자불기(君子不器)' 즉, "군자는 한 가지 용도로만 사용되는 그릇처럼 국한되지 않는다."라고 했다.

이 말 속에 내포된 첫 번째 함의는 '그릇(器)은 군자가 아니다'이다.

그릇은 특정한 용도로만 국한해서 사용되는 도구이다.

군자가 어찌 타인의 마음에 들게 하는 도구와 같을 수 있겠는가?

군자는 자기 주견이 있어야 하고, 마땅히 '사람'으로서 존재해야지 '도구'로서 존재하는 것이 아니다.

사람이 만약 '그릇(器)'이라면 특정 기술 분야에서만 쓸모가 있을 뿐이다. 이를테면 구두 수선공이나 컴퓨터 기술자의 경우, 만약 그들의 지식과 관심이 구두 수선이나 컴퓨터 수리에만 국한되어 있고 이 누 가시 일에 대해서만 견해가 있다면 그들은 단지 특정한 분야에만 뛰어난 하나의 '그릇(器)'인 한정된 도구에 불과하다.

그러나 그들이 사람들이 인생을 살면서 일반적으로 겪는 삶의 문제에 대해 관심과 견해를 가지고, 정의에 입각해서 판단을 한다면, 아마도 그들은 '군자'일 것이다.

군자의 능력(역량)은 한 가지 업종에 국한되지 않으며, 관심대상도 특정된 것이나 범위가 협소한 전문적인 일에 국한되지 않는다. 그는 사람들의 일반적인 삶에 관심을 갖고 자신의 양심을 유지하며 도리를 지킨다.

군자는 사람들이 인생을 살면서 겪는 삶의 일반적인 문제나 총체적인 인류의 운명과 미래에 대해서 정의에 기초한 판단, 판단에 기초한 식견, 식견에 기초한 행동을 한다. 그는 모든 일에 있어서 인류 전체의 이익을 위해 가치 판단을 한다.

'군자불기(君子不器)'에 내포된 두 번째 함의는 '군자는 그릇(器)이 아니다'이다.

군자는 양심, 정의, 도덕, 이상이 있어야 한다.

군자는 옳고 그름을 판단할 줄 알아야 한다.

군자는 옥이 되어 부서질지언정 기와가 되어 오래 보전되지는 않는다. 즉, 그들은 정의를 위하여 깨끗하게 죽을지언정 구차하게 목숨을 보전하며 살지 않는다는 것이다.

만약 군자가 단지 '그릇(器)'일 뿐이라면, 예를 들어 군자가 칼 한 자루라면 그에게 채소를 썰라고 해도 되고, 무고한 사람을 베어 죽이라고 해도 된다. 그러면 그가 그래도 군자라고 할 수 있을까?

따라서 군자는 양심과 정의에 따라 옳고 그름을 판단하는 능력과 소망이 있어야 한다.

외부의 힘에 의해 협박당하지 않고 정의를 견지하는 용기도 있어야 한다.

이러한 옳고 그름의 판단능력과 용기가 있었을 때, 가령 그가 칼 한 자루라면 아마도 땔나무를 베거나 사람을 도와 채소를 썰 지라도 결코 직접 사람을 죽이거나 남의 협박에 굴복하여 무고한 사람을 죽이지는 않을 것이다.

이처럼 고귀한 정신이 깃들어 있는 '칼'은 더 이상 '그릇(器)'이 아니다. 즉, 단지 단순한 용도로만 쓰이는 도구로서의 '그릇(器)'이 아니다.

빅토르 위고와 아인슈타인에 대한 일화를 보자.

먼저, 프랑스의 대문호 빅토르 위고(1802-1885)이다. 프랑스 대위 바트레는 영국-프랑스 연합군들을 따라 중국 침략에 참여하여 중국 베이징에 있는 청나라 때의 당시 황실 정원인 원명원을 파괴하고 문화재를 약탈했다. 바트레는 위고에게 편지를 보내 중국 원정에 대한 그의 견해를 듣고 싶었다. 그는 다음과 같이 답장을 보냈다.

지구 어딘가에서는 이미 하나의 세계적인 기적이 발생했습니다. 그 이름은 바로 '원명원'입니다. …… 어느 날 두 강도가 원명원에 쳐들어왔습니다. 그중 한 강도는 약탈을 하였고, 다른 한 강도는 방화를 했습니다. 말하자면, 승리는 강도들의 승리였으며, 두 승자가 함께 원명원을 완전히 파괴했습니다.

……

역사 앞에서, 이 두 강도는 바로 프랑스와 영국입니다. 하지만 저는 항의를 제기함과 아울러 저에게 이런 항의를 제기할 기회를 주셔서 감사하게 생각합니다. 통치자가 저지른 죄는 피통치자의 잘못이 아닙니다. 정부는 때때로 강도가 되겠지만 국민들은 절대 강도가 되지 않습니다.

프랑스 제국은 전리품 절반을 자신의 호주머니에 넣었을 뿐만 아니라 진짜로 자기 것인 양 지금도 여전히 스스로 주인 행세를 하면서 원명원에서 약탈해 온 골동품의 정교함과 아름다움을 자랑하고 있습니다. 나는 언젠가 프랑스가 환골탈태하고 개과천선하여 의롭지 못한 수단으로 얻은 그것들을 빼앗긴 중국에 돌려주기를 바랍니다. 이보다 앞서, 저는 도난 사건이 발생했고 범인은 두 명의 강도라고 증언했습니다.

바트레는 대문호의 찬사를 받고 싶었지만 돌아온 것은 오히려 분노와 비난이었다.

대문호 위고는 왜 자신과 무관해 보이는 일에 대해 그토록 분노했을까? 그는 단순한 용도로만 쓰이는 도구로서의 '그릇(器)'이 아니기 때문이다.

프랑스는 그의 조국이고 바트레는 그의 동포이며 심지어 그의 친구라고 할 수 있다. 그런데, 왜 자신과 전혀 관련도 없는 중국 편에 서서 조국을 비난하고, 친구의 기분을 상하게 하여 미움을 사는가? 그는 군자이기 때문이다. 군자는 언제나 '의(義)'의 편에 설 뿐이다.

다음은 아인슈타인에 관한 이야기이다.

일본군이 중국을 침략했을 때, 아인슈타인과 버트런드 러셀 등은 1938년 1월 5일 영국에서 일본의 중국 침략을 질타하고 중국 원조를 호소하는 공동 성명을 발표하였다.

당시 중국 국민당 정부가 항일 운동의 지도자인 '칠군자(七君子, 전국구국연합회의 핵심인물 7인)'를 체포했을 때, 그는 1937년 3월 미국의 유명 인사 15명과 함께 응원 전보를 보냈다.

극동에서 발생한 이런 사건들은 그의 삶과 전문적으로 일하는 분야와

공자가 우리 곁으로

도 거리가 너무나 먼데, 도대체 그와 무슨 상관이 있단 말인가? 심지어 내 정간섭을 하며 함부로 왈가왈부 하는 것 같기도 하는데 말이다.

왜냐하면 그는 단순한 용도로만 쓰이는 도구로서의 '그릇(器)'이 아닌 군자이기 때문이다. 바로 이런 이유로 그는 물리학 분야에서뿐만 아니라 인격적으로도 존경을 받은 것이다.

군자는 어떤 사람인가? 자신의 직업에 관한 전문적인 업무에 대한 판단력 뿐만 아니라 옳음과 그름, 선과 악에 대한 판단력도 갖추어져있다. 또한 과감하게 정의의 편에 서서 정의의 힘을 증가시켜 악을 물리치고 정의로운 승리의 목적을 달성한다. 이런 사람들이야말로 군자가 아니겠는가. 위고가 그랬고, 아인슈타인이 그랬다.

군자는 곤궁해도 지조를 잃지 않는다

『논어·위령공』에 나오는 말이다.

"공자가 진나라에 있을 때에 양식이 떨어지고 따르던 사람들이 병들어 일어나지 못하였다."

위나라를 떠나 진나라로 간 공자와 그의 제자들은 양식이 다 떨어졌지만 누구도 도와주지 않고 따르던 사람들마저 병들어 일어나지 못하는 상황이었다. 그런 처지에서도 공자는 "하늘을 원망하지 않으며 사람을 탓하지도 않고, 아래로 땅에서 배워서 위로 하늘에 이르니 나를 알아주는 것은 하늘인가 보다!"라고 말했다. 공자는 모든 것을 태연하게 대했고, 그런 모든 일들이 인생을 단련하며 덕을 닦는 기회라고 여겼다. 어떠한 상황에서도 평정심을 잃지 않은 그는 여전히 가르치고 거문고를 타며 노래를 불렀다.

그러나 제자들은 공자의 그런 경지에까지 이르지는 못했다. 궁핍한 생활이 언제까지 이어질지 걱정이 앞섰다. 제자 가운데 가장 정직하고 솔직한 성격을 가진 자로가 선생님께 물었다.

"군자도 곤궁할 때가 있습니까?"

이 질문은 매우 평범해 보이지만 사실은 매우 심오하며, 하나의 관념을 대표하는데, 중국 철학사와 윤리학사에서 중대한 명제라고 말할 수 있다.

자로는 순박하고 천진하며, 열정적이고 마음이 밝은 사람이다. 그는 공자를 공경하고 도덕에 대해 매우 소박하고 꾸밈이 없는 신앙을 가지고 있었다. 자로는 군자라면 반드시 덕행은 고상하고 이상은 순결하며, 세상을 바로 잡고 백성을 구제하며, 박애하고 인자한 사람이어야 된다고 생각했다. 그래서 자신들이 이미 그렇게 된 군자인 이상 어디에서나 통할 수 있어야 하고, 환영을 받고 추앙을 받아야 한다는 것이다. 하지만 자신들의 처지가 그렇지 않음을 한탄한다.

"설마 우리 같은 사람들이 세상에서 이토록 한 치 앞을 내다볼 수 없을 정도로 곤궁에 처할 수 있단 말인가?"

이런 특정한 상황에서, 자로는 도덕과 그것의 실용성에 대해 의문을 제기한 것이다. 그의 질문은 매우 중대한 윤리학적 문제로 소위 말하는 '전도덕문제(前道德問題)'이다. 이것의 본질은 바로 "우리는 왜 도덕을 중히 여기고 실행해야 하는가?"이다.

자로는 분명히 공리(功利)의 입장에서 도덕을 인식했다. 그는 이런 입상에서 "한 사람이 도덕을 존숭하고, 도덕의 요구에 따라 도덕을 행하는 사람일 뿐만 아니라 도덕을 실천하는 일을 하면, 마땅히 그는 도덕의 보호를 받아야 하고, 도덕을 실행하여 응당 받을 만한 이로운 점과 혜택을 누려야 한다."는 결론을 내렸다.

중국의 유치원 선생님은 착한 아이에게 장려상으로 작은 붉은 꽃을 선물한다. 여기에서 붉은 꽃은 바로 도덕에 대한 대가이다. 자로는 줄곧 훌륭한 일을 한 착한 아이였지만 유치원의 착한 아이처럼 붉은 꽃을 받지 못했기 때문에, 그는 매우 혼란스러웠고 심지어 화가 났던 것이다.

그러나 착한 사람에게는 좋은 보답이 있다는 도덕적 기대는 분명히 인간의 가장 높은 도덕의 경지가 아니며 사실의 진상에도 부합하지 않는다. 여기에 대한 공자의 대답은 "군자는 곤궁해도 절개와 지조를 잃지 않는다(君子固窮)."였다. 즉, 군자는 곤궁에 처할지라도 도를 지켜 꿋꿋함을 잃지 않고 의연하다는 것이다.

위와 같이 공자의 답변은 아주 냉혹했다. 자로처럼 도덕에 대해 그토록 큰 신념을 가지고 있는 사람에게는 파멸적인 타격이 아닐 수 없다. 사실, 자로는 도덕의 유효성에 대해 큰 기대를 가지고 있었는데, 이것은 어떤 의미에서는 미신이다. 그래서 공자는 그의 미신을 철저히 타파하려고 했다.

"군자가 되면 어디에서나 통할 수 있고, 어디에서나 환영받을 수 있다고 생각하느냐? 그렇지 않다. 완전히 정반대이다. 군자는 도덕을 중시하고 원칙을 지키며 발전하려는 노력을 추구하면서도 오히려 또 어떤 일은 하지 않기 때문에 도리어 자주 방해를 받고 가로막히고 통하지 않아 벽에 부딪힌다."

무엇이 군자를 방해하고 가로막는가? 바로 군자 자신이고, 자신이 신봉하는 도덕이다. 도덕은 군자에 대한 구속이고, 군자는 그러한 구속 속에서 진정한 군자로 성장한다. 소인들이 어디에서나 통하는 이유는, 그에게는 그러한 구속이 없기 때문에 소인이 되는 것이다.

이것이 바로 도덕에 대한 가장 깊은 이해이다. 이러한 인식은 비관적이면서도 숭고하다. 공자의 도덕에 대한 이치는 우리에게 인간됨(成人, 어른이

됨, 성숙)을 보장할 수 있을 뿐, 성공을 보장할 수 없다는 것이다.

따라서 가끔 인간됨과 성공은 심지어 서로 모순된다. 이런 면에서 우리는 반드시 실패를 겪으면서 어른이 되어야 한다. 즉, 삶 속에서 펼쳐지는 수많은 일들 중에서 우리는 때때로 실패를 경험하기도 하는데 그 과정에서 우리는 배우고 성장하고 성숙해진다. 이것이 바로 연단이고 시련이다.

여러분은 인생에서 고상한 실패를 할 것인가? 아니면 비천한 성공을 할 것인가?

인격적 존엄성을 갖고 유지하면서 실패를 할 것인가? 아니면 인격을 상실한 성공을 얻을 것인가?

공자가 말했다. "사람이 도를 넓힐 수 있는 것이지, 도가 사람을 넓히는 것이 아니다 (『논어·위령공』)"

예로부터 주석가들은 위의 문장 속에 담긴 깊은 뜻을 이해하기 어렵다고 생각했다. 사실 위 문장의 뜻은 매우 명백하다. 진리와 정의가 우리를 비호하는 것이 아니라 우리의 피와 살이 진리와 정의를 지킨다!

강자는 '도(道)'를 지키고, 약자는 '도(道)'의 보호를 구한다.

자기 자신을 내려놓아라

    『논어』 네 곳에는 고금의 인물 가운데 형제간의 의리가 가장 좋다고 하는 백이(伯夷)와 숙제(叔齊)가 다섯 번이나 언급되어 있다. 공자도 그들을 긍정적으로 평가하였다. 특히 두 군데에서 그들에 대한 '원망(怨)' 유무의 문제를 말하고 있는 것이 흥미롭다. 하나는 『논어·술이』에서 자공의 물음에 공자가 답변하는 내용이다. 자공이 물었다. "백이와 숙제가 임금의 자리를 사양하고 죽음에까지 이르게 되었는데 그들은 원망을 했습니까?" 공자가 말하였다. "인(仁)을 추구하여 인을 얻었는데 어찌 원망했겠느냐?" 공자가 직접 대답을 했기 때문에 후세에 와서도 이 해석에 대한 이견이 없다. 다른 하나는 『논어·공야장』에 나오는데 어의(語義)와 어법상 해석의 차이가 있기 때문에 이해가 서로 다르다.

    『논어·공야장』에서 공자는 다음과 같이 말했다.

    "백이와 숙제는 예전의 악한 것(옛날에 다른 사람이 자신들에게 악하게 굴었던 일-옛 원한)을 마음에 두지 않았기 때문에 (그들이 다른 사람을) 원망하는 일도 그것 때문에 드물었다."

후세에 와서 많은 사람들은 "'원시용희(怨是用希)'를 '(그들이 다른 사람을) 원망하는 일도 그것 때문에 드물었다'가 아닌 '그들에 대한 다른 사람의'라는 뜻을 추가시켜 '그들에 대한 다른 사람의 원망도 그것 때문에 드물었다'"로 해석했다. 이러한 해석도 물론 가능하고, 고대 중국어 관습상에서 봐도 말이 통하지만 직역하여 '(그들이 다른 사람을) 원망하는 일이 그것 때문에 드물었다'로 이해하는 것이 더 좋다. 중국의 유명한 역사가인 전목(錢穆) 선생도 이렇게 이해하고 해석했다. 마음속에 원망(원한)이 없고, 타인에게 불만이 없는 것이 곧 자신의 마음을 깨끗하게 한다. 마음의 청결함과 평온함을 유지하는 것이야말로 가장 큰 행복이 아닐까? 오늘날 사람들은 자주 건강에 대해서 말을 하는데 그중 많이 언급되어지는 것은 '배독(排毒, 독소를 배출하는 것)'이다. 몸속의 독소를 배출하는 것도 중요하지만 사실은 심리적·정신적 독소를 배출하는 것이 더욱 중요하다. '무원(无怨)' 즉, '원망하지 않는 것'이 바로 마음을 청결하게 유지하는 것이며 이것이 곧 정신(심리) 건강의 양호함을 나타내는 중요한 지표이다.

　　그래서 공자는 비록 "불인(不仁, '인'하지 못한 것)을 미워하는 사람"일지라도, "오직 인(仁)이 있는 자만이 타인을 제대로 미워할 수 있다."라고 말했다. 그러나 공자는 여전히 우리에게 다음과 같이 당부한다. "남이 나를 알아주지 않아도 성내지 않아야 한다.", "(부모를 섬김에 있어서) 어떤 고생을 하든지 불만이 있어도 결코 원망하지 않아야 한다.", "어디에 있든지, 어디에서 일하든지, 직장 동료든지, 친족이든지 서로 화목하게 지내며 다른 사람의 원망을 사는 일이 없도록 해야 한다(원의: 제후가 다스리는 나라에서 벼슬을 하든지 경대부의 영지에서 벼슬을 하든지 타인의 원망을 사는 일이 없도록 해야 한다).", "남을 누르고 이기기를 즐기는 일, 자신의 공훈·재능·선행 등을 뽐내며 자랑하는 일, 남을 탓하고 원망하며 원한을 품는 일, 지나친 욕심을 부리며 탐내는 일 등을 버려야 한다."

이것은 다른 사람을 관용하고 자신을 내려놓는 것으로써 자기 자신을 위해서도 바람직하기 때문에 오히려 자기 자신을 위한 것이 된다. 칸트(Immanuel Kant)는 '화를 내는 것'은 곧 다른 사람의 결점으로 자신에게 벌을 주는 것이라고 했다. 다시 말하면, 다른 사람의 결점에 대한 불만과 원망을 자신의 마음속에 쌓아놓아 독소가 되게 하는 것은 '인(仁)'하지도 않고 지혜롭지도 않다는 것이다.

그런데, 우리가 화를 내고 원망하는 것이 타인의 잘못 때문에 그런 것인가? 아니면 우리가 정말 타인을 원망하는 도덕적 우위를 가지고 있다는 것인가?

『논어·이인』에는 "(개인적) 이익에 따라 행동하면 (많은 사람들의) 원망을 사게 된다."라고 기록되어 있다.

모든 것을 이익을 좇아 행동하면, 사람들의 마음속에 갖가지 원망이 생기게 된다. 원래 우리가 타인을 원망할 때, 결코 타인에 대한 우리의 도덕적 기대가 물거품이 된 것이 아니라 타인에게서 이득을 얻으려는 우리의 바람이 실패로 돌아간 것이다. 반대로 타인이 우리의 원망을 사게 된 것은, 결코 그들이 우리의 도덕적 기대를 만족할 수 없어서가 아니라 이득을 얻으려는 우리의 바람을 만족할 수 없었기 때문이다. 그러므로 타인을 원망하고 책망할 때 우리는 결코 그렇게 고상하지 않다.

원망은 단절된 이익에서 생기지만, 오히려 확대하여 발휘할 수 없는 도덕의 문제에서 생기는 것으로 가장한다. 그럼 왜 우리는 자신의 원망의 감정을 고상한 척 꾸며야 하는가? 왜 우리 마음속에 저절로 일어나는 원망을 도덕적 문제에서 나오는 것으로 가장해야 하는가? 왜냐하면 자기 자신을 도덕적인 사람으로 꾸미지 않으면 남을 원망할 조건이 없기 때문이다. 이것은 스스로를 기만하고 남도 속이는 것이지만, 자주 자기도 모르게 무의식중에 완성되는 것으로, 원망이 의식의 수면 위에 서서히 떠오를 때 그것은 마치 출신이 좋고 단정한 어린 아가씨처럼 단장된다. 이로써 원망은 정당한 모습으로 위장한 도덕적인 결과를 초래하지만 그것의 발생 원인은 주로 도덕의 문제가 아니라 마음의 문제이다. 따라서 우리는 누구나 타인에 대해서나 세상에 대해서 가질 수 있는 원망을 비판하거나 비난할 필요가 없다. 오히려 도덕적이지도 건강하지도 않은 부정적인 감정을 우리가 어떻게 피할 수 있는지를 숙고해야 한다. 다행히도 공자는 『논어』에서 이미 답을 주었다.

"만약 뜻을 세워 '인(仁)'을 추구한다면 그 사람은 악한 짓을 하지 않는다." 즉, 만일 '인(仁)'을 마음에 품고 있으면 다른 사람을 싫어하거나 미워하지 않는다는 말이다. 설령 타인에게 도덕적 허물이 있다 하더라도 그에 대한 원망도 역시 그가 나아지기를 바라는 마음에 근거하는 것이고 또는 인애하는 큰 사랑에 기초하는 것이다.

공자는 다음과 같이 말했다. "자신을 엄하게 많이 책망하고 남을 관용하며 적게 책망하면 (다른 사람의) 원망으로부터 멀어져 피할 수 있다."라고 말했다. 자신에게는 엄격하게 하고 다른 사람에게는 너그럽게 대하면 무슨 원망(원한)이 있겠는가?

군자도 속을 수 있다

어느 날, 제자인 재아(宰我)가 공자에게 아주 이상한 질문을 했다. "'사람이 우물에 빠졌어요'라고 호인인 군자를 놀린다면 그가 곧바로 우물에 뛰어 내려가서 사람을 구할까요?" 공자가 얼굴을 찌푸리며 대답했다. "어떻게 그렇게 하겠느냐? 군자라면 재빨리 달려가서 먼저 주위 상황을 살펴보지 바보스럽게 뛰어들지는 않을 것이다. 군자는 속을 수는 있어도 우롱을 당하지는 않는다."

재아의 질문 역시 너무 바보 같은 질문이다. 지혜로운 군자는 말할 것도 없고 정상적인 보통 사람이라도 먼저 우물 안에 정말 사람이 있는지를 살펴보지 바보스럽게 즉시 뛰어내리지는 않을 것이다.

그러나 이 대화의 유의미한 가치는 어떠한 깊은 내용과 난도도 없는 재아의 어리석은 질문에도 없고, 군자가 우물에 뛰어 들어가서 사람을 구하느냐에 대한 공자의 대답에도 없으며, '군자는 속을 수 있다'는 공자의 관점에 있다.

흥미롭게도 맹자도 위와 같은 견해를 가지고 있다. "군자는 그럴듯한 방법으로 속일 수는 있지만 이치에 맞지 않는 터무니없는 방법으로 속이

공자가 우리 곁으로

기는 어렵다(『맹자·만장상』)"라는 명언이 그렇다. 즉, 군자는 이치에 맞는 정당한 이유로 속을 수도 있으며, 속이는 말이라도 일리가 있고 경우에 맞는 것이라면 의심을 하지 않고 받아들이기 때문에 속아 넘어갈 수 있다는 뜻이다.

맹자는 다음과 같은 예를 들어 설명했다. 정나라(鄭國) 정승 자산(子産)은 인덕이 있고 지혜로운 사람으로 공자도 일찍이 그에게 가르침을 청한 적이 있었다. 공자는 자산을 '고대 성현을 계승한 사람'이라고 칭송하기도 했다. 어느 날 살아있는 물고기를 선물로 받은 자산은 인자하여 차마 잡아먹을 수 없었던지 그의 밑에서 일하고 있는 하급관리에게 연못에 가지고 가서 놓아주라고 했다. 그런데 관리는 물고기를 몰래 집에 가지고 가서 삶아먹었다. 둘째 날에 자산이 그를 보고 물고기를 연못에 방생했느냐고 물으니 그는 태연하게 그렇게 했다고 대답했다. 심지어 자신이 꾸민 거짓말의 신뢰도를 높이기 위해 재차 이야기를 꾸며내며 "처음에 물고기를 놓아주자 거의 죽은 것처럼 비실비실하더니, 조금 있다가는 머리와 꼬리를 흔들며 유유히 가버렸습니다"라고 말했다. 사연을 모르는 자산은 그 말을 그대로 믿으며, 그 물고기가 "제 있을 곳을 얻었구나"라고 기뻐했다.

물고기를 잡아먹고도 남을 속이는 그 하급관리는 정말 소인이다. 자산처럼 후덕하고 온화한 군자를 기만하고도 부끄러워하기는커녕 오히려 자산이 어리석고 속이기 쉬운 사람이라고 여겼다. 그는 밖으로 나와서는 스스로 우쭐대며 사람들에게 "누가 자산을 지혜가 있는 사람이라 하는가? 내가 분명히 물고기를 삶아 먹었는데 그는 그것도 모르고 연거푸 물고기가 '제 있을 곳을 얻었구나, 제 있을 곳을 얻었구나' 하고 좋아하지 않는가"라고 말했다.

도대체 자산이 우스운 것인가, 아니면 그 하급관리가 가증스러운 것인가? 자산은 그에게 물고기를 놓아주라고 시켰지만 그는 대답만 했지 그대로 하지 않고 약속을 어겼다. 또한 거짓말을 그럴듯하게 아주 생생하게 꾸며 댔다. 이로써 "왜 자산이 그를 믿지 않은 겁니까?"라는 반어의문을 함으로써 "하급관리의 거짓말이 일리가 있는 그럴듯한 말이었기 때문에 의심을 하지 않고 그의 말을 믿었다"는 강한 긍정을 할 수 있다. 어떤 사람에 대한 타인의 믿음을 어리석다고 여기는 사람이 있다면 그는 타인이 자기를 어떤 사람으로 보기를 바랄까?

이치에 맞게 남을 믿는 것은 인자한 사람일 뿐만 아니라 지혜로운 사람이기도 하다. 그는 소인에게 속기 전에 이미 소인이 따라올 수 없는 높은 경지에 있다.

이치에 맞는 거짓말로 남을 속이는 것은 아첨꾼일 뿐만 아니라 어리석은 사람이다. 그는 남에게 손해를 끼치기 전에 자신이 먼저 스스로 타락한다.

군자는 정당한 것 즉, 이치에 맞는 올바른 것을 의심하지 않고, 일리가 있고 경우에 맞는 것도 의심하지 않는다. 왜냐하면, 사회의 기본적인 신뢰의 최저선(마지노선)를 지키는 것이 속지 않도록 방비하는 것보다 더 중요하기 때문이다.

인덕은 시련과 동행한다

은나라 말기 고죽국(은나라 제후국의 하나로 책봉된 나라)이라는 작은 나라가 있었다. 국왕에게는 세 아들이 있었는데 큰아들은 백이(伯夷)이고 셋째 아들은 숙제(叔齊)이다. 국왕이 죽은 후, 백이와 숙제는 서로 왕위를 양보하며 누구도 기꺼이 왕이 되려고 하지 않았고, 두 형제 모두 본국을 떠남으로써 단호함을 보여주기도 했다. 결국 둘째 아들이 왕위에 올라 고죽국은 국왕의 궐위 위기를 벗어날 수 있었다.

주나라가 강대해진 때에, 백이와 숙제가 주나라에 귀의하여 노년을 보낼 준비를 하던 차에 마침 주나라 무왕(武王)이 군사를 일으켜 은나라의 주왕(紂王)을 정벌하려고 했다. 사실 이 두 형제가 상상했던 주나라는 강대하고 도덕을 숭상하는 나라였으나 은나라를 정벌하려는 행위를 보고 그러한 상상들이 깨지고 말았다. 이런 실망스러운 중에도 전쟁을 막으려고 주나라 무왕의 마차를 막고 충언을 했지만 그만 실패로 돌아갔다.

주나라가 은나라를 멸망시킨 후, 그들은 주나라의 곡식을 먹는 것을 수치로 생각하고, 수양산에서 은거하며 산나물로 생계를 유지하다가 결국 굶어 죽었다.

『사기·태사공자서』에서 사마천은 백이·숙제 형제를 '칠십열전(七十列傳)'의 첫머리에 놓고 이렇게 기술했다. "난세에 저마다 이익을 위해 다투는 그런 환경에서 백이·숙제 형제는 도덕과 정의를 추구하였고 왕의 자리까지 내어주며 나라에 충절을 지키다가 아사했다. 이로써 천하 모든 사람들이 그들을 칭송하니 백이열전(伯夷列傳) 제일 앞에 놓을 만하다"

『논어·술이』에서도 백이와 숙제 형제에 대하여 제자인 자공의 물음에 공자가 답변하는 내용이 나온다. 자공이 물었다. "백이와 숙제 형제는 어떤 사람이었습니까?" 공자가 말하였다. "그들은 옛날의 현인들이었다." 자공이 또 물었다. "그들은 원망하고 후회했습니까?" 공자가 말하였다. "인(仁)을 추구하여 인을 얻었는데 어찌 원망하고 후회했겠느냐?"

공자는 백이·숙제 형제가 처음부터 왕위를 거절했든, 충절을 지키기위해 주나라 곡식을 거절했든, 모두 자신의 인덕(仁德)을 굳게 지키기 위한 것으로 여겼다. 애당초 조국을 떠났던 일이나 수양산에 들어가 산나물로 연명하며 살아가는 것은 모두 인덕을 추구하며 굳게 지킨 것이다. 인(仁)을 지키면 반드시 유랑하며 굶주릴 것이고, 유랑하지 않고 굶주리지 않으면 바로 인(仁)을 잃게 된다. 유랑함과 굶주림은 인이며, 이 셋은 함께 삼위일체를 이룬다. 가령 유랑과 굶주림을 원망한다면 곧 인덕을 원망하는 것이 되는데, 그들이 어찌 자신의 인덕을 원망할 수 있겠는가?

백이·숙제 형제는 인덕을 위해 스스로 불행을 선택했다. 오직 불행을향해 나아가는 것만이 인덕과 가까이할 수 있다.

인덕을 사랑하면 그 불행도 사랑할 수 있다. 불행 속에 인덕이 있기 때문이다.

그러나 비운의 사마천은 이에 대한 해석이 다르다. 『사기·백이열전』에

공자가 우리 곁으로

는 의외로 시 「채미가(采薇歌)」를 실었다. 이 시는 수양산에서 백이·숙제 형제가 굶어 죽기 전에 지은 시라고 전한다.

결국은 굶어 죽는구나! 이에 시 한 수를 짓노라.

"수양산에 올라 산나물로 주린 배를 채우도다.
폭력으로 폭력을 대신하고도 무왕은 자기의 그릇됨을 모르도다.
신농(神農)과 우순(虞舜)과 하우(夏禹) 시대는 홀연히 지나가버렸으니
나는 어디로 간단 말인가.
아아 슬프도다. 이젠 떠나련다. 운명의 기박함이여!"

사마천은 이 정체 모를 「채미가(采薇歌)」를 근거로 이렇게 의문을 제기한다. "이로부터 살펴보니 백이·숙제 형제가 원망했을까? 아니면 원망하지 않았을까?"

사실, 「채미가」의 진실성에 대해서는 의심의 여지가 많다고 할 수 있다. 설령 사마천이 직접 지은 시가 아닐지라도, 사마천 이전 시기의 무명 시인이 고인의 심경을 헤아려 지은 시일 수도 있기 때문이다. 어쨌든 사마천은 시 내용에 근거하여 그들이 죽으면서 원망했다고 의심했는데, 사실 이것은 현시대 '학술규범'에도 맞지 않는다. 하물며 백이와 숙제가 정말 그런 노래를 부르며 역사의 혼란한 소용돌이 속으로 빠져들어갔다고 해도, 그 노래 속에 담긴 한의 정서는 자신에 대한 연민이나 원망이 아니라, 인류 역사에 대한 슬프고도 처량한 심정이며, 개인이 항거할 수 없는 비극이다. 다시 말하면, 인덕은 필연코 시련과 동행하며, 군자는 곤궁에 처해도 절개

와 지조를 잃지 않는다. 즉, 이것은 시대의 추세가 만들어 낸 강력한 천명인데, 개인의 인생 비극을 천명으로 여기는 것은 비극의 최고 경지이다. 왜냐하면 그것은 초월함이기 때문이다. 도덕을 넘어 심미에, 애통(哀痛)을 넘어 감상(感傷)에, 원망(怨恨)을 넘어 연민(悲憫)에, 옳음과 그름(是非), 명예와 이익(功利)을 뛰어넘어 광대한 경지에 이른다.

"백이·숙제 형제가 남을 원망함이 없다"고 한 공자의 말은 백이·숙제 본인들의 역사적 사실에 대한 판단만이 아니라 어떤 경지에 대한 지각이다. 이런 경지가 바로 '하늘(天)'이며, 하늘에서 받는 '천명(天命)'이다.

공자가 말했다.

"사람이 도(道)를 넓힐 수 있는 것이지, 도가 사람을 넓히는 것이 아니다(『논어·위령공』)"

도가 사람을 크게 만드는 것이 아닌데도, 도는 왜 사람들에게 그토록 중요한 것인가? 우리는 왜 도덕을 견지하며 더욱 확대·발전시켜야 하는가?

제자인 자로가 공자에게 물었다. "군자도 곤궁할 때가 있습니까?" 공자는 주저 없이 말하였다. "군자는 곤궁에 처해도 도를 지켜 꿋꿋함을 잃시 않고 의연하다" 공자의 대답은 천진난만한 자로의 군자에 대한 인식에 타격을 주었을 뿐만 아니라 보통 사람들이 이해하고 있는 도덕의 유효성에 대해서도 일침을 가했다.

그런데 공자가 말한 "군자는 곤궁에 처해도 도를 지켜 꿋꿋함을 잃지 않고 의연하다"라는 '군자고궁(君子固窮)' 네 글자 뒤에 "소인은 곤궁하면

외람스러워지고 못할 짓이 없다"라는 '소인궁, 사람의(小人窮, 斯濫矣)' 여섯 글자가 또 있다. 이 여섯 글자로 이루어진 뒤 문장은 네 글자로 이루어진 앞 문장과 대비되는 것으로 소인과 군자를 대조하여 말한 것이다. 그중 넘칠 '람(濫)'자는 말이나 행동이 분수에 넘쳐서 못할 것이 없을 정도로 아무 짓이나 다 하는 것을 말하며, '강물이 범람하다'의 뜻으로도 통한다. 강물은 강바닥을 통해 강줄기를 따라 흐르는 나름대로의 규칙과 길이 있지만, 일단 범람하면 규칙도 없고 마땅한 길도 없이 사방으로 흐르게 된다. 소인도 역시 그렇다. 욕망이 이루어지지 못하거나 어떤 일이 성공하지 못할 때면, 강물이 범람하듯이 방향도, 원칙도 없이 어떤 나쁜 짓도 못할 것이 없을 정도로 수단을 가리지 않고 다 하게 된다.

공자가 우리에게 가르쳐 주고 있는 것은 도덕(道德)이 있는지, 도덕의 구속이 있는지, 도덕에 대한 믿음이 있는지에 따라 결과가 다르다는 것이다. 군자도 곤궁할 때가 있냐는 자로의 물음에 공자는 "군자는 곤궁에 처해도 도를 지켜 꿋꿋함을 잃지 않고 의연하다"라고 했으며, 또 인격적으로 완성된 사람에 대한 자로의 물음에도 "오랫동안 곤궁에 처해 있어도 옛날에 평소 했던 약속을 잊지 않는다"라고 말했다. 군자는 언제나 존엄과 고상한 인격을 지닌 자이다. 비록 곤궁에 처해도 여전히 그러한 정신과 기개를 가지고 있으며, 고귀하고 위엄이 있어 침범할 수가 없다. 옹졸해지지도 않는다. 이것이 곧 군자이다.

군자의 인격은 곤궁해도 추락하지 않는다.

군자의 정신은 곤궁해도 옹졸해지지 않는다.

군자의 기개는 곤궁해도 꺾이지 않는다.

이것이 바로 도덕이 우리에게 주는 가장 큰 유익이 아닐까?

공자가 우리 곁으로

소인은 이와 정반대이다. 뜻이 이루어졌을 때는 아마도 약간의 위엄이 있을지도 모른다. 또한 말이나 행동 등이 그런대로 제격에 맞을 수도 있을 것이다. 그러나 일단 곤궁해지면 방향을 잃고 아무 짓이나 다 하게 된다. 맹자의 말을 빌자면, "제멋대로 행동하고, 자신의 사욕을 위해 온갖 못된 짓을 다한다."이다. 결국, 하류 인생이 되고 타락하게 된다. 이럴 때, 다른 사람이 그를 훈계할 필요가 없다. 자기 스스로 자신을 멸시하고 천대할 것이다.

그러므로 가장 큰 실패는 인격적인 실패이고, 가장 큰 곤궁은 인격적인 곤궁이다. 이것이 군자와 소인의 차이이며, 도덕의 유효성이다. 도덕은 우리의 성공을 보장하지는 않지만, 우리가 타락하지 않도록 지켜주며, 우리가 실패에 부딪히더라도 그 정신은 살아있게 만든다.

『논어·위령공』에 공자가 자로에게 한 말에는 다음과 같이 기록되어 있다.

"중유야, 덕을 아는 사람이 드물구나!"

공자는 분명히 하나의 심각한 문제를 발견했던 것이다. 즉, 도덕의 참뜻과 도덕의 최고 경지에 대해 어느 정도라도 이해하는 사람이 너무 석나는 것이다. 많은 사람들이 도덕을 공리적 관점에서 이해하려고 했다. 좋은 사람이 되려고 한 원동력은 그저 좋은 사람은 좋은 보답(보상)이 있기 때문이라는 것이다. 그러나 이러한 보답은 매우 현실적인 것으로서 공리적인 명예와 이익을 띤 보답이다.

그래서 공자는 자로에게 도덕에 대해 다소라도 이해하거나 확실하게 이해할 수 있는 사람이 드물다고 말하며 개탄했던 것이다. 공자는 또 다음과 같이 말하였다.

"도덕은 우리가 성공을 하도록 지켜주고 도와주는 것이 아니라 단지 인격적으로 완성된 사람인 우리 같은 사람을 보우하는 것임을 아는 사람이 드물구나!"

"성공보다 인격적으로 완성된 사람이 더 중요하다는 것을 아는 사람이 드물구나!"

"성공을 추구하기보다 인격적으로 완성된 사람이 되기를 추구하는 것을 더 중요하게 여기는 사람이 드물구나!"

공자가 우리 곁으로

『논어·공야장』에서 공자는 다음과 같이 말하였다.

"교묘한 감언이설로 말을 늘어놓으면서 만면에 웃음을 띠며 굽실거리는 아첨스러운 지나친 공손에 대해 좌구명(左丘明, 춘추시대 노나라의 사관)은 그것을 수치스럽다고 여겼는데, 나 역시 수치스럽다고 여긴다. 원망(원한)을 가슴 속에 숨기고 다정하고 친밀한 척 상대방과 친구가 되어 교제하는 것에 대해서도 좌구명은 그것을 수치스럽다고 여겼는데, 나 역시 수치스럽다고 여긴다."

여기에서 공자는 세 가지 인격의 모습을 열거했는데 그것은 '교묘하세 꾸며대는 말(巧言)', '아첨하는 태도(令色)', '잘 보이기 위한 지나치게 공손한 태도(足恭)'이다. 또 한 가지 행위인 '마음 속에 원망(원한)을 감추고 사람을 사귀는 것(匿怨而友其人)'을 더했다. 그리고 그런 것들에 대한 좌구명의 태도를 인용하여 그것들에 대해 '수치스럽다'는 판결을 내렸다. 우리가 알아야 할 것은 '수치스럽다'의 뜻으로 쓰이는 '치(恥)'는 공자와 맹자를 대표로 하는 유가 도덕의 판단 기준에서 가장 엄중한 판결이라는 것이다.

그러면, 우리 한번 공자의 판결을 분석해 보자.

먼저 '교묘하게 꾸며대는 말(巧言)'과 '아첨하는 태도(令色)'를 보자. 여기에서 '교(巧)'와 '영(令)'은 본래 모두 좋은 말이다. 예를 들면, '교소(巧笑)'는 '미인의 애교 있는 아름다운 웃음'이라는 뜻으로 좋은 말이다. 『시경(詩經)』에서도 이런 뜻으로 여인을 묘사하고 있는데 공자도 이 비유를 아주 좋아했다. 자하가 공자에게 물었다. "'귀엽게 웃는 모습이 눈부시게 빛나고 아름답구나! 초롱초롱한 눈동자가 참으로 예쁘고 사랑스럽구나! 마치 새하얀 바탕 위에 아름다운 그림을 그린 것 같구나!'라고 한 이 시구는 무슨 뜻입니까?" 공자가 말하였다. "먼저 바탕이 되는 화선지가 있어야 비로소 그림을 그릴 수 있듯이 최우선시되어야 하는 것은 흰색 바탕이다." 자하가 또 물었다. "그러면 먼저 인의가 있고 그 후에 예법이 있다는 말씀이십니까?" 공자가 말하였다. "상(자하의 본명)아, 참으로 너는 나를 일깨워주는 사람이구나! 이제 비로소 너와 함께 시경을 논할 수 있게 되었구나!" 그러면, 위에서 상술했듯이 '교(巧)'와 '영(令)'은 본래 모두 좋은 말인데, 왜 여기에 각각 '언(言)'과 '색(色)'을 함께 사용하게 되면 본래의 뜻이 변하여 '교묘하게 꾸며대는 말'이라는 뜻인 '교언(巧言)'과 '아첨하는 태도'라는 뜻인 '영색(令色)'이 되어 군자로 하여금 수치스럽다고 여기게 하는가? 왜냐하면, 다른 사람에게 감언이설을 하고 어깨를 움츠리고 아첨하는 웃음을 짓는 것은 진실함에 부합하지 않아 진정성이 없을 뿐만 아니라 자기 자신를 노예화하는 것이기 때문이다. 더 안 좋은 것은 이러한 자기 인격의 노예화는 군자의 바른 인격을 순식간에 무너뜨리고 위축시키는 결과를 초래한다. 그래서 공자는 '교언난덕(巧言亂德)' 즉, "교묘하고 달콤한 감언이설은 덕을 어지럽힌다"라고 했다. 이처럼 '교언(巧言)'은 사람의 덕성(德性)에 상처를 주고 심지어 군자의 인격 중 고황에 해당되는 아주 중요한 부분인 인에 손상시킨다. '인(仁)'에 대해서 공자는 "교묘하게 말을 꾸며서 하고, 얼굴빛을 보기 좋게 잘 꾸미는 사람 중에 '인(仁)'한 사람이 드물다"라고 말하였다. 이 문장은 『논어』 학이편과 양화편에 각각 한 번씩 등장하는데, 이러한 중복을 단지 편찬상의 소홀함으로만 이해해서는 안 된다.

계속해서 세 가지 인격의 모습 중 '잘 보이기 위한 지나치게 공손한 태도'인 '족공(足恭)'의 '공(恭, 공손함)'을 살펴보자. 공자는 사람 됨됨이의 덕목 중 하나로 '공손함(恭)'을 높이 평가했는데, "군자는 자기가 맡은 일에 대하여 진지하게 책임지고 신중하여 착오가 없으며, 사람들을 대할 때는 공손하고 예의가 있다"라고 말했다. 그는 자산(子産, 정나라의 대부)을 평하며 "자산은 행동거지가 공손했다."라고 칭찬했다. '인(仁)'에 대한 제자인 번지(樊遲)의 물음에 공자는 "평소의 일상 생활은 단정하고 공손하며, 일을 할 때는 조금도 소홀함이 없이 성실하고 신중하며, 타인을 대할 때는 충성을 다해야 한다. 설령 이민족의 땅에 가더라도 이와 같은 사람됨의 준칙을 버리지 말아야 한다."라고 답변했다. 또 '인(仁)'에 대한 제자인 자장(子張)의 물음에도 공자는 "천하에 이 다섯 가지를 실행할 수 있다면 '인(仁)'이 된다."라고 답했다. 공자가 말한 다섯 가지는 바로 '공손(恭)', '관대(寬)', '믿음(信)', '민첩(敏)', '자혜(惠)'인데 첫째로 공손을 꼽았다. 이 외에도 공자는 『논어·계씨』에서 군자는 아홉 가지의 숙고해야 할 것들이 있다고 하면서 그중 '용모와 표정이 공손한지(貌思恭)'도 포함시켰다. 공자 스스로도 온화·선량·공손·절검·겸양했을 뿐만 아니라 일상적 기질도 공손하면서도 자연스럽고 편안한 모습이었다.

공자가 반대한 것은 '공손함(恭)'이 아니라 '지나친 공손함(足恭)'이다. 즉, 잘 보이기 위해 일부러 지나치게 공손한 태도를 취하는 것이다. 이를테면 길거리에서 스승을 만나면 보통 가볍게 인사를 하거나, 또는 안부를 묻거나, 심지어 허리를 굽혀 절하듯이 인사를 하는 것 모두가 '공손함(恭)'이고 좋은 모습이다. 그런데 만약 갑자기 땅바닥에 엎드려 이마가 닿을 정도로 절을 한다면, 그것은 '지나친 공손함(足恭)'이다. 이러한 '공손함(恭)'에는 지나친 행위를 통해 얻고자 하는 어떤 바람이 반드시 있을 것인데 그 저의가 무엇인지는 추측하기 어렵다.

'공손함(恭)'은 도덕의 정상적인 양태이고, '지나친 공손함(足恭)'은 도덕의 변질된 모습이자 추태이다.

마지막으로, 세 가지 인격의 모습 외에 추가한 한 가지 행위인 '마음 속에 원망(원한)을 감추고 사람을 사귀는 것(匿怨而友其人)'을 살펴보자. 이 행위 역시 좋지 않다. 왜냐하면, 이런 행위는 자신을 포함하여 누구에게나 모두 공평하지 않기 때문이다. 상대방을 원망하면서 그를 친구로 삼으라고 스스로를 강요하는 것은 자기 자신에 대해 불공평한 것이 아닐까? 관점을 바꿔서, 상대방을 친구로 삼으면서 마음속으로 그를 원망하는 것은 그에게 불공평한 것이 아닐까? 군자는 자신에게 굴복당하지도 않고 남을 업신여기지도 않는다.

도덕을 행할 때는 반드시 마음에서 우러나와 행해야 할 것이지, 인위적으로 일부러 자기의 뜻을 굽혀 억지로 행하는 것이 아니다. 도덕은 마음에서 우러나오는 자연스럽고도 편안한 상태여야 한다. 부자연스러운 상태는 결코 도덕적인 상태가 아닐 뿐만 아니라 적어도 자발적이고 자각적인 상태도 아니며 왜곡된 것이다. 이것은 때로는 외부의 압력에 의해 강요되어 왜곡되기도 하고, 때로는 심지어 자기 자신에 의해 강요되어 왜곡되기도 한다. 이런 왜곡된 사회적 도덕 상태나 개인적 도덕 상태의 예를 들면, 3월 이면 학기 초인데 이때 초등학생들이 길거리에서 청소를 하고, 대학생들이 길거리에서 노점을 펴서 사람들을 위해 이발을 해 준다면, 오히려 사람들에게 매우 부자연스러운 어색한 느낌을 줄 것이다. 그것은 마음이 편안하지 못한 도덕의 부자연스러움이다.

도덕 강박증

　자유(子游)는 공문십철(孔門十哲)에 속하는 제자들 중 하나로 그의 말은 『논어』에서도 여섯 번이나 등장한다. 그중 두 번은 공자와 주고받은 대화인데, 전반적으로 매우 현철한 기질을 드러내어 사과십철(四科十哲, 공자의 제자 가운데 덕행·언어·정사·문학 등에 뛰어난 열 사람의 수제자로 '공문십철'이라고도 함)의 대열에 들기에 손색이 없다.

　이를테면 『논어·이인』에서 자유는 다음과 같이 말했다. "임금을 섬길 때 자주 간언하면 곤욕을 치르게 되고, 친구를 사귈 때 자주 충고를 하면 사이가 멀어지게 된다." 이것은 세상 물정을 훤히 꿰뚫고 난 뒤의 말이었다. 군주를 섬길 때 너무 번거롭게 간섭하여 부담을 주면 수모를 당할 수 있고, 친구를 대할 때도 그와 같이 하면 오히려 관계가 서로 소원해진다는 말이다.

　"남을 위하며 도울 때, 진심을 다했는가?(爲人謀而不忠乎？)" 이 말은 증자(曾子)가 자신을 일깨우기 위한 반성을 목적으로 하루에 여러 번 자신에게 질문한 것들 중 하나이다. 그러나 '충(忠)'에도 한계가 있어야 한다. 지나친 '충(忠)'-적당한 정도에서 그치지 않는 '충(忠)'의 행위와 쉴 새 없이 말하는 충언(忠言)은 타인에 대한 강박을 가져옴과 동시에 자신에 대한 강박으로 변하여 도덕적 강박증으로 탈바꿈한다. 필자는 우선 이것을 '충성 강박증(忠誠强迫症)'이라고 명명하겠다.

한 사례를 살펴보자.

공자가 말했다. "누가 미생고(微生高)가 정직하다고 했는가? 어떤 사람이 그의 집에 식초를 얻으러 갔는데, 자기 집에 식초가 없는데도 솔직히 말하지 않고, 옆집에 가서 식초를 구해 가져다 주었는데도 말이다."

이 미생고(微生高)는 후에 『장자·전국책』에 나오는 미생고(尾生高)와 동일인으로 알려진 노나라 사람으로, 당시 정직하고 시원시원하며, 신의를 잘 지키는 사람으로 유명했다.

『장자·도척』에도 미생고에 대한 이야기가 실려 있다.

"미생이 한 여인과 다리 밑에서 만나기로 약속을 했다. 하지만 약속시간이 지났는데도 여인이 오지 않았다. 강물이 밀려왔으나 계속 기다리다가 결국 다리 기둥을 끌어안고 익사했다."

『사기·소진열전』에도 다음과 같이 기록되어 있다.

"신의를 중시하는 미생은 한 여인과 다리 밑에서 만나기로 약속을 했다. 하지만 약속시간이 지났는데도 여인이 오지 않았다. 강물이 밀려왔으나 계속 기다리다가 결국 다리 기둥을 끌어안고 익사했다."

도덕적 신조를 굳게 지키기 위해 약속을 지키는 것은 마땅하나 그처럼 융통성이 없이 고집스럽고 극단적인 것은 일종의 강박증이다.

필자가 이전에 중학교에서 교편을 잡고 있었을 때, 학생들에게 다음과 같이 말했다.

"왜 여러분은 '물리'를 배워야 합니까? 왜냐하면 여러분은 이 세상 만물에 모두 이치가 있다는 것을 알아야 합니다. 그 이치를 알아야 할 뿐만 아니라 지킬 줄도 알아야 합니다. 이것을 '상(常, 변하지 않음)'이라고 합니다. 그럼 왜 '화학'을 배워야 합니까? 왜냐하면, 세상 만물의 이치는 일정한 조건하에서 변화가 일어나기 때문입니다. 그래서 변화에 관한 공부-화학을 알아야 할 뿐만 아니라 변화에 적응하는 것도 습득해야 합니다. 심지어 유의미한 가치적 변화로 나아가도록 해야 합니다. 이것을 '변(變, 변함)'이라고 부릅니다."

세상일은 변하지 않는 것도 있고 변하는 것도 있는데, 사람으로서 최소한의 도덕적 기준점이 되는 한계점을 굳게 지켜야 하며, 융통성 있게 변통도 해야 한다.

미생고는 현대말로 말하면 '물리' 공부는 잘하는데 '화학'은 거의 공부하지 않은 전형에 속한다. 변화에 관한 학문을 배우지 않고 변화에 대한 이치도 모르면, 변화하는 일에 대해 대처할 수 없다. 한 여자와 약속을 했고 그녀가 왔다면 이것은 '상(常, 변하지 않음)'이다. 그런데 그녀가 마땅히 와야 하는데 오지 않았다면 이것은 곧 '변(變, 변함)'이다. 틀림없이 상황 변화가 생겼을 것이지만 그렇다고 그녀가 변심했을지도 모른다고 단언하기도 어렵다. 약속 장소는 다리 밑이고, '상(常, 변하지 않음)'에 해당된다. 그러나 홍수가 나서 다리 아래가 물에 잠겼다면 이것은 바로 '변(變, 변함)'에 속한다. 설사 그녀가 변심하지 않고 어떤 상황 때문에 조금 지체되어 늦게 도착했다고 하더라도, 다리 밑이 온통 물에 잠긴 것을 보고, 설마 물속으로 뛰어들어가서 그 자리에 머물고 있는 당신을 찾아 데이트를 할 수 있을까?

많은 일들을 극단적으로 밀어붙이다 보면 그것이 터무니없음을 알 수 있다.

미생고가 옆집에 가서 식초를 빌린 사실에 대한 공자의 생각은 다음과 같다.

언뜻 보기에 미생고는 괜찮은 사람이다. 다른 사람이 그에게 식초를 얻으러 왔는데 자기는 식초가 없었는데도 없다고 하지 않고 오히려 옆집에서 얻어다 주었다. 그런데 가민히 생각해 보니 틀렸다. 있으면 있다고 하고, 없으면 없다고 하며, 있으면 주고, 없으면 없다고 말하면서 사양할 것이 아닌가. 기어이 자신의 뜻을 굽혀 타인에게 잘 보이려고 이웃집에 가서 빌려줄 정도로 남에게 좋은 사람이 되어야 할 필요가 있겠는가? 맺고 끊는 맛이 없으며, 남의 미움을 살까봐 조심스러운 것은 남의 비위를 맞춰 환심을 사기 위함인가, 아니면 도덕 강박증을 앓고 있는 것인가?

그래서 공자는 그가 솔직하지 못하다고 말했다.

살아가면서 모든 일에 너무 남의 눈을 의식하여 일부러 애써 모든 마음을 써서는 안 된다. 만약 이렇게 되면 오히려 어떤 꿍꿍이가 있는 것처럼 보이게 된다. 또한, 자신의 뜻을 굽히면서까지 남에게 아첨해서도 안 된다. 만일 이렇게 하면 매우 번거롭게 된다. 이러한 번거로운 행위가 오랫동안 지속되면 사소한 일에 구애되어 시간이 지나면서 아무것도 할 수 없게 된다.

사람 됨됨이가 말이나 일처리가 깔끔하고 소탈하고 솔직한 것이 군자에 가깝다.

그래서 공자는 "군자는 마음이 넓고 평온하며 떳떳하지만, 소인은 마음이 좁아 지나치게 따지는 것을 좋아하고 꽉 막혀서 항상 근심하며 염려

한다."라고 말했다. 다시 말하면, 군자는 대범하고 품위가 있으며, 이해득실을 따지지 않고 늘 떳떳하고 평온하다. 또 일을 처리할 때는 자신의 능력에 따라 하지만 아첨이나 좋지 않은 방법 등의 불명예스러운 수단을 통해 자신의 이익을 도모하지는 않는다. 따라서 군자의 행위는 도덕을 따르면서도 그것으로부터 긴장을 하지 않아 자연스럽다. 그러나 소인은 정반대이다. 자질구레하거나 중요하지 않은 일을 시시콜콜 따지며, 늘 자신의 이익을 생각하는데, 아첨하는 등의 좋지 않은 방법으로 이익을 도모한다. 그래서 소인은 사리사욕를 채우기 위해 늘 애를 태우고 초조해져 근심하고 걱정한다. 따라서 소인은 도덕을 두려워하고, 그것 때문에 자주 공황을 느낀다. 즉, 소인의 나쁜 행위는 종종 도덕을 지키는 사람으로부터 저지받기 때문에, 소인은 자신의 이익을 잃을까봐 조바심을 내며 도덕을 두려워하게 되고 심지어 공황 상태에 빠지게 된다는 것이다.

공자는 "군자는 굳게 올바른 길을 가면서도 작은 신의에는 얽매이지 않는다"라고 말했다. 즉, 군자는 자신의 도덕적 원칙을 굳게 지키면서도 자기의 견해를 고집하지 않는다. 무슨 의미일까? 군자는 도덕을 따르면서도 그것으로부터 속박되지는 않으며, 자유롭다는 말이다. 신의를 지키는 것은 아주 중요하고도 맞는 것이지만 무분별하게 거기에만 매달리지 않는다.

따라서 군자는 도덕적이면서도 자유로워 진정한 자유인이라고 할 만하다.

타인을 바로잡는 권한

제자인 자공이 다른 사람들을 비평하자 공자가 말했다.

"자공아, 너는 모든 면에서 현명하게 처신하더냐? 나는 남을 비평할 시간이 없는데 말이다(『논어·헌문』)."

자공은 도의(道義) 규범으로 타인을 재단하여 비평하고, 도의대로 할 것을 요구하며 구속하려고 했다. 그러자 공자가 비웃으며 말했다. "사(賜, 자공의 본이름)야, 너는 그렇게 훌륭하더냐? 나는 남을 비평할 겨를도 없는데 말이다."

그런데, 전목(錢穆)은 『논어신설(論語新解)』에서 다음과 같이 말하며 문제를 제기했다. "『논어』에는 공자가 다른 사람을 비평하는 말들이 많은데 어째서 자신은 그럴 겨를이 없다고 하는가?"

사실, 『논어』를 읽다 보면 공자가 타인을 비평하는 글들이 적지 않지만 '방인(方人)'과 '타인을 비평함(批評人)'은 완전히 다르다. 후자는 단지 일정한 기준으로 타인의 행위가 규범에 맞는지 평가하는 것일 뿐, 객관적인 묘사에 국한한다. 그리고 그로 인한 비평을 받는 사람의 변화 여부에 대해 비평자는 기껏해야 기대만 할 뿐, 강요하지는 않는다. 전자는 "일종의 일정한 규칙과 표준으로 다른 사람을 바로잡아 고치도록 강요한다"는 뜻을 지니고 있다. 즉, 상대방을 강제로 따르게 한다는 의미를 담고 있다. 바로 이점을 공자가 반대한 것이다.

이 논제에 대해『논어』에 나오는 공자와 그의 제자들의 생각을 살펴보자.

자유가 말했다. "임금을 섬길 때 너무 번거롭게 간섭하여 자주 간언하면 곤욕과 수모를 당하게 되고, 친구를 사귈 때도 너무 번거롭게 간섭하여 자주 충고를 하면 사이가 소원해지고 멀어지게 된다(『논어·이인』)."

다음은 공자가 한 말이다.

"부모를 섬길 때에 부모에게 잘못이 있으면 부드럽고 좋은 말로 완곡하게 간해야 하며, 만일 부모로부터 나의 간언을 따르지 않는 모습을 보게 될지라도 여전히 부모를 존중하고 공경하며, 거역하지 말아야 한다. 비록 고생스럽고 불만이 있을 지라도 원망하지 않아야 한다(『논어·이인』)."

자공이 친구에 대하여 묻자 공자가 말했다. "진심으로 권고하고 선의로 이끌어 주되 만일 친구가 듣지 않으면 그만두고 모욕을 자초하지 마라(『논어·안연』)."

이러한 인식은 인륜(人倫) 오상(五常)의 인(仁)·의(義)·예(禮)·지(智)·신(信) 중의 삼륜(三倫)과 관련된 것으로 군신(君臣), 부자(父子), 친구(朋友)에 대해 언급한 것이다. 『맹자·이루상』에서도 알 수 있듯이 맹자 역시 부자지간에

공자가 우리 곁으로

선(善)의 기준으로 서로 요구하지 말아야 한다고 말했다. 이와 같이 아무리 가까운 사이라도 서로에게 도덕적 강요를 해서는 안 된다. 그것이 선의 적이든, 상대방을 위한 것이든, 강제적으로 도덕을 행하게 해서는 안 된다. 하물며 기타 다른 것을 논할 필요가 있겠는가.

인간은 자유로운 존재이다. 따라서 각자의 개성 또는 도덕상의 어떤 흠이나 부족한 점이 다른 사람에게 직접적인 해를 끼치지 않을 때 자신의 언행을 고치거나 그대로 유지할지는 본인 스스로가 결정하는 것이다. 우스운 이야기가 있다. 어떤 사람이 모자가 찢어져 그 사이로 머리카락이 삐져나왔다. 이것을 본 다른 사람이 다음과 같이 권했다. "새 모자로 바꾸시오. 보기가 참 흉하오." 이에 그 사람이 대답하기를 "왜 내가 당신들에게 좋게 보이기 위해 돈을 써서 새 모자를 사야 하는가?"

이 이야기는 찢어진 모자를 쓴 사람을 비웃기 위한 것처럼 보이지만 오히려 그 사람은 도덕의 유의미한 사실을 말해 주었다. 찢어진 내 모자는 결코 다른 사람에게 직접적인 피해를 주지 않는다. 내가 찢어진 모자를 쓴 것도 누군가에게 해를 끼치거나 고의적으로 도시의 미관을 해치기 위함도 아니다. 보기에 흉하다고 생각된다면 보지 않으면 그만이다. 물론 새 모자로 바꾸라고 조언할 수는 있지만 강요할 수는 없다. 설령 그런 조언이 나에 대한 호의가 되었든, 또는 나에게 새 모자를 사 줄지라노, 바꾸느냐 마느냐의 최종 결정권은 나에게 있다.

우리는 다른 사람을 강제적으로 교정할 권한이 없다. 인류의 도덕은 단지 '제창'일 뿐, '강요'일 수는 없다. 그 이유는 두 가지가 있다. 첫째, 개개인의 이성적 판단능력을 믿는 것이 도덕의 전제라는 점이다. 왜냐하면 각 사람의 이성적 판단능력을 부정하여 옳음과 그름, 선과 악, 이익과 손해를 분별할 수 있음을 부인하면서 이러한 인식 아래 상응하는 자기주장을 취해 나아간다면 오히려 도덕은 아예 발 붙일 곳이 없을 뿐만 아니라 인류 사회의 통치에도 전혀 도덕을 필요로 하지 않는다. 만약 인류가 이성적인 판단력이 없다면, 인간은 아예 자율성이 없어 스스로를 단속하고 통제할 방법이 없을 뿐만 아니라, 전혀 도덕을 따를 수도 없어 단지 형법만 있으면 되기 때문이다. 둘째, 도덕은 반드시 도덕의 주체가 스스로 자발적으로 선택해야 한다. 만일 상대방이 잘못을 저질렀다면, 일깨워주거나 타이르거나 심지어 경고할 수는 있지만, 강요해서는 안 된다. 어떠한 강제적인 행위도 도덕과는 아무런 관련이 없다. 마치 노예의 근면함, 죄수의 성실한 수감생활, 가노의 충성심을 칭찬할 리가 없는 것과 같다.

다른 사람을 강요하는 것-이것은 비록 선을 따르면서 착하게 살라고 할지라도, 또는 그를 위한 선의에서 비롯된 것일지라도, 그것은 인간의 핵심가치를 훼손하는 결과를 초래한다. 이 핵심가치는 바로 인간의 자유와 존엄이다.

2천여 년 전의 공자의 경고를 다시 한번 들어보자.

"용맹스러움을 좋아하지만 가난을 싫어하면 난을 일으키고, 사람으로서 어질지 못하다고 너무 심하게 미워해도 난을 일으킨다."

비록 타인이 비도덕적일지라도, 우리 역시 그들을 강제적으로 교정할 권한은 없다. 우리가 도덕을 강요하여 남용하는 것은 인류 최대의 재난이다.

덕의 파괴자

『논어·양화편』에서 공자는 이렇게 말했다. "향원은 덕을 해치는 사람이다."

『맹자·진심하』에도 다음과 같이 기록되어 있다. "공자는 말하기를, '내 집 문 앞을 지나가면서 내 집에 들어오지 않더라도 내가 유감으로 여기지 않을 사람이 있다면 오직 향원(鄕愿)뿐이다. 향원은 도덕을 해치는 사람이기 때문이다.'라고 했다."

『논어·자로』에서 공자는 또 다음과 말했다. "언행에 부합하는 중용의 도를 지키는 사람을 찾을 수 없어서 그와 함께 교제할 수 없다면 반드시 과감하게 나아가는 사람이나 강직한 사람과 사귈 것이다. 과감하게 나아가는 사람은 대담하고 진취적이며, 강직한 사람은 고지식하여 어떤 일에 대해서는 기꺼이 하지 않는 것도 있다." 이러한 사람들은 개성이 뚜렷하고 원칙을 지키는 사람으로서 사귈 만한 유익한 친구의 반열에 들 수 있다. 그러나 향원 같은 사람은 남의 비위를 잘 맞추고 입장이나 원칙 등이 확고하지 않으며, 교묘한 말로 아부하기를 좋아하는 나쁜 친구이다. 이런 사람들이 내 집 문 앞을 지나가면서도 내 집에 들어오지 않을지라도 나는 유감이 없다. 그래서 공자의 눈에는 이런 사람들이 아무런 가치가 없는 것이다. 이지(李贄)도 『여갱사구고별(与耿司寇告別)』에서도 다음과 같이 말했다. "만약 도덕을 파괴하는 위선적인 향원의 집이라면, 그의 집 문 앞을 지나가면서도 들어가기 싫은 것은 몹시 미워하여 마음속에 심한 위화감이 들뿐만 아니라 그를 보통 사람처럼 대하려고 하지 않기 때문이다. 전혀 그를 사람으로 여기지 않는다."

공자가 질책한 사람은 적지 않지만, 필자는 그중에서 향원과 같은 사람이 가장 가증스럽고 가장 많이 질타를 받아야 한다고 생각한다.

서간(徐干)의 『중론·고위』에서도 다음과 같이 기록되어 있다. "향원은 사람을 죽인 죄가 없는데도 공자는 왜 그를 미워하는가? 바로 덕을 어지럽히기 때문이다."

그러면, 무엇이든 좋다며 좋은 말만 하고, 거절할 줄도 모를 정도로 싫은 소리를 하지 않는 마치 '좋은 선생(好好先生)'처럼 느껴지는 향원이 왜 덕을 해치는 자로 낙인찍혔을까?

우리 한번 분석해 보자.

우리 주변에도 그런 사람들을 쉽게 찾아 볼 수 있다.

당신이 좋은 일을 할 때, 향원 같은 사람의 태도는 별로 중시할 것이 못 된다. 왜냐하면 우리가 좋은 일을 하는 것은 다른 사람으로 하여금 좋은 말을 하게 하려는 것이 아니기 때문이다. 더구나 늘 '좋은 말'만 하는 사람의 그 '좋은 말'은 몇 푼어치의 가치라도 있을까?

당신이 나쁜 짓을 했을 때, 다른 사람이 당신을 비난하고 질책하거나 심지어 징계를 내릴지도 모른다. 그러나 오직 '좋은 선생(好好先生)'처럼 느꺼지는 향원 같은 사람만이 호인인 척 하면서 당신의 기분을 상하게 하지 않는다. 결국 당신은 그를 좋은 사람이라고 생각할 것이다.

당신이 나쁜 사람에게 업신여김을 당했을 때, 물론 향원 같은 사람은 당신을 나쁘다고 말하지는 않겠지만, 그는 '좋은 선생(好好先生)'처럼 보이기 위해 그 나쁜 사람을 제지하거나 비난하지도 않을 것이다. 마치 당신이 나쁜 일을 할 때 그가 당신을 비난하지 않는 것과 같다. 심지어 그는 반대로 당신에게 관용하고 좀 더 생각을 넓게 갖으라고 권하면서 그 나쁜 사람의 입장에서 이해하고 양해해 줄 것을 부탁할 것이다.

상술한 바를 종합해 보면, '좋은 선생(好好先生)'처럼 느껴지는 향원 같은 사람은 늘 나쁜 사람 앞에서 '좋은(好好)' 사람이며, 늘 그 나쁜 사람의 기분을 상하게 하지도 않으며, 언제나 옳고 그른 시비의 경계가 없으며, 어떠한 원칙도 없음을 알 수 있다. 그리고 그의 그러한 시비의 경계가 없음과 무원칙으로, 나쁜 사람의 나쁜 일을 지지하고 부추기며 비호한다. 그에게는 도무지 옳고 그른 시비도 없고 정의도 없다. 그는 결코 정의의 편에도 선한 편에도 약한 편에도 서지 않는다. 나쁜 사람과 나쁜 일에 저항하기는커녕 묵과해 버린다. 그는 단지 착한 사람인 피해를 당한 자, 억압을 받은 자, 모욕을 받은 자에게 이해하고 관용해야 한다고 권유만 할 뿐이다. 심지어 나쁜 사람인 해를 가한 자, 억압한 자, 모욕한 자에게 감사해야 한다고 한다.

이런 사람은 아주 이기적이고 나약하며 저열하고 옹졸하며, 위선적이고 부도덕한 사람이다. 이런 그가 어찌 '덕의 파괴자'가 아니겠는가.

사람이 정정당당하여 공명정대하려면 옳고 그른 시비가 분명해야 하고 사랑과 미움도 분명해야 하며, 대담하게 말하고 대담하게 행동하고 대담하게 책임질 줄 알아야 한다.

　맹자도 그런 '덕의 파괴자'를 극렬히 반대했는데, 공자보다 더 구체적으로 신랄하게 비판했다. "세상 풍속에 동화되어 그것을 좇고 더러운 세속에 영합하는데, 평소 생활을 가만히 보면 충실하고 신뢰가 있는 듯 하며, 행위을 보면 청렴결백한 것처럼 보여 많은 사람들이 다 그를 좋아하고 스스로도 그런 것을 옳다고 여긴다(『맹자·진심하』)"

　노신(魯迅)은 그런 사람을 속된 말로 '발바리(叭儿狗)'라고 불렀다. "그것은 비록 개이지만 고양이와 매우 흡사하여 모든 일에 절충하고, 공평 타당하고, 조화롭고, 공평무사한 척하며 느긋하게 친절하게 대하는데, 오직 자신만이 '중용의 도(中庸之道)'를 얻은 듯한 얼굴을 하고 있다."

　노신은 공자와 마찬가지로 그런 부류의 사람들을 극도로 싫어했다. 노신의 유언장에는 뜻밖에도 다음과 같은 내용이 쓰여 있다. "다른 사람에게 신체적 상해를 입혀 분명히 피해자가 있는데도 불구하고 오히려 원망하며 원한을 품는 것을 반대하고 관용해야 한다고 주장하는 자가 있다면, 절대로 그와 가까이하지 마라!"

　이것은 공자가 '그의 집 문 앞을 지나가면서도 들어가기 싫은 것'과 마찬가지로 마치 역병처럼 피하라는 것이 아닌가!

　바르고 정직한 사람들, 또는 늘 바르고 정직하게 살고자 하는 사람들은 도덕을 해치는 향원 같은 부류의 사람들을 극도로 미워하고 싫어한다.

공정함으로 원한을 갚아라

"어떤 사람이 물었다. '덕(은덕)으로 원한(원수)을 갚는 것은 어떻습니까?' 그러자 공자가 말했다. '그럼 무엇으로 덕(은덕)에 보답하겠는가? 공정함으로 원한(원수)을 갚고, 덕(은덕)으로 덕(은덕)에 보답해야 한다'(『논어·헌문(論語·憲問)』)."

원한을 갚는 방법에는 세 가지가 있다. 첫째는 원한으로 원한을 갚는 것이고, 둘째는 덕(은덕)으로 원한을 갚는 것이며, 셋째는 공정함으로 원한을 갚는 것이다.

『노자』에도 "덕(은덕)으로 원한을 갚는다"라는 말이 있지만, 이 말의 앞뒤 문맥을 헤아려서 노자가 이 견해에 대해 찬성했는지, 반대했는지, 제창했는지, 아니면 풍자적 성격으로 조롱한 것인지는 학계에서도 의견이 서로 다르다. 여기에서는 잠시 언급하지 않기로 한다.

그런데 공자를 보면, 분명히 반대 의사를 나타냈을 뿐만 아니라 그 이유도 다음과 같이 밝혔다.

"덕(은덕)으로 원한을 갚는다면 무엇으로 덕(은덕)에 보답해야 하는가?

옳은 방법은 공정함으로 원한을 대하고, 은덕으로 은덕에 보답하는 것이다."

먼저, 공자는 '원한으로 원한을 갚는다'는 말을 하지 않았다. 이것은 반드시 단호하게 배제해야 할 부분으로 이유는 매우 간단하다. 원한으로 원한을 갚을 때, 당신은 당신이 보복하려는 사람과 같은 지경이 되어 타락하게 될 것이며, 상대방에게 복수할 도덕적 우위와 정당한 이유도 잃게 될 것이다. 정당성이 없는 보복은 도덕적 가치를 세우는 데 도움이 되기는커녕 도덕을 재차 해치는 격이 된다.

둘째, 공자는 '덕(은덕)으로 원한을 갚는다'는 안 된다고 말하지 않았다. 그는 단지 지향할 바가 못 되며, 도덕적 명제로서 논할 가치가 없다고 여긴 것이다. 구체적인 어떤 한 사람이 어떤 일이나 특정한 사람에 대해, 만약 그가 원한다면, '덕(은덕)으로 원한을 갚을 수 있다'. 그리고 그렇게 할 수 있다는 것은 어쩌면 매우 소중할 수도 있다.

그러나 윤리학자로서 공자가 고려해야 할 것은 윤리학의 질서와 균형이다. 만약 나쁜 일을 했을 때도 은혜로 보답해야 한다고 주장한다면, 좋은 일을 했을 때는 어떻게 보답해 줘야 하는가? 공자의 이 반문은 사실 깊은 윤리적 함의를 담고 있다. 여기에 대한 답은 두 가지로 다음과 같다.

첫째는 덕으로 덕에 보답하는 것이고, 둘째는 원한으로 덕에 보답하는 것이다.

분명히 두 번째는 일반적으로 상상할 수 없는 것이다. 그러면 남은 것은 '덕으로 덕에 보답하는 것'이다.

결과는 '덕으로 원한을 갚고, 덕으로 덕에 보답하는 것'이다.

즉, 한 사람이 좋은 일을 하든, 나쁜 일을 하든, 그가 받는 사회나 타인

공자가 우리 곁으로

의 보답은 똑같다. 그것은 바로 덕(은덕)이다.

어찌 보면 이것은 좋은 사람의 선의와 호의를 헛되게 하여 실망시키고 적극성마저 단념시키는 말처럼 들려 좋은 사람에게는 충격적이며, 나쁜 사람에게는 나쁜 일을 더 부추기는 것 같다.

사람이 나쁜 일을 하면 당연히 벌을 받고 대가를 치러야 다른 사람들로 하여금 감히 나쁜 일을 하지 못하게 할 수 있는 것이다.

또한, 좋은 일을 하면 당연히 좋은 보답이 있어야 사람들에게 좋은 일을 하도록 격려할 수 있는 것이다. 사회는 마땅히 이런 풍조와 전반적인 분위기를 조성해야 한다.

'덕으로 원한을 갚는다'는 것은 또한 도덕자체를 난처하게 만들수 있고, 도덕이 있거나 없거나 하는 상황에 처하게 할 수 있다.

왜냐하면, 위의 분석대로 '덕으로 원한을 갚는 것'은 한 사람이 좋은 일을 하든 나쁜 일을 하든 덕으로 보답을 받아 모두 다 좋고 같은 결과를 낳는-도덕의 구속력이 없어지기 때문이다.

다음은, 도덕적인 관점에서 살펴보자. 나쁜 사람에게 '덕으로 원한을 갚으라'고 요구할 때, 도덕은 먼저 스스로 자신이 담당해야 할 역할과 의무를 포기한다. 이 명제의 더 좋지 않은 맹점과 허점이 바로 여기에 있다. 즉 '덕으로 원한을 갚는 것'은 '도덕'을 상품화하여 나쁜 일을 한 사람에 신물하는 것이다.

공자는 우리에게 도덕이 일단 한쪽으로 치우쳐 극단화되면 도덕 자체를 소멸시키는 것일 뿐만 아니라 심지어 나쁜 사람을 도와 나쁜 일을 할 수 있다는 사실을 일깨워 주고 있다.

그래서 '덕으로 원한을 갚는 것'은 보기에 마치 '도덕'인 것 같지만, 실제로는 도리어 비도덕적인 작용을 한 것이다. 다시 말하면, 비도덕적인 사람으로 하여금 거리낌 없이 제멋대로 하게 하여 어떤 결과가 나오든지 그것을 감당하는 것을 걱정할 필요가 없게 하는 부작용을 낳는다.

따라서, '덕으로 원한을 갚는 것'을 제창하는 것은 도덕적 사고와 실천을 촉진하기는커녕 오히려 도덕의 퇴보를 재촉하는 것임을 알 수 있다.

공자는 아마도 다음과 같이 생각했을 것이다. "우리에게 상처를 준 사람에게 오히려 관심을 기울이고 아껴주면 우리는 기분이 좋고 기쁠까? 만약 기쁘지 않다면, 우리가 그렇게 억울하게 도덕을 실천할 필요가 있을까? 그렇다면 도덕이 설마 우리를 편안하게 하는 것이 아니라 슬프게 한다는 말인가? 설마 우리를 기쁘게 하는 것이 아니라 마음을 답답하게 억누른다는 말인가? 도덕을 실천하는 과정이 설마 즐겁고 기쁜 과정이 아니라는 말인가?"

그래서 공자는 '공정함으로 원한을 갚는 것'의 관점을 제기한 것이다.

'공정함으로 원한을 대하는 것'은 공정한 태도로 원수를 대하여 정으로써 원한을 갚는 것이다. 비록 나쁜 사람일지라도 그도 공정한 대우를 받아야 한다. 그를 특별히 관용하지도 말고, 더욱이 지나치게 복수를 하지도 말며, 그가 마땅히 받아야 할 대가를 받게 하는 것이다.

정의의 경계

'덕으로 원한을 갚는다'는 명제에 대해서 공자는 오히려 도덕을 소멸시키는 것이라고 제창하지 않았다. 그러나, 그도 '원한으로 원한을 갚는다'는 명제는 반대했다. 왜냐하면 그럴 경우 똑같이 타락하기 때문이다. 상대방이 우리에게 행한 비도덕적 행위는 우리에게 상처를 주고, 다시 우리가 그에게 상처를 줌으로써 우리가 스스로 도덕이 없음을 초래한다. 그러므로 공자의 관점은 '공정함으로 원한을 갚는 것'-공정함으로 양심이 없는 사람을 대하는 것이다.

공자는 우리가 나쁜 사람에게 마치 아무런 원칙도 없는 '향원'처럼 무원칙적으로 대하는 것도 반대할 뿐만 아니라 아무런 제한없이 마음대로 하는 복수도 반대하는 것을 알 수 있다.

공자가 말했다.

"용맹스러움을 좋아하지만 가난을 싫어하면 난을 일으키고, 사람으로서 어질지 못하다고 너무 심하게 미워해도 난을 일으킨다."

어질지 못한 사람을 너무 지나치게 미워하는 것은 화를 불러오게 된다. 세상의 많은 변란들이 도덕 절대주의자들에 의해 야기된 것이라고 이해하면 쉬울 것 같다.

왜냐하면, 도덕을 절대화하면 절대화시킨 방법으로 비도덕적인 사람들을 응징할 것이며, 그 수단 자체가 곧 비도덕적이기 때문이다.

비도덕적인 방법으로 도덕 실천의 보편화를 밀고 나아가는 것은 마치 해를 없애려다가 방법이 잘못되어 도리어 해를 더 크게 하는 것과 같다. 즉, 비도덕적인 방법으로 비도덕적인 것을 징벌하는 것은 난폭한 임금을 제거하기 위하여 난폭한 수단을 쓰는 것과도 같은 것이다.

하나의 예를 들어 보자. 산동성 위해시(山東省威海市)에서 살고 있는 53세의 퇴직한 전직 여교사인 리젠화(李建華)는 어느 날, 집에 들어온 강도와 맞서 싸웠다. 그녀는 강도가 휘두르는 수차례의 칼부림에도 끝까지 용감하게 싸웠고, 결국 19살의 강도는 기진맥진하여 정신을 잃고 쓰러졌다. 그리고 그녀는 구급신고전화를 걸어 제때에 치료를 받을 수 있었다.

이 사건은 많은 사람들을 감동시켰다. 전직 교사인 리젠화는 그런 특수한 위기의 순간에 좋은 인성을 보여주었다. 그것은 매우 소중하고 사회에 좋은 영향을 줄 수 있어서 훌륭하다. 그러나 이 사건이 언론 보도를 통해 알려지자 오히려 많은 논쟁이 벌어졌다. 그런 강도범에게는 동정이나 도움이 전혀 필요하지 않다는 의견이 많았다.

한 네티즌이 인터넷에 올린 댓글을 보면 다음과 같다. "만약 내가 이런 악당을 만난다면, 나는 그의 가죽을 벗기고, 그의 힘줄을 뽑아버리겠다. 그리고 그의 살을 먹고, 뼈를 부수고, 골수를 빨아먹겠다!"

이런 끔찍한 댓글에 필자는 모골이 송연할 정도로 소름이 끼쳤다. 이제

껏 인터넷에 글을 남겨 본 적이 없었지만 도저히 참을 수 없어서, "당신이야말로 더 악한 강도야!"라는 글을 남겼다.

'인(仁, 남을 사랑하고 어질게 행동하는 일)'하지 않은 자에 대한 극도의 증오와 온갖 수단과 방법을 가리지 않는 복수는, 우리를 타락하게 만들며, 복수를 받는 사람보다 복수를 하는 우리가 더 타락하게 된다.

그래서 공자는 '인(仁)'하지 않은 자를 극단적인 방법으로 대하는 것을 반대한 것이다.

공자는 노나라 대사구(大司寇, '형조 판서'를 달리 이르던 말. 중국 주(周)나라 때에, 형법과 법금(法禁)을 맡아보던 추관(秋官)의 벼슬 이름에서 유래한다)가 되어 승상의 직무를 대행하면서 결연히 '휴삼도(墮三都, 세 읍을 무너뜨린다는 뜻으로, 임금 외에는 독자적인 군사용 성벽을 쌓을 수 없으며 사병을 모집하여 양성해서도 안 된다는 법령)'를 추진하였다. 공자의 제자인 자로(子路)는 노나라 집권 세력인 계환(季桓)에 의해 가신(家臣)으로 임명되어 구체적인 집행을 맡았다. 말하자면, '휴삼도'의 성패는 노나라에서의 공자의 정치 생명이 걸린 문제라 할 수 있었다. 그런데, 이런 매우 중요한 시기에 공자의 또 다른 제자인 공백료(公伯寮)가 계씨(季氏)에게 자로를 참소하는 일이 벌어졌다. 이 사건으로 자로는 맡은 직책을 잃게 되었고, '휴삼도'도 실패로 돌아갔을 뿐만 아니라 공자가 마침내 노나라를 떠나게 된 직접적인 계기가 되었다.

공백료와 같은 이런 제자를 두고 후세 사람들은 '성문모등(圣門蟊螣)' 즉, '공자 문하의 해충'이라고 불렀다.

당시 노나라의 대부 자복경백(子服景伯)은 공자에게 다음과 같이 말했다. "그런 제자의 행위는 정말 말도 안 되는 것이오. 당신이 허락한다면 내가 바로 그를 죽이고 길거리에 버릴 수 있소이다."

그러자 공자가 말했다. "도가 장차 행해지는 것도 천명이고, 도가 장차 폐해지는 것도 천명이거늘, 공백료가 천명을 어찌할 수 있겠는가?"

공자는 단호히 자복경백의 건의를 거절했다.

공백료의 행위는 나쁘다. 그러나 만일 우리가 그를 죽이는 방법으로 그러한 사람을 대한다면, 우리는 더 나쁜 사람이 될 것이다. 극단적인 방법-살인하는 수법으로 자신과 다른 반대쪽에 있는 사람을 제거하는 것보다 더 나쁜 행위와 더 나쁜 사람이 또 있겠는가?

왜 공자는 극단적인 방식으로 도덕을 실천하고, 정의를 실현하고, 도덕을 지키는 것을 반대했을까? 모든 극단적인 방법은 일종의 가치의 파괴를 내포하고 있기 때문이다. 그리고 극단적인 수법에 내재되어 있는 파괴성은 더 원시적인-가장 직접적인 것으로 향하여 사람으로서 누리는 가장 기본적인 생명 존중의 가치를 훼손하게 된다.

정의도 지켜야 할 선이 있는 것이다.

시비는 그 수단과 방법이 결정한다

공자가 말했다.

"부자가 되고 벼슬길에 올라 고관대작이 되는 '부와 권력'은 모든 사람들이 간절히 바라는 것이지만 정당한 방법으로 얻는 것이 아니면 군자는 그것을 받아들이지도 않으며 거기에 연연하지도 않는다. 가난함과 비천함은 모든 사람들이 싫어하는 것이지만 정당한 방법으로 거기에서 벗어나는 것이 아니면 군자는 굳이 피하지 않고 거기에서 벗어나지 않는다."

군자와 소인의 차이는 '재물을 좋아하느냐 싫어하느냐'에 있는 것이 아니다. 물질적 혜택과 누림은 인간의 생리적 욕구이므로 군자와 소인의 생리적 구조는 동일하며, 그것에 대한 애호도 마찬가지이다.

군자와 소인의 차이는 단지 애호하는 것을 실현하고 욕망을 이루는 방법이 다르다는 데 있다. 군자도 재물을 좋아한다. 재물을 좋아하는 그 속에는 절제도 있고 그것을 얻는 방식도 적법하다. 그러나 소인은 재물을 탐낸다. 끝없이 욕심을 부리고 그것을 얻기 위해서는 수단과 방법을 가리지 않는다.

공자도 "거친 밥을 먹고 찬물을 마시며 팔을 구부려 베개를 삼을지라도 그 가운데도 즐거움이 있으니, 의롭지 않음으로 얻은 부귀영화는 나에게 뜬구름과 같다."라고 하지 않았는가? 부당하게 얻은 부귀는 불길하고 오래 가지 못하며, 뜬구름처럼 쉽게 모이고 또 쉽게 흩어진다. 따라서 그러한 부귀를 직접 보게 될 때, 탐내어 구하지도 않고, 갖고 싶어 부러워하지도 않으며, 하늘가의 뜬구름을 마주하듯 조금도 마음이 동요되지 않는다. '의롭지 않음으로 얻은 부귀영화는 나에게 뜬구름과 같다'는 참으로 초탈의 경지에 이른 말이다. 이러한 초탈함이 있어야 비로소 진정한 자유함이 있다. 마치 낚시 바늘에서 풀려나온 물고기와 같은 자유함이다. 공자가 이 말을 했을 때, 이러한 진정한 자유함을 깊이 느꼈으리라.

사실 공자는 조금도 스스로 고결하고 청렴하다고 자처하거나 교만하지 않았다. 또한 보통 사람들의 욕망과 그 욕망을 이루기 위한 꾸준한 노력도 폄하하지 않았으며, 욕망의 충족으로 오는 즐거움은 더더욱 부정하지 않았다. 그는 다만 우리에게 끊임없이 다음과 같이 일깨워 줄 뿐이다. "이득이 되는 것을 보거나 그것을 취할 수 있을 때는 그러한 것이 의로운 것인지를 먼저 생각하라." 이 말은 그의 제자인 자장(子張)도 말했던 것으로 스승의 뜻을 따른 것이다. '득(得, 이득)'은 목표이고, '의(義)'는 얻은 것의 정당성과 수단·방법의 정당성이다.

나쁜 사람은 나쁜 목표 때문에 생기는 것이 아니라 나쁜 수단과 방법을 사용했기 때문에 나쁜 사람이 되는 것이다. 부자가 되려고 하는 사람이 나쁜 사람이 아니라, 불법으로 타인의 재물을 침해하거나 점유하여 부당한 이득을 취하는 방식으로 재산을 모은 사람이 나쁜 사람이다. 즉, 자신을 이롭게 하는 것이 나쁜 것이 아니라, 타인에게 손해를 끼치면서 자신을 이롭게 하는 것이 나쁜 것이다.

마찬가지로, 좋은 사람인지 아닌지를 판단하는 기준도 그가 어떤 도덕적 목표를 실현했는지의 유무를 보는 것이 아니라, 오히려 어떤 방법을 취하여 자신의 목표를 이루었는지를 보는 경우가 많다. 만약 그가 비도덕적인 방법은 취할 만한 가치가 없다고 생각하여 결국 실패한다면, 그는 좋은 사람일 뿐만 아니라 그가 좋은 사람인 것도 바로 그의 실패 때문이다. 많은 경우, 실패해야만 영광이 될 수 있는 그런 극한의 경지는 바로 자신을 희생함으로써 인(仁)을 이루는 '살신성인(殺身以成仁)'이다.

공자는 부(재물)에 대해 또 다음과 같이 말했다. "도에 어긋나지 않는 정당한 방법으로 부(재물)를 추구할 수 있다면 시장 문지기가 되어 가죽 채찍을 드는 비천한 일을 할지라도 나는 기꺼이 할 것이다. 그러나 만약 도에 어긋나지 않는 정당한 방법으로는 부(재물)를 추구할 수 없다면 차라리 나는 내가 원하고 좋아하는 일을 하면서 살아가겠다." 공자의 이런 사상은 단지 고상한 말만을 늘어 놓는 이상론도 아니고, 현실에 부합되지 않는 허울 좋은 말도 아니며, 그저 허풍 치듯이 한 과장된 말도 아니다. 부(재물)는 아주 중요하지만, 우리 생활의 전부가 아니듯이 또 그렇게 중요한 것도 아니다. 이러한 면에서 공자의 말은 매우 일리가 있고, 가식적이지도 않으며, 극단적이지도 않다.

여기에서 특히 언급할 가치가 있는 것은 '가구(可求)'와 '불가구(不可求)'이다. '가구(可求)'는 '도에 어긋나지 않는 정당한 방법으로 부를 추구하여 얻을 수 있다'는 뜻이고, '불가구(不可求)'는 반대로 '정당한 방법으로는 부를 추구할 수 없다'는 뜻이다. 따라서 '가구(可求)'와 '불가구(不可求)'는 재능

측면에서 본 것이 아니라 수단과 방법 측면에서 고려한 것이다. 그리고 수법의 취사선택의 기준도 우열과 귀천이 아니라 정의와 불의에 달려 있다. 물론 공자에게 있어서 '가구(可求)'와 '불가구(不可求)'는 직책 측면에서 볼 때 사명에서 비롯된 것이다. 즉, 그는 자신의 '천명'-'개인적 부(재물)와 무관한 직업이나 의무를 택하여 자신의 평생 사업으로 삼아야 함'을 가지고 있다. 이것도 그가 좋아하는 일이다. 또 그것은 문화를 전승하여 단절되거나 소멸되지 않도록 하는 것이다. 이러한 절대적 사명이 있는데, 어떻게 딴 곳에 마음을 쓸 수 있겠는가? 그에게 있어서 부(재물)는 당연히 '불가구(不可求)'이다.

공자가 우리 곁으로

'충'인가, '서'인가?

『논어·위령공』에 보면 자공(子貢)의 물음에 공자가 답한다. 자공이 물었다. "평생토록 지키고 실행할 만한 말 한마디가 있습니까?"

공자가 말했다. "그것은 '서(恕)'일 것이다. 즉, 자신이 원하지 않는 것을 남에게도 강요하지 않는 것이다."

그런데, 위의 말을 하기 전에, 같은 장절인 위령공편에서 이미 공자가 자공에게 "나의 도는 시종일관 하나의 기본 사상으로 관통되어 있다(一以貫之)."라고 말했었다. 또한 『논어·이인』에서는 이 말을 증자(曾子)가 다음과 같이 분명하게 설명한 적이 있다. "공자 선생님의 도(道)는 '충(忠)'과 '서(恕)'일 뿐이오(夫子之道, 忠恕而已)."

'서(恕)'는 '자기가 싫으면서 원하지 않는 것을 남에게도 강요하지 않는 것(己所不欲, 勿施于人)'이다. 즉, 자기 마음으로 남의 마음을 헤아리는 것인데, '역지사지'의 뜻으로 처지를 바꾸어 생각하고 이해하려고 노력하는 것이다. 싫은 것, 원하지 않는 것, 좋지 않은 것, 불리한 것, 불행한 것 등 당신이 원하지 않는 것은 절대로 다른 사람에게 강요하지 마라. '충(忠)'은 '서

(恕)'의 적극적인 한 측면이다. 자신이 원하는 것 역시 다른 사람을 도와 달성해야 하는 것과 같이 먼저 타인이 잘 되도록 또는 잘 하도록 충실·진실·진정·정성이 있는 마음으로 힘껏 도움으로써 자신이 원하는 것을 이룬다는 뜻이다. 이것을 다시 공자의 말을 인용하여 설명하면 다음과 같다. "자신이 서고자 할 때는 먼저 남을 도와 남부터 서게 하고, 자신의 일을 잘 하기 위하는 등의 뜻을 이루고 싶을 때는 먼저 남을 도와 남부터 뜻을 이루게 하라(己欲立而立人, 己欲達而達人)."

이로써 '충(忠)'은 적극적인 도덕이고, '서(恕)'는 소극적인 도덕인 것을 알 수 있다. '기욕입이입인, 기욕달이달인(己欲立而立人, 己欲達而達人)'은 공자의 핵심 사상인 '인(仁)'의 기본적이고 주된 의미가 담겨 있다.

그렇다면, "나의 도는 시종일관 하나의 기본 사상으로 관통되어 있다(一以貫之)"라는 '하나의 기본 사상'은 '충서(忠恕)'로 된 두 글자인데, 왜 공자는 자공의 질문에 답할 때, 조금도 주저함이 없이 '충(忠)'을 없애고 '서(恕)'를 남겼을까?

필자의 이해는 다음과 같다.

먼저, '평생토록 지키고 실행하다(終身行之)'의 관점에서 보면, '충(忠)'은 다른 사람에게 도움이 되는 유익한 일을 하고, '서(恕)'는 다른 사람에게 해가 되는 일을 하지 않는 것이다. 쉽게 말하면, '충(忠)'은 '행함'이고 '서(恕)'는 '행하지 않음'이다.

"자신이 원하지 않는 것을 남에게도 강요하지 마라(己所不欲, 勿施于人)."가 요구하는 것은 단지 품행일 뿐이다. 그러나, "자신이 서고자 할 때는 먼저 남을 도와 남부터 서게 하고, 자신의 일을 잘 하기 위하는 등의 뜻을 이루고 싶을 때는 먼저 남을 도와 남부터 뜻을 이루게 하라(己欲立而立人, 己欲

공자가 우리 곁으로

達而達人).”는 능력(역량, 재능)이 필요하다. 따라서 '충(忠)'은 누구나, 아무 때나, 무슨 일이나, 다 할 수 있는 것이 아니다.

'충(忠)'과 '서(恕)'의 차이는 여기에서 그치지 않는다.

'충(忠)'의 정의는 위에서 언급한 '기욕입이입인, 기욕달이달인(己欲立而立人, 己欲達而達人)'이다. 이 안에는 '사람에게는 공통적인 애호와 추구가 있다'라는 전제가 넌지시 내포되어 있다.

그런데, 문제는 사람과 사람 사이에는 같은 욕구도 있지만 서로 다른 애호도 있다는 점이다. 예를 들면, 쉽게 자신이 원하는 것을 다른 사람도 반드시 원하는 줄 알고, 다른 사람에게도 강요하는 것이다.

더욱 경계해야 할 것은, '충(忠)'은 상대적인 진리일 뿐이며, 양날의 칼과 같아 부주의하면 나쁜 사람에게 이용당할 수도 있다.

나쁜 사람이 우리에게 '충(忠)'인 척 가장하고 우리의 선택과 생각을 대신하여 우리의 영혼을 노예화시킨다.

중국 고대사회에서는 전제 군주가 폭력으로 백성을 굴복시키고 전제 정치를 실시하여 복종할 것을 강요하며 민의(民意)를 짓밟았다.

'충(忠)'을 구실로 삼아 군주가 백성의 이익을 대표한다고 공언함으로써 그들의 개인적 이익을 희생하게 했다. 이로써 집단의 이익이 보호된다는 명분 아래 집단의 이익을 대표한다고도 공언했으며, 삭삭의 모든 개인적 권리를 박탈했다. 즉, 백성들의 개인적 이익을 포기하도록 미래를 위한 장기적인 고려라고 선포하고 그들의 당장의 이익을 빼앗았다. 이러한 말은 일리가 있고 근거가 있는 것 같아 백성들의 현재 이익을 박탈하는 것이 당연하다고 함으로써, 백성들에게 대립을 포기하고 복종하도록 했다. 이것은 백성을 기만하며 민의를 유린한 것이다.

백성에게 복종할 것을 강요하며 민의를 짓밟을 때, 그들은 법가(法家)의 법률과 형벌, 정치적 수단, 지위적 위압 등을 이용한다. 백성을 기만하며 민의를 유린할 때는, 그들은 이른바 '충(忠)'을 이용한다.

상앙(商鞅: 본명은 위앙 또는 공손앙이라고도 한다. 진나라의 재상을 지내며 법을 엄격하고 획일적으로 시행하는 정치를 폄)이 다스린 진나라, 이사(李斯: 법가 사상가이며 진나라의 재상을 지니면서 획기적인 정치를 추진함)가 다스린 진나라 왕조도 바로 백성에게 복종할 것을 강요하며 민의를 짓밟았다.

또한 주원장(朱元璋: 명나라 초대 황제이며 군주 독재적인 관료 체제를 강화함)이 다스린 명나라, 강희(康熙)·건륭(乾隆) 황제가 다스린 청나라도 백성에게 복종할 것을 강요하며 민의를 짓밟았을 뿐만 아니라 백성을 기만하며 민의를 유린했다.

동서고금을 막론하고 전제 군주들이나 독재자들이 백성들의 이익을 대변하고 대표한다고 주장하면서 그러는 척 가장하여 독재 통치를 행하지 않은 나라가 있었던가?

그들은 늘 백성에게 복종할 것을 강요하며 민의를 짓밟거나 백성을 기만하며 민의를 유린하는 두 가지 방법을 사용한다.

'복종할 것을 강요하며 민의를 짓밟는 것'을 당할 때, 우리는 저항을 한다. 그래서 우리는 오늘날까지도 이세(二世)와 조고(趙高)를 몹시 미워한다. 이세는 본명이 영호해이고 진시황의 막내 아들로 추정되며 진나라의 제2대 황제로서 이세황제 또는 진이세라고 부른다. 황위에 오르기 위해 수많은 형제를 죽음으로 몰아넣고 악정을 펼친 인물이다. 조고는 진나라의 환관이자 승상이며, 진시황이 죽자 거짓 조서를 꾸며 진이세를 제2대 황제로 즉위시키고 그의 측근이 되었는데, 온갖 횡포한 짓을 많이 하여 진나라의 멸명을 가속화시킨 인물이다.

'기만하며 민의를 유린하는 것'을 당할 때, 우리는 자주 거기에 호응하며 협조를 한다. 그래서 오늘날까지도 많은 사람들이 주원장(朱元璋)·강희(康熙)·건륭(乾隆) 황제를 위한 찬가를 부른다.

공자는 이미 이러한 현상의 잠재적 위험을 꿰뚫어 보고 2천여 년 전에 우리에게 일깨워 주었던 것이다.

특별히 명심해야 할 것은, '서(恕)'의 '자기가 싫으면서 원하지 않는 것을 남에게도 강요하지 않는 것(己所不欲, 勿施于人)'에 대한 신념이 바로 '충(忠)'의 단편적인 면인 일방성(사리분별 없는 맹목적인 충성 등)을 바로잡음으로써, '충(忠)'이 야기할 수 있는 심각한 결과에 대한 예방이며 역사적으로, 현실적으로, 잠재적으로 '충(忠)'인 척 가장하여 초래되는 범법 행위에 대한 고발·경고·저항이다.

힘든 인생, 자비를 베풀어라

어느 노나라 사람이 부모님의 상을 치르기 위해 일정한 기간 동안 추도하고 있었는데, 이 기간이 끝나는 탈상 당일에 집에서 노래를 불렀다. 이를 들은 자로(子路)는 "이 놈, 말도 안 돼, 상 기한이 끝나자마자 노래부터 하다니, 뭐가 그리 급하더냐?"라고 그 사람을 비난했다.

그러자 공자는 바로 자로(본명은 중유)를 꾸짖으며 말했다. "중유야, 너는 언제까지 남을 비난하는 것을 멈출 수 있겠느냐? 삼 년 상을 치르느라 이미 충분히 고생을 하지 않았느냐, 그렇게 하는 것도 쉽지 않은 일인데 말이다. 오늘 상 기한이 끝났으니 노래를 부르지 못할 이유가 또 뭐가 있겠느냐? 너는 남에게 너무 가혹하구나."

사실, 삼 년 상이 끝나는 탈상 날 당일에 노래를 부른 것은 확실히 좋은 일은 아니다. 가족을 잃은 진심어린 비통함보다는 단지 어쩔 도리 없이 삼 년 상을 치러야 하는 규칙을 지키기 위한 것일 뿐, 삼 년이라는 기나긴 시간으로 인해 이미 지칠 대로 지쳐서 한시도 참을 수 없었던 것처럼 보인다. 그래서 자로가 자리를 뜬 후 공자도 "상이 끝나자마자 노래를 부른 것은 분명히 좋지 않은데, 한 달만 지나서 불렀더라면 더 좋았을 텐데 말이다

(『공자가어·곡례자공문』)"라고 말했다

　노래를 부른 그 사람이 잘못했다는 것을 공자도 모르는 것은 아니다. 남을 비난하는 것을 문제로 여긴 그가 비난하는 것을 바라지 않았던 것이다. 공자가 보기에는, 타인의 잘못된 점은 우리가 그를 책망하고 비난해야 할 이유가 아니라, 관용해야 할 부분이라고 여긴 것이다. 타인의 단점(결점)은 우리가 지적하고 비난해야 하는 과녁도 아니며, 남의 불행을 보고 고소하게 생각해야 하는 부분도 아니다. 우리가 꼭 더 많은 관심과 배려로 보살펴 줘야 할 부분이다. 사람의 단점(결점)은 마치 몸에 난 상처와 같아서 우리의 세심한 보살핌이 절실하지, 비난하며 공격하는 것이 아니다.

　『장자·전자방』에는 "중국의 군자는 예의(禮義)에는 밝지만 인심(人心)에는 밝지 못하다."라고 기록되어 있다. 공자는 예의에 밝지만 인심에도 밝다. 사실 예의는 원래 인심에서 나오며, 인심은 예의보다 더 중요하다.

　공자와 자로의 차이를 보도록 하자.

　어느 날, 자로가 공자에게 물었다. "스승님이 보시기에 관중(管仲)은 사람됨이 어떻습니까?"

　공자가 말했다. "인(仁)하다."

　자로는 스승의 대답에 수긍하기 어려워 다음과 말했다.

　"관중이 제양공(齊襄公)을 설복했지만 그가 응하지 않았으므로 관중이야말로 말재주가 없는 것이 아닙니까? 공자(公子)인 규(糾)를 보좌하는 관중이 그를 임금으로 세우려고 했지만 그것마저 실패했으니 재능과 지혜가 없음을 말하고 있지 않습니까? 가족이 제나라에서 죽임을 당했지만 슬퍼하지 않은 것은 사랑과 정이 없음이 아니겠습니까? 족쇄를 찬 채 죄수를 호송하는 마차 안에 앉아 있고도 전혀 부끄러워하지 않았다는 것은 수치심이 없음을 말하고 있지 않습니까? 자신이 이전에 화살을 쏘아 죽이려고 했던 소백(小白, 규의 동생이며 후에 제나라 '환공'으로 15대 임금이 됨)을 임금으로 섬긴 것은 지조가 굳세지 않음이 아니겠습니까? 규(糾)가 죽임을 당하자 그의 신하였던 소홀(召忽)은 그를 위해 죽었는데 관중은 죽지 않고 살아남 았으니 충성스럽지 않음을 말해주지 않습니까? 설마 이런 사람을 '어진 사 람(仁人)'이라고 할 수 있겠습니까?"

자로의 반박을 보면 말에 근거가 있어 명백하다. 그의 눈에 비친 관중 은 하나도 옳은 곳이 없는 인물이었던 셈이다.

그런데, 관중에 대한 자로의 폄하성 발언에 공자는 어떻게 생각했을 까? 그는 다음과 같이 말했다.

"관중의 설복에도 제양공이 받아들이지 않은 것은 제양공이 우매하기 때문이고, 규(糾)를 보좌하는 관중이 그를 임금으로 세우려다가 성공하지 못한 것은 시운이 좋지 않았기 때문이며, 가족이 제나라에서 죽임을 당했 는데도 그가 슬퍼하지 않은 것은 시기와 형세를 잘 살필 줄 알았기 때문이 다. 족쇄를 찬 채 죄수를 호송하는 마차 안에 앉아 있고도 전혀 부끄러워하 지 않았던 것은 자신에 대한 강한 신념이 있어 스스로를 통제할 수 있었기 때문이고, 자신이 이전에 화살을 쏘아 죽이려고 했던 소백(小白)을 임금으 로 섬긴 것은 임기응변을 할 줄 알았기 때문이며, 규(糾)가 죽임을 당하자 그의 신하였던 소홀(召忽)은 그를 위해 죽었는데 관중이 죽지 않고 살아남 은 것은 일의 '경중'을 알았던 것이다(『공자가어·치사』)"

이와 같이 동일한 사실인데도 자로와 공자는 서로 다른 판단을 했다.

인생길은 마치 가시밭길을 지나가는 것과 같다고 하는데, 뜻밖에도 우

공자가 우리 곁으로

리는 '도덕'이라는 '솜저고리'를 입고 있다. 누가 인생의 가시밭길을 지나가면서 곳곳에 찔리고 걸려서 솜저고리가 터지거나 찢겨지지 않을 수 있겠는가? 한 사람의 평가는 죽은 후에야 결정되는데, 그때 누가 도덕적으로 흠이 없이 완전한 몸을 보장할 수 있겠는가?

연약한 인간의 본성은 관용하는 사회풍조를 필요로 하며, 어렵고 힘든 인생은 자비로운 마음을 필요로 한다.

번지(樊遲)가 '인(仁)'에 대해 묻자, 공자는 다음과 같이 말했다. "'인(仁)'이란 사람을 사랑하는 것이다(『논어·안연』)"

자장(子張)도 인에 대해 묻자, 공자는 다음과 같이 말했다. "공손(恭), 관대(寬), 믿음(信), 민첩(敏), 자혜(惠)이다 (『논어·양화』)"

타인을 소중하게 대하고 가혹하게 대하지 않으면 이것이 바로 사람을 사랑하는 것이고 '인(仁)'이 아니겠는가?

만물에는 슬픔이 있어도
나에게는 사랑이 있다

『논어·자한』에는 다음과 같이 기록되어 있다.

"공자는 상복을 입은 사람이나 예모를 쓰고 예복을 입은 관리나 시각 장애인을 보게 되면, 비록 그들이 나이가 어릴지라도 반드시 일어서서 공손하게 먼저 그들이 지나가기를 기다렸고, 만약 그들이 그 자리에 서 있으면 반드시 어른이나 윗사람 앞을 지나가듯이 공손하게 종종걸음으로 빨리 지나갔다."

이와 비슷한 기록이 『논어·향당』에도 나온다.

"상복을 입은 사람을 보면, 설령 친숙하여 평소에 편안하게 농담을 하는 사이일지라도 반드시 공손하고 엄숙한 태도와 애통하는 심정으로 그를 동정했다. 예모를 쓴 사람과 시각 장애인을 보게 되면, 비록 친하게 지내는 사이일지라도 반드시 단정하고 엄숙한 모습으로 대했다. 수레를 타고 가다가 상복을 입은 사람을 만나게 되면 비록 그가 육체노동자와 영세 상인일지라도 수레 앞의 손잡이를 잡고 허리를 굽혀 그들의 힘든 상황을 동정했다."

『논어·술이』에도 비슷한 기록이 있다.

"공자는 초상을 당한 사람 옆에서는 배부르게 먹은 적이 없고, 또 그날 만큼은 흐느끼듯이 조용히 울고 노래를 부르지 않았다."

사람이 초상을 당하여 슬프게 울고 있는데, 옆에서 실컷 먹고 마신다면, 아픔을 함께 하려는 진심 어린 마음이라고 할 수 있겠는가?

공자는 원래 매일 노래를 불렀지만, 만약 초상집에 가게 되었다면 절대 노래를 부르지 않는다. 일반적으로 초상집에 가는 경우는 틀림없이 그 집과의 관계가 친척이나 또는 스승과 친구 같은 가까운 사이일 것이다. 바로 그런 사람이 이 세상을 떠나 그 장례에 참석하여 우는데, 무슨 기분이 있어 또 노래를 부를 수 있다는 말인가?

인생에는 늘 여러 가지 불행이 있듯이 사람들 중에는 늘 불행한 사람도 있다. 어질고 너그러운 사람은 불행한 사람과 불행한 일에 대해 늘 측은히 여기는 마음이 많아 그런 마음을 억누를 길이 없을 정도이다. 하물며 공자는 어떠하겠는가?

타인의 슬픔에 동질감을 느끼고 공감하는 것은 고상한 인격을 이루는 구성 요소 중의 하나이다.

『논어·향당』에는 다음과 같이 기록되어 있다.

"친구가 죽었는데도, 그의 시신을 거두어 장례를 치러 줄 사람이 없었다. 이에 공자가 말하기를 '내가 그의 장례를 치러 주겠다'"

죽음 이후에 장사를 지내지 못하는 지경에 이르게 되면 이 얼마나 슬프고 비참한 일인가! "내가 그의 장례를 치러 주겠다"라는 공자의 이 한 마디 말은 한없이 슬프고 처량하면서도 무한한 따뜻함을 느낄 수 있게 해 준다.

공자는 담나라(郯國, 옛 성터는 현 산동성에 위치함)를 가다가 길에서 정(程) 씨 성을 가진 사람을 우연히 만났는데, 서로 말을 주고받으며 온종일 담소를 나눠 매우 친하게 되었다. 고개를 돌려 공자는 자로에게 말했다. "정 선생께 선사할 비단 한 묶음을 가져오거라."

자로는 선사할 가치가 없다고 생각했는지 하찮게 여기며 공자에게 말했다. "제가 듣기로는 예(禮)의 규정에 따르면, 선비들이 누군가의 소개 없이 만나서 서로 대면하는 것은, 중매 없이 여자가 출가하는 것과 같은 것으로 모두 옳지 않습니다."

잠시 후, 공자는 자로에게 또다시 정 선생에게 선사할 것을 재촉했지만 자로의 대답은 여전했다. 이에 공자는 다음과 같이 말했다.

"중유(仲由, 자로의 본명)야, 너는 '시경'의 구절을 잊었느냐? '어떤 아름다운 아가씨가 있어 용모가 수려하고 사람을 매우 감동시키는구나. 인연이 있어 마주쳤는데 나로 하여금 첫눈에 반하게 하는구나' 지금 여기에 계시는 정자(程子) 선생은 천하의 현인이시다. 지금 드리지 않으면 평생 다시 볼 수 없을 수도 있으니 빨리 가지고 오너라(『공자가어·치사』)"

공자의 입장에서 이 이야기를 가만히 들여다 보면 참으로 구슬프다. 우연히 사귀게 된 좋은 친구인데 다시는 만날 기회가 없을 수도 있기 때문이다. 사람의 일생은 짧고 삶은 끊임없이 변화하는데, 일단 그냥 스치고 지나가듯이 기회를 놓치면 평생 다시 돌아오지 않는다. 공자에게 정자는 한번 지나가면 어쩌면 다시는 만날 수 없는 그런 친구였으니 얼마나 그의 마음이 처량하고 슬펐을까? 그래서 우연히 만난 그 친구를 더욱 소중히 여기게 되었으니 타인을 깊이 사랑하고 가엾게 여기는 자비의 마음을 갖고 있는 공자로서 또 얼마나 그러한 마음이 발동했을까? 그렇게 여겨서 가지고 있었던 비단 한 묶음을 선사함으로써 공자는 어떠한 후회도 남기고 싶지 않았던 것이다.

한번은 공자가 위나라로 가는 도중에 전에 묵었던 여관 주인의 장례를 목격하게 되었다. 공자는 그곳으로 들어가서 몹시 슬프게 울었다. 밖으로 나오면서 자공에게 수레를 끄는 말을 풀어 이 여관집에 주라고 했다.

그러자 자공이 말했다. "스승님, 예(禮)에 대한 규정에 의하면 단지 서로 아는 사람의 장례에는 선물을 줄 수 없다고 했는데, 수레를 끄는 말을 주라니 예(禮)에 벗어나는 실례가 아니겠습니까?"

공자가 말했다. "내가 방금 문상을 하러 들어갔다가 슬퍼서 눈물을 흘렸는데 어찌 울기만 할 수 있겠느냐? 그러니 내가 말한대로 하거라."

단지 이전에 묵었던 적 밖에 없었던 여관집의 주인, 그와는 아무런 왕래나 교제도 없었다. 그런 평범한 사람의 죽음에도 공자는 그토록 슬퍼했다. 그래서 자신의 수레를 끄는 말까지도 주지 않으면 마음의 아픔을 안정시킬 수 없었던 것이다.

이것이 무엇일까? 바로 이것이 자비(慈悲)이다. 즉, '사랑'이다. 남을 깊이 사랑하는 것이다. 그러면 자연적으로 긍휼히 여기게 되며, 베풀게 되는 것이다.

'자(慈)'하기 때문에 '비(悲)'하다.

'자(慈)'의 뜻은 '사랑'이고 '긍휼히 여기는 마음'이다. '비(悲)'의 뜻은 '슬퍼하다(마음을 아파하다)'이다. 즉, 사랑하기 때문에 아파하는 것이다.

'비(悲)'하기 때문에 '자(慈)'이다.

즉, 마음을 아파하기 때문에 사랑이다.

나는 인자(仁慈, 마음이 어질고 자애로움)하기 때문에 세상의 모든 불행을 슬퍼한다.

나는 세상살이의 슬픔과 처량함을 알기 때문에 내 마음은 세상 만물에 대한 인자(仁慈)로 가득 차 있다.

'비(悲)'는 세상 만물의 '운명(命)'이다. 특히 사람은 누구든지 죽음이나 불행 등으로 마음을 아파하고 슬퍼하는 경험을 겪기 때문이다.

'자(慈)'는 어진 사람(仁人)의 마음이다.

온유한 마음

『논어·술이』에는 공자의 물고기를 잡는 방법과 새를 잡는 방법이 기록 되어 있다.

"공자는 물고기를 잡을 때는 그물을 사용하지 않고 대나무 장대로만 물고기를 낚았으며, 새를 잡을 때는 밤중에 잠자는 새는 화살을 쏘지 않고 날아가는 새만 쏘아서 잡았다."

그물을 사용하지 않는 낚시는, 물고기에게 선택의 기회를 주는 것이고, 물고기가 먼저 능동적으로 낚시 바늘에 걸리게 되는 것이다. 게다가 낚을 수 있는 물고기 수는 항상 제한되어 있다. 그물로 물고기를 삽는 것은, 물 고기에게는 다른 선택의 여지가 없는 사지이다. 또한 자주 한꺼번에 모조 리 잡을 수 있어 씨를 말릴 수도 있다.

날아가는 새를 쏘는 것은 새에게 도망갈 기회를 주는 것이다.

밤에 잠자는 새를 쏘는 것는 불의의 습격을 하는 것으로 새에게는 탈출 할 기회조차 없다. 이런 행위는 간교함의 극치라고 할 수 있다.

인류는 자신의 생존을 위해 살생을 하지 않는 것은 불가능하다.

그러나, 사람은 영혼이 있고, 사랑하는 마음이 있다. 살생에도 도(道)가 있어야 하고, 절제와 규칙이 있어야 한다. 특히 마구잡이로 함부로 죽이거나 잔인하게 학살하는 등으로 악의 씨앗이 싹트게 해서는 안된다. 사실 인간의 본성에 내재되어 있는 종양 같은 잔인성은, 학살하는 동물의 피에서 영양분을 섭취함으로써 팽창하게 되는 것이다. 학살은 미친 듯이 날뛰는 악의 광란적인 모습이다.

따라서, 학살을 반대하는 것은, 인간보다 상대적으로 약소하거나 어찌할 방법이 없어 보이는 동물을 보호하는 것이기도 하지만 더욱더 사람의 영혼에 담겨있는 '선(善)'을 보호하는 것이다.

상나라 임금인 상탕(商湯)은 사냥할 때 그물 3면을 열어 짐승들이 도망을 갈 수 있게 하였다. 공자는 그물로 물고기를 잡지 않았고, 잠자는 새에게는 화살을 쏘지 않았다. 맹자는 "군자는 짐승에 대해 살아있는 것을 보고서는 차마 죽는 것을 볼 수 없고, 죽는 소리를 듣고서는 차마 그 고기를 먹지 못하므로 '군자는 부엌을 멀리한다'"라고 말했듯이 '살생을 멀리하라'고 제창했을 것이다. 상탕·공자·맹자 모두가 보호하려고 했던 것은 사실 인간의 마음(심령)이다.

오늘날에는 많은 사람들이 물고기를 잡는데, 그물을 사용하지 않고, 뇌관이나 폭약, 또는 전기충격 장비 등을 사용한다.

뇌관을 물속에 던지면 '꽝!' 하는 소리와 함께 순식간에 물고기들이 수면 위로 떠오른다. 그러면 큰 것을 골라 비닐 포대에 담아 메고는 또 다른 수역으로 가서 똑같은 방법으로 고기를 잡는다.

아마도 이러한 방법은 고기잡이에서 가장 효율적인 방법일지도 모른다.

공자가 우리 곁으로

세상에서 가장 무서운 사람은 누구일까? 바로 효율만 따지고 다른 것은 헤아리지 않는 사람들이다.

세상에서 가장 무서운 문화는 무엇일까? 효율적 공리(功利)만 따지고 다른 것은 헤아리지 않는 '도구적 문화'이다. 이러한 문화는 그 자체가 목적이라기보다는 다른 어떤 목적을 위한 수단(도구)이 되는 문화로서 효율적 실리만을 추구할 뿐, 다른 것은 물론 다른 문화까지도 헤아리지 않는다.

어떤 민족이 미래가 없을까? 효율과 이해(利害)와 공리(功利)만 따지고 성공과 실패로 영웅을 논하는 민족이다.

왜냐하면, 효율만을 따지는 것은 인간경시풍조, 배금사상, 편의주의, 이기주의를 낳게 되는데, 이러한 것들은 인간의 가치를 무시하며 마치 영혼이 없는 것처럼 되기 때문이다.

공자가 죽은 개를 어떻게 대했는지 알아보자.

집 문을 지키던 개가 죽자 공자는 몹시 슬퍼하며 자공에게 땅에 묻으라고 말하면서 다음과 같이 분부했다.

"말이 죽으면 휘장으로 싸서 묻고 개가 죽으면 마차 덮개로 싸서 묻는다. 풍속 중에도 말이 죽으면 묻기 위해 낡은 휘장을 버리지 않고 남겨 놓으며, 개가 죽으면 묻기 위해 낡은 마차 덮개를 버리지 않고 남겨 놓는 판습이 있다. 지금 나는 가난하고 마차 덮개도 없으니 개를 묻을 때 거적을 만들어 그것으로 싸서 묻거라. 그리고 머리가 흙에 직접 닿지 않도록 잘 싸서 묻어야 한다(『공자가어·곡례자하문』)"

이 이야기는 공자가 주유천하를 마치고 고향땅이 있는 노나라로 귀국하여 이미 만년에 들어선 시기에 일어났다. 그때 자공도 이미 마흔이 넘어 사회적으로 성공한 상인이자 출중한 외교관으로 있을 때였다. 이러한 자공이 죽은 개 한 마리를 해결할 능력이 없었을까? 그런데 공자는 왜 자공에게 잔소리를 하듯이 분부했을까? 공자는 죽은 개의 머리 부분이 그대로 흙에 직접 닿아 묻힌다고 생각하면 원치 않는 일이기에 견딜 수가 없었던 것이다.

이것은 공자뿐만 아니라 그가 상술한 우리 선조들의 풍속에서도 알 수 있다. 낡은 휘장과 마차 덮개를 버리지 않고, 훗날 집에서 키우던 동물이 죽게 되었을 때 매장하기 위해서 남겨 놓았다는 것과 또 이것이 풍속으로 남아 있었다는 것은 집에서 키우던 동물의 머리 부분이 그대로 흙에 직접 닿아 묻히는 것을 모두가 원치 않은 일이었다. 우리의 선조는 어쩌면 그토록 선량한가? 그들 모두가 견딜 수가 없었던 것이다.

왜 어떤 사람들은 마음씨가 착하고 어질까?

잔인한 행위로 인해 그것을 보고 자주 마음속으로 견딜 수 없기 때문이다.

그럼 왜 어떤 사람들은 그토록 잔인할까?

잔인한 행위로 인해 그것을 보고도 자주 마음속으로 견딜 수 있기 때문이다.

문명이란 무엇인가? 문명이란 많은 것을 받아들이지 못하는 것이다. 좋지 않은 것들에 대해서는 견딜 수 없기 때문이다.

야만이란 무엇인가? 야만이란 많은 것을 받아들이는 것이다. 좋지 않은 것들에 대해서 개의치 않을 뿐만 아니라 타인의 마음을 고려하지 않으며 자신의 행위에 제한을 가하지도 않기 때문이다.

그럼 문화란 무엇인가? 문화는 '부드러워짐'이다. 바로 우리의 마음을 부드럽고 연하게 만드는 것이 문화다.

유연함은 연약함이 아니다. 유연함은 바로 세상을 온유하게 만드는 위대한 힘이다.

관심은, 자신의 마음과 관련되어 있다

『논어·팔일』에는 다음과 같이 기록되어 있다. '사(賜)'는 자공의 본이름
이다.

"자공이 '고삭(告朔)'이라고 하는 매월 초하룻날에 양을 잡아 종묘에 바
치는 의식을 없애자고 말했다. 이에 공자가 말했다. '사야, 너는 양을 소중
하게 여기지만 나는 예를 소중히 여긴단다'."

사실, 이때는 나라 기강과 사회 질서가 모두 문란한 시대로 노나라 임
금이 직접 종묘에 가서 제사를 지내지 않고 단지 형식적으로 양만 잡아 바
치는 일을 계속한 것이다. 이에 자공은 유명무실하게 된 예(의식)를 지키기
보다는 차라리 간단하게 행하길 바랐으며, 구태여 매달 양 한 마리씩 잡으
면서까지 번거롭게 하거나 낭비할 필요가 없다고 생각했다. 그러나, 공자
는 대대로 내려온 고대 예(의식)에 대해 깊게 애착을 갖고 있었다. 비록 하
나의 형식이라 할지라도, 예부터 내려온 예절인지라 그 역시 차마 버릴 수
가 없었던 것이다. 게다가 예의(礼儀) 형식이 자공의 말처럼 간소화된다면

공자가 우리 곁으로

결국에는 옛날의 예절도 연기처럼 사라져 없어지지 않겠는가?

때로는 하나의 형식이라도 보존했는데, 그것이 비록 빈껍데기일지라도 사람에게는 일종의 구속(제약)이 되기도 하고 일깨움이 되기도 한다. 또한, 하나의 상징적인 의미로도 존재하기도 하는데, 우리에게 문화·정치·도덕상의 가치를 제시해 준다. 이런 가치는 심지어 경시할 수도 있지만, 잊어버려서는 안되며 부정해서도 안된다. 중요한 순간에, 이 가치는 우리에게 도의(道義)적인 차원에서 견지·지탱해 줄 뿐만 아니라 우리가 좋지 않은 일을 반대하는 데 있어서, 반항의 이유와 비판의 근거도 제공해 줄 것이다.

따라서, 많은 전통 예의(礼儀)의 형식이 설사 보기에 이미 빈껍데기로 전락된 형식일지라도 매우 중요한 것이며, 있으나 마나 한 하찮은 것이 아니라 결코 없어서는 안되는 것이다.

『논어·위령공』에는 면(冕)이라고 하는 한 '악사'가 공자를 만나는 장면이 기록되어 있다. 당시 악사는 주로 시각장애인이었다고 한다.

"악사인 면(冕)이 공자를 만나러 왔는데, 공자가 직접 안내하며 계단에 이르게 되자 '여기는 계단이오'라고 일러주고, 자리에 이르게 되자 '바로 여기가 자리오'라고 일러주었으며, 사람들이 모두 앉자 악사에게 '아무개는 여기에 있고 또 아무개는 여기에 있소'라고 일일이 일러주었다. 악사 면이 작별을 고한 후에, 제자인 자장이 공자에게 물었다. '이것이 바로 악사와 이야기하는 방법입니까?' 공자가 말했다. '그렇다. 바로 이것이 악사를 돕는 방법이다'"

사실은 고대의 시각장애인인 악사에게는 모두 '상(相)'이라고 하는 돕는 사람이 따로 있어 길을 걸을 때 옆에서 부축해준다. 따라서 공자가 그렇게 신경을 써서 일일이 알려주지 않아도 된다. 더군다나 그때 공자 곁에는 많은 제자들이 있었으니 그들로 하여금 그러한 특별한 방문객을 돌볼 수 있도록 할 수도 있었다. 그런데, 공자는 시각장애인인 악사가 들어오는 것을 보고 그의 하나하나의 동작에서 눈을 떼지 않고 수시로 일러 주었다. 살펴서 미리 알려주는 이러한 세심한 배려는 어쩌면 악사인 면(冕)에게는 불필요할 수도 있겠지만, 공자에게는 스스로 마음에서 우러나온 자연스러운 관심과 걱정이다. 이것은 내가 이렇게 해야 하는지를 생각한 후에 이성적인 판단을 내린 도덕적 행위가 아니라, 일종의 자연스럽게 인자(仁慈, 마음이 어질고 자애로움)한 마음에서 비롯된 첫 번째 반응이다. 이는 이지(李贄, 명나라의 사상가)가 말한 '거짓과는 멀어 순수하고 참되며, 최초의 한 생각에서 나온 본래의 마음'으로 '천진하고 거짓이 없는 마음'이다. 또한 상대방이 필요로 하는지 아닌지에 관심을 가지고 이성적으로 생각한 것이 아니라, 자신이 꼭 해야 하는 것인지 아닌지를 감성적으로 느끼는 문제이다. 간단히 말하면, 이러한 관심은 상대방이 필요로 하는 것이 아니라, 우리가 필요로 하는 것이다. 만약 우리의 마음속에 자발적인 인자함이 있다면, 이러한 관심은 거의 본능적인 것이며, 관심을 기울이지 않는 것은 오히려 우리 자신이 견딜 수 없어 우리가 매우 힘들게 된다. 이러한 마음은 우리가 상대방에게 관심을 기울이거나 심지어 필요 없는 불필요한 관심까지도 갖지 않을 수 없게 한다.

우리의 생활을 들여다보면, 부모는 늘 자녀들에게 잔소리를 하는 것 같고, 자녀들은 늘 부모의 잔소리를 귀찮아하는 것 같다. 왜냐하면 잔소리는 불필요하다고 생각하기 때문이다. 그런데, 자녀들이 자라서 부모가 되면 똑같이 그의 자녀들에게 잔소리를 하는 모습을 보게 된다. 이러한 잔소리는 지극히 자녀에 대한 관심과 걱정(불안감)에서 비롯된 것이지, 이성적인 분석에서 비롯된 것이 아니다. 사실, 이성적 분석을 해 보면, 이 세상의 많은 '관심'과 '사랑'은 모두 '불필요함'이나 '쓸모없음'인 것으로 보인다. 그렇지만, 실제 삶의 관점에서 볼 때, 불필요하다고 생각한 사랑과 관심이 세상에서, 인생에서, 당신과 나에게 정말 불필요한 것일까?

우리가 살고 있는 이 세상에서 너무 많은 관심은, '일'에 대해서는 필요로 하지 않지만, '마음'에 대해서는 없어서는 안 된다. 왜냐하면, '관심'이라는 말이 의미하는 것은, 상대방과 관계되는 것이 아니라 자신의 마음과 관계되는 것이기 때문이다.

시각장애인인 악사는 비록 공자의 얼굴은 볼 수 없었지만, 공자의 온화하고 친절한 안내를 들으면서 어찌 따뜻함을 느끼지 않았겠는가! 공자처럼 살펴서 일러주는 불필요한 세심한 배려 안에는 우리 인생에 없어서는 안되는 따뜻함이 담겨 있다.

2천여 년이 지난 지금에 와서야 우리는 시각장애인인 악사를 지극히 세심하게 보살핀 공자의 이 대목을 읽었다. "'여기는 계단이오', '바로 여기가 자리오', '아무개는 여기에 있고 또 아무개는 여기에 있소'"라고 일러주며 관심을 갖고 정성을 다해 돌보는 장면도 여전히 우리 앞에 있는 것과 같이 그런 성인의 인자하고 자상한 모습이 우리를 감동시키고 있다.

이러한 감동 속에서 우리는 세상의 따뜻함을 느낄 뿐만 아니라 자신도 모르게 스스로를 변화시키고 있다.

사실 공자의 모든 행동을 보면서 현장에서 큰 감동을 받은 제자가 있었는데 그가 바로 자장이다.

악사인 면(冕)이 떠난 후, 자장이 물었다. "이것이 바로 악사와 이야기하는 방식입니까?"

공자가 말했다. "그렇다. 바로 이것이 시각장애인인 악사를 돕는 방식이다."

이것이 바로 '인(仁)'이 일상에서 체현된 것이다.

'인(仁)'도 사람을 대하는 일상의 행동에서 구현해야 하지 않겠는가!

자기 몸처럼 소중히 지키는 새하얀 깃털

노나라 임금인 소공(昭公)이 예(礼)에 어긋나는 일을 했다. 『좌전·애공 12년』의 기록에 따르면 그는 오나라 임금의 딸과 결혼했다. 그런데 오나라와 노나라는 같은 민족에 성씨도 같았다. 오나라는 주나라 문왕의 큰아버지 태백(太伯)의 후손이고, 노나라는 주나라 문왕의 아들 주공 희단(周公姬旦)의 후손인데, 모두 희(姬)씨 성이다. 주나라 예(礼)의 규정에 따르면, 동성 간에는 통혼할 수 없다.

춘추시대에 왕비의 칭호는 일반적으로 그녀가 태어난 나라 이름에 본인의 성를 더한 것이다. 이에 따라 소공의 부인은 마땅히 '오희(吳姬)'여야 했다. 그런데 이 '희(姬)'자를 마음대로 부를 수가 없었다. 이에 소공은 감히 공개적으로 자신의 부인을 '오희'라고 부르지 못하고, '오맹자(吳孟子)'라고 부르며 예에 어긋난 자신의 행실을 덮어 감추려고 했다. '맹자(孟子)'는 아마도 그녀의 '자(字)'일 것이다.

그러나 이러한 명명백백한 일에 대해서 누구를 속일 수 있겠는가? 모두들 임금의 체면을 세워주기 위해 일절 입 밖에 내지 않고 모른 척 했을 뿐이다.

그렇지만, 일부 사람들은 이런 저런 목적이나 타산으로 임금이 숨기고 싶어하는 사실을 폭로하여 그의 체면을 구기려고 했다.

『논어·술이』에는 공자와 진사패(陳司敗)의 대화내용이 실려 있다. '진사패'의 '사패(司敗)'는 사법업무를 주관·담당하는 오늘날의 사법부 고위직에 해당되는 직위로 이름은 알려지지 않지만, 사패 앞에 '진(陳)'이라는 글자가 있는 것으로 미루어 보면, '진(陳)'이라는 나라 명칭보다는 '성(姓)'으로 추정된다. 관직의 명칭은 '사구(司寇)'라고도 한다. 대화내용은 다음과 같다.

"진나라 진사패가 공자에게 물었다. '소공(昭公)께서는 예를 아십니까?' 이에 공자가 말했다. '예를 아십니다' 공자가 자리에서 물러나자 진사패는 두 손을 맞잡아 예를 표하는 읍을 하며 무마기(巫馬期, 공자의 제자로 진나라 사람임)에게 말했다. '내가 듣기로는 군자는 남의 편을 들지 않는다고 했는데, 군자도 역시 남의 편을 들어 줍니까?' 노나라 임금이 오나라 사람을 아내로 맞이하여 왕비로 삼았는데, 자신과 동성이므로 성씨를 감추려고 '오맹자'라 호칭하여 불렀으니 이러한 임금이 예를 안다고 한다면 누가 예를 알지 못하겠습니까?' 무마기가 이 말을 알리자 공자가 말했다. '나 공구(공자의 본이름)는 참 복도 많은 사람이로다. 나에게 잘못이 있으면 다른 사람이 반드시 알게 되고, 이처럼 나에게 알려주기까지 하니 말이다'"

공자가 여러 나라를 돌아다니며 진나라에 왔을 때는 노나라 임금 소공이 이미 세상을 떠난 뒤였다. 그때 진나라 사구(司寇)인 진사패는 속내를 헤아릴 수 없게 공자에게 물었던 것이다. "본국의 돌아가신 소공께서는 예를 아십니까?" 그러자 공자가 말했다. "예를 아십니다"

　　　　　　　　　　　　　　　　　　　공자가 우리 곁으로

사실, 진사패의 본심을 헤아리기 어려운 물음에 공자가 어찌 그의 음흉한 함정이 도사리고 있음을 모를 리가 있었겠는가? 만약 공자가 "예를 모릅니다"라고 대답만 했더라면, 그러한 함정에서 무사히 빠져나올 수 있었을 것이다. 그러나 공자는 아주 태연스럽게 "예를 아십니다"라고 말하며 스스로 진사패가 파놓은 함정에 빠진 것이다.

진사패는 정말 자신이 공자를 함정에 빠뜨렸다고 생각했다. 집을 나선 후 공자의 제자 무마기를 보자 두 손을 맞잡아 올려 읍을 하며 말했다. "나는 군자가 개인적인 친분 때문에 자신의 공정성에 위배되는 판단을 하지 않을 것이라고 생각했는데, 오늘 내가 보니 그렇지 않소이다. 노나라 임금 소공이 오나라 여인을 아내로 맞아들였는데 공자 선생께서는 끝내 그가 예를 안다고 했소. 만약 소공의 그런 행위도 예를 안다고 간주한다면 누가 예를 모르겠습니까?"

무마기가 바로 돌아와서 공자에게 이 말을 전했다.

공자는 덤덤한 표정으로 웃으며 말했다. "나 공구는 참 복도 많은 사람이구나. 잘못이 있으면 다른 사람이 금방 알아볼 수 있으니 말이다."

그러면 공자는 왜 노나라 임금인 소공이 예를 안다고 말했을까? 필자의 생각은 다음과 같다.

타국의 관리에게 이미 고인이 된 자국의 임금에 대해 말을 할 때에는 조국의 존엄을 지키는 차원에서 미화와 수호 의식이 필요하다.

타인에게서 자신의 은인에 대한 결점에 대해 지적을 받았을 때는 반드시 그 은혜에 감사하는 마음으로 실수를 가려 보호해야 한다. 노나라 임금인 소공은 공자를 두 번이나 도왔던 적이 있다.

타인에게 해를 끼치지 않는 어느 한 사람의 결점과 실례를 직면할 때는, 관용하는 마음으로 허물을 가려주며, 사랑하고 소중히 보호해야 한다.

많은 경우, 기탄없이 사실을 말하고 당신의 정직하고 솔직한 모습을 보여주는 것은 그리 어렵지 않다.

어려운 것은, 생명의 활력이 넘치는 육체를 갖고 있을지라도 역시 연약한 육체로 마음은 간절하지만 육신이 약하여, 사랑도 있고 미움도 있는 이러한 한 사람으로서, 그래도 이 세상에는 당신이 책임을 짊어져야 하고 돌봐야 하며, 보호해야 하고 소중히 여겨야 하는 것들이 많이 있다는 것이다.

어렵고 힘든 세상살이와 연약한 인간의 본성에 맞서 자신의 명성과 명예를 마다하고 타인에게 자비와 관용을 베푸는 것이야말로 대자대비(大慈大悲)의 마음이 아니겠는가!

'오맹자(吳孟子)'의 가련한 과거 운명을 보도록 하자.

노나라 임금인 소공은 즉위한 지 25년(기원전517년) 만에 삼환(三桓 : 계손·숙손·맹손 세 집안을 이르는 말로 각 집안의 시조가 모두 노 환공의 아들들이라 환공의 자손인 세 집안이란 의미로 삼환이라고 부름)에 의해 국외로 쫓겨나 제나라로 갔다가 다시 진나라로 도피했다. 망명한 지 8년 만인 기원전 510년에 진나라 건후(乾侯, 오늘날의 하북성 성안현 또는 위현에 위치)에서 생을 마감했다. 이 8년 간의 소공의 망명생활 동안 오맹자는 노나라에 남아 의지할 곳이 없어 신세가 처량하고 실의에 빠져 자신을 한탄하며 외롭게 지냈다. 소공이 죽은 후, 그녀는 비록 임금의 부인으로서 귀한 대우를 받았지만, 남편인 소공과 삼환의 관계는 서로 죽이려고 했던 철천지원수 같은 사이였기 때문에 노나라에서의 그녀의 처지는 사실 늘 애처롭고 괴로운 마음을 호소할 곳이 없는 사람으로 목숨마저도 위태로웠다. 결국 그녀는 외롭고 쓸쓸하게 홀로 만년을 보내며, 남편인 소공이 망명하기 시작한 기원전 517년으로부터 34년이 흐른 기원전 483년, 애공(哀公, 소공의 동생인 정공의 아들로 노나라 제27대 임금) 12년에 한 많은 생을 마감했다. 그때 정권을 쥐고 있던 계손비(季孫肥)로 불리는 계강자(季康子)는 제후들에게 오맹자가 사망했다는 부고를 보내지 않았고 선조의 사당에도 모시지 않음으로써 왕비의 죽음에 대한 예우를 해주지 않았다. 본국으로 돌아온 지 얼마 되지 않은 공자만이 69세인데다가 쇠약한 몸을 이끌고 애도의 뜻을 표시하기 위해 조문하러 갔다. 불쌍한 여인에게 조금이나마 위안을 준 셈이다.

마치 자기 몸의 전부인 양 소중히 여기는 새하얀 깃털은 자신의 고상한 인품과 덕성을 상징하는 일종의 명예 같은 것이므로, 군자는 이를 특별히 주의하고 애써서 보호하며 지키려고 한다.

그런데 어떤 상황이 자신의 새하얀 깃털로 피투성이가 된 타인의 상처를 가려서 덮어 주고 보호해 주어야 할 필요가 있을 때, 고상한 인품과 덕성을 나타내는 자신의 명예 같은 그런 새하얀 깃털을 더럽혀서는 안 될 무엇이 또 있겠는가?

때로는 군주가 있는 것보다
없는 것이 낫다

때로는 군주가 있는 것보다 없는 것이 낫다

　무왕이 상나라를 멸망시키고, 주나라를 세운 지 약 5백여 년이 지난 후, 상나라의 후예인 공자는 더 이상 휘황찬란하지 않는 주나라를 보면서 조상의 나라를 멸망시킨 나라이지만 그런 주나라에 대해 긍정적인 의식으로 다음과 같이 자신의 속마음을 털어 놓았다. "주나라는 두 개 왕조(하나라와 상나라)를 거울로 삼았으니 그 문화가 찬란하구나. 나는 주나라의 문물제도를 따르겠다!"

　주나라는 중국 역사상 가장 위대한 왕조이다. 주나라가 건국되기 전, 중국 천하의 각 부락들이 '주(周)부락'을 중심으로 발전했다. '주나라'라는 '주왕조'가 세워진 후로는, 천하의 제후들이 주왕조를 구성하고 또 그들이 주나라의 제후국이 되어 주나라를 섬겼다. 주나라가 쇠약해시사 그래도 천하의 문인들이 주나라의 문물제도를 따랐다. 주나라가 멸망한 후로는 역대 왕조들이 주나라를 칭송했다. 주나라가 이룬 이러한 성과는 그 뒤에 거의 어느 역대 왕조도 능가하지 못했다.

　주나라의 위대함은 바로 한 민족의 문명을 키워낸 사회에 대한 양성교육에 있다.

상왕조는 사실 오늘날 우리가 생각하는 그런 의미의 나라가 아니라, 단지 하나의 큰 부락연맹에 불과하다. 당시 중국 천하는 광활한 땅에 분포되어 있는 수많은 크고 작은 부락들이다. '천하만국(天下万國)'이라고 해서 만들어진 공동체를 우리는 그것을 '부락천하(部落天下)'라고 부른다.

주나라 건국 초기에는 낡은 양식과 구조 및 체제(제도)를 타파하고 전설 속의 요(堯)·순(舜)·우(禹)부터 하(夏)·상(商)나라 때까지 계속 이어져 온 '부락천하(部落天下)'의 형태를 무너뜨리고 새롭게 가족 단위로 형성된 '가족천하(家天下)'를 세웠으며 분봉제를 실시했다. 가족천하의 핵심은 천자(왕)의 인선인데 자기 가족 안에서 선택하여 대물림하도록 하는 것이다. 일반적으로 자신의 아들에게 제왕의 지위를 물려주며 천하는 항상 한 가문에 의해 통치를 받는다. 분봉제는 친척과 공신들을 제후로 봉하여 영지를 하사하고 그들로 하여금 다스리게 하는 제도이다. 제후로 봉해진 사람은 상나라를 멸망시킬 때 도왔던 공신들과 부락의 수령 및 고대 선왕이었던 성현들의 후손들을 제외하고는 거의 무왕(武王, 문왕의 둘째 아들)과 주공(周公, 문왕의 넷째 아들) 집안의 혈통이었다. 주공은 무왕과 무왕의 아들인 성왕을 도와 주왕조의 기틀을 확립한 인물이다. 『좌전·소공 28년』과 『순자·유효』에는 각각 다음과 같이 기록되어 있다.

"제후로 봉해진 형제와 '희(姬)'씨 성을 가진 사람은 각각 15명, 40명이다."

"주공은 제후국으로 하여금 천하를 다스리게 했는데, 71개의 제후국을 두었고 그중 '희(姬)'씨 성을 가진 제후가 무려 53명이었다."

이로써 한 집안의 혈통으로 천하 각지를 포괄하여 다스림으로써 '부락천하(部落天下)'를 '가족천하(家天下)'로 변화시키고, 주나라 천자(天子)는 제후국의 국군(國君) 권력의 원천으로서 천하 모두의 왕이 되었다. 이는 중국 문명사에서 위대한 혁명으로서 부락 간의 전쟁 문제를 완전히 해결했을 뿐만 아니라 국가권력중심을 명확하게 했고, 가족과 국가 간의 공동체 의식이 강화되었으며, 제후국 간에도 상호 공동체 의식이 자연스럽게 이루어져 민족 공동체라는 의식이 점차 모습을 드러내기 시작했다. '가족천하(家天下)'는 중화민족 대통일의 이념을 마련해주었고, 체제와 규모를 다졌으며, 천하가 한 집안이라는 '천하일가(天下一家)'의 전통적 가치관도 닦았다.

분봉제 실시와 함께 거의 동시에 진행된 것은 '제예작악(制礼作樂)' 즉, 예악(예법과 음악)을 제정한 것이다. 주공(周公)이 제정한 이러한 제도는 주나라의 가장 위대한 정책이었다. 예(礼)의 본질은 무엇인가? 바로 자신을 낮추고 타인을 존중하는 것이다. 주나라 사람들은 그때 벌써 세상은 결코 자기 혼자 잘났다고 뽐내는 '유아독존(唯我獨尊)'의 세계가 아님을 인식했고, 스스로 자신을 낮추며 타인을 경외해야 함을 알았다. 은(殷)나라는 상(商)나라의 또 다른 이름이다. 마지막으로 천도한 곳이 '은(殷)' 지방이었으므로 '은나라'라는 명칭이 붙었지만 학계에서는 '상나라'로 통일해 부른다. 은(殷)나라 사람과 비교하면, 주나라 사람들은 자연을 존중하고 신을 섬겼으며, 사람을 존중하고 조상을 모셨다. 또한 구체적인 사람에 대해서는 존중과 함께 그들이 좋아할 수 있도록 좋은 의도에서의 환심을 실 줄 알았다. 존중을 받고 기뻐하고 즐거워하는 사람은 부모와 자녀, 형제와 부부, 군신과 친구들 그리고 이들로부터 연결되어 뻗어나가는 모든 사람들이다. 또한 예(礼)는 비록 다툼(싸움, 경쟁 등)이 있을지라도 군자의 풍격을 유지하는 군자다움이 있어야 한다. 예악(礼樂)을 제정한 '제예작악(制礼作樂)'의 목적은 무엇인가? 인류 문명을 이룩하는 삶이다. 일을 함에 있어서 예법을 엄수하고 일정한 규칙과 표준이 있어야 문명이 출현한다. 문명은 일의 결과가 아니라 일을 하는 과정과 수단이며, 사회 발전 (운영)의 목표가 아니라 방식이다. 예약은 바로 주나라 사람들이 따르는 사회생활의 방식이고, 문명은 바로 이런 방식 안에서 구현된다.

예약 문화는 결국 '육경(六經)'이라는 저서에 축적되어서 후세에 길이 남게 되었는데, 공자는 다음과 같이 평가를 했다.

"그 나라에 가면 그 나라의 가르침을 알 수 있다. 사람 됨됨이가 온유돈후(溫柔敦厚)해서 성격이 온화하고 부드러우며 인정이 두터운 것은 '시경(詩經)'의 가르침이요, 훤하게 꿰뚫을 정도로 고금의 일에 정통하여 앞날의 역사 흐름(방향)을 추측해 볼 수도 있는 것은 '서경(書經)'의 가르침이요, 학식이 해박하고 도량이 크고 넓으며 온화하고 어진 것은 '악경(樂經)'의 가르침이요, 마음이 깨끗하고 논리정연하며 정미한 것은 '역경(易經)'의 가르침이요, 공손하고 검소하며 단정하고 예의가 바른 것은 '예경(礼經)'의 가르침이요, 말을 분류하여 사건(사실)을 비교하고 문장을 연결하여 사건을 배열하므로써 역사를 기록하는 것은 '춘추경(春秋經)'의 가르침인 것이다…… 사람 됨됨이가 온유돈후해서 성격이 온화하고 부드러우며 인정이 두터우면서도 어리석지 않으면 오히려 '시경'보다 깊이가 있는 자요, 훤하게 꿰뚫을 정도로 고금의 일에 정통하여 앞날의 역사 흐름(방향)을 추측해 볼 수 있으면서도 속임이 없으면 오히려 '서경'보다 깊이가 있는 자요, 학식이 해박하고 도량이 크고 넓으며 온화하고 어질면서도 과장되거나 오만하지 않으면 오히려 '악경'보다 깊이가 있는 자요, 마음이 깨끗하고 논리정연하며 정미하면서도 해치는 것이 없으면 오히려 '역경'보다 깊이가 있는 자요, 공손하고 검소하며 단정하고 예의가 바르면서도 번거롭지 않으면 오히려 '예경' 보다 깊이가 있는 자요, 말을 분류하여 사건(사실)을 비교하고 문장을 연결 하여 사건을 배열하므로써 역사를 기록하면서도 질서를 어지럽히지 않으 면 오히려 '춘추경'보다 깊이가 있는 자이다(『예기·경해』).

제후를 봉하여 영지를 하사하고 그들로 하여금 다스리게 한 '분봉제'가 천하의 권력 구도와 틀을 확립했다고 한다면, '예악 제정'은 사회 문명의 발전(운영) 방식을 세운 것이다. 주나라 왕조의 가장 위대한 점은 전쟁을 통 해 천자(왕)가 되어 자신의 통치를 확립하고 권력을 강화한 것이 아니라 사 회에 대한 교육을 통해 사회가 스스로 잘 돌아가고 발전할 수 있는 능력을 갖게 한 것이다.

그렇다. 결국 한 사회가 교육을 통해 아래와 같은 백성(사회인)을 길러 낸 것이다.

"사람 됨됨이가 온유돈후하면서도 어리석지 않고, 고금의 일에 정통하 여 앞날의 역사 흐름을 내다볼 수 있으면서도 속임이 없고, 학식이 해박하 고 도량이 크고 넓으며 온화하고 어질면서도 과장되거나 오만하지 않고, 마음이 깨끗하고 논리정연하며 정미하면서도 해치는 것이 없고, 공손하 고 검소하며 단정하고 예의가 바르면서노 변거롭지 않고, 말을 잘 분류·비 교·연결·배열하여 글을 써서 역사를 기록하면서도 질서를 어지럽히지 않 는다."

이것이 바로 민족의 기상이요, 인류의 영광이 아니겠는가?

『논어·팔일』에는 다음과 같이 기록되어 있다.

"공자가 말했다. '오랑캐에게 군주가 있을지라도 중원(제하)에 군주가 없는 것만 못하도다'"

오랑캐에게는 군주가 있어도 문명이 없고, 중원에는 군주가 없어도 예악(礼樂)이 있다는 말이다. '제하(諸夏)'는 당시 중원에 분봉된 여러 제후국을 말하기도 하고 통틀어서 일컫는 말이기도 하다. 시간이 흘러 주나라가 쇠락해지고 주왕이 냉대를 받았지만, 수백년 동안 주나라에 축적된 문명은 이미 민족의 피가 되어, 설령 군주가 없더라도 중원은 여전히 예법을 엄수하고 일정한 규칙과 표준을 따랐다.

주왕조는 한 민족에게 천 년의 예법을 준 왕조이다.

주왕조의 위대함은, 자신의 권력을 강대하게 만든 것이 아니라, 사회를 튼튼하고 강하게 만들었으며, 그러한 정도가 군주가 없어도 사회가 스스로 자신의 길을 갈 수 있을 만큼이었다.

공자가 감탄한 것은 문명이 통치자의 권력보다 낫다는 것이다. 사회문명은 통치자의 권력 기능보다 더 중요하다. 양심적으로 행사하는 통치자의 권력은, 마땅히 백성들을 건전한 사회구성원으로 육성하는 데 힘쓰지 자신의 통치 권력을 강화시키는 곳에 사용하지는 않는다. 강권적인 통치자의 권력은, 사회를 이끌 수 없을 뿐만 아니라, 사회에 갖가지 병이 동시에 발생하도록 하는 만병의 근원이다.

유감스럽게도, 명(明)·청(清) 이래로, 법가(法家) 사상이 새로운 명목을 빌어 일어난 것이다. 법가는 주로 가혹한 형벌과 법률로 나라를 다스리는 사상으로 동시에 통치자의 권력을 증대시킨다. 따라서 명나라 제1대 황제 주원장(朱元璋)에서부터 시작하여 통치자의 세력을 강하게 하고 무소불위의 통치자의 권력을 구축하기 위해 계속 힘썼다. 이는 통치자의 권력이 사회 모든 구석까지 침투하게 했고, 거량의 권력 체제가 사회의 모든 공간을 쥐어짜듯이 했다. 이러한 냉혹한 행정 수단으로 자연과 사회의 모든 자원을 강점했다. 그 결과 권력의 팽창, 사회의 위축, 정치의 부패, 문명의 소멸, 도덕의 상실, 백성의 타락을 초래했다.

주나라 정치가들의 위대한 정치적 양심을 기억하고, 공자의 깊은 탄식과 간곡한 훈시를 되새겨 보자.

덕성의 힘을 믿어라

사람은 비슷한 사람끼리 만나고, 만물도 같은 종류끼리 무리를 짓듯이, 현인은 현인을 벗삼고 우인은 우인을 벗삼는다고 했던가. 공자가 위나라에 갔을 때 어질고 선한 현량한 군자들이 모여들었다. 마침 그들에 대한 정확하고 적절한 공자의 평가가 『논어·위령공』에 다음과 같이 기록되어 있다.

"공자가 말했다. '사어(史魚)는 참으로 강직하구나! 나라에 도가 있을 때에 그의 언행은 화살촉처럼 곧더니, 나라에 도가 없을 때에도 화살촉처럼 곧았으니 말이다. 거백옥(蘧伯玉)도 참으로 군자답구나! 나라에 도가 있을 때에 관직에 나가 벼슬하고, 나라에 도가 없을 때에는 벼슬자리에서 물러나 자기의 재능과 지혜를 감추는구나!'"

사어와 거백옥은 모두 위나라의 대부이다. 사어의 성은 '사(史)'이고 이름은 '추(鰌)'이며 자는 '자어(子魚)'이다. 그는 일찍이 여러 차례나 위령공(衛靈公, 위나라 군주)에게 어질고 덕망이 높은 거백옥을 천거했으나 받아들여지지 않았다. 병이 위독하여 임종을 앞두고도 아들에게 유언하기를 신하된 도리를 다하지 못했으니 자신에게 예를 차릴 필요가 없다고 하면서 대청이 있는 안방에 빈소를 차리지 말고 자신의 시신을 옆방에 두도록 했다. 이는 죽으면서까지도 간신인 미자하(彌子瑕)를 폄하하고 질책한 것으로 위령공에게 거백옥을 반드시 중용할 것을 재차 충고한 것이다. 이를 두고 옛사람들은 '시간(尸諫)' 즉, "죽음으로써 간언한다"라고 일컬었다. 이미 죽었을지라도 자신의 시신을 무기로 삼아 도의를 위해 싸워야 하는 그의 꿋꿋한 강직함을 볼 수 있다.

거백옥의 성은 '거(蘧)'이고 이름은 '원(瑗)'이며 자는 '백옥(伯玉)'이다. 공자가 위나라에 갔을 때, 그의 집에 머문 적이 있었다. 거백옥은 당시 도덕 수양이 높았던 사람으로 옛날 사람들은 그의 덕을 많이 칭송했다. 예를 들면, 『회남자·원도훈』과 『장자·측양편』에는 각각 다음과 같이 기록되어 있다.

"거백옥은 나이가 50세가 되어서야 비로소 49년 간의 자신의 잘못을 깨달았다."

"거백옥은 60년을 살면서 매일매일 자기를 새롭게 개선시키며 발전해 갔다."

『논어·헌문』에는 거백옥이 보낸 사자와 공자의 대화 내용이 다음과 같이 기록되어 있다.

"거백옥이 자기 사람을 보내 공자를 만나 문안을 올리도록 했다. 공자는 그 사자를 자리에 앉게 하고 물었다. '거백옥 어르신은 어떻게 보내고 있는가?' 사자가 말했다. '저희 어르신은 잘못을 적게 하려고 노력하시는데 그렇게 잘 되지 않습니다' 사자가 돌아가자 공자는 감탄하며 말했다. '참으로 훌륭한 사자로다! 참으로 훌륭한 사자로다'"

공자가 그토록 거백옥이 보낸 사자를 칭찬한 것은 그가 한 말 가운데 "저희 어르신은 잘못을 적게 하려고 노력하시는데 그렇게 잘 되지 않습니다"라는 이 말이 확실히 좋았음이다. '잘못을 적게 하려고 노력함'은 '옥·상아·돌 따위를 자르고 쪼고 갈고 닦듯이 학문과 도덕수양을 쌓을 때도 똑같은 과정을 거치는 것'과 같은 것이다. '그렇게 잘 되지 않음'은 '겸손한 태도이자 자기 자신을 아는 것'이다. 즉, 주관적으로는 고상한 덕행을 더욱 확대·발전시켜 가장 높은 경지의 선(善)인 '지선(至善)'에 이르기를 추구하는 것인 동시에 객관적으로는 늘 그런 '지선(至善)'을 추구하는 과정이지만 그 길은 끝이 없음을 인지하는 것이기도 하다. 이와 같이 어떤 목표에 도달해야 할지는 알지만 결코 그 높이에 도달할 수 없는—인생에서 겪는 도덕상의 어려움(그렇게 잘 되지 않음)을 철저하게 깨달을 수 있고, 심지어 인생에서 도덕에 대한 추구(잘못을 적게 하려고 노력함)가 그런 어려움이 있기 때문에 비로소 우리 인생이 숭고할 수 있다는 것을 인식하기도 하는 것이다. 그리하여 그러한 곤경에 대해 애착을 가지고, 기꺼이 처하며, 자신을 성장시키는 시련으로 받아들이고 헤쳐나간다. 그리고 냉정하게 생각하면서 돌파하려고 하고, 교만하거나 조급해하지 않으며, 비굴하지도 않고 거만하지도 않는다. 도달하기 어렵고 잘 안될 줄 알면서도 여전히 열심히 노력하여 목표를 향해 나아간다. 공자가 거백옥이 보낸 사자를 칭찬했듯이 필자 역시 감탄하지 않을 수 없다. "참으로 훌륭한 사자로다! 참으로 훌륭한 사자로다!"

필자는 이미 '만족을 알면 항상 즐겁다'라는 소제목의 글에서 위나라의 현인(賢人)인 공자형(公子荊)에 대해 다뤘다. 공자형은 늘 만족하는 사람이다. 그는 항상 자신의 물질적 상황에 긍정적인 자세로 임했다. 그런데 상술한 『회남자』와 『장자』의 기록에 의하면 거백옥은 늘 만족하지 않는 사람으로서 항상 자신의 도덕적 상황에 부정적인 자세로 임하는 사람임을 알 수 있다. 그렇지만, 공자형은 자신의 물질적 소비 수준에 만족한 것이고, 거백옥은 자신의 정신적인 도덕적 수준에 만족하지 않은 것이다. 한 사람은 긍정적인 관점으로 자신의 물질적 조건을 받아들인 것이고, 다른 한 사람은 부정적인 태도로 자신의 덕성에 대한 경지를 다룬 것이다. 한 사람은 '지족(知足)'함으로 분수를 지키며 만족할 줄 알아, 현재 소유하고 있는 물질로도 살기에 족하다는 것을 알고 매우 만족하며 삶을 즐긴 것이다. 다른 한 사람은 '자신의 부족함을 안 것'이고, 이때의 덕성으로는 아직 사람이 되기에도 부족하고, 성인이 되기에도 부족하다는 것을 안 것이다.

『논어·학이』와 『논어·술이』에는 각각 다음과 같이 기록되어 있다.

"공자가 말했다. '군자는 배불리 먹는 것을 바라지 않고, 편안하게 살 곳을 구하지도 않는다'" 이것은 공자형의 경지이며, 물질에 대한 무욕이자 자족이다.

"공자가 말했다. '덕을 닦지 않는 것, 학문을 탐구하지 않는 것, 의를 듣고도 행하지 않는 것, 나쁜 점을 고치지 않는 것, 이러한 것이 바로 나의 근심이다'" 이것은 거백옥의 경지이며, 도덕에 대한 끝없는 추구이다.

『논어』에서 위나라의 고대 성인(조人)·현자(賢者)들의 이야기를 읽다 보면 군사·경제적으로 약소한 나라에 대해 문화적인 측면에서 무한한 경의를 금할 길이 없다. 위나라에 그런 훌륭한 인물들이 있었고, 그들이 지니고 있는 오래된 제국의 고풍스러운 고귀함은, 왜 은나라(상나라)의 후예인 공자가 뜻밖에도 "주나라는 두 개 왕조(하나라와 상나라)를 거울로 삼았으니 그 문화가 찬란하구나. 나는 주나라의 문물제도를 따르겠다!"라고 말했는지를 통해 설명이 가능해진다. 또한, 잔학한 진나라가 중국 천하를 제압할 때, 마지막으로 멸망당한 나라가 뜻밖에도 바람이 불어도 쓰러질 것 같은 위나라였다는 것으로도 설명이 가능해진다. 기원전 221년 중국 천하를 통일한 영정(贏政)은 '진시황'이라는 칭호로 불리었으며, 진나라 왕(王)의 호칭을 천자(天子)로 즉시 격상시키고, 주대(周代)의 제후국의 하나에 불과했던 나라의 위상도 주왕조로 바로 격상시켰으며, 덕치를 숭상하던 희(姬)씨 주왕조를 멸망시켜 힘을 숭상하는 영(贏)씨 진왕조를 건국했다. 그런데 중국 천하가 진나라에 의해 통일될 때도 약소한 위나라는 여전히 희씨 성과 작은 지방 하나를 보존하여 남겨 놓았다. 마치 '진나라'라는 망망대해에 둥둥 떠 있는 한 척의 조그마한 배와 흡사했다. 기원전 209년 위나라의 군주 위각(衛角)이 진이세(진나라의 제2대 황제)에 의해 폐위되면서 위나라는 최후의 멸망을 고했다. 그렇지만 또 다른 한편에서는 그해 진승(陳勝)과 오광(吳廣)이 이미 봉기를 일으키는 과정에서 "위대한 초나라가 부흥하고, 진승이 왕이 될 것이다!"라고 외쳤는데, 이는 잔학한 진나라의 종말을 예고하는 종이 울린 셈이었다. 진승과 오광이 봉기한 장소는 이전의 초나라 영토 안이었고, 초나라의 부흥을 내걸은 것은 멸망하기 전의 초나라가 춘추전국시대에 비교적 강성했기 때문인 것으로 봉기의 호소력이 더욱 높았을 것이다. 이 두 사람은 모두 원래 위나라의 봉지 영역이었던 지금의 하남성 출신인데, 주왕조가 남은 한 척의 배인 위나라 후손들의 봉기를 통해 영(贏)씨 진왕조를 무너뜨리는 그 날을 기다린 것이다.

세상이 아무리 사납고 포악해도 나는 여전히 덕성의 힘을 믿는다.

공자가 우리 곁으로

늙은 여우 위령공

위령공(위나라 임금)은 재미있는 사람이다. 겉으로 보기에는 매우 어리
숙해 보이지만 일에 매우 세심하고 똑똑하다. 그에 대한 공자의 평가도 모
순되는 점이 발견된다. 공자는 일찍이 계강자(季康子)에게 위령공은 무도하
다고 말한 적이 있었는데, 계강자처럼 무도한 군주가 어떻게 임금의 자리
를 계속 지킬 수 있냐고 의아해했을 때, 공자는 위령공은 인재를 잘 등용한
다고 말했다. 그에게는 외교에 능한 중숙어(仲叔圉)가 있고, 제사를 맡고 있
는 축타(祝鮀)가 있으며, 군대를 잘 통솔하는 왕손가(王孫賈)가 있는데, 어떻
게 임금의 자리를 잃고 망할 수 있느냐는 말이다(『논어·헌문』). 위나라는 본
래부터 군자들이 많이 있었던 나라이다. 『좌전·양공 29년』의 기록에 따르
면, 위헌공 33년에 오나라의 왕자 계찰(季札)이 위나라에 갔는데 그는 "위
나라에는 군자가 많고, 재앙 등의 화가 없다"라고 평했다. 그때 위나라에
는 구애(遽瑗), 사구(史狗), 사추(史鰌), 공자형(公子荊), 공숙발(公叔發), 공자조
(公子朝) 등이 있었으며, 그로부터 12년 후에 위령공이 즉위한 것이다. 『논
어』와 『좌전』을 보면, 위나라에는 또 거백옥(蘧伯玉)과 영무자(宁武子) 등과
같은 인물들이 있었는데 한 시기에 그야말로 인재의 보고였다. 위령공이

인재를 잘 등용할 줄 알았기 때문에 또 공자는 노애공(魯哀公, 노나라 임금)에게 위령공이 당시 제일 현명한 임금이라고 말했다(『공자가어·현군』). 공자가 이렇게 말한 것은 아마도 위령공의 예을 빌어 노애공을 일깨워 주려는 의도가 있었을 것이다. 노애공이 등용한 인물들은 역사적으로 볼 때 특별히 훌륭하다고 기억되는 사람이 거의 없을 정도로 아주 드물다. 심지어 노애공은 공자가 살아 있을 때도 그를 등용하지 않았다(『사기·공자세가』에 기록되어 있는 자공의 말).

전체적으로 보면, 위령공은 확실히 좋은 임금이다. 전설에 따르면 그가 태어날 때, 강숙(康叔, 위나라 제1대 임금)이 현몽하여 "나는 강숙이다"라는 이야기가 전해진다. 이로써 사람들은 위령공을 강숙의 화신으로 여겼다. 위령공의 재위 기간은 42년인데, 춘추시대에 가장 오래 재위한 위나라의 임금이다. 그리고 재위 기간 동안 나라의 기초가 좋았는데, 그중 인구가 많은 점이 하나의 본보기로 이는 공자의 견해이기도 하다. 『논어·자로』에는 공자가 제자와 같이 위나라에 가서 나눈 대화 내용이 다음과 같이 기록되어 있다. 공자가 놀라며 말했다. "위나라에 이렇게 인구가 많구나!" 이에 제자인 염유(冉有)가 말했다. "인구가 많아졌으면 다음 단계로 어떻게 나아가는 것이 좋을까요?" 공자가 말했다. "백성들을 부유하게 하는 것이다" 염유가 다시 말했다. "부유해지면 또 무엇을 해야 하는지요?" 공자가 말했다. "그들을 가르치는 것이다" 공자의 말을 곰곰이 생각해 보면, 당연히 위나라의 백성들은 여전히 가난한 편이고, 문명의 정도도 그렇게 높지 않다는 말이다. 그런데 이러한 점이 바로 공자가 자신의 재능을 잘 발휘하고 싶어 하는 곳이기도 하여 자신의 뜻을 펼치고 싶었을 것이다.

그러나 인재를 중히 여기는 위령공마저도 노애공과 마찬가지로 공자

공자가 우리 곁으로

를 등용하지 못했다.

위령공은 공자에게 아주 재미있는 질문을 두 가지 했는데, 질문을 통해서 그가 왜 공자를 등용하지 않았는지를 살펴보도록 하자.

첫 번째 질문은 『사기·공자세가』에 기록되어 있는데, 대화 내용에 수량은 나와 있고, 단위는 명확하지 않지만 옛날 용량의 단위로 쓰인 '두(頭)'일 것으로 추정된다.

위령공이 물었다. "공자께서는 노나라에서 받은 봉록이 얼마나 되었습니까?" 공자가 말했다. "곡식 육 만 두(頭)입니다." 이에 위령공은 공자에게 육 만 두(頭)을 주었다.

첫 번째 대화 속에 암시되어 있는 의미는 아주 명백하다. "공자 선생님, 걱정하지 마세요. 노나라에서는 당신을 푸대접하여 중용하지 않을 때도 있어서 봉록을 받지 못한 시기도 많았는데, 위나라에서는 노나라에서 한때 중용되어 받았던 그런 봉록을 드리겠습니다. 타향 땅인 이곳에서도 관직에 나가 복직할 수 있습니다"라는 속뜻이 숨어 있는 것이다.

여기에서 위령공의 안목을 알 수 있다. 마치 늙은 여우 같은 위령공은 공자가 일류 인물인 것을 감안할 때 그에게 육 만 두(斗)라는 봉록을 지급한다고 해도 그의 가치에 대한 대우를 충분히 할 수 없음을 알았다. 이는 그만큼 봉록을 준다고 해도 위령공에게는 아주 수지가 맞는 장사인 셈이다.

그런데, 서두르지 않고 위령공은 공자에게 두 번째 질문을 했다.

어느 날, 위령공이 공자에게 군대의 진법에 대해 물었다. 공자가 말했다. "예식과 관련된 제사와 예의에는 일찍이 들은 적이 있어 어느 정도 알고 있지만, 군대에 관한 일은 한 번도 배운 적이 없습니다." 다음날 위령공이 공자와 함께 이야기를 나누다가 날아가는 기러기를 보고 고개를 뒤로 젖혀 쳐다만 볼 뿐 공자에게 눈길을 주지 않자, 공자는 위나라를 떠났다.

이 두 번째 대화 내용은 사마천이 기록한 것으로 출처는 『논어·위령공』의 기록에서 가져왔을 것이다. 사마천은 『논어·위령공』의 기록에 '위령공이 공자와 함께 이야기를 나누다가 날아가는 기러기만 쳐다만 볼 뿐 공자에게 눈길을 주지 않음'이라는 구체적인 내용을 추가하므로써 역사적인 한 장면을 생생하게 그려 놓았다.

원래 위령공은 선군정책을 실시했다. 이러한 정책의 배경에는 동맹국인 제나라의 임금인 경공(景公)을 따라 일 년 내내 출정하여 전쟁을 치른 경험에서부터 나온 것일 것이다. 그래서 두 번째 그의 질문은 겉으로 보기에는 군사적 기술 방면에 대해 가르침을 청한 것 같지만 사실은, 공자가 자신의 선군정책을 지지하여 자신과 뜻을 함께 할 수 있는지 그의 입장을 알아보기 위해 떠본 것이다. 한마디로 당신이 나의 선군정책을 지지하느냐는 말이다. 이는 나와 뜻을 같이 할 수 있는 내 편이면 곡식 육만 두(頭)의 봉록을 가져가라고 넌지시 암시한 말이기도 하다.

그러나 공자는 조금도 망설이지 않고 위령공의 국책을 반대했다. 비록 그의 한결같은 온화(溫和)·선량(善良)·공경(恭敬)·절검(節儉)·겸양(謙讓)의 덕으로 감정을 드러내지 않고 완곡하게 말을 했지만, 위령공에 대한 자신의 의사 전달 만큼은 조금도 애매모호함이 없었다. 이에 위령공은 공자가 자신을 찬성하지 않는다는 것을 알았다.

공자가 우리 곁으로

물론 공자도 다음날 위령공이 기러기가 날아오기 전에는 잠깐 자신을 보다가 기러기가 날아왔을 때는 기러기만 보는 것을 통해 그의 생각을 알수 있었다. 비록 같은 공간에 있지만 멀리 있는 것처럼 거리감이 생긴 것이다. 선군정치를 주장하는 위령공으로서는 공자를 이해할 수도 없고 같이할 수도 없었을 것이며, 공자 또한 덕치로 나라를 다스려야 한다는 자신의 생각과도 맞지 않았던 것이다. 이로써 결국 공자는 위나라를 떠나게 된 것이다.

공자가 왜 이런 선택을 했는지는 『논어·미자』에 기록된 내용으로 설명이 가능하다.

"유하혜(柳下惠)가 노나라의 형벌을 담당하는 관원이 되었다가 여러 번 파직을 당했다. 어떤 사람이 말했다. '당신은 아직도 이 노나라를 떠날 수 없겠습니까?' 유하혜가 말했다. '도를 올곧게 지키며 정직하게 일을 한다면 어디를 가든 역시 여러 번은 파직을 당하지 않겠습니까? 도를 굽혀 정직하게 일을 하지 않을 거라면 반드시 부모의 나라를 떠나 다른 곳으로 갈 필요가 있겠는지요?'"

그렇다. 위령공과의 두 번의 대화에서도 공자는 여전히 온화·선량·공경·절검·겸양의 덕으로 나아갔지만 원칙적인 문제에서만큼은 조금도 동요하지 않은 것을 볼 수 있었다.

『사기·유림열전』에는 공자가 세상을 떠난 후 제자인 자하가 서하에 거주하면서 가르치기를 계속했는데, 전자방, 단간목, 오기, 금활리와 같은 부류가 모두 자하의 가르침을 받은 후 제후국 군주의 스승이 되었다고 기록되어 있다. 사마천은 『사기·중니제자열전』에서도 다음과 같이 한 문장으로 결론을 내려 기록했다. "공자가 세상을 떠난 후 자하가 서하에 가서 가르치기를 계속했는데 위문후(魏文侯)의 스승이 되었다."『사기·중니제자열전』에서의 '중니(仲尼)'는 공자의 자(字)이며, 위문후는 위(魏)나라의 초대 군주이다.

자하의 제자들과 위문후(魏文侯)의 조력자들은 사실 두 부류로 나눌 수 있다.

하나는 재능과 학문이 있는 인물로 책황(翟璜), 이극(李克), 오기(吳起)이고, 다른 하나는 도덕적 품성이 고상하여 모범이 되는 인물로 자하(子夏), 단간목(段干木), 전자방(田子方)이다.

재능과 학문이 있는 인물들은 위문후를 도와 큰 일을 많이 했다. 책황은 낙양을 등용하여 중산국을 공격하여 무너뜨렸고, 서문표를 등용하여 업성을 다스렸으며, 오기를 등용하여 서하를 수복했다.

그러나 도덕적 품성이 고상하여 모범이 되는 인물들은 어땠을까? 말하자면 재미있는데, 깊이 생각해 볼 만하기도 하다. 어쨌든 말만 했을 뿐 무슨 구체적인 공을 세우지는 못했다.

예를 들면, 단간목은 벼슬을 하려고 하지 않았기 때문에 관리가 되지 않았고 도덕을 지키며 살았다. 황보밀(皇甫謐)의 『고사전(高士傳)』에 의하면, 위문후가 단간목을 만나고 싶어 그의 집문밖에 이르렀는데, 그는 뜻밖에도 역병을 피하듯이 위문후를 피해 담을 넘어 달아나 버렸다. 그런데 위문후는 마차 앞 손잡이를 잡고 그의 집을 향하여 예를 갖춰 경의를 표했다고 한다. 사람을 사랑하면 그 집 지붕의 까마귀까지 좋아한다는데, 위문후 역시 그를 좋아하여 그의 집까지도 좋아한 것이다. 이어서 위문후와 그의 하인이 나눈 대화 내용은 다음과 같이 기록되어 있다.

"하인이 물었다. '단간목은 평민에 불과한데 뜻밖에도 그의 집을 향해서 예를 갖춰 경의를 표하는 것은 너무 과하지 않으신지요?' 위문후가 말했다. '단간목은 현자이다. 그는 권세와 이익 때문에 변하지 않고, 군자의 도를 품고서 가난한 골목에 숨어 살아도 그의 명성은 천리 밖까지 퍼졌으니 과인이 어찌 감히 예를 갖춰 경의를 표하지 않겠는가? 그는 덕에 빛나고 과인은 권세에 빛나며, 그는 의(義)의 부자이고 과인은 재물의 부자인데, 권세는 덕의 높은 것만 못하고 재물은 의(義)의 높은 것만 못한 것이다'(황보밀의 『고사전』)"

어느 날, 위문후와 전자방이 술을 마실 때, 옆에서는 악사들과 젊고 아리따운 여자들이 가무를 연출하고 있었다. 위문후가 갑자기 말했다. "종고(鐘鼓, 종과 북) 소리가 그다지 조화를 이루지 않는구나. 왼쪽에서 나는 소리가 더 높소" 이에 전자방이 웃자, 위문후가 물었다. "그대는 왜 웃는가?" 전자방이 말했다. "신이 듣기로는, 군주가 현명하면 관원이 직무에 적합한지를 살피는 등 정사를 잘 돌보고 처리하는 것으로 즐거움을 삼고, 군주가 현명하지 않으면 음악을 살피는 것에 정통하다고 합니다. 지금 군주께서는 악기의 음색에 이렇게도 정통하시니 소신은 군왕께서 정사를 돌보고 처리하시는데, 귀머거리가 되실까봐 그것이 다만 걱정이 되었습니다."

계속해서 전자방과 위(魏)나라의 태자인 자격(子擊) 사이에서 마찰이 생긴 사연을 보도록 하자. 자격은 위문후의 아들로 훗날 위무후(魏武侯)로 즉위하여 위(魏)나라 제2대 군주가 된다.

자격은 아버지의 명에 따라 막 평정한 중산국을 지키게 되었다. 한번은 길에서 우연히 전자방이 타고 있는 마차와 만나게 되었다. 전자방의 마차가 먼저 지나가도록, 자격이 자신의 마차를 길 한쪽으로 비켜 세우고 내려서 인사를 했다. 그런데 전자방은 예의로 대하지 않고 본체만체하듯이 지나가려고 했다. 자격은 자신이 모욕을 당했다고 여기고 전자방의 마차를 막으며 그에게 물었다. "부귀한 사람이 사람을 대할 때 오만하게 대해도 되는 겁니까? 아니면 빈천한 사람이 사람을 대할 때 오만하게 대해도 됩니까?" 자격의 말에 전자방은 크게 웃으면서 말했다. "당연히 빈천한 자가 오만하게 사람을 대할 수 있습니다. 제후가 오만하면 나라를 잃게 되고, 대부가 오만하면 그 집안을 잃게 됩니다. 그러나 빈천한 자의 언행은 격식에 맞지 않아도 결코 어떤 영향도 미치지 않으며, 자신의 말이 받아들여지지 않으면 마치 헌신짝 버리듯이 여기를 떠나 초나라든 월나라든 천하 어디를 가도 됩니다(『사기·위세가』)."

재능과 학문이 있는 인물들이 계책을 내어 여러 차례 혁혁한 전공을 세운 것에 비하면, 많은 사람들은 단간목, 전자방과 같은 사람들은 결코 실재적인 공적은 없고 단지 공허한 교훈밖에 없다고 생각할 것이다. 그러나 그들은 매우 중요한 부분을 잊었다. 단간목, 전자방과 같이 도덕적 품성이 고상하여 모범이 되는 인물들은 위문후나 자격과 같은 한 나라의 군주나 태자에게 자신이 결코 천하의 지존이 아니라는 것을 알게 해주고, 자신이 아무것도 아니거나 가지고 있는 것이 아무것도 아니라는 것을 알게 해주며, 심지어 자신은 아주 낡은 헌신짝에 지나지 않고, 자신보다 더 숭고한 가치가 있다는 것을 알게 해주며, 다른 사람이 소유하고 있는 것이 더 중요할 수 있다는 것도 알게 해주고, '권세는 덕의 높은 것만 못하고 재물은 의(義)의 높은 것만 못한 것'임을 알게 해준다. 적지 않은 사람들이 바로 이런 부분과 이러한 것을 아는 것이 아주 중요하다는 것을 잊은 것이다.

　왜 그럴까?

　지나온 역사를 들여다보면 알 수 있다. 위와 같은 이치를 깨달은 인물들은 당태종, 상탕왕, 주문왕, 주무왕이 되었다. 그렇지 못한 인물들은 진시황, 진이세, 상주왕, 주여왕, 주유왕이 되었다.

　일반인들도 마찬가지이다. 이 이치를 모르는 사람은, 고위관리직의 2세로는 이계명(李啓銘)이 되었고, 재벌 2세로는 호빈(胡斌)이 되었디. 한 사람은 하북성 보정시에서 진효봉(당시 대학교 1학년 학생)을 차로 치어 사망에 이르게 했는데, 당시 뺑소니를 치려다가 사람들에 의해 저지당했지만 '우리 아버지가 누구'라고 하면서 태도도 아주 나빴고 자신의 잘못도 인정하지 않았다. 결국 피해자인 학생은 사망하고 말았다. 또 한 사람은 항주에서 난폭하게 차를 몰다가 담탁이라는 사람을 치어 놓고도 괜찮은 사람처럼 계속 친구들과 장난을 쳤는데, 피해자는 결국 사망하고 말았다.

누가 고위관리직의 2세인 이계명이나 재벌 2세인 호빈이 되고 싶겠는가? 아니면 진효봉이나 담탁이 되고 싶겠는가?

그렇다. 사람을 죽이고 싶지 않거나 자신도 무모한 죽음을 당하고 싶지 않다. 그러면 상술한 그런 보이지 않는 무형의 가치를 존중하고 더욱 확대·발전시켜야 한다. 그것들은 보이지 않는 역량을 가지고 있어 강한 자의 인성을 보호하고 약한 자의 생명을 보호할 수 있다.

그렇다. 문화와 가치는 한 민족의 생명이며, 모든 사람의 생명과 관련되어 있다.

공자가 우리 곁으로

공정은 마음에서 비롯된다

『논어·위정』에는 노나라 군주인 노애공(魯哀公)과 공자의 대화 내용이 다음과 같이 기록되어 있다.

"노애공이 공자에게 물었다. '어떻게 하면 백성들이 복종할 수 있습니까?' 공자가 말했다. '정직한 사람을 등용하여 바르지 않은 자의 위에 올려둔다면 백성들이 잘 복종할 것입니다. 만일 바르지 않은 자를 등용하여 정직한 사람 위에 올려둔다면 백성들은 복종하지 않을 것입니다.'"

공자가 보기에 분명히 백성은 권세에 복종하는 것이 아니라 진리·공평·정의에 복종하는 것이다. 불공정하고 정의롭지 못한 것을 강요하면 그들은 따르지 않을 것이다. 권세의 힘으로 누른 복종은 결코 천성적 양심을 변화시킬 수 없다. 비록 어쩔 수 없이 마지못해 잠시 굴복하더라도 마음속으로는 여전히 한 가닥 광명의 빛줄기를 동경하는 것이다.

노나라의 집정 대신 계강자(노나라 군주인 노애공 시기 때 최고의 권세를 누렸던 인물)도 비슷한 질문을 한 적이 있다. 위정편의 같은 장에 기록되어 있는

데 내용은 다음과 같다.

"계강자가 물었다. '백성들로 하여금 집정자를 존경하고, 충성을 다하며, 근면하게 하려면 어떻게 해야 합니까?' 공자가 말했다. '몸가짐이 단정하고 장중한 태도로 백성들을 대하면 그들이 존경할 것이고, 노인을 공경하고 어린이를 사랑하여 자애를 베풀면 그들이 충성스러워질 것이며, 어질고 재능이 있는 좋은 인재를 발탁하여 등용하고 능력이 없거나 부족한 사람들을 가르치면 백성들은 서로 격려하고 권면하며 근면해질 것입니다'"

당시 계강자는 백성들 사이에서 위엄과 명망이 그다지 높지 않음을 느끼고 위와 같은 질문을 한 것이다.

대인관계는 대등한 것이다. 통치자로서, 백성들에게 정중하고 경박하지 않아야 그들로부터 존경을 받을 수 있으며, 정당한 정책을 써야 정당한 보답을 받을 수 있을 것이다. 또한 백성들이 정직하되 간사하거나 아첨하지 않고, 선량하되 사악하지 않으며, 진리를 견지하되 권세에 굴종하지 않기를 바라야 백성들도 정직하고 충성스러워지며, 근면하고 발전하며, 공명정대해질 것이다.

그러나 법가(法家, 비교적 강경하여 주로 가혹한 형벌과 법률로 나라를 다스리는 사상)는 이렇게 보지 않는다. 만약 노애공이 이런 문제를 가지고 한비(韓非)에게 물었다면, 그는 틀림없이 "당신은 권세가 있고, 정부조직(제도·법·군대)을 가지고 있으니, 백성들이 복종하지 않는 것을 두려워할 필요가 없습니다."라고 대답했을 것이다.

위와 같은 필자의 가정적 상황의 근거는 『한비자·오두』에서 나왔다. 여기에 근거가 되는 대목이 있는데 다음과 같다.

"게다가 사람들은 줄곧 권세에 굴복해 왔고, 인의(仁義)에 감화되는 일이 드물었다. 공자는 천하의 성인(聖人)이다. 심신을 수양하고 유가사상을 선양하며 여러 나라를 돌아다녔다. 그런데 천하에 그의 인(仁)을 높이 평가하고, 그의 의(義)를 찬미하며, 기꺼이 그를 위해 충실하게 온 힘을 다하려고 했던 사람은 겨우 70여 명이다. 그만큼 인을 중시하는 사람도 적고, 의를 행하고 지킬 수 있는 사람도 참으로 얻기 어렵다는 것을 알 수 있다. 따라서 천하가 이렇게 크지만 그를 위해 온 힘을 다하려고 했던 사람은 단지 70명이고, 인의(仁義)를 제창한 사람은 공자 한 명밖에 없다. 노애공은 고명하지는 않지만 아주 신분이 높고 한 나라의 군주로서 노나라를 통치하고 있으며, 나라 안에는 그에게 감히 복종하지 않는 사람이 없다. 백성들은 언제나 권세에 굴복했고, 권세도 확실히 사람을 쉽게 복종시켰다. 그래서 공자는 비록 뛰어난 재능을 가지고 있었지만 권세가 없어 도리어 신하가 되었고, 노애공은 고명하지 않았지만 권세를 가지고 있어 군주가 되었다. 공자는 결코 노애공의 인의(仁義)에 감화되어 복종한 것이 아니라 그의 권세에 굴복한 것이다. 그러므로 인의(仁義)에 비추어 말하면, 공자는 노애공에게 굴복하지 않을 것이고, 권세에 비추어 말하면, 노애공은 오히려 권세를 통하여 공자로 하여금 머리를 숙여 신하가 되어 복종하게 할 수 있는 것이다."

　한비가 설명하려는 요지는, 천하를 다스리는 것은 인의(仁義)로는 안 되고 권세를 통해서만이 가능하다는 것이다. 필자는 현실을 직시하는 그의 학문적 용기에는 매우 탄복하지만, 상술한 그의 말은 확실히 수준이 낮다고 여긴다. 한 사람이 권세를 숭배하듯이 하는 것은 자신의 개인적인 일일지는 모르지만, 그가 권세 숭배 이론의 기초를 일반 민중의 인성 위에 세워 놓고 "사람들은 줄곧 권세에 굴복해 왔고, 인의(仁義)에 감화되는 일이 드물었다"라고 정의(定義)를 내리고 널리 알린다면, 필자 또한 먼저 민중의 한 사람으로서 그가 우리 본성에 대해 확정하여 내린 정의를 인정하지 않는다. 우리는 누구나 이런 경험이 있을 것이다. 특정되거나 특별한 어떤 상황에서 굴복하지 않으면 안 되는 경우 말이다. 그렇다고 이것은 결코 우리가 기꺼이 원한다는 것을 표명하지는 않는다. 더구나 감지덕지하지도 않을 것이다. 굴복은 흔히 두 가지 좋지 않은 결과에 따른 상황 중에서 비교적 경미한 쪽을 부득이하게 취하는 선택이다. 이것은 마치 손가락 하나를 절단하거나 팔 하나를 절단하는 것 중에서 하나를 선택하라는 것과 같다. 좋지 않은 두 가지 상황에서 그래도 하나를 선택해야 한다고 할 때, 부득불 손가락 하나 절단하는 쪽을 선택하는 것이 설마 우리가 기꺼이 원한다는 말인가? 심지어 우리로 하여금 하는 수 없이 굴복하게 하는 그런 상황을 두고 우리에게 이런 선택을 할 수 있는 권한을 준 것에 감지덕지해야 하는가? 사실, 법가의 정치적 비결은 복종 외에 더 엄격한 선택 항목을 추가하여 백성들에게 굴복을 선택하게 하는 것인데, 굴복하는 자는 한마디로 굴욕과 모욕을 당하여 복종하게 되는 것이다.

무능한 군주로서 나라를 다스려도 '그의 통치를 받는 백성들은 감히 그에게 복종하지 않을 수 없다'는 논리는 본래 부당한 사회·정치적 이념이다. 한비는 이러한 논리를 결코 반대하지 않았고 오히려 괜찮은 듯이 거침없이 자신의 주장을 펼친 것이다. 이는 이미 법가 정치의 양심적 박약함이 드러난 것이고, 천하태평을 백성들의 '감히 복종하지 않을 수 없음' 위에 세워 복종을 정당화시킨 것은 이미 유가사상보다 한 단계 낮은 경지이다.

고대 시대에 복종하지 않는 백성이 없도록 이를 정당화시키기 위해 그들 위에 세운 천하태평은 사실, '태평성세'를 세워 놓고 이것 외에는 백성들은 행복할 수 없다는 통치이념으로 나라를 다스린 것이다. 그런데 말은 그럴듯하지만 '태평성세'는 단지 표면적인 명목에 불과하다. 왜냐하면 행복은 스스로 선택하는 것이지 강요되는 것이 아니기 때문에, 자주적인 선택이 아닌 그 이외의 범위에서는 불가능할 뿐만 아니라, 더더욱 굴욕을 당하는 것과는 공존할 수 없는 것이다.

오늘날, 이러한 이론은 법리적으로도 통용될 수 없을 뿐만 아니라 국민들에게 펼치는 것은 더더욱 불가능한 것이다.

형식의 가치

『논어·옹야』에서 공자는 이렇게 말했다. "'고(觚)'가 '고(觚)'처럼 생기지 않았는데도, 그것을 '고(觚)'라고 해야 하는가? 그것을 '고(觚)'라고 해야 하는가?"

'고(觚)'는 고대 중국에서 사용했던 주기(酒具)로 술을 담는 그릇이다. 약 2리터(혹은 3리터) 정도의 술을 담을 수 있고, 용량이 크지 않은데 지나치게 술을 좋아하는 사람들이 술을 끊을 수 있도록 만든 것이다. 공자가 이 '고(觚)'를 봤을 때는 아마도 옛 방식인 고제에 따라 만들어진 모습과는 사뭇 달랐을 것이고, 이로 인해 예악제도가 허물어져 가는 것을 탄식했을 것이다. 심지어 '군주가 군주답지 않고, 신하가 신하답지 않으며, 부모가 부모답지 않고, 자식이 자식답지 않다'는 말이 연상되어 옛 제도가 사라지고 옛 예(礼)가 붕괴되는 모습을 안타까워했을 것이다. 당시 전통도덕의 훼손을 목격하면서 심히 많은 불만과 개탄을 금치 못하고 있었던 공자는 이번에는 '고(觚)'처럼 생기지도 않은 '고(觚)'를 바라보며 흐르는 눈물을 주체할수가 없었고, 불길 같은 분노가 마음속에서 타올랐던 것이다.

공자가 우리 곁으로

일반인들은 아마 공자의 이런 모습을 보고 주기(酒具)의 모양이 바뀌었을 뿐인데 그토록 화를 낼 일인가라고 생각할 수 있다. 사실 공자가 화가 난 것은 단지 달라진 주기의 모양 자체가 아니다. 모양이 달라지면 원래 그 모양 안에 담겨 있던 가치도 사라지기 때문에 그토록 주체할 수 없는 눈물을 흘리며 화가 난 것이다.

『논어·팔일』에는 공자의 이러한 인식을 더욱 잘 설명해 줄 수 있는 대목이 기록되어 있는데 다음과 같다.

"자공이 '고삭(告朔)'이라고 하는 매월 초하룻날에 양을 잡아 종묘에 바치는 의식을 없애자고 말했다. 이에 공자가 말했다. '자공아, 너는 양을 소중하게 여기지만 나는 예를 소중히 여긴단다'."

주왕조 시대의 전통제도에 따르면, 제후들은 매월 초하룻날(朔)에 종묘에 가서 양을 죽여 제례를 지낸 후에 조정에 나가 정무를 시작했다고 하며, 이러한 의식을 바로 '고삭(告朔)'이라고 한다.

그러나 공자가 살던 그 시기는 예악제도가 이미 무너져가는 시대였고, 그 시기 노나라 군주는 직접 종묘에 가서 '고삭(告朔)'의 예를 올리지 않았다. 그때 마침 자공이 노나라에서 관리가 되어 그와 같은 사무를 담당하고 있었을 것이다. 그는 이미 모든 것이 유명무실하고 내용이 없는 형식만 남았으니, 차라리 좀 더 간단하게 하고 구태여 매달 양을 죽여 희생시킬 필요가 있겠느냐며 그렇지 않으면 번거롭고 낭비하는 것이라고 생각한 것이다. 그래서 아예 다시는 양을 죽이지 말자고 했던 것이다.

그럼에도 불구하고 공자는 다음과 같이 주장했다. "자공아, 너는 양을 소중하게 여기지만 나는 예를 소중히 여긴단다."

공자가 보기에는, 노나라 군주가 제사를 지내는 현장에 오든 안 오든

매달 양 한 마리를 희생시켜 예를 지켜야 하는 이 형식은 폐할 수 없다고 여긴 것이다.

왜냐하면, 매달 양 한 마리를 희생시켜 제사 형식을 갖춘다면, 예악제도를 소홀히 한 노나라 군주에게는 무언의 압력이 되기 때문이다.

많은 경우, 하나의 형식이라도 보존했는데, 그것이 비록 빈껍데기일지라도 사람에게는 일종의 '구속(제약)'이 되기도 하고 '일깨움'이 되기도 하며, 선한 일에 대한 '부름' 혹은 인성(人性)의 나쁜 부분에 대한 '제어'가 되기도 한다. 또한, 하나의 상징적인 의미로도 존재하기도 하는데, 우리에게 문화·정치·도덕상의 가치를 제시해 준다. 이런 가치는 심지어 경시할 수도 있지만, 잊어버려서는 안되고, 부정해서도 안 되며, 그것들을 우리의 일상적인 공공 생활에서 사라지게 해서도 안 된다. 그것들이 사라지지 않는 한, 우리는 여전히 끝까지 버티고 있다는 것을 나타내는 것이며, 우리가 여전히 끝까지 버티고 있는 한, 하늘은 예법과 도덕 그리고 문명이 사라지지 않도록 한다는 것을 나타내는 것이다.

'가치'란 무엇인가? 바로 끈질기게 견디어 나가는 데 있다. '가치'를 가지고 있다면, 우리는 도의(道義)적인 차원에서 하나의 버팀목을 가지고 있는 것일 뿐만 아니라 우리가 좋지 않은 일을 반대하는 데 있어서, 반항의 이유와 비판의 근거도 갖게 된다.

따라서, 형식은 매우 중요한 것이며, 결코 없어서는 안 되는 것이다.

사실, 공자는 줄곧 형식을 중시했다. 『논어·팔일』에 다음과 같이 기록되어 있다.

공자가 말했다. "조상에게 제사를 지낼 때는 조상이 마치 앞에 살아 계시는 듯이 정성을 다하고, 신에게 제사를 지낼 때는 신이 거기에 실제로 계시는 듯이 경건한 마음으로 임해야 한다. 공자가 말했다. '만일 내가 직접 제사에 참여할 수 없다면, 다른 사람에게 대리해 달라고 부탁을 하지 않는다. 직접 참여하지 않는 것은 제사를 지내지 않는 것과 같다.'"

여기에서 '귀신'이 바로 '조상'이므로 마땅히 '귀신'이라고 해야 하지만 생략된 것으로 본다. 한마디로 공자는 조상이나 신에게 제사를 지낼 때, 조상과 신이 실제로 제사를 받는다고 여긴 것 같다. 왜 그렇게 생각했을까? 그가 말했다. "직접 참여하지 않는 것은 제사를 지내지 않는 것과 같다"고 한 것처럼 그는 진심으로 정성껏 제사를 지내지 않으면 제사를 지내지 않은 것과 같다고 여긴 것이다.

공자의 말을 자세히 들여다보면, 그는 결코 정말로 귀신이 실제로 존재한다고 생각하지는 않고, 단지 하나의 가치로서 존재하는 것으로 인식한 것을 알 수 있다. 즉, 그것 자체를 믿는 것보다도 '실제로 있는 것처럼' 여기고 진심으로 정성을 다하라는 뜻이다.

그리고, 귀신과 신에게 제사를 지내는 형식 자체가 바로 그런 가치를 담는 그릇이 된다.

공자는 매우 경건하게 제사를 지내는 것에 정성을 다했다. 그것에 심혈을 기울이고 진심을 다한 것이다. 흥미로운 것은, 사실 그는 귀신이 꼭 존재하는 것이 아니라는 것을 알았다. 귀신에게 제사를 지내는 '형식'을 통해 '있는 것처럼' 그렇게 진심으로 정성을 다하라는 도덕적 차원에서 형식의 중요성을 강조한 것이다.

왜 그런 형식이 있어야 하는가? 그런 형식 속에 담겨있는 그런 가치가 필요하기 때문이다.

형식에 대한 존경은 가치에 대한 존경에서 나오는 것이다.

형식에 대한 관심과 보호는 가치에 대한 관심과 보호에서 비롯된다. 형식에 대한 진지한 준수는 가치에 대한 참된 준수이다.

공자가 우리 곁으로

저항의 권리

공자는 만년에 노나라에서 국가원로가 되어 군주인 노애공에게 국책 자문을 해 주었는데 한번은 그와 다음과 같이 대화를 나누었다.

"노애공이 공자에게 물었다. '어떻게 하면 백성들이 복종할 수 있습니까?' 공자가 말했다. '정직한 사람을 등용하여 바르지 않은 자의 위에 올려둔다면 백성들이 잘 복종할 것입니다. 만일 바르지 않은 자를 등용하여 정직한 사람 위에 올려둔다면 백성들은 복종하지 않을 것입니다.'"

왜 그럴까? 정직한 사람이 위에 있어야 공평과 정의에 맞게 일을 처리하여 그것 자체가 공평과 정의에 합치되는 것이며, 바르지 않은 자가 위에 있으면 공평과 정의에 어긋나게 일을 처리하여 그것 자체가 공평과 정의에 위배되는 것이기 때문이다. 따라서 정치는 공평과 정의에 부합해야 하고, 정부는 공평과 정의를 유지하고 보호해야 한다. 그렇지 않으면 백성들은 절대 복종하지 않을 것이다.

여기에서, 공자는 노애공에게 어떻게 하면 백성들이 복종할 수 있는지를 가르쳐준 것만이 아니라, 가장 중요한 것은 복종하지 않을 수 있는 권리, 즉 저항할 수 있는 권리를 백성들에게 부여했다는 것이다. 공자는 사실 노애공에게 통치자가 공정하지 않는다면 백성은 복종하지 않을 수 있음을 경고한 것이다. 이 이야기는 기원전 5세기의 일이었다.

1300여 년 후인 19세기 중엽, 미국의 작가 헨리 데이비드 소로(Henry David Thoreau, 1817~1862)는 저명한 『시민의 반항』을 출간했는데, 한 공민(公民)이 만약 법이 공정하지 않다고 생각한다면, 복종을 거부하여 저항할 의무가 있다고 주장했다. 복종하지 않고 저항하는 것은 공민의 권리이며, 심지어 국민의 의무이기도 하다. 이 이론은 그후 세계 각국의 비폭력 저항운동에 커다란 영향을 주었다. 간디가 이끈 인도의 '사회복지운동'과 '독립운동', 마틴 루터 킹(Martin Luther King Jr, 1929~1968)이 이끈 아프리카계 미국인의 '공민권운동', 넬슨 만델라(Nelson Rolihlahla Mandela, 1918~2013)가 아프리카 국민회의를 중심으로 이끈 '불공정 법령 반대운동(인종차별반대운동)' 등 세계적으로 다양한 평화운동에 커다란 영향을 끼쳤다.

국민에게는 불복종할 수 있는 권리가 있다. 이것은 한 정권기관에 있어서 필수 불가결한 정치적 이성이고, 한 국가의 정치를 세우고 이루는 데에 있어서도 필수 불가결한 제도적 이성이며, 집권자에게도 없어서는 안 될 겸손과 양심이다.

사실, 19세기 중엽 이전까지의 1300여 년이라는 오랜 세월, 그리고 공자가 살던 그 시대 모두 백성이 불복종할 수 있는 근거에 관한 문제가 있었던 것이다. 노애공이 물어보기 그 이전에도 공자는 노정공(魯定公, 노나라 군주로 소공의 동생이며 애공의 부친)의 질문에 답할 때도, 이미 신하와 백성이 불복종할 수 있는 정당성을 암시한 적이 있었다. 『논어·팔일』에는 다음과 같이 기록되어 있다.

"노정공이 물었다. '군주가 신하를 부리고 신하가 군주를 섬길 때, 각각 어떻게 해야 합니까?' 공자가 말했다. '군주는 신하를 예로써 대해야 하고, 신하는 군주를 충심으로 섬겨야 합니다."

'충심으로 군주를 섬기다(以忠事君)'는 '군주에게 충성하다(忠君)'가 아니다. 이 둘은 중국어 문법적 의미상에서 볼 때 완전히 다르다. 전자는 '직분에 충실하는 행위·방식·태도로 군주를 섬기는 것'을 말한다. 즉, 자신의 직분을 충실하게 진실하게 진정성을 가지고 정성스럽게 감당하므로써 군주를 섬긴다는 말이다. 후자는 '직접적으로 군주에게 충성하는 것'으로 전자와 확연히 다른 의미이다.

그리고 '군주가 신하를 예로써 대하는 것'은 '신하가 군주를 충심으로 섬기는 것'의 전제이다. 여기에 숨겨져 있는 논리는 만약 군주가 신하를 예로써 대할 수 없으면, 신하는 군주를 섬기지 않을 수 있을 뿐만 아니라 최소한 군주를 충심으로 섬기지 않을 수도 있다는 말이다.

『맹자·등문공하』에는 다음과 같이 기록되어 있다.

"맹자가 말했다. '옛날 제경공(齊景公, 제나라 군주)이 사냥을 할 때, 깃발을 흔들며 사냥터를 관리하는 관리원을 불렀는데, 오지 않자 그를 죽이려고 했다. 지사(志士)는 지조와 절개를 지키다가 죽어서 시신이 산골짜기에 던져지는 것을 두려워하지 않고, 용사는 정의를 위해 용감하게 싸우다가 죽어서 자신의 목이 날아날 수 있음을 두려워하지 않는다고 했는데, 공자는 도대체 관리원의 어떤 점을 크게 중요하게 여겼을까? 그것은 바로 자기가 받아야 할 부름의 예(礼)가 아니라는 것을 알고 가지 않은 것이다'"

왜 관리원은 제경공이 깃발을 흔드는데도 그 부름에 응하지 않았을까?

왜냐하면 고대의 군주가 사냥을 할 때, 만약 사람을 부르려면 특정된 물건으로 특정한 신분의 사람을 불러야 했기 때문이다. 깃발(旌旗, 깃털 장식의 깃발)은 대부를 부를 때, 활은 병사를 부를 때 사용하는 것이고, 피관(皮冠, 관리원이 쓰는 모자)이 바로 관리원을 부를 때 사용하는 것이다. 따라서 그 관리원은 제경공이 예(礼)의 규정에 따라 자신을 부르지 않았기 때문에 끝까지 응하지 않았던 것이고, 심지어 그로 인해 죽어서 시신이 산골짜기에 던져지는 것을 두려워하지 않은 것이며, 목을 잃을 수 있음을 두려워하지 않은 것이다. 규칙을 끝까지 견지한 그러한 불복종에 대해서, 공자는 매우 마음에 들어 좋다고 여겼다.

이 이야기는 '군주는 신하를 예로써 대해야 하고, 신하는 군주를 충심으로 섬겨야 한다'는 정신을 잘 보여주고 있을 뿐만 아니라 중국 고대의 관원과 백성이 원칙에 따라 불복종할 수 있는 권리를 구체적으로 잘 드러내 주었다.

또한, 이러한 권리에 대한 확인과 보장은, 서주(西周, 건국초기부터 수도를 서안에서 낙양으로 옮기기 전까지의 주나라를 말함) 왕조 건국 초기에 무왕(武王)과 주공(周公) 등 대정치가들의 양심과 그들이 세운 예악제도에서의 제도상 나타나는 이성적인 면을 구체적으로 드러낸 것으로 알 수 있다. 즉, 당시 주나라 건국초기에는 매우 합리적이었고, 지배계급의 양심이 구체적으로 잘 발현되었을 뿐만 아니라 제도적으로 이성적인 면모도 제대로 잘 구현되었다는 것이다.

또한, 『논어·자로』에는 백성이 불복종할 수 있는 권리에 대한 이성적 근거가 되는 내용이 기록되어 있는데 다음과 같다.

공자가 우리 곁으로

"정공(定公, 노나라 군주)이 공자에게 물었다. '한마디 말로 나라를 잃을 수 있다는데 그런 말이 있습니까?' 공자가 말했다. '그런 말은 있을 수 없고 불가능합니다. 그런데 근접한 말은 있습니다. 어떤 군주의 말에 의하면, 나는 군주 노릇을 하면서 별다른 즐거움은 없다. 다만 내가 말만 하기만 하면 어느 누구도 감히 내 말을 거역하지 않는다는 것만이 즐거울 뿐이라고 했습니다. 그러면, 만일 군주의 말이 옳고 누구도 그것을 거역하지 않았다면 좋은 일이 아니겠습니까? 그런데 만일 옳지 않은 말을 했는데도 누구도 그것을 거역하지 않았다면 이것이 바로 나라를 잃을 수도 있는 한마디 말에 가까운 것이 아니겠습니까?'"

한 나라에 만약 백성들이 불복종할 수 있는 권리가 없다면, 결과는 말 한마디에 나라를 잃을 수도 있다. 이는 아마도 인류 역사상 최초로 불복종할 수 있는 권리의 필요성과 그 가치를 논증하는 말일 것이다.

군주의 한마디 말이 나라를 망하게도 할 수 있는 원인은 다른 사람이 자기 자신의 바람(뜻)이나 의견에 어긋나는 것을 허용하지 않을 때, 군주의 바람(뜻)이나 의견 중에 잠재해 있는 위험(화)이 발견되거나 저지되는 일은 불가능하다. 결국 모두가 함께 망하게 된다.

영화 〈월드 워즈(world warz)〉에는 '열 번째 사람의 법칙(Intelligence reforms)'을 언급하는 대화 내용이 있는데 다음과 같다.

"모사드(이스라엘의 비밀정보기관)의 고급 관리 간부는 냉철하고 유능하며 아주 낙관적이지만 좀비가 언급된 보고서만 보고 대규모로 장벽을 세웠다고요?"

"이러한 소식은 나도 황당하지만, 20세기 30년대 유태인들은 자신들이 수용소에 보내질 것을 안 믿었고, 1972년에는 뮌헨 올림픽 대학살을 믿지 않으려 했지. 그리고 1973년 10월 제4차 중동전쟁이 발발하기 한 달 전에는 아랍군의 수상한 동태를 보고도 아무도 그것이 위협이 될 것이라고 생각하지 않았지. 그런데 그로부터 한 달 후에 우리는 기습공격을 받아 아랍군에게 거의 전멸당할 뻔 했고 그제서야 우리는 변화하기로 결정했네"

"어떤 변화요?"

"바로 '10번째 사람의 법칙'이지. 의사결정 구성원 10명 중 9명이 동일한 정보로 동일한 결론에 도달해도 10번째 사람은 무조건 그 의견에 반대해야 돼. 아무리 불합리해 보여도 다른 9명이 틀렸다고 가정하는 거지.

결국, 전 세계가 좀비에게 점령당했고, '10번째 사람의 법칙'을 믿는 이스라엘만이 미리 잘 대비하여 높은 장벽을 세워 좀비를 막았기 때문에 지구상 인류의 마지막 생존지가 됐다는 것이 이 영화의 대체적인 줄거리이다.

자로가 군주를 섬기는 일에 대해 묻자 공자가 말했다.

"군주를 속이지 말고, 그의 비위를 거스르더라도 바른 말로 간언해야 한다(『논어·헌문』)"

무도한 군주에게 감히 복종하지 않고 비위에 거슬리는 말을 하는 사람만이 '대신(大臣)'의 자격이 있고, 그렇지 않으면 잠시 단지 인원수만 채우는 '구신(具臣)'에 불과하다. 마치 『논어·선진』에 기록되어 있는 "대신이란 도로써 군주를 섬기되 그것이 안 되면 그만둔다"와 같다. 군주와 신하는 도의(道義)가 서로 합치되는 관계이므로 신하와 군주의 인연은 도의를 보는 것이다. 도의가 사라진 곳에서는 인연도 자연히 끝나는 법이다.

맹자는 공자보다 한층 강하게 표현했다. 그는 제선왕(齊宣王, 제나라 군주)에게 다음과 같이 경고했다.

공자가 우리 곁으로

"군주가 신하를 수족처럼 여기면 신하는 군주를 배나 심장처럼 소중히 여겨 성심을 다할 것이고, 군주가 신하를 개나 말처럼 하찮게 보면 신하는 임금을 자신과 아무런 상관이 없는 지나가는 행인처럼 여길 것이며, 군주가 신하를 진흙이나 지푸라기처럼 천하게 여기면 신하는 군주를 철천지원수처럼 여길 것이다."

그리고 순자도 다음과 같이 말했다.

"어른에게 순종하고 형을 존경하고 사랑하는 것은 사람의 가장 기본적인 품행이다. 윗사람을 우러러 존경하고 아랫사람에게 진실하게 대하는 것도 사람됨의 중요한 품행이다. 도의를 따르되 군주의 명령에 맹목적으로 복종하지 말며, 어른들의 명령에도 맹목적으로 따르지 말아야 하는 것이 사람됨의 가장 중요한 품행이다(『순자·자도』)."

공자부터 맹자, 순자에 이르기까지, 선진시기(일반적으로 춘추전국시대를 가리킴), 유가의 3대 사상가들이 일치하게 견지하고 선양한 것이 바로 '불복종할 수 있는 권리'이다. 이것은 한 학파의 양심이고, 민족의 활력이다.

부자지간에도 고발해야 하는가?

『논어·자로』에는 섭공(葉公)과 공자의 대화 내용이 기록되어 있는데 다음과 같다.

"섭공이 공자에게 말했다. '우리 고을에 정직한 사람이 있는데, 그의 아버지가 양을 훔치자 그는 자신의 아버지를 신고했습니다' 공자가 말했다. '우리 고향의 정직한 자는 이와 다릅니다. 아버지는 아들을 위해 숨겨주고, 아들은 아버지를 위해 숨겨주는데, 정직함은 그 가운데 있는 것입니다'"

초나라는 춘추시대에 북방으로부터 문화적으로 괄시를 받는 나라였다. 그래서 초나라 북쪽의 요충지인 부함(負函) 지역의 정무를 주관하고 있던 섭공은 문화적 열등감을 가지고 있었는데, 마침 북방으로부터 온 북방 문화의 최고 경지를 대표하는 공자에게 자신의 치적과 초나라의 문명 수준을 자랑하고 싶었던 것이다. 그런데, 우쭐거리며 자랑하던 문명이 오히려 공자에게 가차 없이 야유를 당할 줄은 상상도 못했다. 공자가 보기에는, 그가 자랑한 부자지간에 서로 고발하는 소위 문명이라고 하는 것이 사실 너무 야만스럽고 미개하다고 생각한 것 같다.

이 이야기는 많은 사람의 의견이 분분하여 일치하지 않는 쟁점이기도 하다. 그래서 오늘날까지도 법조계에서조차 논쟁이 벌어지고 있다. 심지어 일부 법학 전문가들은 공자의 관점이 사법의 공정성에 영향을 미칠 뿐만 아니라 사법의 부패를 초래한다고 비판했다. 무한(武漢) 대학교 곽제용(郭齊勇) 교수는 『유가윤리논쟁―잘못에 대한 가족 간의 은폐를 중심으로』라는 제목으로 책을 내었는데, 이 문제에 대한 당대의 중국 학자들의 시시비비를 모아 엮었다.

2011년 8월 24일 중국 제11기 전국인민대표대회 상무위원회 제22차 회의에서 처음으로 심의한 '형사소송법 개정안(초안)'에는 증인이 강제 출석하여 증인이 되는 조항을 추가함과 동시에 다만, 배우자, 부모, 자녀는 제외한다고 덧붙였다. 이것은 바로 중국 전통의 '잘못에 대한 가족 간의 은폐' 사상이 법률적으로 새롭게 재구현된 것이다.

'잘못에 대한 가족 간의 은폐(親親互隱)'가 부패를 초래한다는 이런 견해는 사실적 근거(증거)도 없다. 그리고 세계에서 법률상 관련이 있는 '상호 은폐(互隱)' 제도를 시행하는 국가와 지역은 적어도 이탈리아, 프랑스, 한국, 일본 등이 있지만, 이런 제도가 있는 나라가 그렇지 않은 나라보다 부패 정도가 높다는 것을 입증할 수 없다. 이러함에도 불구하고 중국의 현실 사회에서 부패에 대한 증오를 의식해 너무 인간적이고도 너무 이성적인 법 규정에 반대하는 목소리가 여전히 높다. 좀 더 자세하게 분석해 보자.

아버지가 양을 훔쳤고, 아들은 이 일의 내막을 안다. 아들은 두 가지 선택이 있다.

첫째, 아버지를 신고하여 판사는 이에 따라 양을 원래 주인에게 되돌려

주는 것으로 판결하고 공정성을 지킬 수 있었다. 그러나 부자지간 천륜의 정에는 상처를 남겼다.

둘째, 아들이 침묵하고 있어서 양을 훔친 일은 적발될 수 없었다. 양의 주인은 손해를 입었고, 공정성이 침해당했다. 그러나 부자지간 천륜의 정은 유지되고 보호되었다.

이 두 가지 선택에는 각각 이로움과 폐단이 존재한다. 그렇다면 여전히 두 가지 안 좋은 상황을 비교해서 손실이 적은 쪽을 취하거나, 두 가지 유리한 상황을 비교해서 이익이 많은 쪽을 취하면 된다.

만약 아들이 증언하지 않는다면, 사회적·법적 손해는 크지 않고 심지어 손해가 없다. 이유는 다음과 같다.

첫째, 법정에서는 다른 경로를 통해 증거를 확보할 수 있을 뿐만 아니라 마찬가지로 판결을 내릴 수 있다.

둘째, 증거 불충분으로 사건을 해결하거나 판결할 수 없다고 하더라도, 양 한 마리를 도난당한 것은 심각한 사건도 아니며, 사회적으로 해를 끼치는 것도 그리 크지 않다.

셋째, 한 두 번의 사건이 증거 불충분으로 인해 공정한 판결을 받지 못하는 것은 결코 법의 권위를 훼손시킬 수 없을 뿐만 아니라 법의 공정성에도 영향을 미칠 수 없다.

엄밀히 말하면, 법은 모든 범죄를 처벌하는 것이 아니라 증거가 확실한 범죄를 처벌한다. 좀 더 정확히 말하면, 법은 모든 범죄를 처벌할 수 있는 것이 아니라 증거가 확실한 범죄만 처벌할 수 있다. 이 말을 바꾸어 말하면, 법은 정당하고 합법적인 증거가 없는 범죄를 처벌할 수 없다는 뜻이기도 하다. 이렇게 법을 이해하고 집행하면 법의 위엄을 떨어뜨리지 않을 뿐

공자가 우리 곁으로

만 아니라, 바로 법의 엄격함을 지키게 된다.

반대로, 만약 아들이 증언한다면, 부자지간의 정에 큰 상처를 남기게 된다. 그 이유는 다음과 같다.

첫째, 아들에게 범죄에 대해서 증인이 되어야 한다면서 증언할 것을 권장하거나 심지어 그에게 증언할 것을 강요하여 아버지를 지목하고 증인으로 나서면, 부자지간의 정에 심각한 상처를 남기게 될 뿐만 아니라, 이는 양 한 마리의 피해보다 훨씬 더 클 것이다.

둘째, 더 심한 것은 이런 사례의 시범적 효과이다. 즉, 부자지간에도 서로 고발할 수 있다는 것이다. 이런 사실과 상황이 사람들의 마음을 더욱 아프게 하며, 부자지간에도 서로 믿을 수 없고 믿어서도 안 된다는 것을 고통스럽게 받아들이게 된다. 이것은 인륜을 완전히 뒤집어 엎는 것이고, 사람들의 삶이 마치 정글에서 사는 것처럼 되어, 인정은 이로 인해 냉혹하고 잔인하게 된다.

셋째, 한 두 개의 구체적인 사건이 공정하게 처리될 수 있는지에 비해, 부자지간 천륜의 정은 인류의 더 원초적이고, 더 기본적인 가치이다. 이런 가치가 파괴된다면 사회의 기본 구성 부분이 파괴될 것이다.

그리고, 한두 가지 사건이 오심이거나, 또는 죄를 지었는데도 발각되지 않아 최종적으로 법적 추궁에서 벗어나는 것은 결코 법의 진체적인 존엄성에 위협이 되지 않으며, 더더욱 도덕과 사회에 대한 사람들의 기본적인 믿음을 무너뜨리지도 않는다.

따라서, 결론은 공자는 옳고, 섭공은 틀렸다.

공자와 맹자의 차이:
자신을 바르게 하는 것과 남을 바르게 하는 것

황인우는 『공맹(孔孟)』에서 다음과 같이 말했다.

"유가의 전통에서 공자와 맹자는 늘 그림자처럼 붙어있다. 공자는 유가사상을 집대성한 최고의 성인이라는 '대성지성(大成至聖)'으로 불리고, 맹자는 아성(亞聖, 공자 다음으로 두 번째 성인)으로 불린다. 공자의 언행록으로 불리는 『논어』가 있고, 맹자의 언행록으로 불리는 『맹자』가 있다. 공자는 인(仁)에 이르렀고, 맹자는 의(義)를 얻었다. 그들의 주요한 사상 역시 늘 서로 조화를 잘 이루었다."

맹자는 스스로 어떻게 말했을까?

"나는 공자가 직접 가르치는 제자가 되지 못했지만, 그를 마음속으로 흠모하며 스승으로 여기고 사숙(私淑)했다(『맹자·이루하』)" 이는 맹자가 공자로부터 몸소 가르침을 받는 제자가 되지 못한 것이 유감이며 참으로 아쉽다는 말이다.

"나의 바람은 공자를 따라 배우는 것이다(『맹자·공손추상』)" 동경하고 흠모하는 감정이 아주 뜨겁고 강렬하게 느껴진다.

또한, 자신을 "성인 공자의 제자이다(『맹자·등문공하』)"라고 말했다.

공자가 우리 곁으로

사마천의 『사기』에서 개괄한 글 중 다음과 같은 문장이 기록되어 있다.

"맹자는 시경(詩經)과 서경(書經)을 논하며 공자의 사상을 설명했다"

그런데, 황인우는 다른 시각에서 공자와 맹자에 대해 다음과 같이 이야기를 펼쳐나간다.

"두 사람을 자세히 비교해 보면 서로 다른 점을 많이 볼 수 있다. 가장 분명히 드러나는 것은, 『논어』에 서술되어 있는 공자는 아주 홀가분하고 유쾌한 느낌을 가지고 있는데, 맹자처럼 매사에 긴장하지 않는다."

긴장감을 갖고 산다는 맹자에 대한 평가는 그에게 아주 잘 어울리는 표현으로 묘사가 매우 생동적이다.

예를 들면, 맹자는 기세가 비교적 강한데, 이것이 바로 그가 긴장을 하고 있음을 나타내는 것 중의 하나이다.

전국시대(戰國)에는 제후들이 방자하고 독단적으로 제멋대로 행동했다. 그래서 맹자는 극력으로 패도(霸道)정치를 반대하며 왕도(王道)정치를 시행하도록 제창했다. 그런데, 힘과 무력으로 강하게 통치하는 패도정치를 반대한 그가 사상·문화 방면에서는 기세가 강했다. 예를 들면, 그는 양주(楊朱), 묵적(墨翟)을 다음과 같이 꾸짖었다. "양씨의 사상은 나 자신만을 위하자고 강조하는 것이니, 이런 관점은 군주도 안중에 없어 그를 무시하는 것이고, 묵씨의 관점은 무차별적으로 모든 사람을 사랑하자 했으니, 이는 부자지간의 정을 무시하는 것인데, 군주와 아버지를 무시하는 것은 바로 짐승들이라네(『맹자·등문공하』)" 그래서 맹자는 자신에게 주어진 역사적 사명이 "사람의 마음을 바르게 고쳐 나쁜 말을 없애도록 하고, 나쁜 행위를 멀리하게 하며, 허황하고 터무니없는 말을 못하도록 막으려고 한다(『맹자·등문공하』)"라고 했다. 사람의 마음을 바르게 고치는 '정인심(正人心)'또는 '정인(正人)'은, 이때부터 유가(儒家)의 기본적인 문화적 사명이 되었고, 더 나아가 심지어 정치 이론의 핵심이 되었다. 한 예로 동중서(董仲舒, 서한시대의 유학자, 교육가, 정치가)가 다음과 같이 말했다. "군주로서 자신의 마음을 바르게 해야 조정도 바르게 되고, 조정이 바르게 해야 백관들도 바르게 되며, 백관들이 바르게 해야 백성들도 바르게 되고, 백성들이 바르게 해야 천하가 바르게 된다(『거현량대책』)" 단숨에 이렇게 많은 '정(正, 바르게 고침)'자가 일관되게 이어지면서 '정(正)'자로 마치는 것은, 바로 맹자의 사상적 핵심임을 보여준다.

그러나, 흥미로운 것은 『논어』를 찾아보면 공자에게는 타인을 바르게 하는 맹자의 '정인(正人)' 사상은 없고 자신을 바르게 하는 '정기(正己)' 사상만 있는 것 같다. 『논어』 속으로 들어가 보자.

"공자가 말했다. '군자는 배불리 먹는 것을 바라지 않고, 편안하게 살 곳을 구하지도 않으며, 일할 때는 민첩하고, 말할 때는 신중하며, 도덕이 있는 사람에게 적극적으로 나아가 자신의 잘못된 점을 고쳐 바로잡으니, 이렇다면 배우기를 좋아한다고 할 수 있다'(『논어·학이』)"

"계강자가 공자에게 정치에 대해 묻자, 공자가 말했다. '정치란 바르게 하는 것이니, 그대가 바른 것으로 솔선수범하여 본을 보인다면, 누가 감히 바르지 않겠습니까?'(『논어·안연』)"

"공자가 말했다. '통치자가 처신이 올바르면 명령을 내리지 않아도 일이 저절로 행해지는 것처럼 백성들이 알아서 행하고, 처신이 올바르지 않으면 아무리 명령을 내려도 백성들이 따르지 않는다'(『논어·자로』)"

"공자가 말했다. '만약 자신을 바르게 한다면, 정치를 함에 있어 무슨 어려움이 있겠는가? 만약 자신을 바르게 할 수 없다면, 어떻게 남을 바르게 할 수 있겠는가?'(『논어·자로』)"

이것은 모두 자신을 바르게 하는 '정기(正己)'이다. 설령 정치를 바르게 하는 집정자일지라도 그도 역시 '정기(正己)'를 통해 좋고 긍정적인 이미지를 형성하며, 오늘날의 사람들이 말하는 밝고 긍정적이며 적극적인 에너지도 타인에게 영향을 미친다. 이 모두는 같은 원리이며, 자신이 먼저 좋아져서 타인에게 좋은 영향을 주는 것이다. 특히, "자신을 바르게 할 수 없다면, 어떻게 남을 바르게 할 수 있겠는가?"를 통해, 공자는 남을 바르게 고치는 자나 남을 바르게 고친다는 생각에 대해서 가치를 두지 않음으로써 분명한 입장을 밝히고 있다.

다음은 『공자가어』 제 1권에 실려 있는 『대혼해』와 『왕언해』, 그리고 제2권에 실려 있는 『치사』에 기록되어 있는 공자의 말을 보도록 하자.

"무릇 정치란 바르게 한다는 뜻으로 바르게 하는 것입니다. 군주가 바르게 하면, 백성들도 군주를 따라서 바르게 될 것입니다. 백성들은 군주가 하는대로 따르는 것입니다. 만약 군주께서 바르게 하지 않는다면, 백성들이 누구를 따를 수 있겠는지요?(『대혼해』)"

"주나라 무왕은 자신의 몸을 바르게 함으로써 나라를 바르게 했으며, 나라를 바르게 함으로써 천하를 바르게 했다(『치사』)"

"무릇 윗사람이란 백성들의 모범이 되는 것이다. 솔선수범을 하며 바르면 무엇인들 바르지 않은 것이 있겠는가? 그러므로, 군주는 먼저 인(仁)을 행하고, 그런 후에야 대부도 충성을 다하게 되고, 관리도 신의를 중히 여기며, 백성들은 돈후하여 인정이 두텁고 후하며 민간 풍속이 순박해지는 것이고, 남자는 성실하고 신중하여 미더워지며, 여자는 지조가 굳고 정숙하게 되는 것이다(『왕언해』)”

여전히 위의 공자의 말을 통해서 알 수 있는 것은 ‘자신을 바르게 하는 것’인 ‘정기(正己)’로부터 시작하여 백성이 바르게 되고, 나라가 바르게 되며, 천하가 바르게 되는 결과가 자연스럽게 만들어진다는 것이다. 그 후, 『장자·천하편』에서 정리한 ‘내성외왕(內聖外王)’ 즉, ‘안으로는 성인의 덕을 쌓고 밖으로는 제왕의 도리를 행하는 것’에서, 공자는 내적으로는 자신을 갈고 닦으며, 외적으로는 많아야 ‘정명(正名)’ 즉, 명분을 바로잡고자 하는 생각이 있었는데, 그의 제자 자로가 그와 같은 생각에 대해 면전에서 어떻게 명분을 바로잡을 수 있느냐면서 케케묵은 진부한 생각이라고 비웃기도 했다. 이는 또한 ‘정인(正人)’ 즉, 남을 바르게 해야 한다고 말한 맹자가 사마천에 의해서 그것은 진부하고 공염불이며, 구체적인 일을 처리하는 데 아무런 가치가 없는 것이라고 풍자적인 비평을 받은 것이 이상할 것이 없다(『사기·맹자순경열전』).

공자와 맹자는 왜 이렇게 큰 차이가 있는 것일까?

알고 보면 공자는 공적인 생활뿐만이 아니라 사적인 생활도 있었다. 공적인 생활에서 공자는 말을 격하게 하고 굳은 표정을 지을 때, “이것을 참을 수 있다면 무엇을 참을 수 없겠는가”라는 탄식도 있다. 그런데, 사적인 생활 영역에서는 단정한 옷차림에 안색이 편안하고 유쾌하며 온화하고 후덕함으로 아무래도 다 좋고 모든 사람을 똑같이 대하는 모습이다.

그러나, 『맹자』를 읽다보면 맹자의 사적인 생활을 거의 찾아 볼 수가 없다. 단지 공적인 영역에서 끊임없이 쟁론을 하고 반드시 쟁론의 결과가 나와야 비로소 끝날 정도로 쟁론에 대한 집념이 강했지만 오히려 그런 논쟁에서 끝없는 즐거움을 얻을 수 있었다. 이는 그 자신이 '공의(公義)'를 위해 혼신을 다해 분투해 가면서 자신의 사생활을 줄이고 없애기까지 한 것으로 그에 대한 역사적 기록의 결여가 되는 이유이기도 하다. 쟁론을 좋아했던 그는 늘 전신을 갑옷으로 무장하고 심지어 치아까지 무장한 것처럼 느껴질 정도였으니, 역사 속에서만 그를 보는 우리로서 그의 평상복 차림의 모습을 볼 수 없는 것이 어쩌면 너무나도 당연한 것이 아닐까?

공자와 맹자의 차이: 겸손과 자존

맹자는 늘 성인(聖人)인 공자의 제자가 되어 그의 도를 지키고 보호해야겠다고 말했다. 사실, 맹자는 필경 맹자로 호걸이며, 대단히 뛰어난 인재이다. 안회는 공자의 말대로 그대로 따랐지만, 맹자는 안회와 같지 않았고, 공자의 사상에 대해 자기만의 이해가 있었으며, 내면의 본심에 따라 일을 처리했고, 자신의 포부에 따라 행동했다.

예를 들면, 나라의 군주를 대하는 태도를 보면, 맹자는 공자와 같은 그런 공손한 태도와는 거리가 멀다. 공자는 자국의 군주인 무능한 소공(昭公), 처지가 순조롭지 않은 정공(定公), 가련한 애공(哀公)을 섬기면서도 모두 예의로써 대했다. 또 그는 "군주를 섬기는 일에 있어서 예를 다하면, 사람들은 아첨한다고 생각한다(『논어·팔일』)"라고 말했다. 이로써 공자는 아첨이라는 좋지 않은 소리를 들을지라도 그것을 감수하는 것을 마다하지 않았고 예를 갖춰 군주를 대한 것이다. 그리고 다른 나라 군주에 대해서도 예를 들면, 제멋대로 행동하면서 스스로를 대단하게 여기는 제경공(齊景公, 제나라 군주)이나 어리석고 자만하는 위령공(衛靈公, 위나라 군주)을 대면할 때, 공자는 비록 그들이 옳다고 여기지는 않았더라도, 역시 그들의 체면을 손상

공자가 우리 곁으로

시키지 않으려고 노력했다. 군주답지 않은 제경공에 대해서는 "군주는 군주다워야 한다(『논어·안연』)"라고 함축성 있게 넌지시 풍자했고, 위령공이 선군정책의 하나인 군대진법에 대해 물을 때에도, 그는 더더욱 "한 번도 배운 적이 없습니다(『논어·위령공』)"라고 부연하며 암묵적으로 풍자했다.

일반 귀족에 대해서도 공자는 비록 그들의 학문과 도덕에 경의를 나타내지 않았을지라도 여전히 그들의 신분에 대해서는 매우 존경했다. '대인을 두려워함'은 공자가 『논어·계씨』에서 언급한 것으로써, 군자가 경외하고 두려워해야 할 세 가지 중에 하나이다. 그런데 뜻밖에도 첫 번째인 '천명을 두려워함'의 바로 뒤에 놓여 있고, 세 번째인 '성인의 말씀을 두려워함"의 앞에 놓여 있다. 이런 나열을 통해 명확하게 오직 소인만이 대인을 가볍게 여기며 존중하지 않는다는 것을 알 수 있다. 소인은 천명을 모르기 때문에 두려워하는 마음이 없고 당연히 조심할 마음이 생기지 않기 때문에 천명을 알고 실천하는 대인을 보더라도 존중할 마음이 생기기 않고 가볍게 여길 뿐이다.

그러나, 맹자는 도무지 대인을 존중하지 않고 가볍게 여겼다. 그는 전혀 구애받지 않고, "대인에게 설득하려고 유세할 때에는 그를 가볍게 여기고, 그의 으리으리한 위세에 눈을 돌리지 말하야 한다(『맹자·진심하』)"라고 말했다. 물론 맹자가 언급한 대인은 공자가 언급한 대인이 아니라고 말할 수도 있겠지만, 그 둘 사이에 본질적인 차이점이 무엇인지를 찾아내어 맹자를 해방시킬 수 있을까? 맹자에게 무시당하고 가볍게 여김을 받은 그런 대인은, 호화로운 저택에서 살며 산해진미를 먹고, 음주를 즐기며 노는 데에 연연하여 말을 타고 사냥을 하는 사람들이다. 이러한 생활방식은 맹자가 하지 않는 것들이다. 공자시대의 대인 역시 마찬가지가 아니었겠는가?

맹자는 이어서 다음과 같이 말한다. "나에게 있는 것들은 모두 옛날의 예악제도인데 내가 무엇 때문에 저들을 두려워하겠는가?(『맹자·진심하』)" 즉, 내가 가진 것은 문화이고 도덕인데, 내가 무엇 때문에 그들을 경외함으로 두려워해야 하는가이다. 이 말은 그야말로 공자가 말한 '대인을 두려워함'에 대한 맹자의 직접적인 반박으로 볼 수 있다.

『논어·향당』에서는 공자를 다음과 같이 묘사했다.

"군주가 부를 때는 수레 말에 멍에를 얹어서 매기도 전에 먼저 걸어서 출발했다"

그러면, 맹자가 군주의 부름에 대해 어떤 태도를 취했는지 살펴보자.

어느 날 아침에, 맹자가 옷을 단정하게 차려입고 제나라 군주(왕)를 알현하러 가려고 하는데, 제나라 군주가 사람을 보내 전하기를 "원래는 짐이 맹자님을 만나러 가야 하는데 감기에 걸려서 찬 바람을 맞으면 안 된다고 합니다. 그러니 오늘 짐이 맹자님을 만날 수 있도록 조정에 올 수 있겠습니까?"

사실, 맹자가 군주를 만나러 가려고 했던 것인데, 군주의 전갈을 듣고, "죄송합니다. 저도 감기에 걸렸습니다."라고 전하면서 가지 않았다.

다음 날, 맹자는 제나라 대부인 동곽 씨의 집에 문상을 하러 외출하려고 했다. 그때, 제자 공손축이 말했다. "어제는 아프다고 하시면서 조정에 나가지 않으셨는데, 오늘 이렇게 문상을 하러 가시면, 별로 좋지 않을 것 같은데 꼭 가셔야 하겠습니까?" 그러자 맹자가 눈을 부릅뜨며, "어제는 감기에 걸렸고, 오늘은 다 나았는데, 가면 안 되느냐?"라고 하면서 기어이 문을 나섰다.

그가 막 떠났을 때, 제나라 군주가 안부를 묻기 위해 보낸 사자와 의원

공자가 우리 곁으로

이 맹자의 집에 도착했다. 맹자의 동생은 할 수 없이 찾아온 사람에게 "어제는 제 형님이 아파서 조정에 나가지 못했지만, 오늘은 병이 호전되어서 벌써 조정으로 갔습니다. 지금쯤이면 도착하지 않았을까요?"라고 말하면서 몰래 사람들을 보내 맹자를 집으로 돌아오지 못하도록 길에서 막게 하고, 속히 조정으로 갈 수 있도록 조처를 취했다. 그런데도 맹자는 조정으로 가지 않고, 제나라의 대부인 경축의 집으로 갔다.

경축은 맹자가 제나라 군주를 공경하지 않는다고 나무랐다. 이에 맹자는 여러 가지 이유로 둘러대었다. 말로 맹자를 당할 수 없었던 경축은 결국 주례(周禮)를 들고 나왔다.

"예(禮)에 이르기를, '부친이 부르면 대답하기도 전에 바로 일어서야 하고, 군주가 명을 내려 부르면 수레 말에 멍에 매기를 기다리지 않고 나서야 한다'고 했습니다. 선생께서는 본래 군주를 뵈러 조정에 가려고 했음에도 불구하고, 또 군주의 명을 듣고도 가지 않았으니, 이는 그 예(禮)와 서로 닮지 않은 듯한데, 다른 것이 아닌가 생각됩니다"

맹자는 어떻게 대답했을까? 그는 말했다. 그것은 단지 하나의 설법일 뿐입니다! 대부께서는 또 한 가지 설법이 있다는 것을 아십니까? 그것은, 그가 부(富)를 가지고 나오면 나는 인(仁)을 가지고 대하고, 그가 관작(冠爵)을 가지고 나오면 나는 의(義)를 가지고 대하는데, 내가 낮은 것이 뭐가 있어 불만족스럽고 유감이겠습니까? 이러한데, 내가 무엇때문에 그를 만나러 가야 합니까?

공자는 대인을 경외함으로 두려워하고, 맹자는 대인을 가볍게 여기며 무시한다. 누가 옳을까?

공자는 자신을 낮춤으로써 타인에 대한 겸손함을 구현했고, 맹자는 권세에 대한 도의(道義)적 차원의 우월함과 자부심을 보여 준 것이다.

공자는 개인적 수양을 중시하여 부단히 자신을 닦은 것이고, 맹자는 선양을 중시하여 도의(道義)의 갑옷을 입고 종횡한 것이다.

시 언 지 (詩言誌)

『논어·선진』편 제일 마지막 절에는 공자와 그의 제자인 '자로·증석·염유·공서화'가 함께 나눈 대화가 기록되어 있다.

공자가 먼저 말문을 열었다.

"내가 너희보다 나이가 조금 더 많다고 해서, 나를 어려워 말고 솔직하게 이야기를 털어놓아도 괜찮다. 너희가 평소에 늘 하는 말이 '남들이 나를 알아주지 않는구나!'라고 하는데, 만일 어떤 사람이 너희를 알아주어 중시한다면 어떤 성과로 자신을 증명하겠느냐?"

자로가 재빠르게 대답했다. "천 대의 병거를 가진 나라가 있어 대국 사이에 끼어있는데, 다른 나라의 군사적 침략을 받고 또 연이어 흉년과 기근이 들었을지라도, 제가 만일 그 나라를 다스린다면 삼 년 만에 백성들에게 용기를 갖게 할 수 있고, 예의를 지킬 수 있게 할 수 있습니다" 이에 공자는 쉽게 알아채지 못할 정도로 빙긋 웃었다.

증석이 슬(瑟, 중국 고대 아악기의 하나로 모양이 거문고와 비슷함)을 타고 있는 것을 본 공자는 그를 방해하지 않으려고 먼저 염구(冉求, 자는 '염유' 또는 '자유')에게 물었다.

"염구야, 너는 어떻게 하겠느냐?"

사실, 염구는 이미 사형인 자로에 대한 스승의 웃음을 통해 그의 의중을 눈치챘다. 그것은 자로가 스승으로부터 좋은 인상을 받지 못한 것이고, 그가 자신감과 자부심이 도를 넘어 자만심에 빠졌기 때문이다. 그래서 그는 조심스럽게 대답했다. "사방 6, 70리, 혹은 5, 60리 정도 되는 작은 나라를 제가 다스린다면 3년에 이르러 백성을 풍족하게 해 줄 수 있습니다. 다만, 예악을 가르치고 이끌어서 좋은 방향으로 나아가게 하는 것에 대해서는 군자가 오셔서 직접 하시는 것을 기다리겠습니다"

공자가 또 고개를 돌려 공서화에게 물었다. "너는 어떻게 하겠느냐?"

젊은 공서화는 공손하게 대답했다. "제가 감히 무엇을 잘 할 수 있다고 아직은 말씀드리기는 어렵지만, 다음과 같은 것을 배우면서 하고 싶을 뿐입니다. 종묘에서 제사를 지낼 때나 제후들이 회동할 때, 예복과 예모(장보관)를 갖추어 착용하고 의식과 절차를 진행할 수 있는 작은 관리가 되고 싶습니다"

마지막으로, 공자는 여전히 슬(瑟)을 타고 있는 증석(본 이름은 증점이고 자는 자석인데 성과 자를 합쳐 증석으로 불림)을 쳐다보며 말했다. "증점아, 너는 어떻게 하겠느냐?"

증석은 침착하게 슬 타기를 늦추고 연주하던 곡을 다 마친 듯이 소리가 작아지더니 '퉁' 하는 소리와 함께 슬을 내려놓고 일어서며 대답했다. "저의 생각은 앞의 세 사람과는 좀 다릅니다."

공자가 말했다. "또 무엇이 걱정이 되느냐? 단지 각자 자기의 생각을 이야기하는 것이니 한번 들어보자구나."

자로, 염구, 공서화가 각자 자신의 생각과 재능을 말한 후에, 뜻밖에도 누구도 증석이 다음과 같은 말을 할 줄 몰랐다.

"늦봄에 봄옷이 만들어지면 갓을 쓴 어른 5, 6명, 동자 6, 7명과 함께 기수에서 목욕하고 무우에서 바람 쐬고 노래하면서 돌아오겠습니다."

정치적인 치적도 없고, 장래의 포부도 없어 보이지만, 이 얼마나 아름다운 생활인가?

이것은 『논어』 중에서 가장 시적인 정취와 그림 같은 아름다움이 물씬 풍기는 서정적 문장이다. 어떤 사람이 이 문장을 다음과 같이 의역을 가미하여 해석했다.

"2월이 지나, 3월 3일이라
새로 지은 무명 적삼을 입고
어른이나 아이들이나
남강에 가서 목욕하며
시원한 밤바람을 맞고
노래하면서 산비탈을 노니는
양떼와 함께 귀가하노라"

이 의역은 묘사가 아주 생생하여 아주 딱 맞는 해석이라고 할 만하다. 해석자 역시 2천 년 전의 낭만적인 정경에 별이 쏟아지는 듯한 찡한 감동을 받았을 것이다.

사실, 공자와 제자들 사이의 이번 담화는 시작하자마자 아주 무거웠다.

공자가 던진 "내가 너희보다 나이가 조금 더 많다고 해서, 나를 어려워 말고 솔직하게 이야기를 털어놓아도 괜찮다. 너희가 평소에 늘 하는 말이 '남들이 나를 알아주지 않는구나!'라고 하는데, 만일 어떤 사람이 너희를 알아주어 중시한다면 어떻게 하겠느냐?"라는 물음에 자로가 먼저 재빠르게 답을 했고, 염구, 공서화는 신중하게 대답했다. 그런데 그들은 모두 "어떻게 하겠느냐?"에 대한 자신의 정치적 포부와 재능을 말했을 뿐, 스승의 마음을 헤아리지는 못했다. 공자가 가슴 깊이 감춘 고통은 바로 자신이 제자들에게 화두로 꺼낸 '남들이 나를 알아주지 않는 것'이었다. 즉, 내 재능을 알아주는 사람이 아무도 없다는 것이다. 우리가 괴롭고 고통스러워하는 것은, 우리 자신에게 포부와 재능이 없어서가 아니라, 있어도 재능과 능력을 활용하는 사람이 없기 때문에 사회를 변화시킬 방법이 없고, 사회 문제를 해결할 방법이 없이 기껏해야 혼탁한 세상을 바라만 볼 수 밖에 없다는 것에 있다. 이 혼란한 세상은 우리의 포부와 재능을 전혀 필요로 하지 않는다!

공자에게는 다행히도 증석이 있었다. 증석은 처음부터 스승이 가슴속 깊이 묻어두었던 아픔을 꿰뚫어 보았다. 그의 슬(瑟) 연주 소리는 사실 누구에게도 말 못할 스승의 가슴속 깊은 통증을 어루만져 주고 있었다. "제 생각은 앞의 세 사람과는 좀 다릅니다"라는 그의 말은 특히 자로·염구·공서화의 생각과는 전혀 다른 발상으로 담화의 방향을 바꾸어 놓았다. 즉, 정치적인 담화는 소박한 인생을 그리는 담화로, 사회적인 개혁과 변화 및 문제 해결은 유유자적하는 삶으로, 현실적인 무거운 짐들은 시적인 정취로 승화시켜 거처로 삼았다. 그래서 공자가 감탄하며 말했다. "나는 증점의 말에 동의한다."

자로 등 세 사람의 언어가 실용문(應用文)이라면 증석의 언어는 시(詩歌)
이다. 똑같은 '지(志, 뜻·포부)'를 논함에 있어서, 자로 등 세 사람의 '지(志)'
는 사물이 있는 정경으로서 현실적이고 구체적인 것에 있으며, 증석의 '지
(志)'는 심미적인 정경으로서 이상적이고 추상적인 것에 있다. 따라서, 자
로 등 세 사람의 '지(志)'는 물질을 얻으려고 애쓰고 수고하는 것을 피할 수
없고, 물질에 속박을 받으며, 자주 방해를 받아 제한을 받는 곤경에 처해
있기 때문에 제대로 기량을 발휘할 수 없다. 그러나, 증석의 '지(志)'는, 보
이는 물질을 이용할 때, 그것에 의해 떠밀리어 혹사당하지 않고, 영원히 남
을 수 있으며, 인생의 역경 속에서도 활달하고 낙천적인 태도를 유지할 수
있는 마음가짐이다. 이런 자세는 모든 것을 겉으로 드러난 외견상의 그런
모습만으로 보는 것이 아니라, 만사와 만물은 쉬지 않고 변화를 거듭함을
인식하고, 자연스럽게 흐르는 물길을 따라가다 보면 어느새 끝에 도달하
여 구름이 피어오르는 모습을 볼 수 있는 인생의 예술적 경지를 경험하게
된다.

　　'시언지(詩言誌)'는 마음이 가는 곳이 뜻이 되고 뜻을 말하는 것이 시가
된다는 요지인데, 시의 본질을 설명하는 구절로 중국 전통 시학(詩學)의 핵
심 이론 중의 하나이다. 『상서·요전』에서는 그대로 "시언지(詩言誌)"라고
말했고, 『좌전·양공27년』에서는 "시이언지(詩以言誌, 시로써 자신의 사상이나
마음을 표현함)"라고 말했으며, 『장자·천하편』에서는 "시이도지(詩以道誌, 시
로써 자신의 사상과 지향을 표현함)"라고 말했다. 『순자·유효』편에서는 "시의
언어는 그 뜻이다"라고 말했다. 즉, 시로써 표현한 말은 그 자체가 뜻이 된
다는 말이다. 따라서 시(詩歌)에 관한 '시언지(詩言誌)'에 대해 위에서 인용
하여 언급한 것들은 모두 같은 뜻으로써, 마음속의 생각이나 뜻을 말로써

나타낸 것으로 풀이되며, '시언지(詩言誌)'에 대한 관점의 중요성을 언급한 것이다.

문제는, 우리가 왜 굳이 '시'로써 '지(志, 뜻·포부)'를 말해야 할까?

필자의 생각은 다음과 같다. 이것은 우리의 '지(志)'를 좀 더 유연성이 있게 하기 위함이다. 특히 현실의 높고 단단한 벽에 직면했을 때, 부딪히지 않고 돌아 갈 수 있도록 하기 위함이다.

'지(志)'에 '시(詩)'가 있을 때, '지(志)'는 현실적인 것에서 추상적(함축적)이고 역동적인 것으로 변하여 변화무쌍하고, 견고함에서 유연함으로 변하며, 단방향에서 다양한 방향으로 변한다. 이것은 '지(志)'의 변화가 아니라, 그것의 융통성과 강인함을 포함한 유연함인데, 이것이 있으면, 비로소 순수함이 쉽게 오염되지 않고, 강직함이 쉽게 꺾이지 않으며, 이해하고 받아들일 수 있어 아름다운 인품과 덕성을 더욱 확대 발전시켜 빛나게 할 수 있다(『맹자·진심하』)"

우리는 물질의 '탄력성(유연성)'은 그 물질의 '기억'이라는 것을 알고 있다. 즉, 물질의 탄성이 강할수록, 기억력이 더 강해지고, 압력을 받아 변형된 후 원상태로 돌아가려는 의지력이 더 강해진다는 것을 의미한다.

사람의 뜻(포부)도 역시 마찬가지이다. 유연성이 큰 뜻은 "오랫동안 곤궁에 처해 있어도 (옛날에 평소 했던 약속을) 잊지 않는다(『논어·헌문』)" 즉, 초심을 잊지 않는다는 말이다. 그리고 우리의 '지(志, 뜻·포부)'에 유연성을 갖게 하는 것은, 시(詩歌)와 우리 마음속의 시적인 정취가 틀림없으며, 이것과 비교할 수 있는 것은 아무것도 없다.

온고지신

『논어·위정』에서 공자가 "온고이지신, 가이위사의(溫故而知新, 可以爲師矣)"라고 말했다. 해석은 다음과 같다.

"옛것(옛 지식)을 복습하여 익히고, 그 과정에서 새로운 것을 체득하며, 새로운 것을 발견하여 알게 되면, 남을 가르칠 수 있는 스승이 될 수 있다"

이 문장은 사람들이 자주 인용하는 명언중의 하나이다. 그런데, 그 속에 내포되어 있는 의미는 일반적으로 우리가 이해하는 것과 같이 꼭 그렇다고 말할 수 있을 정도로 그렇게 간단한 것은 아니다.

먼저, 스승 '사(師)'자에 대한 이해이다.

보통 우리는 '사(師)'자를 '스승'으로 이해하고 있다. 공자는 역사상 첫번째 '스승'으로 알려져 있는데, 그가 제자를 가르쳤고, 그와 같이 하는 사람에게 '스승'이라는 호칭으로 사용하기에 매우 적당하다고 했으니 그렇게 이해해도 물론 된다. 주희(유학자), 전목(역사학자), 양백준(언어학자) 모두 그렇게 이해했다.

주희는 송대의 유학자로서 주자학(성리학)을 집대성한 인물로『논어집주』에서 다음과 같이 말했다.

"배움에 있어서, 이전에 들은 지식을 자주 복습하여 익히고, 그때마다 매번 새로운 것을 터득하여 얻음이 있다면, 배운 것이 자기에게 있게 되어 배운 지식을 자신의 학문으로 전환시킬 수 있으며, 그것의 응용도 끝이 없을 것이므로, 능히 남의 스승이 될 수 있는 것이다. 만약 '기문지학' 같은 암기식 학습으로 배운 지식을 외울 줄만 안다면, 마음에 깨달아지고 터득되는 것이 없어 응용할 수 없으므로 배운 지식으로는 더 이상 아는 것에 한계가 있다. 그러므로,『예기·학기』편에서 '이런 사람은 남의 스승이 될 수 없다'고 비판한 것은 바로 이 말의 뜻과 더불어 그 의미를 서로 밝히고 있는 것이다."

전목 선생의『논어신해』에서는 다음과 같이 해석했다.

"옛 지식을 복습하는 중에 새로운 지식을 깨달을 수 있음은 바로 남의 스승이 될 수 있는 것이다."

양백준 선생의『논어역주』에서는 다음과 같이 해석했다.

"공자는 옛 지식을 복습할 때, 새로운 체득과 새로운 발견이 있다면 스승이 될 수 있다고 말했다."

그러나, 직업으로서 '스승'이라는 뜻의 '사(師)'라는 글자가 공자 시대에 가르치는 일을 담당하는 스승(老師, 선생)으로서의 해석은 일반화되지 않았고, 보편적인 해석은 의외로 주나라 시대(周代)의 삼공(三公)에 해당되는 태사(太師)·태부(太傅)·태보(太保) 중의 '태사(太師)', 곡을 만들고 연주를 주관하는 '악사(樂師)', 금령과 형옥을 관장하는 '사사(士師)'이다. 삼공의 '태사'는 군주를 가까이에서 보필하는 벼슬로 영예로운 직함이라고 할 수 있는

데, 이는 본인 의사와는 무관한 것으로서 스스로 취할 수 있는 것이 아니다. '악사'는 일반적으로 시각장애인이 맡는다. 그러면 남은 것은 '사사'인데, 『논어·위정』편에서 공자가 말한 '온고이지신, 가이위사의(溫故而知新, 可以爲師矣)' 중의 '사(師, 스승)'가 '사사(士師)'일 가능성이 매우 높다. 공자의 제자들 중에 사사가 된 사람이 있다. 바로 고시(高柴)이다. 사법의 각도에서 '온고이지신(溫故而知新)'은 과거의 판례를 숙지하고, 이를 바탕으로 새로운 사건에 판결을 내리는 것을 말한다. 『좌전·소공 6년』에는 정(鄭)나라가 형정(刑鼎, 형법 조문이 새겨있는 청동기 솥)을 주조하자 진(晉)나라 현자인 숙향이 정나라 정승 자산에게 서한을 보내 책망한 일이 기록되어 있는데 다음과 같다. "과거 군주들은 사건의 실정에 대해 논의를 거쳐 판결을 내리고 형법을 제정하지 않았습니다" 이는 당시 법으로 시행된 것이 바로 '판례법'이었음을 말해주고 있다.

다음은, '고(故)'와 '신(新)'에 대한 이해이다. 이것은 더욱 중요하고 반드시 판별하여 분석해야 한다.

일반적으로 '고'는 '옛 지식'이고, '신'은 '신 지식'으로 이해된다. 주희의 『논어집주』에는 다음과 같이 기록되어 있다.

"'고'는 예전에 들은 것이고, '신'은 지금 터득한 것이다. 배움에 있어서, 이전에 들은 지식을 자주 복습하여 익히고, 그때마다 매번 새로운 것을 터득하여 얻음이 있다면, 배운 것이 자기에게 있게 되어 배운 지식을 자신의 학문으로 전환시킬 수 있으며, 그것의 응용도 끝이 없을 것이므로, 능히 남의 스승이 될 수 있는 것이다."

전목의 『논어신해』에서는 다음과 같이 해석했다.

"'고'자는 두 가지 해석이 있다. 하나는 예전에 보고 들은 것과 예전에 알고 있던 지식이 바로 '고'이고, 지금 알고 있는 지식은 '신'이다. '고'의 또 다른 해석은 전고 즉, 전례와 고사이다. 『육경』은 모두 고대 시대의 일을 다루고 있는데, 이미 고인이 된 군왕을 선왕이라고 존칭했다. 새로운 것을 아는 것은, 바로 『육경』에 담긴 의미를 알고, 후세의 저작(한대 시기 『육경』의 해석에 관한 서적 등)을 사색하고 이해하는 것이다. 예를 들면, 한대 시기의 여러 유생들이 이렇게 함으로써 새로운 것을 알았고, 또 새로운 작품을 만들기도 했다."

이 두 사람의 해석에 의하면, '고'의 이해는 일반적으로 이미 일어난 사실을 가리키는데, 이미 그것에 대한 결론이나 주장이 있는 것을 포함하여, 이미 사회적으로 인정된 가치관을 말한다. 따라서 '고'를 '옛지식'으로 해석하는 것은 문제가 크지 않다. 그런데, '신'은 다르다. 주희가 말한 "매번 새로운 것을 터득하여 얻음이 있다면, 배운 것이 자기에게 있게 되어 배운 지식을 자신의 학문으로 전환시킬 수 있으며, 그것의 응용도 끝이 없음"에서 '신지식(新知識)'으로 이해하든지, 아니면 전목의 "『육경』에 담긴 의미를 앎"에서 '신지식(新知識)'으로 이해하든지 모두 문제가 많다.

'지식'이란 무엇인가? 한마디로 말하면, '사실에 대한 인지(認知)'이다. 지식은 두 가지 요소를 포함하는데, 하나는 '사실' 즉, 지식의 대상이다. 다른 하나는 '기지(已知, 이미 앎)' 즉, 지식에 대한 시제이다. 모든 지식은, 이미 인지된 '사실'의 부호화이다. '지식'이 일단 생겨나면, '과거완료시제'에 해당되는 '고'이다. 일상생활 중에서 사람들이 보통 말하는 '신지식(新知識)', '구지식(旧知識)' 운운하는 것은 단지 어떤 특정한 사람이 그런 지식을 알면서 외우고 있을 정도로 기억하는 시간상의 선후를 말하는 것이지, 지식 그 자체에 대한 것이 아니다. 예를 들면, "공자는 춘추시대 사람이다"라는 말은 하나의 지식이다. 왜냐하면 이 말은 '사실'과 이 사실에 대한 사람들의 '인지'를 포함하기 있기 때문이다. 이 지식, 또는 이 사실에 대한 인지는 공자 시대에 이미 '완성'된 것이다. 21세기를 살아가고 있는 어떤 어린이는 아마도 오늘에야 이 지식을 알게 되었을지도 모른다. 그렇다면 그에게 있어서 이것은 당연히 '최근에 알게 된 것'이지만, 이 지식은 결코 이전에 없었던 전혀 다른 의미에서의 '신지식(新知識)'이 아니다. 한마디로 요약하면, 모든 '지식'은 모두 '고'이며, 이 연장선상에서 단지 시간상의 선후에 따른 '신지식(新知識)'이라는 이 개념은 '최근에 앎'이라는 이 의미에서만 비로서 성립할 수 있고, 이 외의 완전히 다른 '새로운 지식(新的知識, 또는 신지식)'이라는 의미에서는 성립하지 않는다.

그리고, 공자가 생각하는 스승(老師)은, 당연히 신비한 미지의 자연이나 인류역사를 탐구하는 것을 직업으로 삼는 그런 사람들이 아니라, 가치를 판단할 수 있는 사람들이다. 그래서, 그의 '지신(知新 새로운 것을 체득하여 앎)'은 어떤 스승(老師)이 매일 사실을 인지하는 일에 종사하는 것을 말하는 것이 아니라, 오히려 정반대로, 자신을 포함하여 그가 생각하는 스승(老師)은, 날마다 '도의(道義)'를 탐구하고 전하는 일이다. 여기서 '도의'는 '사실'의 범주에 속하지 않고, '가치'의 범주에 속한다. 따라서, 서두에서 언급한 공자의 '온고이지신(溫故而知新)'에 대해서, 필자는 어넌 한 사림이 선왕과 성현의 가치관 즉, '옛것'을 바탕으로 새로운 문제와 현상에 대해 올바른 가치 판단을 내릴 수 있음을 의미한 것으로 이해했다. 사실, 가치판단력이 있으면서 세상 사람들과 사물에 대한 가치판단을 할 수 있다는 것은 교육의 근본적인 사명 중 하나이다.

물론 여기서 말하는 '신(新)'은 『대학』에 나오는 '구일신, 일일신, 우일신(苟日新, 日日新, 又日新)'과 '신민(新民)' 및 『시경·대아·문왕』에 나오는 '주수구방, 기명유신(周雖舊邦, 其命維新)' 등 전적(典籍) 중의 '신(新)'으로 이해할 수 있다. 각각의 뜻은 다음과 같다.

"진실로 어느 날 하루가 새로워졌다면, 그것을 계기로 삼아 날마다 새로워지고, 또 날이 갈수록 조금씩 더 새로워져라(구일신, 일일신, 우일신)."

"새로워지고 있는 백성(신민)."

"주나라가 비록 오래된 나라이지만 (문왕 때에 이르러 덕을 새롭게 함으로써 백성에게 미치니) 새롭게 천명을 받들어 새 왕조를 세웠다(주수구방, 기명유신)."

이 '신(新)'은 '옛것(옛 지식)을 복습하여 익히는 것(溫故)' 즉, 선왕의 도의를 복습하는 과정에서 한 사람의 인격이 새로워지고, 한 나라의 국격이 새로워지며, 한 민족의 운명이 새로워짐을 말한다.

공자가 우리 곁으로

스승의 사랑

『논어』에서 공자가 칭찬을 가장 많이 한 제자는 안회이다. 그를 꾸짖은 적은 단 한 번, 아니, 그 한 번에도 못 미치는 반 번뿐이다. 『논어·선진』에는 안회에 대한 공자의 술회가 다음과 같이 기록되어 있다.

"공자가 말했다. '안회는 나에게 도움이 되는 제자가 아니었다. 그는 내 말에 대해 좋아하지 않은 것이 없었으니까 말이다'"

스승에 대한 지나친 숭배와 경건함 때문인지, 천성이 공손하고 온순함 때문인지 안회는 공자의 말을 거스른 적이 없었다. 공자의 견해에 의문을 가지거나 반문을 한 적이 없었고, 심지어 진일보한 세세한 질문도 거의 없을 정도였다. 그래서 공자는 안회가 자신에게 도움이 되지 않는다고 지적한 것이다. 이것이 왜 한 번에도 못 미치는 반 번의 꾸짖음에 불과한 것일까? 왜냐하면, 사실 인간적인 각도에서 말하면, 교사로서 차분하게 강의를 진행하고 있을 때, 학생이 반문하여 수업의 흐름을 끊고 한창 무르익을 무렵의 강의의 흥을 흐트러뜨려 수업 분위기를 깨기 원하는 사람이 얼마나 되겠는가? "나에게 도움이 되는 제자가 아니었다"라고 한 말은 비판이라 할 수 있다. 그런데, '그는 내 말에 대해 좋아하지 않은 것이 없었으니까 말이다'라고 한 뒤 문장은 칭찬이라고 볼 수 없을지라도, 적어도 비판이라고는 할 수 없다.

『논어·위정』에 안회에 대한 공자의 또 다른 술회가 다음과 같이 기록되어 있다.

"공자가 말했다. '내가 안회와 하루 종일 이야기하면서 학문을 가르쳤지만, 그는 줄곧 고분고분하게만 듣고, 반문과 의문을 제기하여 내가 말한 뜻을 거스르지 않는 것을 보니 마치 어리석은 사람 같았다. 그런데, 그가 돌아간 후에 그의 개인적 일상 생활을 가만히 살펴보니 진지하게 사색하며, 배운 내용을 충실히 실천하고 있었다. 안회는 결코 어리석지 않았다'"

이 부분은 어떨까? 안회에 대한 칭찬이 틀림없다.

그러나 공자는 또 다른 제자인 중유(자는 자로 또는 계로)에 대해서는 매번 비판을 했다. 이지(李贄)도 『사서평』에서 공자는 자로를 "매번 꾸짖었다"라고 묘사했다. 그렇다면, 설마 공자는 자로에 대해 칭찬을 한 적이 없다는 말인가?

물론 있기는 했지만, 안회와 정반대로 반 마디의 칭찬이다.

『논어·공야장』에는 자로에 대한 공자의 반 마디 칭찬으로 여길 만한 내용이 다음과 같이 기록되어 있다.

"공자가 말했다. '만일 내 주장이 통하지 않아 나의 정치적 이상이 이루어질 수 없다면, 나는 뗏목을 타고 망망대해를 표류할 것이다. 그때 나를 따라나설 사람은 아마도 자로일 것이다' 이 말을 들은 자로는 크게 기뻐했다. 이에 또 공자가 말했다. '자로는 용맹을 너무 좋아하고 그 정도가 나를 훨씬 능가하지만 사리를 헤아려서 분별하는 것에는 능하지 못하는구나'"

이는 스승의 정치적 이상을 따르는 동반자로서의 굳건함과 스승에 대한 충실스러움을 칭찬한 것이다. 자로는 원래 쉽게 우쭐거리며 뽐내기를 잘하는데, 특히 스승의 칭찬 한 마디를 얻는 날이면 더욱 흥분하여 언행이 조리가 없고 혼란스럽기 짝이 없었다. 이때 마침 스승이 갑자기 금빛이 번쩍이는 표창을 수여하는데다가 그것을 받는 사람이 오직 자신밖에 없어서 그는 순간 자신이 누구인지도 모를 정도로 기뻤던 것이다.

그러나, 그것도 잠시뿐 그 기쁨을 채 만끽하기도 전에 표창을 회수해 갔다. 그가 구름 위를 걷는 것처럼 기뻐하고 있었을 때, 공자는 즉시 그에게 "사리를 헤아려서 분별하는 것에는 능하지 못하는구나"라는 뜻밖의 따끔한 일침을 주었다. 자로는 먼지가 휘날리는 천길만길 나락으로 굴러떨어지는 기분이었을 것이다.

공자가 자로를 칭찬한 적이 한 번 더 있다, 아니, 역시 반 마니 칭찬으로 『논어·자한』에 다음과 같이 기록되어 있다.

공자가 말했다. "남루한 솜옷을 입고, 귀한 여우나 담비 가죽 옷을 입은 사람과 함께 나란히 서 있으면서도 부끄러워하지 않을 사람은 아마도 자로일 것이다. 『시경』에 이르기를 '남을 시기하여 해치지도 않고 남의 것을 탐내지도 않으니, 이 어찌 훌륭하지 않으리오?'라고 했느니라" 자로는 이 말을 듣고 나서 죽을 때까지 이 시만 외우려고 했다. 공자가 이 사실을 알고 또 말했다. '이것은 마땅히 해야 할 일인데 어찌 이것만으로 만족해하며 또 훌륭하다고 할 수 있겠느냐?'"

공자는 먼저 『시경』에 나오는 "불기불구, 하용부장?(不忮不求, 何用不臧？)"이라고 하는 시 두 구절을 인용하여 자로를 칭찬했다. 즉, 남을 시기하여 해치지도 않고 남의 것을 탐내지도 않으니, 그는 이 때문에 훌륭하다고 말할 수 있다는 말이다.

스승의 칭찬을 받은 자로는 곧 다시 의기양양해졌다. 그는 사람들을 만나면 자랑스럽게 그 두 구절의 고시(古詩)를 여러 번 되풀이하여 이야기하며 흥얼흥얼 읊었는데 마치 자신을 광고하는 것 같기도 하고, 또 그 고시(古詩)가 마치 그의 이미지를 상징적으로 대표하는 로고가 된 것 같기도 했다.

그러나, 공자는 당연히 그가 그렇게 의기양양하는 모습을 그대로 두지 않았다. 즉시 와서 두 구절 중 앞 구절인 '불기불구(不忮不求)' 즉, '남을 시기하여 해치지도 않고 남의 것을 탐내지도 않음'을 그에게서 거두어들이고, "이것은 마땅히 해야 할 일인데 어찌 이것만으로 만족해하며 또 어찌 이것만을 가지고서 훌륭하다고 할 수 있겠느냐?"라고 꾸짖으면서 그가 더욱 앞으로 나아갈 수 있도록 이끌어 주었다.

자로의 그때 표정이 어땠을까? 우리도 조금은 상상할 수 있을 것이다.

또 다시 자로에 대한 '반 마디 칭찬'을 살펴보면, 이번에는 순서가 뒤바뀌었을 뿐, 먼저 꾸짖은 다음에 칭찬하고 있는데, 『논어·선진』에 다음과 같이 기록되어 있다.

"공자가 말했다. '자로는 어찌하여 내가 있는 이곳에서 슬(瑟)을 타고 있는 것인가?' 그러자 그의 다른 제자들도 자로를 무시하며 존경하지 않았다. 이를 알고 공자가 말했다. '자로의 학문은 이미 대청(훌륭하여 상당한 수준)에 올라섰느니라. 단지 안방(심오한 최고의 경지)에 들어오지 못했을 뿐이거늘'"

아마도 자로의 슬(瑟)을 타는 소리가 듣기에 부드럽고 감미로운 음색이 아니라 강하고 거친 음색이었을 것이다. 그래서 공자는 "자로는 그런 슬 소리를 내면서도 어찌 '내가 있는 이곳에서 슬을 타고 있는 것인가?"라고 풍자적 어감으로 꾸중를 했던 것이다.

다른 제자들은 스승이 사형인 자로에게 온갖 꾸중을 하는 것을 보고, 모두 자로에 대해 마음에 들지 않는다는 듯이 매우 불만이었고, 사형일지라도 공손하게 대하지 않았으며, 함부로 대하듯이 참지 못하는 모습을 보여 주었다. 비록 나이가 많고 스승을 따른 지도 오래 되어 연륜이 있어 보였지만, 학문만큼은 별로라고 평가 절하시켜 모두 경시했던 것이다. 이때서야 문제가 심각하다는 것을 인식한 공자는 그들을 향해 "자로의 학문은 이미 훌륭하여 높은 수준에 올라섰느니라. 단지 심오한 최고의 경지에 들어오지 못했을 뿐이거늘"이라고 바로잡아 주었다. 이는 자로가 더 발선하기를 바라는 자신의 깊은 뜻을 모르면서 사람을 함부로 판단하여 자신들의 사형까지도 존경하지 않고 무시하는 제자들을 향해, 그들의 수준이 결코 자로보다 나은 것도 아닌데도 그의 부족한 부분을 비판한 것만 가지고 자신들의 사형을 그렇게 대하는 행위는 바람직하지 않다는 말이다.

공자는 '입문(入門, 기초를 터득하는 과정)'에서 출발하여 '승당(升堂, 높은 경지)'에 이르고, 다시 입실(入室, 심오한 경지)에 이르는 과정을 얕은 데로부터 깊은 데로 들어가는 학습상의 3단계로 비유했다. 즉, 첫 번째 과정은 입문을 통해 초보적인 수준을 완전 정복한다. 두 번째 과정은 상당히 높은 수준에 도달한다. 세 번째 과정은 깊고 정밀하며 심오한 최고의 경지에 도달한다. 공자가 위에서 말한 것은 자로가 이미 두 번째 단계에 진입하여 아주 훌륭하고 대단하다는 뜻이다. 공자의 말을 풀어서 다시 말하면, 그의 학문은 최고의 경지는 아닐지라도 이미 높은 수준에 이르렀기에 매우 뛰어나고 고명하며, 내가 그를 비판한 것은 다만 그가 한 걸음 더 앞으로 나아가 최고의 경지에 이르기를 바라는 스승으로서의 선의의 꾸중일 뿐이다.

공자는 어쨌든 자로를 아낀다.

『논어·선진』에는 네 명의 제자에 대한 성품이 간단하게 아래와 같이 기록되어 있는데, 특히 자로에 대해서는 걱정스러운 말 한 마디를 덧붙임으로써 그에 대한 아끼는 마음과 근심이 서려있는 공자의 안색을 짐작할 수 있다.

"제자들이 공자를 모시고 있을 때, 그 모습이 민자건은 정직하고 공손하고, 자로는 강직하고 솔직하며, 염유와 자공은 온화하고 유쾌하다. 그런데 공자는 마치 부모가 자녀를 바라보듯이 마냥 즐겁고 기쁘면서도 '자로와 같은 성격의 사람은 아마도 제 명에 죽지 못할 것이야'라고 말했다"

자로만 생각하면 근심 걱정이 태산 같았던 공자의 염려는 결국 불행히도 적중되어 훗날에 사실이 되어 돌아왔다. 그는 위나라의 왕위 계승 분쟁에 휘말려 태자인 괴외(蒯聵, 춘추시대 위나라의 국군. 위령공의 아들)의 난 때,

공자가 우리 곁으로

강직하여 굽힐 줄 모르고 피할 줄도 몰라 죽임을 당한 것이다.

공자와 대략 동시대 인물인 노자가 말했다. "용맹하고 강직한 사람은 제 명에 죽지 못한다" 그리고 공자는 자로를 "매번 꾸짖었다(『사서평』)" 사실, 공자는 스승으로서 자로를 매우 아끼고 사랑했던 만큼 그의 특히 강직하고 거친 성품을 부드럽고 온화한 쪽으로 고칠 것을 어느 누구보다도 바랐다. 그래서 『시경·대아·증민』에서 "선악에 밝으면서도 옳고 그름을 분별할 수 있어, 이로써 이러한 상태를 유지하며 더 나아가서는 자신의 품성이 오염되지 않도록 보존할 수 있을 뿐만 아니라 그 자신의 몸도 지키는구나"라고 한 것처럼 현명하고 지혜로워져 그 자신의 몸도 보전하며 계속 진보하기를 바랐던 것이다.

제자에 대한 스승의 사랑은 때때로 '한(恨, 유감)'으로 표현되기도 하는데, 기대하고 바라던 사람이 잘 못하거나 향상되지 못하여 만족스럽지 않으면서도 애태우며 절실히 좋아지기를 바라는 그런 '한(恨, 유감)' 같은 것이다. 그래서 엄격하게 지도한다.

물론 스승으로서 자로에 대한 공자의 사랑도 역시 마찬가지이다. 공자의 '한(恨, 유감)'은 그가 너무 지나치게 강직하다는 것이다. 이로 인해 행동이 거칠고 경솔하며 무모하기까지 했던 그에 대해 유감스러우면서도 걱정됐던 것이다. 또한 그런 성정으로는 발전하기 어려울 뿐만 아니라 심지어 융통성마저 없어 어떻게 험난한 춘추시대를 슬기롭게 살아갈지에 대한 근심과 염려로 가득찬 유감인 것이다. 이는 물가에 어린 아이를 내놓은 심정처럼 안절부절 못하는 부모와 같은 마음이다.

공자는 어떻게 역사를 가르치는가

『논어』에서 공자는 두 번이나 자신이 "옛것을 좋아했다"라고 했다. 『맹자·만장하(孟子·万章下)』에도 이르기를 "천하의 훌륭한 선비와 벗하는 것도 부족하면, 위로 거슬러 올라가 옛사람과 벗한다"라고 했다. 원래 '옛것을 좋아함'은 현실 속에서의 인물과 교제하는 가운데서 오는 '미족(未足, 불충분함)'으로 인해 심리적으로 강렬하게 옛 사람에게 의지하는 경향이다. 맹자의 설명대로라면, 덕성이 뛰어난 사람일수록 그런 '미족(未足, 불충분함)' 감이 강렬하고, 옛 사람을 찾아서라도 배우려는 그런 심리적 의존성이 크다는 것인데, 훗날 독일의 철학자였던 쇼펜하우어(Schopenhauer, Arthur, 1788-1860)가 말한 바와 같이 인성이 매우 훌륭한 사람일수록 더욱 고독하고 고뇌한다고 한 것도 같은 의미이다. '호고(好古, 옛것을 좋아함)'하면 반드시 '논고(論古, 옛것을 논함)'를 좋아하게 되는데, 『논어』에 보면 공자가 옛것을 논하는 부분이 매우 많다. 일례로 『논어·태백』을 보면, 연거푸 네 군데에 같은 내용이 기록되어 있는데, 공자는 고대 성왕인 요(堯)·순(舜)·우(禹)에 대해서 그들을 진심으로 칭송하고 그들의 품행과 업적을 좋게 여기며 그것을 감상하고 존경한다고 평했다. 필자가 흥미를 느낀 부분은 공자가 그들

공자가 우리 곁으로

을 평하는 방식이 오늘날 우리가 '규범화된 표준화'를 중요시하는 '학보문체'와 완전히 다르다는 것이다. 공자는 이런 고대의 인물을 평하는데 조금도 객관적이지 않고, 조금도 이성적이지 않으며, 더더욱 냉정하지 못하다. 오히려 매우 감성적이고 주관적이며 그런 열기와 열정으로 가득 차 있다.

공자가 순(舜)·우(禹)에 대해 칭송한 내용을 보자.

"공자가 말했다. '높고도 크도다! 순임금과 우임금이 천하를 가지는 방식이 얼마나 위대하고 숭고한가! 그들은 아무런 힘을 쓰지 않고도 천하를 얻었고, 그것에 연연해하지도 않았으며, 마치 아무것도 가지지 않은 것 같이 행했으니 말이다'(『논어·태백』)"

첫 마디부터 "높고도 크도다!"라는 숭고한 경의를 표함으로써 강렬한 정서적 충격을 준다.

또 공자가 어떻게 전설 속의 요(堯)를 칭송하는지 보자.

"위대하구나! 한 나라의 군주로서 요의 임금됨이여(『논어·태백』)!"

말을 꺼내자마자 "위대하구나!"라는 찬탄을 금치 못한다. 요임금이 어떻게 위대한가? 위의 말에 이어서 나오는 다음 문장들은 완전히 감개무량하여 그야말로 칭송의 극치를 보여 주는데 다음과 같다.

"높고도 높도다! 오직 하늘만이 높고 커서 위대하거늘 오직 요임금만이 그런 하늘을 본받았도다! 그의 덕은 넓고도 넓도다! 백성들이 그 어떤 말로도 형용하기조차 어려워 칭송할 길이 없었도다! 높고도 높도다! 그가 이룬 업적이여! 찬란하게 빛나도다! 그가 만든 예의 제도여!"

'높고도 높도다'는 이 얼마나 숭고한가, '넓고도 넓도다'는 이 얼마나 광대한가, '찬란하게 빛나도다'는 이 얼마나 색채가 아름답게 빛나는가. 이 모두가 한없이 감개무량한 표현들이다. 특히 '높고도 높도다'는 두 번이나 말했다. 이는 형용할 알맞은 말을 찾을 겨를이 없을 정도로 그만큼 급했음을 말해 주고 있다.

공자는 이런 말들을 도대체 누구에게 했을까? 당연히 그의 제자들에게 한 것이다.

이때 그는 한 명의 역사 교사가 된다. 그는 제자들에게 역사를 이야기 할 때, 개성이 넘치는 의욕과 인간적인 따뜻함으로 가득찼다. 이는 마치 역사를 자기 가슴속에 뜨겁게 품었다가 연달아 탄성하며 분출하는 것과 같다고 말할 수 있다. 공자는 왜 그럴까? 바로 그것이 그의 성정이다. 그는 열정적인 성정을 가지고 있는데, 특히 역사에 대한 사랑이 크고 역사적 인물에 대한 애정을 갖고 있다. '논고(論古, 옛것을 논함)'이면 반드시 '호고(好古, 옛것을 좋아함)'이어야 하고, 자기 스스로 먼저 '고(古, 옛것)'에 대한 애정 어린 관심이 생겨야 한다.

그러나 오늘날 중·고등학교나 대학교의 역사교과서와 역사학자들의 역사학 논문은 오히려 열정이 없고 냉담할수록 더 좋게 여기고, 학술적 규범에 부합될수록 더 객관적이고 공평 타당한 것으로 받아들여진다. 공자의 가르침과 지금의 중·고등학교와 대학교의 역사 수업을 비교해 보면, 양자의 차이점을 발견할 수 있을 것이다. 우리는 자주 이른바 어떤 중점·난점이라고 하는 이런 지식적인 부분에 치중하여 냉정하기 그지없고, 이성은 감성적이지 않아야 하며, 과학은 인간미가 없어야 한다고 여긴다. 그런데 공자는 그렇지 않다. 그는 감개무량하여 진정할 수 없었고, 이는 학생들에게 고스란히 전달되어 그들의 마음을 움직이고 감화시켰다. 이로써 학생들이 지식으로써만 외우고 필기하여 순전히 시험공부를 위해 대비하는 것이 아니라, 그들이 먼저 마음속으로 역사에 대해 매우 애착을 가지고 역사 속의 그런 위대한 인물들을 뜨겁게 사모하고 존경하도록 영향을 주었다. 그래서 공자의 가르침을 받은 사람들은 역사에 대한 애정이 있고, 애착을 가지며, 민족의 역사와 역사 속의 인물에 대해 진심 어린 사랑과 존경을 갖게 된다. 이것이 역사학의 가장 중요한 가치이자 역사 교사의 가장 중요한 사명이어야 한다.

공자가 어떻게 대우(大禹, 우임금을 높여 부른 것임)를 말하는지 다시 한번 살펴보도록 하자. 제자가 공자에게 대우는 어떤 인물인지 물으면서 이야기해 달라고 했다. 만약 지금 우리가 우리의 역사 선생님에게 이 질문을 한다면, 그는 객관적으로 논리 정연하게 교재에 나와 있는 대우에 대한 평가와 역사적 공적 등을 가르쳐 줄 것이다. 그것도 또박또박 하나·둘·셋·넷 또는 가·나·다·라와 같이 말이다. 그런데, 공자는 어떻게 답했을까? 『논어·태백』에 다음과 같이 기록되어 있다.

"오! 우임금에 대해 말하자면, 그는 내가 흠잡을 것이 없는 분이시다. 변변치 않은 음식으로 검소한 생활을 하시면서도 제사를 지낼 때 필요한 제수는 조상에게 효도를 다하듯이 풍성했고, 자신의 의복은 소박하게 입으시면서도 제사 때 착용하는 제복은 곱고 아름답게 했으며, 자신이 거처하는 궁전은 높지도 않고 보잘것없이 짓고 사시면서도 오직 백성들을 위해서 농사에 필요한 물길을 내는 치수 사업에는 모든 힘을 다 쏟으셨다. 그는 정말 내가 흠잡을 데가 없는 분이시다."

"우임금은 내가 흠잡을 데가 없는 분이시다"라는 말을 앞뒤 간격을 두고 반복하여 강렬한 주관적 정서를 전달한다. 그렇다. 공자는 비객관적이고 비과학적이며 규범적이지 않다는 비판을 받을까 봐 두려워하지도 않고, 단지 자신이 감명받은 느낌을 표현하는 데만 온 신경을 썼다. 그가 역사를 이야기하는 것은 바로 자신이 역사에 대해 느끼는 부분인데 특히 감명받은 느낌을 말하는 것이다.

역사의 가치는 한두 가지로만 결론을 내려 바라보는 것이 아니다. 역사의 의의는 역사 지식에만 국한되지 않는다. 역사의 가치와 의의는 우리가 과거의 역사로부터 당대에 주는 교훈 등의 가치를 찾을 수 있는지, 우리의 정서에 대한 감동을 찾을 수 있는지, 우리의 정신적인 마음가짐에 대한 훈도와 인도를 찾을 수 있는지에 있다.

그래서, 공자에게 역사를 배우면 역사를 사랑하게 되고, 공자를 따라 고대 인물을 알게 되면 그 인물을 사랑하게 되거나 미워하게 된다. 역사는 더 이상 진부하거나 우리 자신과 무관한 존재가 아니다. 그것은 우리의 정서에 깊이 개입하여 관여하고 있고, 그러한 우리의 정서도 그것에 개입하여 그것을 움직인다. 역사는 이렇게 우리의 삶에 녹아들어 있고, 이로써 우리의 삶은 살아 숨쉬는 역사가 된다.

공자가 우리 곁으로

대학이란

공자는 스승이 되어서 스스로 말하기를 "다른 사람을 가르치는 데 있어서 지치지 않는다(誨人不倦)"라고 했지만 그렇다고 물음에 반드시 대답한 것은 아니다. 물론 아무리 물어도 싫증은 내지 않았다. 예를 들면, 그가 제자들에게 공개적으로 말한 내용이 『논어·술이』에 기록되어 있는데 다음과 같다.

"스스로 알려고 노력하지만 잘 되지 않거나 얻지 못할 때 비로소 이끌어주고, 스스로 알려고 분발하지 않으면 이끌어주지 않는다. 공부한 내용을 어느 정도 이해하여 표현해내려고 노력하지만 그것을 표현해내지 못할 때 비로소 일깨워준다. 하나를 가르쳐 주었는데 스스로 그것을 미루어 나머지 셋을 알지 못하거나 적어도 스스로 알아내려는 그런 모습을 보여주지 않으면 나는 더 이상 반복해서 예를 들어주는 등으로 그를 가르치지 않는다"

'불분불계, 불비불발(不憤不啓, 不悱不發)'은 공부를 하는 데 있어서 스스로 적극적으로 열심히 하려는 자기 주동성이 없는 자는 가르치지 않는다는 말인데 그래도 이 말은 이해하기에 쉽다. 그런데, '거일우불이삼우반(擧

一隅不以三隅反)' 즉, '하나를 가르쳐 주었는데 스스로 그것을 미루어 나머지 셋을 알지 못함'은 지능의 문제일 수도 있는데, 만일 이런 학생에게 가르치지 않는다면 교육에 대한 차별 대우이다. 우리가 알아야 할 것은 '하나를 가르쳐 주고 스스로 그것을 미루어 나머지 셋 또는 그 이상을 아는 것'은 보통의 지능 지수가 아니라는 것이다. 자공조차도 "하나를 들으면 겨우 둘을 알았다(『논어·공야장』)"라고 하지 않았는가?

따라서 공자는 아주 개성이 있는 선생이다. 절대로 오늘날의 교사처럼 날마다 학생들을 데리고 문제를 풀면서 하나의 원리나 공식으로 수많은 온갖 별난 문제를 만들어내지는 않았다. 이러한 단순하고 간단한 주입식 교육방식은 개와 곰과 원숭이의 조건반사를 형성시키는 훈련 방법과 다를 바 없다. 공자는 이런 교육방식을 이해할 수도 참을 수도 없을 것이다. 오늘날의 교사들만이 이러한 교육방식에 의해 아무런 개성도 없게 되었다. 그야말로 천 번의 문제를 풀어도 싫증내지 않고, "다른 사람을 가르치는 데 있어서 지치지 않는다(誨人不倦)"를 몸소 실천한다고 할 수 있겠다. 그런데, 이런 '회인불권(誨人不倦)'은 본뜻과는 다르게 때때로 사람들이 말하는 것처럼 정말로 사람(인재)을 망치는 데 있어서 지치지 않는 것이 되어버린다.

우리는 일찍이 공자의 "자불어괴력난신(子不語怪力亂神)"을 논했는데, 뜻은 "공자는 괴상한 것, 폭력과 같은 힘, 혼란, 귀신에 대해서는 거론하지 않았다"라는 말이다. 이 말은 『논어·술이』에 명확하게 기록되어 있다. 사실, 여기에 명확하게 기록된 "자불어(子不語, 공자가 논하지 않은 것들)"말고도, 더 크고 우리가 생각해 봐야 할 더 가치있는 "자불어(子不語)"가 『논어』의 배후에 숨어 있다.

우리는 『논어』의 최초 편찬자는 공자의 제자들이며, 『논어』의 내용도

공자가 우리 곁으로

주로 공자와 그의 제자들의 문답형식으로 쓰여졌다는 것을 알고 있다. 그래서 『논어』를 읽으면 그들이 평소에 어떤 문제를 토론하고, 공자가 제자들에게 무엇을 가르쳤는지 알 수 있다. 그런데, 공자는 어떤 것에 대해서는 아무 말도 하지 않았다? 또는 아무 말도 하지 않는다? 이 물음은 어쩌면 더 가치 있는 질문일지도 모른다.

공자는 제자들에게 무엇을 가르치지 않았는가? 또는 무엇을 가르치지 않는가?

『논어』에서 우리는 공자와 제자들이 인(仁)·예(礼)·효(孝)에 대해 토론하고, 또한 사군사부(事君事父, 군주를 섬기고 부모를 섬김), 형제의 도리(兄弟之道), 심신을 수양하는 길(修身之途), 도덕 수양을 높이는 과정(進德之階), 친구의 의리(朋友之義), 공부하는 방법 등에 대해 토론하는 것을 볼 수 있다. 그런데 제자들이 공자에게 지식에 관한 문제를 묻는 것과 공자가 제자들에게 전문적인 기술을 가르치는 것은 볼 수 없다.

이렇게 말하는 것은 좀 절대적일 수도 있다. 왜냐하면 『논어』 중에 정말 한 제자가 공자에게 기술적인 문제를 물었기 때문이다. 그러나 공자는 이러한 질문에 대답하지 않았을 뿐만 아니라 이 제자를 소인이라고 하면서 호되게 꾸짖었다. 이것이 바로 『논어·자로』편에서 유명한 '번지학가(樊遲學稼)' 이야기인데 다음과 같이 기록되어 있다.

"번지가 공자에게 농사짓는 방법에 대해 가르쳐 달라고 청하자 공자가 말했다. '나는 노숙한 농사꾼만도 못하느니라' 이에 번지가 다시 채소를 재배하는 방법을 가르쳐 달라고 청하자 공자가 말했다. '나는 채소를 재배하는 노숙한 밭의 일꾼만도 못하느니라' 번지가 나가자 공자가 말했다. '번지는 정말로 소인이로다! 윗사람이 예법(礼法)을 중히 여기면 감히 그를 존경하지 않을 백성이 없을 것이고, 윗사람이 도의(道義)를 중히 여겨 행위가 정당하면 감히 그에게 복종하지 않을 백성이 없을 것이며, 윗사람이 성실과 믿음(誠懇信實)을 중히 여기면 감히 진심으로 정성을 다하지 않을 백성이 없을 것이다. 만일 이와 같이 할 수만 있다면 천하 사방의 백성들 모두가 포대기로 자신의 어린 자녀들을 등에 업고 달려서 찾아올 것이거늘, 어찌하여 굳이 스스로 나서서 농사를 지으려고 한단 말인가?'"

공자는 번지를 소인이라고 호되게 꾸짖었다. 그리고 농사를 짓거나 밭에 채소를 재배하는 지식과 기술적인 문제를 묻는 질문에는 대답을 거부한 후에, 곧바로 세 가지 개념을 꺼내들었다. 바로 예(礼)·의(義)·신(信)이다. 이것은 무엇인가? 지식도 아니고, 더더욱 기술도 아니며, 바로 가치이다!

사실, 사람에게는 세 가지 욕구가 있다. 또한 이 욕구에 따라 세 가지 경지가 있는데, 이는 '생계를 도모함'과 '지혜를 짜냄'과 '도리를 탐구함(학문에 힘씀을 포함)'이다. 생계를 도모함은 먹고 사는 문제이고, 지혜를 짜냄은 세상을 인지하는 것이며, 도리를 탐구함은 가치를 인정하는 것이다. 이에 상응하는 학습이나 교육은 각각 기술(전공), 지식, 가치에 대응된다. '생계를 도모함'과 '지혜를 짜냄'은 사람이 살아가는 데 있어서 적어도 기초적인 생활을 유지하거나 다른 사람들과 더불어 살아가야 하는 세상 속에서는 물론 꼭 필요한 것들이지만, 생업을 영위해가는 과정에서 가치 없는 구속 즉, 수단을 가리지 않고 '생계를 도모함'과 지혜를 신장하는 과정에서 가치에 대한 취사선택의 기준이 되는 도덕적 구속이 없이 '지혜를 짜냄'은 사회 전체에 재앙적인 결과를 가져온다. 오늘날 중국인들은 이를 어디에서나 볼 수 있어 너무 익숙하기도 하면서 매우 통절한 아픔을 느낄 것이다. 오늘날 중국 사회의 가장 큰 위험은 바로 사회 전체의 심각한 가치 판단력 결핍이다. 또 오늘날 중국 교육의 가장 큰 실수는 기술과 전문성과 지식에만 집중하고, 가치에 대한 공동체적 의식을 갖는 것과 가치 판단력의 함양을 소홀히 한 것이다!

사실, 번지는 일찍이 공자에게 적지 않은 질문을 했었는데, 한번은 심지어 단숨에 세 가지 문제를 물은 적도 있다. 『논어·안연』에 다음과 같이 실려 있다.

"번지가 말했다. '도덕적 수양을 높이고, 사악한 생각을 다스리며, 미혹을 분별하는 것에 대하여 감히 여쭙겠습니다' 이에 공자가 말했다. '좋은 질문이구나!'"

공자는 그를 칭찬했다. 이것이야말로 공부를 잘하는 사람이 진정으로 관심을 가져야 할 문제라고 생각한다.

『논어·팔일』에 보면, 제자인 임방(林放)이 공자에게 '예(礼)의 본질'이 무엇인지에 대해 질문한다. 그러자 공자는 "유의미한 아주 좋은 질문이구나!(大哉問)"라고 칭찬한다. 그는 예에 관한 구체적인 내용도 묻지 않았고, 일정한 자리에서 행하는 구체적인 예절과 격식에 관한 그런 예의와 같은 지식적인 문제도 묻지 않았다. 다만 '예(礼)의 본질'에 대해서만 물은 것이다. '예(礼)'의 이면의 가치 문제에 대해 공자는 이것이야말로 '대(大)'에 관한 학문이고, '대인(大人)'이 관심을 가져야 할 큰 문제라고 생각했다. '대학(大學)'은 더욱 수준이 높고 깊은 지식을 공부하는 것을 일컬으며, '대인(大人)'의 학문으로서 큰 사람이 되기 위한 것이다.

교육은, 적어도 가르쳐서 좋은 사람으로 길러내는 것을 첫 번째 목표로 삼아야 한다.

사람은, 적어도 좋은 사람이 되는 것을 최저 기준으로 삼아야 한다.

장점의 여지

『논어』를 읽다보면 공자의 많은 교육 방법이 오늘날 사람들이 내세우는 교수 원칙 및 방법과 모두 상이하다는 것을 발견할 수 있다. 예를 들면, 우리는 늘 학생들에게 격려를 많이 해 줘야 하고, 마음에 상처가 될 만한 말들을 하지 말아야 하며, 특히 학생들의 자존심을 상하게 해서는 안 된다고 말한다. 공자 시대의 사람들이 자존심에 미치는 영향의 정도가 오늘날의 사람보다 많이 무감각했는지는 모르겠지만, 아무튼 우리 시각에서 볼 때, 『논어』에 나오는 공자는 자주 학생들의 자존심을 상하게 한다. 이를테면 제자인 재여(宰予)가 대낮에 낮잠을 자고 있자 공자는 다음과 같이 꾸짖었다.

"썩은 나무로는 조각할 수 없고, 지저분한 흙으로 쌓은 담은 흙손질할 수 없다(『논어·공야장』)"

만약, 이 말을 오늘날 학생에게 한다면 너무 지나친 우려일 수도 있겠지만 아마도 그 학생은 죽으려고 건물에서 뛰어내릴지도 모르는 최악의 상황에 이를 수도 있다. 또한, 학부모가 학교까지 찾아와서 노발대발 할 것이며, 교장은 관련 교사를 징계 처분할 것이다. 그러나 필자는 공자의 지도 방법이 옳다고 생각한다. 왜냐하면, 학생의 도덕, 행위, 성적 등의 진상을 직접 본인에게 알려주어 자기 스스로 책임져야 한다는 것과 잘못을 저지르면 대가를 치러야 한다는 것을 깨닫게 하는 것이 진정한 교육이기 때문이다.

오늘날의 교육은 언제나 학생들을 서로 비교하지 말라고 한다. 그렇지 않으면 비교 당하는 그 학생의 자존심을 상하게 할 뿐만 아니라 반발심을 유발할 수 있기 때문이다. 그런데 공자는 늘 비교하는 방식으로 제자를 가르쳤다. 예를 들면, 그는 만년에 안회를 학습과 도덕적 모범으로 삼은 후 자주 다른 제자들 앞에서 그에 대한 칭찬을 아끼지 않고 다른 제자들의 강한 심리적 압박감을 조성하며 그들을 자극했다. 어느 날, 제자들이 둘러앉은 자리에서 공자가 의미심장하게 안연(안회의 '자'는 '자연'으로 '안연'으로도 불리움)에게 말했다.

"누군가 필요로 하여 써주면 재능을 드러내 뜻을 펼치고, 써주지 않으면 재능을 감추고 물러날 수 있는 사람은 오직 너와 나뿐, 이러한 경지는 너와 나만이 갖추었을 것이다(『논어·술이』)"

이는 안회를 칭찬하면서 동시에 다른 제자들을 부정한 것이다. 마치 좋지 않은 꼬리표를 단 것처럼 부정당한 제자들은 부끄러움과 열등감을 갖거나 자책감을 느꼈을 것이다.

그런데 이때 한 사람이 이에 동의하지 않고 반발하며 일어섰다. 바로 성품이 강직하고 제자 중 최연장자로 경력이 가장 오래된 자로이다. 그는 공자에게 말했다. "그럼 스승님께서 군대를 거느리고 전쟁을 치른다면, 누구의 도움을 원하십니까?" 자로는 용사이면서 무술도 뛰어났다.

그의 말은 군대를 이끌고 전쟁을 하려면 어쨌든 자신과 같이 무술이 뛰어난 용사가 필요하지, 곱게만 생긴 남자처럼 안회는 아무런 소용이 없다는 뜻이다.

말하자면 자로도 불쌍한 사람이다. 나이가 가장 많고, 스승인 공자와 함께 한 세월도 가장 오래되었으며, 안회와는 거의 한 세대 차이가 나는데 말이다. 이런 내가 늘 잘난 안회로 인해 짓눌려 있어도 개의치 않는데, 스승님이 이렇게까지 하면서 내 자존심을 상하게 하면 안 된다는 외침이다. 또한, 스승님이 늘 이렇게 말씀하시는데, 다른 사람들은 아마도 참을 수는 있겠지만, 한참 어린 후배들 앞에서 내 체면은 뭐가 되겠는가? 나도 장점이 있으니까 좋은 점을 칭찬해 달라는 말이다.

한마디로 자로의 요구는 그리 높지 않다. 단지 스승이 말 한마디라도 해서 칭찬해 주면, 까마득한 후배들 앞에서 적어도 체면은 구겨지지 않으며, 자존심은 그런대로 지킬 수 있다는 것이다. 즉, 자신에게 빈말이라도 괜찮으니 칭찬해주는 척 해 주면서 자신의 자존심 좀 지켜 달라는 말이다.

그러나 공자는 기어코 그의 자존심을 고려하지 않고 오히려 더욱 심하게 반격을 가했다. "맨주먹으로 호랑이와 싸우려고 하고, 맨몸으로 강을 건너려다가 목숨을 잃어도 죽을 때까지 뉘우칠 줄 모르는 사람이라면, 누가 그와 함께 하고 싶을 것이며 소중하게 여기겠느냐! 나는 이런 사람은 필요 없다(『논어·술이』)"

이번 『논어·술이』에서 본 공자의 교육 방법을 보면 다 맞다고는 할 수 없다. 그런데 교수 내용은 그래도 아주 좋다. 그는 단지 무슨 일이든 지나쳐서는 안 된다는 것을 말했을 뿐이다. 즉, 우리가 어려운 백성에게 관심을 갖고 보살피며 도움을 줌으로써 그들을 행복하게 해야 한다는 것은 좋은 일이어서 장점에 속한다. 그런데 어떤 일에 있어서 조건이 될 때는 바로 행하지만 조건이 마련되지 않으면 강행하지 말아야 한다는 것이다. 스승인 공자가 결국 자로에게 가르치려고 했던 것은, 자로 너는 용맹한 것이 장점이지만 그렇다고 해서 함부로 목숨을 걸어서는 안 된다는 것이며, 모든 것은 시기와 형세를 잘 살펴서 지혜롭게 일을 도모해야지 절대로 경거망동해서는 안 된다는 것을 강조하여 일러 준 것이다.

『열자·중니』를 보면 네 명의 제자에 대한 공자의 짤막한 평이 다음과 같이 기록되어 있다.

어느 날 자하가 공자에게 물었다. "스승님, 안회는 사람됨이 어떻습니까?"

공자가 말했다. "안회는 나보다 더 인자하지."

"자공은 어떻습니까?"

"자공은 나보다 더 말을 잘하지."

자하는 들을수록 긴장했다. "그럼 자로는 어떻습니까?"

"자로는 나보다 더 용감하지."

"자장은 어떻습니까?"

"자장은 나보다 더 장중하지."

자하는 잘 이해가 되지 않아 거의 화가 날 정도였지만 다시 물었다. "그들이 모두 스승님보다 더 낫다고 말씀하셨는데, 그러면 그들이 스승님을 왜 자신을 가르치는 스승으로 삼고 배우고 싶어하는 겁니까?"

공자가 미소를 지으며 말했다. "그들은 어느 한 부분에만 장점이 있다. 안회는 인자하기는 하지만 상황에 따른 융통성이 없고, 단목사(자공의 본이름)는 말은 잘하지만 지나치게 자신을 과시하여 침묵할 줄 모르며, 중유(자로의 본이름)는 용맹스럽지만 겁낼 줄 모르기 때문에 무모하여 물러날 줄 모르고, 전손사(자장의 본이름)는 장중하지만 점잖지 못한 사람과는 잘 어울리지 못한다. 그들 네 사람은 각각 두드러진 장점을 가지고 있고, 그 장점들은 모두 나를 능가하지만 그들이 가지고 있는 단점은 나에게는 없으며 나는 그들의 장점을 누구보다 잘 알아준다. 그들 네 사람의 장점을 모두 모아서 나의 장점과 바꾸자고 해도 나는 바꾸지 않을 것이다. 이것이 바로 그들이 나를 스승으로 삼고 딴마음을 품지 않는 이유이다."

공자의 뜻은 장점일지라도 약간의 여지를 남겨두라는 말이다.

공자는 무엇을 그렇게 보배로 여겼는지 그들 네 사람의 장점과도 바꾸기를 아까워했는가? 바로 '장점의 여지'이다. 이것은 사실 그의 '중용사상'인데, 장점이 지나치면 오히려 단점이 될 수 있기 때문에 그는 바꾸지 않는다고 했고, '중용'을 유지하려고 했으며, 마침 딱 좋은 것이 알맞은 것이고 가장 좋다는 것이다.

지식을 경계하다

장자가 일찍이 세상 사람들에게 다음과 같이 경고했다.

"우리의 삶에는 끝이 있으나 앎에는 끝이 없다. 끝이 있는 유한한 생명으로 끝이 없는 무한한 지식을 좇으면 안 된다. 생명이 유한한 줄 알면서도 무한한 지식을 추구하면 기진맥진할 수 밖에 없다(『장자·내편·양생주』)"

장자는 아주 흥미로운 사람이다. 그는 인간이 지적 욕구를 가지고 있다는 것을 알고 결코 이에 맞서려고 하지 않았다. 그는 단지 우리에게 인간의 지적 욕구가 반드시 직면하게 되는 뛰어넘기 어려운 장애물을 보여 주었다. 이 장애물은 인간의 삶이 짧음과 지식의 무한함 사이의 현격한 차이에서 오는 거대한 대조를 이루며 그 대조 자체이기도 하다. 지식이란 무엇인가? 지식은 사실에 대한 인식이다. 비트겐슈타인의 『논리철학 논고』에 의하면 세계는 사실의 총체라고 한다. 그렇다면 우리는 지식이 직면하는 '사실'이 얼마나 큰 것인지를 알아야 한다. 사실상 이런 부분을 이해하는 데에는 완전한 세계 전체까지는 필요로 하지 않는다. 바로 지금 이 시간에 우리가 처한 환경, 아주 작은 방 안 등에 포함된 지식만 생각해도 무한하다. 심지어 벽돌 하나, 나뭇가지 하나, 흙 한 줌을 집어들어도 그 안에 관련된 지식은 무한하다. 이른바 모래 한 알에도 세계가 들어있고, 꽃 한 송이에도 천국이 있으며, 한 그루의 나무에도 깨달음의 지혜가 있고, 하나의 티끌에도 우주가 들어있는데, 하물며 갠지스강의 무수한 모래는 더 말할 나위가 없이 얼마나 무한한가! 세계 속의 '사실'은 원래 무한의 거듭제곱이고 밑수(底數)와 지수(指數)는 모두 무한하다!

그러나 지식의 무서움은 단지 그것의 '무한함'에만 있는 것이 아니라 '쓸모없음'에도 있다. 쓸모없는 지식은 자주 '무료하다'. 지식이 일단 체계화되지 않으면 쓸데없이 자질구레해진다. 이런 지식은 이야깃거리로 늘어놓고 자신이 알고 있는 바를 뽐내는 것 외에는 기본적으로 쓸모가 없다. 그리고 그것을 가지고 있는 사람까지도 자질구레해진다.

순자는 어떤 지식은 "지식이 없어도 군자가 되는 데에는 지장을 받지 않고, 지식이 있어도 소인이 될 수 있다(『순자·유효』)"라고 했다. 이 얼마나 뚜렷한 이성적인 사고인가. 노신의 소설 「공을기」에서 주인공 공을기는 "회(回)자에는 네 가지 서법이 있다"라고 하며 우쭐거리며 뽐내는데, 오늘날 많은 학자들의 학문이 바로 공을기식 학문이며, 기껏해야 업그레이드된 버전이다. 자질구레한 일상을 보내던 공을기는 결국 도둑질을 하여 두들겨 맞아 다리가 부러진다. 다리가 골절되고 손이 흙투성이가 된 공을기라는 인물은 그 자체가 쓸모없는 무료한 지식에 대한 이미지 묘사에 있어서 매우 사실적이고 생동감이 있다. 또한 무료한 지식의 필연적인 결말이기도 하다.

필자는 신문·잡지·방송국 등등에서 열리는 각종 '퀴즈대회'를 본 적이 있다. 예를 들면 노래의 가사나 전주의 아주 짧은 분량만 듣게 하고 무슨 노래인지를 맞추는 간단한 게임인데, 노래 제목을 맞추게 하거나 노래 제목과 가수 둘 다 맞추도록 한다. 또는 어느 왕조의 환관이 장가를 갈 수 있었는지 등이다. 이런 종류는 흥미와 재미를 불러일으키는 관점에서는 무료하지 않다고 할지라도 유의미하고 쓸모있는 지식적인 차원에서는 거의 '무료한 지식 대회'에 속한다고 볼 수 있다. 무료한 지식은 사람을 말 그대로 무료하게 만들고, 사소하고 잡다한 지식은 사람을 옹졸하게 만든다.

그래서 장자는 "도(道)는 일부분의 견해(작은 성취 등)에 의해 가려진다(『제물논』)"라고 경고했다. 또한, 공자의 제자 자하는 다음과 같이 말했다. "비록 작은 기예라도 여기에는 반드시 취할 좋은 점도 있기 마련이지만, 큰 뜻을 펼치고 이루는 데에는 오히려 방해가 되기 때문에 군자는 그것에 눈을 돌리지 않는다(『논어·자장』)" 선현은 역시 선현이다. 지극히 미세한 것까지도 살피고 통찰력이 정확하며, 지식에 대한 취사선택을 추구하고, 쓸데없이 자질구레한 지식을 좇는 '학자'와는 천리만리만큼이나 차이가 아주 크다.

어떤 사람이 공자를 칭송하며 "공자님은 성인이십니까? 어찌하여 그토록 다재다능하십니까?"라고 물었다. 이에 공자는 긍지를 갖는 마음이 아니라 오히려 약간의 열등감을 드러내며 말했다. "나는 어려서부터 비천하게 자라 천대하며 조롱하는 여러 가지 기술과 재능 등의 기예를 익힐 수 있었습니다. 군자가 이와 같이 다양한 기예를 많이 가지고 있겠는지요? 그렇지 않을 겁니다(『논어·자한』)" 공자는 분명히 다재다능함을 중히 여기지는 않았다. 다만 그는 일부 전문지식과 재능은 배우기만 하면 가질 수 있는 것이고, 오랫동안 한 전공에만 전념하면 자연히 전문가가 될 수 있기 때문에 '전문가'는 결코 되기 어려운 것도 아니며, 결코 진귀한 보물과 같지 않다고 여겼다. '군자불기(君子不器)' 즉, "군자는 한가지 용도로만 사용되는

공자가 우리 곁으로

그릇처럼 국한되지 않는다(『논어·위정』)"라고 했다. 군자는 결코 단지 하나에 능통한 전문가가 아니거나, 반대로 말하면 단지 전문가라고 해서 군자라고 하기에는 부족하다는 말이다. 군자의 도(道)는 신심을 닦고 품성을 함양하는 등의 정신수양에 있고, 인의(仁義)와 도덕(道德)에 있으며, 가치에 대한 판단력을 갖추는 것에 있지, '사실'에 대한 인식이 아니다.

따라서 공자는 자로에게 "아는 것은 안다고 하고, 모르는 것은 모른다고 하는 것이 바로 아는 것이며 앎에 대한 참뜻이자 지혜이니라(『논어·위정』)"라고 훈계했다. 일반적으로 사람들은 이 말을 "지식에 대해 아는 것은 안다고 하고, 모르는 것은 모른다고 한다"라고 이해하는데, 필자는 줄곧 공자의 이 말이 어째서 이렇게 피상적인 뜻으로만 이해해야 하는지 의구심을 가졌었다. 사실, 공자가 말한 진정한 뜻은 '지식'에 대해서, 어느 것이 우리가 반드시 알아야 할 것이고, 알아야 할 필요가 없는지를 분명히 구분해야 한다는 것이다. 즉, 반드시 알아야 할 것은 반드시 알아야 하고, 알필요가 없는 것은 한쪽에 버리라는 말이다. 니체(Nietzsche, 독일의 철학자이자 시인, 1844~1900)는 다음과 같이 자문자답했다. "나는 왜 이렇게 총명할까? 왜냐하면, 나는 결코 불필요한 일에 나의 정력을 낭비한 적이 없기 때문이다"

공자는 어떻게 성인이 되었을까? 그는 무엇이 필요한 지식이고, 무엇이 쓸모없고 무료한 지식인지 알았기 때문이다.

하나로 전부를 이기다

『열자·탕문』에는 다음과 같은 이야기가 실려 있다.

"공자가 동쪽 지방을 유람할 때, 두 어린 아이가 말다툼하는 것을 보고 그 까닭을 물으니 그중 한 아이가 말했다. "내 생각에는 해가 떠오를 때는 그것이 사람과의 거리가 가깝고, 해가 중천에 이르렀을 때는 그것이 사람과의 거리가 멉니다" 이에 다른 아이가 말했다. "내 생각에는 해가 떠오를 때는 그것이 사람과의 거리가 멀고, 해가 중천에 이르렀을 때는 그것이 사람과의 거리가 가깝습니다"

그러자 먼저 말한 그 아이가 또 말했다. "해가 처음으로 떠오른 후의 크기는 수레를 덮는 덮개처럼 큰데, 해가 중천에 떴을 때의 크기는 접시처럼 작습니다. 이는 먼 것은 작게 보이고 가까운 것은 크게 보이는 이치가 아니겠습니까?"

이에 다른 그 아이가 또 말했다. "해가 떠오를 때는 서늘하고 춥지만, 해가 중천에 떴을 때는 더운 물에 손을 담근 것처럼 덥습니다. 이는 가까운 것은 덥게 느껴지고 먼 것은 서늘하게 느껴지는 이치가 아니겠습니까?"

공자는 이 두 아이의 이야기를 듣고도 둘 중 누가 옳고 그른지를 판달할 수가 없었다.

그러자 두 아이가 웃으면서 말했다. "어느 누가 어르신을 모르는 것이 없을 정도로 아는 것이 많고 지혜가 많다고 합니까?"

이 이야기는 우리에게 감동을 주며 사색하게 만든다. 사마천의 『공자세가』나 왕숙의 『공자가어』에 나오는 모든 것을 다 아는 공자의 무소부지한 이야기보다 훨씬 낫다. 여기에 나오는 이야기들 중에서 물론 어떤 것들은 공자의 전문지식 범위에 속해 바로 그가 알고 있는 부분이기에 답할 수 있지만, 어떤 것들은 분명히 불가사의한 힘에 속하는 것들로 괴상하고 신령에 관한 것들은 그의 전문지식을 뛰어넘을 뿐만 아니라 그가 언급하기 꺼리는 것이다. 모든 것을 다 아는 무소부지의 공자를 묘사한 예를 들면, 계환자가 집에서 우물을 파다가 흙으로 만든 그릇을 발견했는데, 그 안에 양처럼 생긴 물건이 있었다고 한다. 그는 이를 기이하게 여겨 공자에게 사람을 보내 물어보았다. 그는 공자를 시험해보려고 양이 아니라 개가 나왔다고 말하도록 했지만 공자는 개일 리가 없다며 그것은 양이라고 했다는 이야기이다(『공자세가』, 『공자가어』). 그리고 오나라가 월나라를 공격해 승리를 거두고 성벽을 철거했는데 수레 하나에 가득 찰 만큼 거대한 뼈를 빌견했다. 오왕이 공자에게 사람을 보내 물었는데 월나라 성벽에서 발견한 것과 맞아떨어지는 대답을 해 줬다는 이야기이다(『공자세가』). 사마천과 왕숙이 이런 이야기를 흥미진진하게 기록한 이유는 아마도 공자의 신성스러운 이미지를 더 잘 나타낼 수 있을 것이라고 생각했기 때문이다. 당시 공자가 많은 사람들에게 성인(조人)으로 인정받았던 것도 확실히 일반인보다 훨씬 박식했기 때문인 것은 사실이다. 그런데, 오늘날 인터넷 사이트의 구글이나 바이두(중국 최대의 인터넷 검색 엔진)처럼 그렇게 아는 정도가 많은 것은 아니다. 이런 검색 엔진은 누구라도 모르는 것이 있으면 언제든지 검색하여 답을 얻을 수 있기 때문에 만족스럽고 때로는 심지어 놀라울 정도로 경탄해하기도 하는데, 이러한 정도로 모든 문제에 척척 답을 내놓을 정도는 아닌 것이다.

아마도 사람들은 공자의 '박식함'에 근거를 두고 그를 신격화했을 것이다. 그런데 공자를 그다지 믿고 따르지 않은 도가학파의 저서인 『열어구(列御寇)』에서 위에서 상술한 두 어린아이와 공자의 이야기를 엮어 진상을 폭로했다. 『열자(列子)』를 지었다는 '열자'는 본명인 '열어구'를 존중하여 부른 호칭이며, 책 명은 『열자(列子)』 또는 『열어구(列御寇)』로 통용하여 쓰고 있지만 『열자』의 저자가 한나라 시기의 학자일지도 모른다는 설이 있기 때문에 실제로 열어구인지는 분명하지 않고 열어구라는 이름 자체에 대한 실존 여부도 여러 설이 존재하기도 한다. 아무튼 공자를 그다지 신뢰하지 않은 도가학파인 열어구는 자신이 말하고 싶은 것을 알리기 위해 자신의 입맛에 따라 각색한 그와 같은 이야기를 통해 공자는 결코 모든 문제에 대답할 수 있는 것이 아니며, 어린아이의 질문마저도 말문이 막힐 수 있다는 진상을 파헤친 것이다.

이 이야기의 마지막 문장은 이야기를 지어낸 사람의 동기를 잘 드러냈다. 두 어린아이가 웃으면서 다음과 같이 말했다. "어느 누가 어르신을 모르는 것이 없을 정도로 아는 것이 많고 지혜가 많다고 합니까?" 즉, 풋내기 어린아이가 질문한 것도 모르는 것을 보니 당신을 숭배하고 신격화하는 그런 사람들만이 당신을 박식하다고 할 뿐 무엇을 다 안다는 말입니까.

공자가 우리 곁으로

그러나 열어구는 그가 조롱하고 비판했던 사람들과 같은 논리적 사고를 따랐다. 공자를 숭배하고 신격화한 사람들은 그가 '박식하다'는 것만 증명하면 바로 그가 성인이라는 것이 증명된다고 생각했다. 열어구의 논리는 공자가 결코 '박식하다'는 것이 아님을 증명하기만 하면 그가 성인이 아님이 증명된다는 것이다. 이 두 가지 관점의 동일한 부분은 바로 성인의 여부는 박식함의 여부에 달려 있다는 것이다.

사실, 이 두 파의 인물들은 낮은 차원에서 논쟁을 벌이면서 싸웠지만, 성인은 전부터 이미 그들을 초월하여 자신의 길을 묵묵히 걸어갔다.

사실상, 공자는 스스로 일찍이 이런 문제에 대해 설명을 한 적이 있었다. 누군가가 이런 문제를 둘러싸고 서로 얽히고설키는 논쟁이 벌어질 것을 예견했기 때문이다. 그래서 그는 주동적으로 이 문제를 꺼내서 명확히 밝혔다.

『논어·위령공』에는 공자와 제자인 자공의 대화가 다음과 같이 기록되어 있다.

"공자가 말했다. '자공아, 너는 내가 많이 배우고 또 그것을 외워서 비로소 기억하고 안다고 생각하느냐?' 자공이 말했다. '네, 설마 그렇지 않다는 말씀입니까?' 이에 공자가 말했다. '아니다. 나는 시종일관 한 가지 근본적인 이치로 다른 모든 것을 관통하듯이 꿰뚫어 본다.'"

'많이 배워서 알게 된다'는 것은 무엇인가? 바로 지식이다. 공자는 분명히 그의 제자들이 그저 자신을 박학다식하다고만 생각할까봐 걱정했을 것이다. 또 훗날 더 많은 사람들이 그렇게 여길지도 모른다는 인식을 갖고 그는 적극적으로 나서서 이 문제를 이야기하기 시작했다. 즉, 하나의 근본적인 이치로 모든 일을 꿰뚫는 체계적인 사상과 원칙은 쓸데없이 자질구레한 수많은 '지식'을 가지는 것보다 훨씬 더 중요하다는 것을 사람들에게 일깨워 주었다.

공자와 자공이 나눈 이 대화의 키워드는 두 가지로 '다(多, 많다)'와 '일(一, 하나)'이다. '다(多, 많다)'는 '지식'을 가리킨다. '일(一, 하나)'은 생각하는 방법이나 가치관을 말한다. 올바른 가치관이나 올바르게 생각하는 방법은 무수히 많은 사소하고 잡다한 지식보다 낫다.

공자가 우리보다 고명한 것은 그가 우리보다 지식이 많은 것이 아니라, 그의 판단력이 우리보다 뛰어나기 때문이다.

한 사람의 경지는 지식의 넓이가 어느 정도인지에 달려 있는 것이 아니라, 인식 능력이 얼마나 강하고 뛰어난지에 달려 있다. 또한, 지식의 폭에 있는 것이 아니라, 그의 정신의 높이와 깊이에 달려 있다.

행단: 천국의 모습

『장자·어부』편에는 공자와 그의 제자들의 한가로운 모습을 엿볼 수 있는 장면이 다음과 같이 기록되어 있다.

"공자는 우거진 숲 속을 유유히 거닐다가 행단(살구나무가 있는 단)에 앉아 휴식을 취하고 있었는데, 제자들은 책을 읽고, 공자는 거문고를 타면서 노래를 불렀다."

위 글을 읽노라면 시적 정취가 넘치는 한 폭의 그림처럼 생생하게 살아 있는 듯하지만 실제 있었던 사실을 그대로 기록한 것이 아니라 이미 편찬된 이야기를 통해서 자기들 나름대로의 관점을 실어 풍자와 교훈의 뜻을 더하려고 한 것이다. 명나라 말기에 고염무(顧炎武)는 다음과 같이 말했다. "『장자』에 나오는 공자에 관한 이야기는 사실을 기록한 것이 아니라 모두 우화적인 기법을 차용하여 기록한 것이다. 어부('漁夫'와 '魚父'는 동일한 뜻임)는 실제로 존재한 사람이 아니고, 행단도 실제로 그런 곳에 존재한 것이 아니다. 만일 있었다고 한다면 물가의 갈대 사이나 연못의 얕은 곳에 있었지

노나라 사람으로 살았던 공자의 생활환경과는 거리가 멀다. 지금의 행단은 송나라 건흥시기 때 공자의 45대손인 공도보(孔道輔)가 조묘를 증축하여 대전을 뒤편으로 옮긴 후에 이전의 강단 터에 있는 돌로 단을 만들었고 주위에 살구나무를 심어 '행단'이라고 불렀다(『일지록·31권』)."

고염무의 견해는 물론 틀리지 않다. 『장자·어부』편의 모든 내용을 잘 살펴보고 숙고해보면, 자기들의 주장을 널리 알리기 위해서 성현을 좀 경시하는 경향이 있는 것 같고, 그들의 은거를 부추기기 위해 벼슬을 폄하하는 듯한 한 편의 우화적인 글이다. 공자가 막 숲속에서 나오자마자 '행단'에 도착했는데, 이 행단은 노나라 성 안이나 오늘날의 공자묘 안에 존재할 가능성이 전혀 없음을 알 수 있다. 그리고 고염무가 열거한 『어부』편의 다음 문장을 보면, "악곡 연주가 채 반이 지나지 않았는데, 한 어부가 배에서 내려와…… 기슭에서 올라와서 좀 높은 데로 올라가 멈추어 섰다. …… 그래서 공자가 내려와 그에게 가르침을 청하고 물가로 내려갔다. …… 이에 어부는 배를 움직여 갈대 숲을 따라 배를 저으며 먼 곳으로 갔다……." 이로써 이 '행단'은 오히려 『장자·어부』편의 내용을 근거하여 더 명확해진다. 『장자·어부』편을 기록한 사람의 의도는 행단이 물가로부터 좀 높은 곳에 위치했다는 말인데, 공자가 제자들을 데리고 울창한 숲속에서 빠져나와 우연히 만난 물가에 불과할 뿐이며, 이 물가도 어부가 고기를 잡는 곳으로 생계를 도모하는 곳이고 은거하는 곳이며 갈대가 무성하여 노나라 도읍지 안에 있을 가능성은 전혀 없다. 다시 말하면, 『장자·어부』편에서 언급한 '행단'은 그것을 기록한 사람이 자신의 의도에 따라 내키는 대로 지어낸 말로, 공자가 전문적으로 학문을 강의한 장소일 가능성은 전혀 없다.

그러나, 문제는 『논어』, 『맹자』, 『순자』, 『좌전』 그리고 대덕과 대성의

공자가 우리 곁으로

『예기』등 공자 시대와 그렇게 멀지 않은 선진 시대(춘추 전국 시대)의 각 학파의 제자의 문헌에서 볼 수 없었던 '행단'이라는 이 말이 오히려 훗날에 실증되었다는 것이다.

현재, '행단'이 공자의 고향인 곡부(曲阜)에 있는 공자묘의 대성전 앞에 놓여 있다. 송나라 이전에 이곳은 대성전이었는데, 지은 시기는 상술한 고염무가 말한 송나라 건흥시기라기보다는 그로부터 대략 2년이 경과한 후의 송나라의 인종 천성 2년인 1024년이 일반적인 견해이다. 그때 공자의 45대손인 공도보가 공자묘를 손질할 때, 정전(正殿)의 옛터에 있는 땅을 제거하고 단을 만들어 주위에 살구나무를 심고 이름하여 '행단'이라고 불렀다. 금나라 때는 행단 위에 정자를 지었고, 세조 1년에서 4년 동안에는 개수 작업을 했으며, 명나라의 목종 융경 3년인 1569년에는 겹처마에 사각형 모양의 지붕으로 개조했다. 청나라 건륭황제가 편액에 글을 썼고, 정자 아래에는 금나라 문학가이며 서예가인 당회영(党怀英)의 전서체로 쓰여진 '행단'이라는 두 글자가 새겨진 비석과 건륭황제가 쓴 '행단 찬비(杏壇贊碑)'가 있다. 공자의 후예인 60대손 연성공(衍圣公)의 시 『제행단(題杏壇)』에는 다음과 같은 시구절이 있다. "노나라 성의 유적은 이미 없어졌으니, 거문고를 타면서 아득히 먼 옛날을 회상할 수밖에 없구나. 오직 행단만의 봄은 일찍 찾아오고, 해마다 피는 꽃은 여전히 예전처럼 붉구나" 연성공(衍圣公)은 중국의 봉작의 이름으로 공자의 적계 후손이 대대로 세습했던 작위 이름이다.

공도보가 행단을 만들었다는 것은 『궐리지(闕里志)』에 기록된 공도보의 묘비 원문이 증거이다. 공도보는 실제로 행단을 지음으로써 『장자·어부』 편을 기록한 사람의 생각대로 지어낸 말을 실제적인 장소로 만든 것이다.

그러나 객관적으로 말하면, 공도보가 행단을 세운 것은 역사를 날조하기 위한 것이 아니다. 오히려 원래의 대성전을 북쪽으로 옮긴 후에 그 고적을 훼손하지 않으려고 그 옛터 위에 유의미있는 것을 세워 전보다 더 좋게 만들자는 차원에서 이곳에 대한 소중함을 표현한 것이다. 그래서 이러한 순수한 마음에서 바로 『장자·어부』편에 기록된 "공자는 우거진 숲 속을 유유히 거닐다가 행단(살구나무가 있는 단)에 앉아 휴식을 취하고 있었다"라는 말에 의거하여 단을 만들고 주변에 살구나무를 심어 이곳을 행단이라고 부르게 된 것이다.

따라서 공도보가 만든 행단은 공자 본인과는 무관한 것임을 분명히 한 것이고, 단지 후세 사람들에게 성인을 추모하며 기릴 수 있는 장소와 기댈 수 있는 마음의 안식처를 마련해 준 것이고, 이러한 소망을 담은 것에 불과하다. 그런데, 『장자·어부』편의 내용처럼 그런 우화적인 이야기를 '공자의 행단강론'의 역사로 바꾸려면, 공자의 후손들이 만든 행단을 공자 시대 때도 있었던 것이라고 해야 된다.

결과적으로 말하면, 이 일을 공자의 47대손인 공전(孔傳)이 완성했다. 공전은 공씨 가문의 족장으로 송나라(남송)의 고종 건염 초에 48대손 연성공인 공단우(孔端友)를 따라 남쪽으로 가다가 구주(衢州)에 머물렀다. 그는 역학에 능통하여 저서로는 『공자편년(孔子編年)』,『동가잡기(東家雜記)』,『삼계집(杉溪集)』 등이 있다. 그중, 송나라(남송)의 고종 소흥시기에 지은 『동가잡기』는 공씨 가문의 역사 등과 관련된 일들을 기록한 저서이며, 그 하권에 「행단설」이라는 글이 있는데, '행단'에 대해 다음과 같이 해석했다.

"옛 주나라 영왕(靈王) 시대에 제후국인 노나라는 애공(哀公)이 나라를 다스렸다. 이 시기에 공자가 노나라 동문으로 나갔는데, 하나의 행단을 발견하고 그쪽으로 가서 계단을 오르고, 제자들은 그곳을 빙 둘러 섰다. 이에 공자는 사방을 둘러보며 말했다. '이곳은 노나라 명장 장문중(臧文仲)이 맹세를 한 높은 단이다' 높은 단에 올라선 그는 장문중이 그리워 거문고를 타며 노래를 불렀다. 노래 가사는 다음과 같다. '추위와 더위가 오고 가면서 봄과 여름 등의 계절이 바뀌며 순환하고, 석양은 서쪽으로 지고 강물은 동쪽으로 흐르는구나. 장군의 군마는 지금 어디에 있는가? 들풀과 들꽃과 나의 끝없는 근심만이 보일 뿐이네.'"

이것은 『장자·어부』편의 우화에서 유래된 행단을 제대로 된 역사적 사실로 바꾸기 위한 최초의 노력이다. 결국 공전은 '행단'은 바로 공자 때부터 있었던 특정한 장소이지, 『장자·어부』편에서 운운하는 야외 물가 쪽의 어느 살구나무 꽃이 피는 곳이 아님을 실증한 것이다. 이로써 『장자·어부』편의 우화에서 유래된 '행단'은 공자가 평소 제자들을 가르쳤던 강단이 아님을 알 수 있다. 그래서 공전도 행단을 공자가 일상적으로 제자들을 가르쳤던 강단의 장소로 삼으려는 뜻은 없었지만, 아이러니하게도 이미 일은 진행이 되어 자연스럽게 대중 속으로 흘러 들어갔고, 결국 대중사회의 영역에서 '공자의 행단강론'이 하나의 역사적 사실이 되어 버렸다. 후대에 학생들에게 지식을 가르치는 장소도 모두 '행단'이라고 불렀고, 심지어 오늘날에도 우리는 교육계를 상징하는 의미적 차원에서 행단이라고 부르고 있다. 이러한 결과적인 의미에서 이 일을 공자의 47대손인 공전(孔傳)이 완성했다고 한 것이다.

한 도가의 인물이 아무렇게나 꾸며낸 말이 무엇 때문에 실증되었고, 하나의 허구성을 띤 우화적인 이야기가 어떻게 뜻밖에도 역사가 되었을까?

사실, 원인은 아주 간단하다. 이 우화는 삶의 진실이 아니지만 본질적인 진실이고, 물리적인 진실이 아니라, 오히려 정신적인 진실이다. 서두에서 언급한 『장자·어부』편의 우화적인 이야기는 바로 일상적으로 학생들을 가르친 교사로서의 삶을 살았던 공자의 '일상적 교육 생애'를 요약하여 단적으로 보여주는 축소판인 것이 확실하다.

공자의 교육은 제자와 함께 머리를 맞대고 절차탁마하는 것처럼 옥을 자르고 쪼고 갈고 닦듯이 연구 토론을 거치는 것이 일상이 되는 삶이었다. 이는 인간의 삶이 도달할 수 있는 현실과 정신, 물리(외부적인 것)와 마음의 원만한 일치를 실현하였다. 이러한 일치는 이미 물리적인 참과 윤리적인 선을 초월하여 극치의 경지에 이르렀다. 바로 아름다움이다. 참과 선의 순수한 경지가 바로 아름다움이다.

『장자·어부』편을 기록한 사람은 역시 지혜가 대단히 풍부한 지극히 고명한 인물이다. 그는 공자의 생활방식에서 시적 정취를 느꼈고, 공자의 일상생활 속에 인간 삶의 아주 큰 아름다움이 깃들어 있음을 직감했다. 그는 그것을 똑똑히 보고서 자신의 감정을 억제하지 못하고 참으로 아름답구나! 아름다움이여, 제발 잠시라도 머물러 다오라고 외쳤다.

마지막으로 그는 자신의 글로써 이 아름다움을 영원히 머물게 했다.

눈앞에는 봄물, 뒤로는 살구꽃, 하늘에는 흰구름, 땅에는 떨어진 꽃잎과 바람에 일렁거리는 푸른 풀이 있다. 상상력을 덧붙여 재창조한 그때의 아름다운 경지는 그때로부터 한 민족의 영원한 선경이 되었다.

공자와 그의 제자들은 영원히 그곳에서 거문고를 타고 노래하며 웃음소리와 화기가 가득하다. 이것이 바로 천국의 모습이 아닐까?

공자가 우리 곁으로

공자의 자서전
두 편

공자의 자서전 두 편

『논어·위정』편에는 공자 자신의 학문수양의 과정과 심신수양의 과정을 다음과 같이 소개하고 있다.

공자가 말했다. "나는 열다섯 살에 학문에 뜻을 두었다. 15년이 지난 서른 살에 이르러 자립하였고, 마흔 살에 이르러 미혹되지 않았으며, 쉰 살에 이르러 천명을 알았고, 예순 살에 이르러 무엇을 들으면 그 이치를 한번에 깨달았으며, 일흔 살에 이르러 마음이 하는 대로 무엇을 해도 법도와 규범에 어긋남이 없었느니라."

이 말은 공자가 자기 인생의 여섯 단계를 이야기한 것으로 사람들에게 널리 알려져 있다. 이는 역사상 최초이자 가장 짧은 자서전이라고 할 수 있다.

사실, 『논어·자한』편에도 공자의 자서전적 글이 실려 있지만 이 대목은 각 단계에 따라 타인과 대조해서 말한 것이다.

공자가 말했다. "함께 배우며 공부할 수는 있어도 함께 도(道)에 나아갈 수 있는 것은 아니고, 함께 도에 나아갈 수는 있을지라도 함께 뜻을 세우며 지킬 수 있는 것은 아니며, 함께 뜻을 세우며 지킬 수는 있을지라도 함께 시의적절하게 변통하는 권도를 행할 수 있는 것은 아니다"

좀 더 간단하게 풀이하면, 함께 공부할 수는 있어도 함께 도에 도달할 수 있는 것은 아니고, 함께 도에 도달 할 수는 있을지라도 함께 도를 굳게 지킬 수 있는 것은 아니며, 함께 도를 굳게 지킬 수는 있을지라도 도를 융통성이 있게 응용할 수는 있는 것은 아니다.

공자는 여기에서 학문수양에 대한 네 가지 단계를 말했다. 첫 번째는 공학(共學)이고 함께 공부하는 사람이다. 두 번째는 적도(适道)이고 함께 도에 도달하는 사람이다. 세 번째는 입(立)이고 함께 도를 굳게 지켜나가는 사람이다. 네 번째는 권(權)인데, '변통하다'의 의미가 있어 도를 융통성이 있게 응용하는 사람이다.

한 단계로 올라갈 때마다 한 무리의 사람들이 탈락되고, 마지막에는 아마도 공자 한 사람만 남게 될지도 모른다.

학식이 깊어질수록 옆에서 함께 공부하는 사람들은 점점 적어진다.

곡조가 높으면 자연히 따라 부르는 사람이 적고, 덕이 높으면 자연히 고독해진다. 학문이 너무 높아 지기가 없음을 말한다.

공자는 도덕과 학문의 정상에 홀로 서 있어 적막하기가 그지없으며 외롭고도 고독하다.

그러나, 문제는 인생의 최고 경지가 바로 도덕의 경지인가 하는 것이다. 이와 같이 도덕적으로 자신을 갈고 닦는다면 수양하는 자신의 모습이

마치 몸은 말라서 죽어버린 고목과 같고, 마음은 사그라진 재와 같은 도덕
미라의 형체를 이루지 않을까?

분명히 그렇지 않다.

상술한 공자의 자서전적인 두 단락을 정리해 보면, 양자 사이에 동일한
경지의 양상을 띠는 것은 학(學), '입(立)'이다. 그리고 가장 높은 경지는 '종
심(從心)', '종욕(從欲)', '종권(從權)'이다. '종심'과 '종욕'은 사실 비슷한 것으
로 '종심소욕불유규(從心所欲不逾矩)'의 '종심소욕(從心所欲)'이다. 전자는 '마
음을 따름'이고, 후자는 '바라는 것을 따름'이다. '종권'은 처한 형편에 따
라 적절하게 변통하여 일을 처리할 수 있는 것을 말한다. '십유오이지어
학(十有五而志于學)' 즉, "나는 열 다섯 살에 학문에 뜻을 두었다"라고 말하
며 시작하는 공자의 첫 번째 자서전적 단락의 최고 경지는 '종심소욕불유
규(從心所欲不逾矩)' 즉, "마음이 하는 대로 무엇을 해도 법도와 규범에 어긋
남이 없었다"라는 것이다. 가여공학(可与共學) 즉, "함께 배우며 공부할 수
는 있다"라고 시작하는 두 번째 자서전적 단락의 최고 경지는 임기응변,
즉 변통 또는 융통성이다. 이 두 가지를 놓고 비교해 보면, 인생의 최고 경
지는 '자유'의 경지이자 '도덕'의 경지이며, 자유와 도덕이 어우러져 일체
가 되는 경지라는 결론을 내릴 수 있다. '종심소욕불유규(從心所欲不逾矩)'에
서 '종심소욕(從心所欲)' 즉, '마음이 하는 대로 무엇을 함'은 '사유'이고, '불
유규(不逾矩)' 즉, '법도와 규범에 어긋남이 없음'은 '도덕'이다. 공자가 평생
노력한 끝에 우리에게 준 교훈은 바로 인생의 최고 경지는 자유와 도덕이
하나로 어우러진 경지라는 것이다.

우리 인생의 자유라는 영역은 필연적이듯이 자유는 필연을 거치는데
이 말은 우리 인생이 자유의 필연이라는 말과도 통한다. 그리고 자유와 도

덕의 결합은 바로 '우리 인생이 자유의 필연임'을 초월한다. 다시 말하면, 자유는 필연을 거쳐 다시 그 필연을 초월하는 것이다.

진정한 도덕적 인격은 반드시 자유로운 인격이다. 진정한 도덕적 삶은 반드시 자유로운 삶이다. 진정한 도덕적인 사회는 반드시 자유로운 사회이다.

위대한 성인인 공자는 수십 년 동안의 수행으로 우리에게 도덕과 자유의 관계를 알려주었다.

이 경지에 도달한 사람은 여유가 있고, 침착하며, 유쾌하고, 자유롭다. 또한, 도덕적이고, 언행이 제격이어서 고상하며, 고귀하다.

한번은 공자가 흥이 나서 역사상 은거하며 지냈던 몇 명의 유명한 인물들을 평하기 시작했는데, 그들은 백이(伯夷), 숙제(叔齊), 우중(虞仲), 이일(夷逸), 유하혜(柳下惠), 소련(少連)이다. 『논어·미자』에 다음과 같이 기록되어 있다.

공자가 백이와 숙제에 대해 말했다. "자신의 뜻을 굽히지 않고, 또 자신의 몸을 욕되게 하지 않은 사람은 백이와 숙제가 아니겠느냐!"

이어서 공자가 유하혜와 소련에 대해 말했다. "그들은 뜻을 굽히고 몸을 욕되게 하였으나, 말은 윤리와 법도에 맞았고 행동은 사려가 깊었으니, 이점을 취할 따름이고 그저 이런 정도였느니라"

공자가 우중과 이일에 대해서도 말했다. "듣기에 그들이 은거 생활을 하면서도 제멋대로 방자하게 큰소리를 쳤다고 하는데, 그들은 처신이 청렴했고 속세를 떠나 은거한 것은 시의적절한 것이었느니라."

마지막으로 공자가 자신의 경우를 말했다. "나는 이 사람들과 생각이 다르다. 나는 반드시 이렇게 해야 한다거나 또는 반드시 그렇게 하면 안 된다는 등의 것이 없어서 이래도 좋고, 저래도 좋으니라."

끝까지 굳게 지키려고 하는 것이 없을 뿐만 아니라 어떠한 최저선(마지노선)도 없이 상황에 따라 태도를 바꾸는 식으로 기회주의적 태로를 취하며 어떠한 원칙도 전혀 없는 사람은 소인이다.

끝까지 굳게 지키려고 하는 이런 견지함이 있는 사람은 '현자'이다.

이러한 현자의 자질을 갖추고 있으면서도 융통성이 없는 고지식한 사람과 같지 아니하고 시의적절하게 자유자재로 변통하는 사람은 '성인'이다.

백이, 숙제 등이 바로 현자이고, 공자는 성인이다. 공자는 그들보다 한 차원 높은 경지에 있다.

공자가 일찍이 말했다. "군자는 천하의 일에 대해 이것은 꼭 해야 하니 반드시 이래야 한다고 규정하여 주장하지도 않고, 저것은 꼭 하지 말아야 하니 저래서는 안 된다고 규정하여 고집하지도 않으며, 오로지 도의(道義)와 친하여 그와 함께 하며 그를 따라 행할 뿐이다(『논어·이인』)"

'의(義)'는 사람으로서 마땅히 지키고 행해야 할 바른 도리, 즉 도의(道義)를 말한다. 교조(教條)는 틀에 박힌 고정 관념으로 둘러쌓여 있어 경직되어 있고, 그저 맹목적으로 상규(常規)를 따르며, 전혀 융통성이 없이 변통할 줄 모르는 것을 말한다.

'의(義)'는 원칙이지만 교조(教條)는 아니다.

만약 내가 공자의 이력서를 쓴다면

　만약 내가 공자의 이력서를 쓴다면, 우리가 지금까지 써 왔던 양식대로 쓸 것이며, 독자들도 이렇게 써 주기를 바랄 것이다.

　먼저, 생년월일을 기입해야 한다. 기원전 551년 양력 9월 28일이고, 이때가 노나라 군주인 양공(襄公) 22년 집권시기이다. 출생지는 노나라 창평향(昌平鄕) 추읍(陬邑)으로 오늘날의 산동성 곡부(曲阜)이다.

　이어서 써야 할 것은 부모에 대한 간단한 정보일 것이다. 기원전 549년(노양공 24년), 공자 나이 3세 때에 아버지 숙량흘(叔梁紇)이 별세했다. 기원전 535년(노소공 7년), 공자 나이 17세 때에 어머니 안징(顔徵)이 별세했다.

　물론, 그해 공자가 상복을 입고 노나라 대부 계손씨(季孫氏)의 연회에 갔는데, 그 집의 가신인 양화에게서 문전박대를 당한 일까지도 써야 할 것이다. 이는 공자가 사대부의 신분을 상실하고 노나라 상류층 사회에서 배척을 당하면서 공자 자신의 가문이 다시 한번 추락하여 한순간에 평민으로 강등됨으로써 영원히 회복될 수 없는 처지에 빠졌기 때문이다.

　계속 이어서 기원전 533년(노소공 9년), 공자는 19세였다. 절망한 공자는 복상 기간 삼 년 상을 마친 후 송나라로 갔다. 거기에서 기관씨(亓官氏) 성을 가진 여인을 아내로 맞았다.

기원전 532년(노소공 10년), 공자 나이 20세에 다시 노나라로 돌아와서 아들 공리(孔鯉)를 낳았는데, 노소공이 축하의 의미로 잉어를 하사했다고 하여 이를 아들의 이름으로 삼았고, 자를 백어(伯魚)라고 지었다. 이 해는 특별히 기록할 만하다. 첫째, 장남이 태어났다. 둘째, 공자는 사대부의 신분을 회복했고, 최고로 상징적인 의미가 있는 국가 표창을 받아 거의 밑바닥에서 일약 노나라의 명성이 높은 사람이 되었다. 셋째, 계손씨 집안의 곡식 출납을 담당하는 위리(委吏)직을 맡아 창고를 관리했다. 오늘날의 말로 환언하면, 취직했는데 그것도 국가직 공무원이 되었다는 것이다.

기원전 531년(노소공 11년), 공자 나이 21세에 승진하여 계손 씨 집안의 승전(乘田)직을 맡아 가축을 관리했다.

기원전 522년(노소공 20년), 공자는 30세였다. 이 해도 대서특필할 만한 가치가 있다. 공자가 국가 공무원직을 그만두고 그것도 비교적 높은 직급을 버리고 역사적인 대업을 개척하여 사학(私學)을 창설했다.

기원전 517년(노소공 25년), 공자 나이 35세에 낙양에서 다시 본국으로 돌아왔다. 대략 1년 전인 34세에 이전의 주나라 동주시대 왕도였던 낙양을 방문했는데, 그에게 있어서는 유학을 다녀온 셈이다. 아마도 이전 주나라의 유서 깊은 문물과 예법을 공부할 수 있는 산 경험의 시간이었을 것이다. 귀국한 이후에 노나라에서 '팔일무어정(八佾舞于庭)' 사건이 일어나는 등 계손씨 가문이 주축이 된 삼환(노나라의 대부로서 계손·숙손·맹손씨 세 집안을 일컬음)에 의한 내란이 발생하면서 노나라 군주인 소공은 제나라로 망명했고, 공자도 제나라로 갔다. '팔일무어정' 사건은『논어·팔일』편에 기록되어 있다. 대부 계손씨가 자신의 정원에서 천자만이 즐길 수 있는 팔일무를 추게 한 것인데, 이는 그렇게 간단한 사건이 아니다. 그때 당시에는 한 줄에 8명이 춤을 춘다고 하여 '일'이라고 했고, '팔일무'는 여덟 줄(8&8=64명)로 나란히 줄을 맞춰 서서 펼치는 악무로 이는 오직 천자만이 열 수 있는 공연인데, 네 줄(8&4=32명) 형태의 악무를 즐길 수 있는 대부가 '팔일무'의 악무를 자신의 마당에서 펼친 것이다. 이는 당시 노나라가 세력이 가장 큰 세도가였던 계씨 가문에 의해 전횡되어진 사건이며, 결국 군주인 소공을 축출하고 말았다.

기원전 515년(노소공 27년), 공자 나이 37세에 다시 노나라로 돌아왔다. 그는 이때부터 훗날 51세에 관직에 다시 나갈 때까지 교육에 전력을 기울이며 제자를 가르치는 데에 전념했다.

기원전 501년(노정공 9년), 공자 나이 51세이다. 이 시기도 공자의 이력서에 대서특필할 만한 일이 있다. 왜냐하면 공자가 다시 관직에 나가게 되면서 중도재(中都宰)라는 관직명으로 읍단위 격인 중도(中都)라는 지방의 읍장을 맡게 되었는데 재직 기간 중 뛰어난 성과를 거두었기 때문이다. 그 뒤 몇 년 동안 공자는 건설부 장관 격인 소사공(小司空)을 거쳐 법무장관 격인 대사구(大司寇)로 승진하면서 상(相, 재상을 말함)의 직무도 겸직했다. 외교적으로는 노정공을 수행하여 '노(魯)·제(齊) 두 양국 군주의 협곡 회합'에서 그를 잘 보좌함으로써 큰 공로를 세웠다. 내정에 있어서는 '휴삼도(墮三都)'를 실시했다. 이는 노나라 세도가인 계손·숙손·맹손 세 가문으로 이루어진 삼환(三桓) 세력이 각각 차지하고 있는 세 읍을 무너뜨려 나라의 군대를 그들 자신의 군대로 사병화시켰던 것을 회복하는 것이었다. 이로써 삼환의 세력을 누르고 노나라 공실(公室, 군주의 집, 왕실로 이해해도 무방함)의 지위를 강화하려고 했다. '휴삼도'의 성패는 결과적으로 공자의 정치 생명이 걸린 문제였기 때문에 그의 정치 생애가 정점에 이른 시기였다.

기원전 497년(노정공 13년), 공자는 55세였다. 삼환(三桓)의 세 가문은 비록 '휴삼도' 정책이 실패로 돌아갔어도 공자가 그것을 통해 자신들의 세력을 약화시키려고 했던 것을 마음에 두고 그를 원망하고 있었다. 때마침 제나라도 공자가 '노(魯)·제(齊) 두 양국 군주의 협곡 회합'에서 자신들을 좌절시킨 일을 두고 역시 그를 미워하며 원망하고 있었다. 즉, 공자에 대한 국내 세력인 삼환과 외부 세력인 제나라의 생각은 같아서 그를 크게 경계하며 제거할 계책을 꾸미려고 했을 것이다. 이러한 상황에서 제나라는 미인계를 써서 공자와 삼환과 노정공 사이를 이간질했는데, 한마디로 공자의 처지는 외부적으로나 내부적으로 동시에 핍박을 받아 궁지에 몰렸다. 결국 그는 관직을 내려놓고 자국인 노나라를 떠나 위(衛)나라로 갔다. 이때부터 무려 14년 동안 열국을 두루 돌아다니며 망명생활을 했다. 잇따라 위(衛)나라, 조나라, 송나라, 정나라, 진나라, 채나라, 초나라 7개 나라를 전전하며 거쳐 갔다.

기원전 484년(노애공 11년), 공자는 68세였다. 노나라의 대부 계강자(부친인 계손사를 이어 국정을 전담함)가 공자를 불러들이자 공자는 주유열국(周遊列國)을 끝내고 노나라로 돌아왔다.

기원전 479년(노애공 16년), 공자는 73세의 나이로 별세했다. 제지들은 공자를 위해 삼 년 상을 치렀고, 그후 또 자공은 홀로 삼 년 동안 스승의 묘를 지켰다.

이로써 공자의 인생 발자취를 대략적으로 서술했는데, 천 자도 되지 않기 때문에 이미 충분히 간략하게 쓴 것이다.

그런데, 공자 자신이 직접 쓴 이력서는 어떤 모습일까? 『논어·위정』편에 실려 있다. 공자가 다음과 같이 말했다.

"오십유오이지어학, 삼십이립, 사십이불혹, 오십이지천명, 육십이이순,
칠십이종심소욕, 불유구"

"吾十有五而志于學, 三十而立, 四十而不惑, 五十而知天命, 六十而耳順,
七十而從心所欲, 不逾矩。"

"나는 열 다섯 살에 학문에 뜻을 두었다. 서른 살에 이르러 자립하였고,
마흔 살에 이르러 미혹되지 않았으며, 쉰 살에 이르러 천명을 알았고, 예순
살에 이르러 무엇을 들으면 그 이치를 한번에 깨달았으며, 일흔 살에 이르
러 마음이 하는 대로 무엇을 해도 법도와 규범에 어긋남이 없었느니라"

한자를 세어보면, 겨우 서른여덟 글자 밖에 되지 않아 필자가 쓴 공자
의 인생이력서와 비교하더라도 큰 차이를 보인다. 그런데, 차이는 글자 수
의 많고 적음에 달려 있지 않다.

차이점을 살펴보면, 내가 쓴 것은 사회에 대한 공훈과 업적이고, 공자
가 쓴 것은 학문수양과 심신수양이다. 즉, 그는 공부하고 깨닫는 과정을 통
해 지적 성장과 동시에 내적 성장을 이루는 인생이력서를 그린 것이다. 한
마디로 말하면 수신하여 학문을 닦는 '마음수련'을 시간에 따라 함축적으
로 묘사했다.

나는 '성공'에 대해 썼고, 그는 도덕 수양이 높은 사람이 되는 '인격적
성장'에 대해 썼다.

내가 사회 통념에 비추어 알고 기억하여 써 내려간 내용은 세속적인 시

각에서 바라본 '삶의 단계(삶의 다른 시간대)'와 삶의 단계마다 필요한 수단과 방법을 끌어올리는 '발전 단계'이다. 공자가 중시한 것은 '지혜가 자라는 것'과 '경지를 끌어올림'이다. 전자는 지혜가 올바른 방향으로 끊임없이 변화하며 마치 키가 자라듯이 발전하는 것을 말한다. 후자도 역시 경지가 올바른 방향으로 끊임없이 변화하며 마치 산봉우리를 오르듯이 좀 더 높은 곳으로 발전하는 것을 말한다.

공자가 말했다. "옛날의 학자는 자기 수양을 위해 공부했지만 오늘날의 학자는 자신을 꾸며 자랑으로 타인에게 보여주려고 공부한다(『논어·헌문』)" 사실이 아닌가!

맹자가 말했다. "인의(仁義)의 본질에 따라 행동하는 사람은 반드시 대인(大人)이 되고, 감각적인 욕망에 따라 행동하는 사람은 반드시 소인(小人)이 된다(『맹자·고자』)" 성인(聖人)이 성인인 까닭과 일반인이 일반인인 까닭 역시 적절한 말이 아닌가!

공자에 대한 두 개의 인생이력서를 보면서, 필자는 영원히 주관적인 생각으로 '공자는 평범한 보통 사람'이라고 경솔하게 말하지 못할 것이다.

나는 보통 사람이지만 공자는 그렇지 않다고 말하는 것이 더 확실할 것 같다.

나는 우리와 공자의 차이를 안다.

공자의 제자 진항(陳亢)이 스승인 공자가 열국을 돌아다닐 때, 어느 한 지역에 도착할 때마다 재빠르게 현지인의 신임과 친근감을 얻으면서 그 나라 그 지역의 정치, 풍속, 백성의 일반적인 상황까지도 아주 빨리 파악하는 흥미로운 현상을 발견했다. 그는 스승이 가지고 있는 이 놀랍고도 비범한 친화력에 대해 고개를 갸우뚱하며 이해할 수가 없었다. 그래서 그는 사형인 자공에게 지도를 바라는 마음으로 물어봤다. "우리 스승님은 어느 나라의 어느 지역을 가실 때마다 반드시 그 곳의 정치뿐만 아니라 백성의 사정과 형편을 잘 알 수 있었습니다. 그렇다면 스승님은 일부러 힘써 관련된 정보를 구한 것입니까? 아니면 사람들이 적극적으로 알려준 것입니까?(『논어·학이』)"

그러자 자공이 대답했다. "스승님은 온화(溫和)·선량(善良)·공손(恭敬)·절검(節儉)·겸양(謙讓)의 덕으로 얻은 것이다. 스승님께서는 정보를 얻는 방법이 늘 다른 사람과 달랐지!(『논어·학이』)"

자공은 종합하는 능력이 뛰어난 사람이며, 더욱이 자신의 스승에 대해서도 아주 잘 알고 있는 사람으로서, 그가 밝혀낸 '온량공검양(溫良恭儉讓)'

의 이 다섯 글자는 공자의 따뜻한 기질을 담아냈을 뿐만 아니라 후세 사람들의 심신 수양에 있어서 참조하며 정진할 수 있는 방향을 제시해 주었다. 간단히 이 다섯 글자에 담겨 있는 인격적·기질적 함의를 말하면 대략 다음과 같다.

'온(溫)'은 인품이 온화하고 성격이 격하지 않으며 날카롭지 않고 모질지 않음을 말한다.

'량(良)'은 선량함이다. 이는 만사뿐만이 아니라 심지어 만물에 대해서도 모두 선의와 경의를 가지고 대하는 것을 가리킨다.

'공(恭)'은 공손함과 화목함이다. 사람에 대해서는 공손히 대하며 존경하는 '공경심'과 이런 공경심으로 두려워할 줄 아는 마음인 '경외심'을 말하고, 만물에 대해서는 '경외심'을 가지는 자세를 말한다.

'검(儉)'은 어떤 일을 처리할 때 적당한 정도나 범위를 잘 파악하여 자신의 행위에 대해 절제할 수 있는 것을 말한다. 이는 개인 생활에 있어서 사치와 낭비를 하지 않게 한다. 따라서 생활 속의 절검(절약과 검소)은 '검(儉)'의 한 측면이다.

예를 들면, 공손(恭敬)은 좋지만 이것이 너무 지나치면 좋지 않다. 그래서 공자는 '지나친 공손함(足恭)'을 반대했다. 길거리에서 스승을 만나면 보통 "안녕하세요"라고 하며 인사를 하거나 허리를 굽혀 설하듯이 인사를 하는 것 모두가 '공손함(恭)'이고 좋은 모습이다. 그런데 땅바닥에 엎드려 이마가 닿을 정도로 절을 한다면, 그것은 '지나친 공손함(足恭)'이다. 너무 지나치면 스승은 이상함을 느끼고 난처해할 것이다. 만약 의도적으로 쇼를 하며 자기를 과대포장하는 것이라면 그것은 스승에 대해 심리적인 '강박'을 주는 것이다. 즉, 강박하여 자신의 의도대로 어쩔 수 없이 무언가를 하게 하는 것이다. 이는 인격이 좋지 않은 행위이다. 그래서 '지나친 공손함(足恭)'은 자주 좋지 않은 의도가 있으므로 이러한 행위에 대해 공자는 '수치스럽다'고 했다. 좀 더 쉽게 말하면, 의도적으로 길바닥에 엎드려서 이마가 땅이 닿을 정도로 머리를 조아리는 이런 쇼맨십에 대해 많은 사람이 관심을 가질 것이고 생각을 할 것이다. 첫째는 지나친 행동이기는 하지만 모양새는 스승에 대한 존중심을 나타낸 것이고, 둘째는 이 스승이 이 사람에게 무슨 일을 한 줄 알거나 그 반대일 수도 있다. 어쨌든 어떤 의도성을 띠고 지나친 공손함으로 어떤 일을 확대시키는 방법은 자신의 뜻을 도덕적 명분으로 포장하여 상대방에게 무언의 협박을 하거나 공격하며 국면을 좌지우지하려는 행위이다. 이로써 상대방은 심리적인 강박을 당해 자유를 잃은 것처럼 포로가 되어 거기에 얽매이게 되는데, 이를 도덕적 '방가(綁架)'라고 부른다. 방가의 뜻은 '인질로 잡다'이니 도덕의 이름으로 강박하여 옭아매는 '도적적 인질'인 것이다.

어떤 일을 할 때, 옳은 일이라도 적당한 정도나 범위를 잘 파악해야 한다. 철학적으로는 '도(度)'이고 곧 '정도(程度)'를 말한다. 아주 작은 차이가 큰 오류를 낳아 매우 큰 잘못을 초래할 수 있다. 그래서 절검(節儉)은 우리 인생에서 매우 중요한 개념이다.

양(讓)은 겸손한 태도로 남에게 양보하거나 사양하는 '겸양(謙讓)'을 말한다. 우리 사회는 항상 경쟁으로 넘친다. 그런데 경쟁은 언제나 힘을 유일한 승리의 조건으로 삼을 수는 없다. 또한, 늘 모든 것을 자기 것으로 만드는 것이 유일한 목표가 될 수 없다. 만약 그렇다면 인류 사회는 강자가 약자를 잡아먹는 정글로 변하여 약육강식의 세계가 된다. 그러므로, 사람은 반드시 '겸양'을 배워야 한다. 그러면 인류 문명의 서광이 비치게 될 것이다.

공자가 우리 곁으로

그런데, 흥미롭게도 공자의 제자 자하가 군자의 기질에 대해 다음과 같이 말했다.

"군자의 모습은 세 가지 변화가 있는데, 그를 멀리서 바라보면 엄숙하고, 가까이서 바라보면 온화하며, 그의 말을 들어보면 바르고 엄격하다(『논어·자장』)"

그를 멀리서 바라보면 근엄하고 엄숙하여 감히 접근할 수 없고, 가까이서 바라보면 온화하여 다가갈 수 있으며, 그의 말을 들어보면 바르고 엄격하니 이는 잘못을 고치라고 솔직하게 권하는 직언이다.

군자는 큰 덕이 있어 일을 처리할 때 대충하지 않고 매우 성실하여 무책임하게 대응하지 않으니 이는 엄숙한 모습이다. 군자는 도량이 넓고 커서 모든 것을 포용할 수 있으니 이는 온화한 모습이다. 군자는 가르침을 받은 후에 얻은 유익한 점으로 인재를 길러낼 수 있으니 이는 그의 말이 바르고 엄숙한 모습이다.

엄숙한 사람은 예의 바르고 공손하며, 온화한 자는 어진 덕이 충만하고, 말이 바르고 엄격한 사람은 정의롭고 강직한 기개를 발휘한다.

군자의 이 세 가지 변화의 모습은 '예(禮)·인(仁)·의(義)'의 세 가지 의미가 내포되어 순서에 따라 드러난 것에 불과하다!

맹자가 말했다. 대장부는 "천하의 가장 넓은 거처인 '인(仁)' 인에서 살고, 천하의 가장 올바른 자리인 '예(禮)'에 서 있으며, 천하의 가장 넓은 길인 '의(義)'의 위에서 걷는다(『맹자·등문공』)" 이것이 바로 군자의 세 가지 변화를 말한 것이 아닌가!

자하는 도대체 누구를 생각하고 말한 것일까? 바로 공자이다.

성인의 감성

우리는 공자가 교육가이고 사상가라는 것을 잘 알고 있다. 『논어』를 읽다 보면, 또 우리는 공자가 시인이라는 것을 발견할 수 있다.

공자가 말했다. "엄동설한의 추운 날씨가 된 뒤에야 비로소 송백나무가 다른 나무보다 뒤늦게 잎이 지는 것을 알게 된다(『논어·자한』)"

이는 분명히 우리가 살고 있는 인생에서 소중하다고 여기는 어떤 고결한 품성에 대한 감개와 찬사이다. 그런데, 이 시적인 구절은 도대체 어떤 수사법을 사용하여 본뜻을 말하고 있을까? 공자는 여기에서 사람이나 도덕이나 사회에 대해 단 한마디 말도 언급하지 않았다. 단지 엄동설한의 추운 계절과 푸른 송백나무(소나무와 잣나무)라는 식물을 말했을 뿐이다. 이 시적 구절은 한마디로 공자 자신이 수없이 어려움을 겪는 과정을 통해 그의 벗들과의 관계가 갈수록 소원해지고 심지어 제자들마저 하나둘씩 자신의 곁을 떠나가는 문제에서 비롯된 것으로 여겨진다. 그래서 송백나무라는 식물의 특성을 묘사함으로써 어려움과 고통을 받아도 참아내며 초심을 잃지 않는 강인한 군자와 같은 고귀한 성품을 비유한 것이다. 이는 본래 구체적으로 말하고자 하는 것과 거리를 두며 표현하는 기법이다. 즉, 어떤 사물을 빌어 사람을 비유하고 사물에 빗대어 지향까지도 말하는 시적 의인화을 통해 현상으로 본질을 보면서 현실에 대한 초월을 이루었다. 그리고 거의 인생 전체라고 할 수 있는 무한한 이야기에 대한 가장 큰 함축에 도달했다. 가장 중요한 것은 인생을 시적인 의미로 승화시켜 감성적인 시구로 삶에 대한 이성의 깨달음을 표현한 것이다. 이 얼마나 아름다운 시구인가.

이번에는 정치에 관한 공자의 발언을 살펴보자.

공자가 말했다. "도덕으로써 정치를 펼침은, 비유하자면 북극성이 제자리에 머물러 있고, 그것에 속한 뭇별들이 그것에 향하여 둘러싸고 있는 것과 같으니라(『논어·위정』)"

세상의 정치는 뜻밖에도 하늘 위의 총총한 별과 같다. 별들은 반짝반짝 빛나고 북극성은 밝고 아름다워 눈부시다. 그는 정치를 이렇게 아름답게 말한다. 그의 눈에는 질서가 곧 아름다움이고, 아름다움이 곧 질서이다.

여전히 본래 말하려는 것과 거리를 두며 사물을 빌어 그 현상으로 본질을 보려는 방식을 통해 가장 가까운 의미를 드러내었다.

계속 다음 구절을 살펴보자.

공자가 강가에서 말했다. "지나가는 모든 것이 이 강물과 같구나! 밤낮없이 멈추지 않고 흐르니 말이다!(『논어·자한』)"

지나가는 모든 것들은, 밤낮없이 단 일각도 멈추지 않는 것들이고 애석함과 만류에도 불구하고 조금도 아랑곳하지 않고 무정하게 손가락 사이로 강물의 물처럼 흘러가는 것들이다. 이것은 무엇인가? 지금 성인(聖人)의 마음은 무엇을 탄식하며 애석해하는가?

우리는 그 속에서 인생을 보았다. 흘러가는 것은 우리의 삶이 아닐까? 특히 세월일 것이다. 그리고, 세월 따라 함께 흘러가는 것들이다. 여기에는 더 많은 아름다운 것들이 있는데, 바로 포부, 야망, 청춘, 친구와 가족, 우정과 혈육의 정······.

『논어·자한』편의 마지막 절을 잊어서는 안 된다.

"'산앵두나무 꽃이 활짝 펴서, 팔랑팔랑 나부끼는데, 어찌 님이 그립지 않겠소? 그런데 너무나 멀리 떨어져 있구려!'라는 시를 보고 공자가 말했다. '그것은 진정으로 그리워한 것이 아니지. 만약 진정으로 그리워했다면 아무리 멀어도 거리가 무슨 상관이 있겠느냐?'"

앞의 네 구절로 된 시구는 '당체지화, 편기반이. 기불이사? 실시원이!(唐棣之華, 偏其反而。豈不爾思？室是遠而)'이다. 이는 기록되지 않고 고대로부터 전해 내려오다가 후대에 발견되어 모은 시 중에 하나로 일시(逸詩)에 속하는데, 매우 아름답다. 현대 시로 옮겨 보면 다음과 같다.

산앵두나무 꽃이 활짝 피고
팔랑팔랑 나부끼거늘
어찌 님이 그립지 않으리오만

공자가 우리 곁으로

그대가 너무 멀리 있구려

옛날 사람들은 매우 낭만적이고 다정스러우며 정겹다. 공자는 이 시구를 주시하면서 마음속으로 그것을 묵상했을 것이다. 그는 이러한 천진하고 생기있는 사랑을 얼마나 좋아하는지, 정말 님이 보고 싶다면 천만리나 떨어져 있어도 찾아가는 것이지, 멀다고 여겨진다면 진정으로 그리운 것이 아니라고 했다.

이것은 일종의 유머일수도 있지만 시를 이해하지 못하면 시인의 정서를 느낄 수 없을 뿐만 아니라 알지 못하고, 시적 정취와 경지로 들어가지 못한다. 또한, 시 속에 내포된 시인의 정서, 시 전체에서 품어나오는 정취, 이 모든 것들이 어우러져 맛볼 수 있는 예술적인 경지에 감동을 받지 못한다면, 어떻게 그와 같은 유머가 있을 수 있겠는가!

전목(錢穆)의 『논어신해』에서는 『논어·자한』편의 마지막 절에 나온 고대 시에 대해 다음과 같이 말했다. "이 부분은 학문탐구를 좋아하고, 득도의 길을 추구하며, 전대의 현인을 그리워하고, 사람을 사랑하는 것에 대해 이야기한 것이지만 또 다른 것도 무엇이든지 대체하여 표현할 수 있다. 중국 시가(詩歌)의 아름다움은 비유하여 재미있게 말하는 비유법에 있는데, 생동감 있게 쓰여 생기가 넘치면서 비유가 정교하고 아름나워 질묘하기까지 하니 비유할 수 없는 것이 아무 것도 없을 정도이다. 또한, 독자는 자신의 상상력을 동원해 저마다 색다른 느낌을 얻을 수 있어 자신의 뜻대로 지식을 추구하며 얻을 수 있다. 그리고 이 고대 시에 대한 공자의 설명은 아주 깊고도 친근하게 느껴져 매우 적절하고 이해하기 쉽다"

전목의 말대로 아주 좋다고 여기기는 하지만 필자는 공자가 얼마나 감성적인지를 말하고 싶을 뿐이다.

우리는 노자가 이성적이라는 것을 알고 있다. 그는 심리적인 변화가 없고, 슬픔과 기쁨을 굳이 나타내지 않으며, 외부의 영향을 전혀 받지 않는 고요한 마음처럼 흔들림이 전혀 없어 마치 깊고 깊은 옛 우물과 같다. 또한, 그는 침착하기가 그지없어 심지어 보기에 냉담하기까지에 이르고, 객관적 시각에서 사물을 바라보는데 방관자가 사물을 냉정히 바르게 본다는 말도 있듯이 제삼자의 방관적 시각에서까지도 사물을 바라보며, 구체적인 실물을 개괄하는 추상에서부터 미묘하고 예측하기 어려워 헤아릴 수 없는 데까지 이른다. 그래서 경외심을 불러일으키는데, 『도덕경』을 읽으면 위엄이 느껴지며 송연해진다.

맹자는 열정이 넘치고, 늠름하여 기백과 위엄이 있으며, 정직하고 올바른 정신이 가득하여 이런 정기가 몸에 충만했다. 역시 그는 당시 기개와 포부가 있었을 뿐만 아니라 실력도 갖춘 인물이어서 훗날에 반드시 재능이 출중한 호걸이 될 수 있는 사람이었다. 그런데, 그는 지나치게 자신의 예기(銳氣)와 재능을 드러내 보이는 것을 좋아하고, 그 기세가 등등하여 자주 사람들이 난감한 상황에 빠져들며 불편해 한다. 또한, 어떤 어려움에도 굴복하지 않을 뿐만 아니라 그 정도가 대단히 완강하고 맹렬하며, 의사표현도 간결하고 조리가 있어서 긍정적인 면이지만 지나치게 강직하여 변통할 줄 모른다. 공자에 비해, 화목하고 다정한 모습이 조금 덜하고 온화하고 소박한 기질도 역시 조금 적다.

공자는 노자처럼 지혜가 많고, 맹자처럼 기질이 대범하고 강하다. 그런데, 노자와 맹자에 비해, 공자는 시적 정취를 더 많이 갖고 있어 그의 세계

공자가 우리 곁으로

는 한 '차원'이 더 높다. 물론 그 자신 자체가 '안목', '포부', '완곡', '변통' 방면에서 각각 하나씩 더 많다. 그래서 그의 인생길은 겹겹의 산과 물로 가로막혀 길이 험난할 때, 버드나무가 우거지고 백화가 만발하는 아름다운 봄의 경치가 있듯이 한 가지 방법이 어려울 때 다른 방법으로 해결할 수 있고, 견디어 나가면서 출로를 찾는다. 또한, 더 이상 갈 곳이 없게 되었을 때도 멈추지 않고 계속 순환하여 견디면서 끊임없이 발전하며 자신을 초월한다.

뗏목을 타고 망망대해를 표류하다

무엇이 실재이고 무엇이 시인가?

마침 『논어』에 두 개의 예가 있어 그것을 설명으로 삼기에 꼭 알맞다.

'실재'에 관한 예는 『논어·자한』에서 찾을 수 있다.

"공자가 동쪽 여러 오랑캐 나라가 있는 구이(九夷) 지역에서 살려는 뜻
을 드러내자, 어떤 사람이 물었다. '거기는 누추할 터인데, 어찌 그런 곳에
서 살려고 하십니까?' 이에 공자가 말했다. '군자가 사는데, 또 무슨 누추
함이 있겠느냐?'"

'구이(九夷)'는 중국에서 이르던 동쪽의 아홉 오랑캐 이민족 나라이다.
"구이에서 살기를 원하다(欲居九夷, 욕거구이)"라는 말을 한 것은 공자가 중
원 지역의 화하(華夏, 옛 중국의 명칭이면서 별칭이자 한족의 자칭임)에서 실의에
빠진 것이 분명하다. 더 이상 자신의 정치적 이상을 펼칠 수 없는 그런 현
실 말이다. 그래서 노자가 이민족인 오랑캐 나라를 교화시키려고 한 것을
떠올리고, 자신도 그렇게 하고 싶어 이민족의 나라로 이민을 가서 타향에

공자가 우리 곁으로

서 지금과는 다른 새로운 삶을 찾고자 했다. 물론 공자는 노자가 아니다. 공자는 "우리는 새와 짐승과 같은 무리일 수 없어 그것들과 함께 무리지어 살 수 없는 이상, 이 세상 사람들과 함께 왕래하며 살지 않는다면 또 무엇과 왕래하며 살겠느냐?(『논어·미자』)"라고 말하면서 실제로는 떠나지 않았으니 말이다. 이는 쓸쓸함과 푸념이 섞인 탄식일 뿐이다. "구이에서 살기를 원한다"라는 말은 결국 상상 속으로의 탈출로, 자신의 정신을 무거운 현실에서 잠시나마 벗어나 보려고 시도한 것이다. 마치 요즘 사람들이 지금 하는 일이 불만족스러워 우연히 머릿속을 스쳐 지나가는 이직의 생각과 마찬가지로 단지 상상일 뿐이다. 왜냐하면, 새로운 직장도 상상 속에서만 비로소 마음에 들고 기분이 좋기 때문이다. 사실 우리도 이러한 사실을 직간접 경험을 통해 아는 바이다. 그래서 단지 지쳐 있는 이성을 잠시나마 의식적으로 졸게 하여 이로써 피곤한 심신을 잠깐이라도 쉴 수 있도록 하려는 것뿐이다. 그래서 공자가 당시 "구이에서 살기를 원한다"라고 한 이 말은 탄식이지 정말 가겠다는 것이 아니다. 탄식의 관점에 말하자면, 시적인 정취와 가까워 단지 일보의 차이만 보인다. 그런데, '정말 가겠다는 것이 아니다'는 관점에서 말하자면, 그저 시적인 맛으로 향하는 경향만 있을 뿐이지 시가 아니고, 다만 시가 되려고 그런 경향으로 나아가는 발전 단계이며, 정말 시가 되려면 좀 더 멀리 나아가야 비로소 시석 의미를 깆는 것에 이를 수 있다.

그런데, 옆에서 듣고 있던 사람 중에 어떤 한 사람은 공자의 말을 곧이곧대로 믿었다. 이는 당시 공자가 자신의 뜻을 더 이상 펼칠 수 없어 실의에 빠진 심정을 담아내려고 한 것인데, 그가 공자의 이 같은 시의 정서로 기울어지는 경향을 깨버린 것이다. 그가 공자에게 물었다. "거기는 누추할 터인데, 어찌 그런 곳에서 살려고 하십니까?"

이 말 한마디에 공자는 거의 시적인 정서에 가까운 심경에서 돌이켜 그에게 반응하며 꿋꿋하게 대답했다. "군자가 사는데, 또 무슨 누추함이 있겠느냐?"

군자가 어디에 살든, 어디에 사는 사람을 교화하든지, 그곳의 사람들은 가르침을 잘 받아 변화하며 나아질 것이고, 당연히 뒤떨어지지 않을 것이다.

동시에 군자는 '도(道)'를 가르쳐 전하지 않는가? 군자의 책무는 문화를 전파하는 것이 아닌가? 선진 문화를 낙후된 지역에 널리 보급시키는 것은 군자의 책무 가운데 하나이다.

이때 공자는 더 이상 자신의 뜻을 펼칠 수 없는 그런 실의에 잠긴 심정에서, 어느 누구보다도 군자의 책무 의식이 충만하기에 즉각 심리적으로 반응하여 이성적 사고로 전환한 것이다.

사실, 공자가 "구이에서 살고 싶다"라고 말했을 때, 그는 낭만과 이성의 중간에 서있었다. 비록 현실에서 도피하고 싶을지라도 구이라는 이민족의 땅도 엄연히 거주할 수 있는 곳이니 그곳으로 '이민'을 갈 수 있는 것이다. 또는 이렇게도 말할 수 있다. 이는 인생의 '희망'이나 '계획'이 될 수도 있을 뿐만 아니라, 어느 정도 유의미한 실현 가능한 '희망'과 '계획'을 가진 것이어서 현실에서 실현 가능한 것이다. 그래서 앞서 말했듯이 당시 공자의 정서는 시적 정취와는 그래도 약간의 차이는 있기는 해도 단지 일보의 차이만 보인다고 한 것이다. 그렇다고 하더라도 필경 일보의 차이가 있으므로 그는 여전히 현실의 경계 안에 발을 내딛고 있다.

다음 문장은 처음부터 현실의 토양을 뛰어넘어 곧바로 시의 경계 안에서 있는 공자의 모습을 비춰준다.

공자가 말했다. "만일 내 주장이 통하지 않아 나의 정치적 이상이 이루어질 수 없다면, 나는 뗏목을 타고 망망대해를 표류할 것이다. 그때 나를 따라나설 사람은 아마도 자로일 것이다(『논어·공야장』)"

'도불행(道不行)'을 직역하면 '도가 행해지지 않는다'의 뜻이다. 공자는 언제나 '정치란 바르게 하는 것'이라고 말했다. 즉, 도를 지켜 바르게 하는 것을 말하며 이는 공자의 평생 정치적 이상이었다. 따라서 이런 '내 주장이 통하지 않아 정치적 이상이 이루어질 수 없다면'이라고 했지만, '이루어질 수 없으니'라고 해도 무방하다. 어쩌면 이미 자신의 뜻대로 되지 않은 현실을 두고 말한 것일지도 모르기 때문이다. 아무튼 '도불행'은 그의 탄식인 것만은 분명하고, 비록 갖가지 상황에 부딪쳐 실의에 빠져 탄식하는 정도가 그지 없지만 현실과 동떨어져 있지는 않다. 그런데, 다음에 이어지는 문장은, "구이에서 살기를 원하다"와 같은 실현 가능성이 있는 '계획'이 더는 아니라, "나는 뗏목을 타고 망망대해를 표류할 것이다"로 현실감이 전혀 없는 낭만적인 '상상'이다. 이는 하늘가에서는 바람이 세차게 불고, 수면에는 안개가 자욱하여 마치 인간 세상과 같시 않은 초현실직인 경지이다. 만일 그가 '도불행(道不行)'이라고 말하지 않고, 나의 심경은 비관스럽고 슬프고 절망스러워 어딘가를 찾아 답답함을 풀며 기분 전환을 해야겠다라고 말했다면 이는 마음속 생각을 실제 그대로 표현하는 것이므로 곧 '참'에 해당된다. 물론 여전히 현실적 어려움에 괴로워 정신적 얽매임에서 벗어날 수 없고 자유롭지 못하다. 그런데, 이러한 것이 아니다. 그 순간, 그의 눈에 보이는 것은 바다이다. 바다 수면 위로 피어오른 자욱한 안개는 웅장하다. 그야말로 장관을 이루고 광활하며 하늘가의 바다로까지 이어진다. 그때 그의 심령 속에는 전혀 인생에 대한 어떤 계획이 아니라, 정신적 도약이 있었다.

바다는 그 자체가 광활하고 신비로우며, 우주가 무한한 가능성의 공간인 것과 인류의 정신이 무한한 가능성의 경지임을 암시하고 있다. 왜 공자는 곧바로 바다를 생각할 수 있었을까? 성인(圣人)의 마음은 우리에게도 바다이고, 또 하나의 수수께끼이다. 사람의 마음은 저마다 다르고, 사물을 헤아리는 능력인 지력도 저마다 다르며, 심경(정서)도 다르다. 어떤 사람은 늘 크고 깊은 경지와 맞닿아 있지만, 어떤 사람은 늘 눈앞에서만 볼 수 있고 만질 수 있는 얕은 공간에 국한된다.

"나는 뗏목을 타고 망망대해를 표류할 것이다"라고 한 이 말은 전혀 현실감이 없다. '바다'에서 살 수 없을 뿐만 아니라 '뗏목'을 타고 망망대해로 나갈 수도 없다. 만약 공자가 말하기를, 나는 큰 유람선을 타고 바다로 가겠다고 한다면, 이는 단지 가능한 '사실'과 현실적인 '희망'이나 '계획'을 진술하는 것일 뿐, 여전히 시적 정취는 없다. 시적 의미는 현실에 대한 초월이다. 우리와 공자는 모두 작은 뗏목 하나로 바다를 항해할 수 없다는 사실을 잘 안다. 그런데, 바로 이와 같이 '비현실적'이기 때문에 현실과 거리를 둘 수 있는 것이다. 바다는 크고 넓으며, 뗏목은 아주 작아 미약하기 그지없다. 시야에 가득찬 수면 위의 자욱한 안개 속 바다에서 사람은 단지 한 알의 좁쌀에 불과한 창해일속과 같다. 이때 망망대해와 같은 세상은 고독한 영혼을 두드러지게 하고, 사람 형체의 미미함은 강직하고 꿋꿋한 정신을 돋보이게 하여 고상한 절개를 더욱 뚜렷하게 한다. 이것이야말로 비로

공자가 우리 곁으로

소시적 의미(가치)이자 경지이다!

너무 고지식하고 또 반대로 너무 실용적인 사람은 시를 이해하기 어렵다. 시를 이해하려면 사물을 헤아리는 능력인 지력의 뛰어남과 정서적 감수성의 풍부함 이 두 가지 모두가 필요하다.

"나는 뗏목을 타고 망망대해를 표류할 것이다"라고 한 이 말은 앞서 말했듯이 전혀 현실감이 없어 작은 뗏목으로 망망대해로 나갈 수도 없고 거기에서 살 수도 없다. 그리고, 한 가지 더욱 중요한 것이 있는데, 그러한 비현실적인 항해는 사실 전혀 목적이 없다는 것이다. "구이에서 살기를 원하다"는 그래도 목적은 있다. 소극적인 도피든지 적극적인 '이민족 나라를 교화시킴'이든지 모두 목적이다. 그러나 "나는 뗏목을 타고 망망대해를 표류할 것이다"는 확실히 어떤 목적이 보이지 않는다. 이것은 사실 상상 속의 항해로 정신적인 항해이자 영혼의 항해일 뿐이며, 정신적인 탈출이지 단순한 몸의 이동이 아니다.

아름다움은 무엇인가? 아름다움은 목적없는 합목적성이다.

시란 무엇인가? 시는 비현실적인 현실성이다.

시는 결코 현실과 동떨어진 것이 아니다. 시와 현실, 이 둘의 관계는 가깝지도 않고 멀리 떨어져 있지도 않다. 가까우면 시가 아니고 떨어져 있어도 시가 아니다. 이쯤 되면 공자를 따라 시를 이해하는 것이 좋을 것 같다.

광활한 바다 위에 작은 뗏목 하나
바다를 배회하며 방황하는 두 사람
시야에 가득찬 수면 위의 자욱한 안개
인간은 망망대해에 던져진 한 알의 좁쌀

외부요인에 따라 흩날리는 먼지처럼

오락가락한 하늘과 세찬 물살에

어디로 가는지도 모르고

어디로 가고 싶지도 않다

이것은 생활 속 '현실'의 정경이 아니지만, 생활의 본질적인 모습이다!

하늘과 대면하다

다음은 대부분의 사람들이 한 번쯤은 들어서 익숙할 것으로 생각되는 내용인데, 앞서 '공자의 자서전 두 편'이라는 소제목에서도 다뤘다. 『논어·위정』편에 수록되어 있으며, 공자 자신의 학문·심신수양의 과정을 다음과 같이 소개하고 있다.

공자가 말했다. "나는 열 다섯 살에 학문에 뜻을 두었다. 서른 살에 이르러 자립하였고, 마흔 살에 이르러 미혹되지 않았으며, 쉰 살에 이르러 천명을 알았고, 예순 살에 이르러 무엇을 들으면 그 이치를 한번에 깨달았으며, 일흔 살에 이르러 마음이 하는 대로 무엇을 해도 법도와 규범에 어긋남이 없었느니라."

이것은 공자가 노년에 자신의 일생을 요약하여 정리한 것으로, 스스로 꽤 만족했음을 알 수 있다. 만약 한 사람이 평생 옥을 자르고 쪼고 갈고 닦듯이, 자기의 욕심을 누르고 예의범절을 따르며, 배우기를 좋아하여 노년에 이른다면, 그의 사상은 숭고한 경지에까지 오를 수 있고, 이런 자아 성취를 이루는 느낌은 틀림없이 행복할 것이다. 그 자체가 훌륭하고 아름답기까지 하여 그가 마땅히 받아야 할 상이다.

그러나, 『논어·자한』편에도 공자가 노년에 자신의 일생을 더 간단하게 요약 정리하면서 감회에 젖는 듯한 대목이 실려 있는데 다음과 같다.

공자가 말했다. "함께 공부할 수는 있어도 함께 도에 도달할 수 있는 것은 아니고, 함께 도에 도달 할 수는 있을지라도 함께 도를 굳게 지킬 수 있는 것은 아니며, 함께 도를 굳게 지킬 수는 있을지라도 도를 융통성이 있게 응용할 수는 있는 것은 아니다."

한 단계로 올라갈 때마다 한 무리의 사람들이 탈락되고, 높은 단계로 발전하여 올라가는 동시에 사람들과 단절되어지며, 마지막에는 사방을 머뭇거리듯이 하면서 아마도 혼자만 남게 될지도 모른다. 따라서 사상이 일정한 경지에 올라 그 기세가 장엄하고 떳떳하며, 그 기품이 높을 때, 주변을 배회한다. 또한, 득의했을 때 공허함을 느낀다. 즉, 얻는 것이 있으면 잃음이 반드시 있으니 얻는 것과 동시에 잃는 것도 있게 되는 것이다.

곡조가 높으면 자연히 따라 부르는 사람이 적고, 덕이 높으면 자연히 고독해진다. 학문이 너무 높아지기가 없음을 말한다.

학식이 깊어질수록 옆에서 함께 공부하는 사람들이 점점 적어져서 결국에는 고독해진다.

공자는 도덕과 학문의 정상에 홀로 서 있어 적막하기가 그지없으며 외롭고도 고독하다.

공자가 우리 곁으로

인류의 많은 문명 창조는 모두 인류의 외로움을 달래기 위함인 것 같다. 개인적 삶을 돌이켜보거나 주변의 사람들을 지켜보면, 삶에서 이루어지는 여러가지 많은 활동들 역시 자신의 외로움과 고독을 달래기 위함이다. 그래서 국가, 사회, 동호회, 집단(단체), 친구, 동아리가 있는 것이다. 이 모든 것이 우리를 감싸주어 세상의 차가움을 차단하고, 사람의 따뜻함을 느끼게 하며, 많은 위험과 속임이 있는 이 세상에서 집단의 공동체 의식을 통해 안정감을 얻게 해준다.

그러나, 고독은, 오히려 매우 훌륭한 인성의 상징이다. 오직 그러한 인성만이 비로소 그러한 고독을 가질 수 있고, 그러한 고독을 즐길 수 있다.

『논어·헌문』에 보면 공자가 탄식하며 제자와 나누는 대목이 실려 있는데 다음과 같다.

공자가 말했다. "아무도 나를 알아주는 사람이 없구나!" 이에 자공이 염려하며 말했다. "왜 아무도 선생님을 알아주지 않는다고 생각하십니까?" 공자가 말했다. "하늘을 원망하지 않으며 사람을 탓하지도 않고 아래로 땅에서 배워서 위로 하늘에 이르니 나를 알아주는 것은 하늘인가 보다"

공자가 "아무도 나를 알아주는 사람이 없구나!"라고 탄식힐 때, 고독이 서려 있는 듯하지만 사실은 큰 기쁨인 것이다.

자공은 스승인 공자의 고독을 봤지만 그 고독 뒤편에서 모락모락 피어오르는 기쁨은 보지 못했다.

사실, "아무도 나를 알아주는 사람이 없구나!"라는 말은 유감스러운 말이 아니라 아주 만족스러워 득의에 찬 말이다. 왜 그럴까? "나를 알아주는 것은 하늘인가 보다"라고 말했기 때문이다.

한 사람이 만약 천명을 알 수 있고 그런 하늘의 뜻을 이행한다면, 세상을 향하여는 자신에게 주어진 사명을 수행하고, 자신을 향하여는 자기의 인격을 아름다운 모습으로 빚어서 끊임없이 이루어 나간다. 이러한 경지는 이미 높은 경지이다. 이 경지 위에서는 하늘과 대면하는 경지에 이르는 것이다.

홀로 하늘과 대면할 수 있을 뿐이니 당연히 고독할 것이다.

하늘과 대면할 수 있다는 것은 오히려 인생의 대 경지이다.

공자는 하늘을 알고 하늘은 공자를 안다.

『맹자·만장하』에는 벗을 삼는 방법에 대해 기록되어 있는데 다음과 같다.

맹자가 만장에게 말했다. "한 마을의 훌륭한 선비라면 한 마을의 훌륭한 선비와 벗하고, 한 나라의 훌륭한 선비라면 한 나라의 훌륭한 선비와 벗하며, 천하의 훌륭한 선비라면 천하의 훌륭한 선비와 벗한다. 만일 천하의 훌륭한 선비와 벗하는 것도 부족하다고 여겨지면 위로 거슬러 올라가 옛사람과 벗한다. 그런데, 그의 시를 읊고 그의 책을 보면서도 그에 대해 모른다는 것이 말이 된다는 말인가? 그렇기 때문에 그가 산 시대를 논하게 되는 것이니 이를 두고 옛사람을 숭상하며 그와 벗한다고 하는 것이다."

오호라! 한 사람이 천하를 보면서도 자신과 대등한 벗을 찾을 수 없을 때, 이 얼마나 고독한 것인가! 또 이 얼마나 고립무원의 경지인가! 누가 이렇게 높은 산봉우리를 올라 푸른 하늘을 짊어지고도 좌절과 막힘이 없이 그렇게 높은 곳에서 세상을 굽어보며 눈에 자비가 그토록 충만할 수 있단 말인가?

그가 바로 인간 세상의 성자일 것이다.

공자의 넋두리

『논어』는 공자 사후에 제자들이 엮은 그의 어록이기 때문에 공자 자신의 검증을 거치지 않은 것은 주지의 사실이다. 일반적으로 제자들은 스승의 언행을 묘사할 때 어느 정도 과장하거나 미화하여 용모나 풍채가 늠름하고 엄숙하여 감히 범접할 수 없으며, 태산 같고 완전하여 결함이 없는 스승으로 묘사할 수 있다. 이렇게 되면 실제 모습을 잃게 되거나 표리부동하게 변할 수도 있다. 그런데, 공자의 제자들은 역시 매우 활달하여, 자신의 스승에 대해 사실 그대로의 실제 모습을 묘사했다. 비록 그들은 경서(經書)를 저술했지만, 그들 자신은 조금도 엄숙하거나 엄격하지 않았다. 그저 있는 그대로를 기록하여 서술한 것이다. 예를 들면, 스승이 살아 생전에 엄숙하거나 조소하거나 간곡하고 의미심장하게 한 말이나 마음이 다른 곳에 있는 듯한 무표정한 모습, 주도면밀하게 심사숙고하는 모습, 편하게 말하는 의견이나 담론 즉, 다른 사람이 한 말에 대한 좋은 평 등이다. 이런 모든 것들이 제자들에 의해 기록되었고, 내용이 서로 고르게 잘 섞여져 천고의 역사를 넘어 흘러 전해졌다. 그러므로, 『논어』에는 격언이 담겨 있지만 격언집은 아니다. 『논어』를 세상 일에 대해 밝은 노인의 인생 경험담과 도덕

훈시록으로 보는 것은 헤겔 같은 대철학자의 안목이며, 더욱이 오늘날 많은 사람들이 『논어』를 마음에 위로를 주는 따뜻한 이야기로만 여기고 감동할 줄만 알았지 본질을 꿰뚫어 보지는 못한다. 『논어』에는 주로 공자의 '어(語, 말)'가 기록되어 있는데, 이는 스승에 대한 뜨거운 경애심을 보여준다. 즉, 스승이 남긴 '어(語, 말)'를 추억하고 사색하며 '논(論)'하는 것이 바로 '논어(論語)'이다. 그러나, 그들이 스승의 이러한 '어(語, 말)'를 기록한 동기는 스승을 부활시키기 위한 것이다. 스승의 목소리와 웃는 모습을 회상하고 그의 따뜻함을 다시 받으면서 이런 스승과 함께 했던 지난날에 젖어 드는 것을 말한다. '논(論)'은 중국어 발음으로 'lun'이고, '윤(倫)'도 'lun'이다. 그런데 어떤 사람은 '논(論)'을 읽을 때 '윤(倫)'의 'lun'으로 여기며 읽고, 뜻도 '윤(倫)'이 함의하고 있는 의미대로 이해하는데, 바로 '윤리(倫理)'의 뜻이라고 하면서 '논어(論語)'가 곧 '윤리(倫理)'라고 주장한다. 앞서 『논어』는 제자들이 엄숙함보다는 있는 그대로의 실제 광경을 그려낸 것이라고 말했듯이 편찬자인 제자들은 '논어(論語)'를 '윤리(倫理)'라고 말하는 어떤 사람처럼 그렇게 엄숙하지 않았고, 『논어』에서 '어(語, 말)'와 '윤(倫)'은 무관한 것이라 여긴다.

『논어』 중에 '윤(倫)'이 전혀 아닌 '어(語, 말)'를 살펴보면 자연히 알게 될 것이다. 제자들이 함께 스승과 관련된 '어(語, 말)'를 '논(論)'한 것은 무슨 교훈과 유익한 점이 있기 때문이 아니라 스승의 '어(語, 말)'을 되새기면서 음미하면 자신들의 마음속에 그가 생생하게 살아나고 이것을 그대로 간직하고 싶었기 때문이다.

『논어·옹야』편에는 한 제자가 중병에 걸리자 공자가 문병을 가서 위로해 주는 대목이 다음과 같이 기록되어 있다.

"백우가 병에 걸리자 공자가 친히 문병을 가서 창문 넘어로 그의 손을 잡고 말했다. '유덕한 사람이 이런 병을 앓게 되다니 그럴 리가 없는데, 이것이 운명인가 보다! 이렇게 유덕한 사람이 이런 병에 걸리다니! 이렇게 유덕한 사람이 이런 병에 걸리다니!'"

『논어·옹야』편에는 공자가 고대 중국에서 술을 담는 그릇으로 사용했던 주기(酒具)인 '고(觚)'를 바라보며, 옛 방식인 고제에 따라 만들어진 것과는 사뭇 달라진 형태를 발견하고, 예악제도가 허물어져 가는 것을 탄식하는 장면이 다음과 같이 기록되어 있다.

공자가 말했다. "'고(觚)'가 '고(觚)'처럼 생기지 않았는데도, 그것을 '고(觚)'라고 해야 하는가? 그것을 '고(觚)'라고 해야 하는가?"

『논어·자한』편에는 봉황새와 황하에서 출현했다는 그림이 등장한다. 후자의 그림은 '팔괘(八卦)'의 근본이 되는 그림으로 알려져 있는데 용마가 등에 싣고 나타났다고 전해진다. 이 양자의 출현은 모두 당시 고대사회에서 성군(聖君)이나 성인(聖人)의 출현을 암시하는 것이었다. 특히, 성군이 나타나 덕치(德治)를 하는 그런 시대를 상징하는 것이었다. 그런데, 봉황새도 그 그림도 나타나지 않으니 성군이 나올 가능성이 전혀 보이지 않는 현실 앞에서 공자는 이제 얼마 남지 않은 자신의 삶을 바라보며 꿈꾸던 덕치를 펼칠 수 없는 것을 두고 탄식하는 것이다. 정치의 근본은 바르게 하는 것이고, 덕으로써 바르게 하는 것이 그의 정치적 꿈이었으며, 이를 위해 그가 얼마나 열국을 돌아다니며 알렸던가? 그런데 어떤 군주도 받아주지 않았다. 내용은 다음과 같다.

공자가 말했다. "봉황새도 날아 오지 않고, 황하에서는 그 그림도 출현하지 않으니 나는 여기까지인가 보다!"

이 구절들을 어찌 인생의 가르침이라 하겠는가? 보여지는 것은 성인의 지혜와 강대함이 아니라, 정반대로 성인의 연약함과 어찌 할 도리가 없는 유감이다. 타인의 불행이나 자신의 운명 앞에서, 혹은 역사나 현실 앞에서 성인들도 실은 연약한 존재였다.

필자는 공자의 제자들이 이런 글을 쓰면서 마음속에 스승에 대한 사랑과 순탄치 않은 그의 일생에 대한 애석한 마음이 가득 차 있었다고 믿는다. 그렇다. 그들은 공자를 사랑했다. 그가 강해서가 아니라 위대한 사람이기 때문이다. 그는 진실한 사람이었다. 그는 어렵고도 순조롭지 않은 현실 앞에서 결코 자신의 연약함과 힘없음을 숨기지 않았기 때문에 강하고 이기는 척할 필요가 없었다. 사실 그의 삶은 늘 여러 가지 어려운 상황에 봉착하여 힘들었다. 거의 평생에 걸쳐 자신의 뜻을 펼칠 수 있는 기회를 얻지 못하는 것에서 오는 좌절감과 수많은 생각들, 사랑하는 제자를 잃은 슬픔, 노년에 아들을 잃은 슬픔 등으로 그의 가슴은 상처투성이었을 것이다. 왜냐하면 그는 우리와 같은 보통 사람으로서 갑옷과 투구를 착용한 것이 아니었기 때문이다. 그는 우리와 똑같이 온몸과 맨몸으로 세상의 칼에 맞섰다. 전신갑주로 완전무장되어 있지 않은 점에서 그도 우리처럼 약한 부분이 있는 연약한 사람이었기 때문에 우리는 그를 끌어안을 수 있는 것이고, 그의 체온과 숨결도 느낄 수 있는 것이다.

계속해서 '윤(倫)'이 전혀 아닌 '어(語, 말)'를 살펴보자. 『논어·자한』편에는 사랑에 대한 공자의 천진하고 생기있는 태도를 엿볼 수 있는 대목이 다음과 같이 기록되어 있다.

"'산앵두나무 꽃이 활짝 펴서, 팔랑팔랑 나부끼는데, 어찌 님이 그립지 않겠소? 그런데 너무나 멀리 떨어져 있구려!'라는 시를 보고 공자가 말했다. '그것은 진정으로 그리워한 것이 아니지. 만약 진정으로 그리워했다면 아무리 멀어도 거리가 무슨 상관이 있겠느냐?'"

이는 놀리려고 가볍게 한 농담인가, 아니면 웃기려고 한 유머인가, 이 것도 저것도 아니면 어디서부터 말을 해야 할지 모르겠다? 공자가 처음 이 말을 했을 때, 제자들은 아마도 서로 귀에 입을 대고 소곤거렸을 것이다. 그들이 당시 이 대목을 회상하며 기록할 때에 감회에 젖어 여러 번 한숨을 쉬며 감개무량했을 것이다.

다음은 『논어·선진』편으로 시선을 돌이켜 자로의 슬(瑟) 소리에 대한 공자의 평을 들어보도록 하자.

"공자가 말했다. '자로는 어찌하여 내가 있는 이곳에서 슬(瑟)을 타고 있는 것인가?' 그러자 그의 다른 제자들도 자로를 무시하며 존경하지 않았 다. 이를 알고 공자가 말했다. '자로의 학문은 이미 대청(훌륭하여 상당한 수 준)에 올라섰느니라. 단지 안방(심오한 최고의 경지)에 들어오지 못했을 뿐이 거늘'"

자로는 강직하고 용맹스럽기로 둘째가라면 서러울 정도였다. 이러한 그가 아마도 그의 성격대로 슬(瑟)을 타서 소리가 강하고 거친 음색이었을 것이다. 그리고 스승인 공자는 자로가 너무 거칠고 무모하여 굽힐 줄 모르 는 그의 성격 때문에 늘 노심초사하고 있었던 터였다. 위 대목은 마침 거친 슬 소리에서 늘 걱정하고 있었던 제자의 성격이 그대로 투영되자 노파심 에서 한 과격한 말이었다. 그런데, 이로 인하여 다른 제자들이 사형인 자로 에 대해 존경하지 않고 무시하는 등의 심각한 결과가 초래되었다. 이는 공 자도 예상치 못한 것이었고, 보충하여 잘못된 부분을 바로잡아 주지 않으 면 안 되는 상황이 바로 후반부 구절이다.

가장 심각한 결과를 초래한 것은 아마도 『논어·양화』편에 실려 있는 아래와 같은 대목일 것이다.

공자가 말했다. "오직 여자와 소인은 다루기 어려워 너무 가까이하면 무례해지고 너무 멀리하면 원망하느니라."

이 문장 때문에, 공자는 거의 모든 여성의 공공의 적이 되었고, 남존여비 사상을 가진 많은 남성들은 위와 같은 공자의 말을 가지고 여성들을 향하여 거만하게 대한다. 물론 여성도 아끼고 공자도 아끼는 사람들도 있어서 힘이 닿는 대로 온갖 방법으로 공자와 천하 여인들 사이의 간격을 메워보려고 한다. 예를 들면, 중국의 고서를 읽을 때 문장의 뜻에 따라 쉬거나 하는 방법을 동원하여 새롭게 끊어 읽는 것을 시도해 보거나 또는 문법적인 각도에서도 새롭게 재해석을 시도해 보는 것 등이다. '소인'을 '어린아이'로 재해석하는 것에 대해서는 오히려 학술적으로 '소아과'에 속해 적합하지 않다. 그렇지만, 의도는 모두 좋다고 여긴다.

사실, 필자는 학자들이 애써 공자를 위해 해명할 필요가 전혀 없고, 여성들도 공자가 한 말에 대해 좋지 않은 감정으로 그것을 마음에 둘 필요가 없다고 생각한다. 공자는 그저 우연히 생각없이 무심결에 말문을 열어 푸념했을 뿐이다. 마치 우리 주변의 어떤 남자들처럼 길에서 운전하다가 어떤 한 여자 운전자에게 추월을 당해 자신도 모르게 격분하여 갑자기 한마디 내뱉으며, "(저) 여자는 귀찮고 다루기 힘들어"라고 하는 것과 흡사하다. 이 말을 모든 여자에 대한 그의 관점이라고 간주할 수 있을까? 이 남자의 차량에 만약 그의 어머니도 함께 동승하고 있었다고 할지라도 그는 여전히 그와 같이 말했을지도 모른다. 그의 어머니 면전에서 자신의 차량을 추월한 여자 운전자를 향해 이 말을 했다고 해도 그의 어머니는 틀림없이 기분 나쁘게는 생각하지 않았을 것이다. 왜냐하면, 그의 어머니도 그의 아들이 단지 불만스러운 감정 따위를 발산했을 뿐이라는 것을 알고 이해할 수 있기 때문이다. 세상의 모든 여성들을 일부러 부정하는 것이 아니라는 말이다.

공자는 일찍이 자로에게 그의 용맹스러움을 칭찬하다가 인생을 살아가는 데는 그것만 가지고서는 험난한 춘추전국시대를 헤쳐나가기 어려울 뿐만 아니라 그가 발전하여 더 앞으로 나아가기를 바라는 마음으로 "사리를 헤아려서 분별하는 것에는 능하지 못하는구나(『논어·공야장』)"라고 말했다. 대낮에 낮잠을 자고 있는 재여에게는 "썩은 나무로는 조각할 수 없고, 지저분한 흙으로 쌓은 담은 흙손질할 수 없다(『논어·공야장』)"라고 꾸짖었다. 그리고 당시 노나라 실세였던 계씨 집안에서 일하게 된 제자 염구가 계씨의 세금 확충 정책에 앞장서서 백성들에게서 무거운 세금을 걷고 부유한 계씨 집안을 더욱 부유하게 만들자, 공자는 이런 염구를 그의 문하에서 제명하면서 그는 우리 무리의 사람이 아니다라고 하고 다른 제자들에게 호소하기를, "북을 올려 그의 잘못을 공격하며 규탄해도 좋다(『논어·선진』)"라고 했다. 이것이 공자의 이 세 제자에 대한 진실한 평가라고 생각하는가? 그렇지 않다. 단지 스승으로서 잠시 화가 났던 것이고, 화를 내며 한 말일 뿐이다. 자로의 거칠고 무모한 성격 때문에 공자는 늘 걱정했다. 낮잠을 자며 무단결석하는 재여는 어떤가? 어디 이것이 단 한 번뿐이었겠는가? 나아지지 않는 모습에 스승은 아마도 실망했을 것이다. 염구는 어떤가? 탐욕스러운 세도가 가문을 살찌게 하는 데 앞장섰으니 공자의 심정이 어땠을까?

공자는 성인이지만 그도 화를 낼 때가 있다.

공자가 우리 곁으로

성인도 우리와 똑같은 사람이다. 우리는 성인도 때로는 화를 낼 수 있다는 것을 용납해야 한다. 먼저, 성인이 화를 내어 한 말은 '성인의 뜻'으로 여기지 말고, 앞서 언급했던 남존여비 사상을 가진 남성들처럼 자신에게 유리한 부분을 취사선택하여 성인이 한 말을 제멋대로 사용하면서 우쭐거리며 뽐내는 것은 삼가야 한다. 둘째, 성인이 화를 낸 것으로 인하여 화를 내지 말아야 한다.

성인도 때로는 우리 같은 보통 사람들의 관용이 필요하다.

신중함은 좋은 품행이다

공자가 말했다. "군주를 섬기는 일에 있어서 예를 다하면, 사람들은 그가 아첨한다고 생각한다(『논어·팔일』)"

공자가 노나라에 거주하면서 모두가 잇달아 세 가문(삼환을 가리키며, 계손·숙손·맹손씨 세 집안을 일컬음)을 존대할 때도 그는 늘 예로써 임금을 섬겼다. 이는 그에게 있어서, 물론 반드시 갖추어야 할 예절이기도 했지만 당시 모두가 군주를 예로써 섬기기보다는 세도가인 삼환 가문에게 치우쳐 예를 다하는 것을 두고 그들의 잘못된 점을 바로잡기 위해 스스로 솔선수범한 모습이기도 했다. 그런데, 당시 권세 있는 자에게 나아가 아부하며 빌붙는 자들은 공자의 그런 모습이 눈에 가시처럼 좋게 보이지 않았다. 오히려 그들이 비방하면서 공격했는데, 이 역시 예상되었던 일이다.

사실, 예에 따라 다른 사람을 대하는 사람의 행동에는 항상 '신중함'이 있고, 기질에는 항상 '공손함'이 있으며, 미간에는 항상 '겸허함'이 있다. 이것은 본래 기품이 있으며 겸손하고 온화한 교양과 기질이지만 자주 무례하고 오만방자하며 거만한 사람들에 의해 '아첨'으로 해석된다.

공자가 우리 곁으로

『예기·곡예상』에서 언급한 '예(禮)'의 본질을 본다면, '자신을 낮추고 남을 존대함'이다. 『예기·방기』에는 "군자는 타인을 귀하게 여기고 자신을 천하게 여기며, 타인을 우선시하고 자신을 뒤에 놓아야 한다"라고 기록되어 있다. 그리고 장대(張岱)는 『사서우』에서 양복소(楊復所)의 말을 인용하며 기록하기를, "천 년 이래로 가장 심오한 학문은, 오직 '조심하는 것'일 뿐이다"라고 했다.

공자의 '조심성'을 한번 살펴보도록 하자.

『논어·향당』편에는 공자의 기질을 엿볼 수 있는 대목이 기록되어 있다.

『향당』편 1절은 고향 마을에서의 사적인 삶에서 보여지는 공자의 언행이다.

"공자는 마을 사람들과 함께 있을 때, 온화하고 공손했는데 그 모습이 마치 말을 잘 할 줄 모르는 사람과 같았다. 종묘와 조정에 나가 있을 때, 할 말이 있으면 명확하고 유창하게 말을 하면서도 단지 말수를 적게 하여 신중을 기했다."

『향당』편 2절에서는 조정에 나갔을 때의 그의 언행을 엿볼 수 있다.

"공자는 조정의 조회에 나아가 하대부들과 말할 때는 온화한 모습으로 편안하고 유쾌하게 이야기했고, 상대부와 말할 때는 상냥한 모습으로 정직하고 공손하게 이야기했으며, 군주가 도착한 이후에 그의 앞에서는 공손하고 정중한 모습으로 마음속은 황공해하면서도 침착하고 점잖았다."

『향당』편 3절은 귀빈 접대시 그의 언행이다.

"군주가 공자를 불러서 귀빈 접대를 맡기면, 그는 신중하고 정중한 모습을 하면서도 빠르게 발걸음을 옮겼다. 양쪽에 있는 사람들에게 예를 표하는 읍을 할 때는 왼쪽으로 향하여 두 손을 맞잡고 인사를 하고 오른쪽으로 향하여 두 손을 맞잡고 인사를 했는데, 옷자락의 앞과 뒤가 흔들려도 매우 가지런했다. ……."

『향당』편 4절은 조정에 출입할 때 그의 언행으로 특히 그의 몸가짐이 잘 그려져 있다.

"공자는 조정의 대궐 문을 들어갈 때는 두렵고도 조심스러운 모습으로 마치 몸 둘 곳이 없는 것처럼 허리를 굽혀 절하듯이 지나갔다. 서 있을 경우에는 문 한가운데는 피했고 문지방을 넘을 때는 그것을 밟지 않았다. 군주의 자리 앞을 지나갈 때는 신중하고 엄숙한 모습을 하면서도 빠르게 발걸음을 옮겼고, 말은 마치 기운이 없는 것 같았다. 옷자락을 잡고 대청에 오를 때에는 공손하고 조심스러운 모습으로 절하듯이 허리를 굽혔고 숨소리조차 내지 않는 것이 마치 호흡을 하지 않는 것 같았다. 나올 때는 한 계단 한 계단 내려올 때마다 긴장한 얼굴빛을 풀며 마음이 가벼운듯 만족스러워했다. …… 자기의 처소로 돌아가서는 더 공손하고 신중한 자세로 임했다."

『향당』편 5절은 외교관으로서 그가 방문국에서 어떠한 자세로 업무를 수행했는지 엿볼 수 있는 대목이다.

"공자가 외교적 명을 받고 외국으로 나가 의례를 하는데, 옥으로 만든 홀을 들 때, 절을 하는 모습으로 허리를 굽혀 그것을 드는 모습이 마치 들 수 없는 것처럼 공손하고 신중했다. 홀을 위로 들 때에는 마치 두 손을 맞잡고 예를 표하며 인사하는 읍을 하는 것 같았고, 아래로 내려 놓을 때는 마치 다른 사람에게 물건을 건네주는 것 같았다. 얼굴빛은 신중하고 정중한 모습으로 마치 전투 작전을 짜는 것 같이 전전긍긍하며 매우 조심스러운 표정이었고, 발걸음은 보폭이 좁아 마치 한 줄을 따라 걷는 것 같았다. 예물을 올릴 때는 상냥하고 화목한 모습으로 온화했고, 사적인 자리에서 방문국인 외국의 군신을 만날 때에는 마음이 가볍고 즐거워했다."

위의 기록들을 통해서 무엇을 볼 수 있었는가? 한 성인의 매우 조심스럽게 처신하는 신중함을 볼 수 있었다.

흥미로운 것은 여기에 대조적인 장면이 있다는 것이다. 이를테면, 공자는 고향의 마을 사람들 앞에서는 '마치 말을 잘 할 줄 모르는 사람 같은 모습'으로 처신했다. 그런 그가 사실은 큰 자리의 큰 인물 앞에서는 오히려 당당하고 차분하게 말했다는 것이다. 또한, 외교 업무를 수행하는 데 있어서는 전전긍긍하며 극도로 조심스러운 표정으로 임했던 공자가 사석에서 방문국의 군주를 만날 때는 오히려 가뻐하고 태연하며 자유롭고도 편안하고 즐거워했다. 본래 하층민 앞에서 조심스럽고 겸손한 마음을 가지는 것은 진정한 귀족의 교양이며, 외교의 장에서 긴장을 놓지 않은 것은 자신의 직무에 대한 진지하고 엄숙한 태도이다.

『논어』를 읽어보면 공자의 매우 자유롭고도 안락한 면모를 볼 수 있다. 그런데, 똑같은 『논어』를 읽으면서도 또 다른 자리에서 매우 조심스럽게 처신하는 공자의 신중함도 볼 수 있다.

'신중함'이란 무엇인가? 자신을 구속하고 다른 사람을 정중하게 대하는 것을 말한다. 중국에서 옛날부터 지금까지 오랜 시간 동안 사용되어 온 두 단어를 살펴보자.

'예절(禮節)'은 예(禮)로써 자신을 절제하는 것을 말한다.

'예양(禮讓)'은 예(禮)로써 겸양하는 것을 말한다. 즉, 예(禮)로써 겸손한 태도로 남에게 양보하거나 사양하는 것이다.

만약 어떤 사람이 "어느 누군가가 어떤 곳에서 그 어떤 것에도 구속받지 않고 기세당당하게 우쭐거리며 또 투덜거리는 모양으로 변명을 늘어놓거나 쟁론하듯이 한다면 어떨까요?"라고 묻는다면 나는 '별로 좋지 않다'고 대답할 것이다.

왜냐하면, 이러한 사람이나 태도에서 나타나는 기질(성격)은 자신감이 아니라 경외심을 모르는 것이다. 이 세상에는 우리가 늘 경외해야 하는 사람들이 있고, 우리가 늘 경외해야 하는 경우나 상황도 있으며, 우리가 늘 경외해야 하는 규범과 예의도 있다는 것을 반드시 알아야 한다. 솔직히 말해서 좀 더 강하게 말하자면, 이 세상에서 누가 또 우리보다 천하다는 말인가? 우리가 누구 앞에서 잘난 체하며 우쭐거릴 수 있는가? 어떤 경우에도 스스로 옳다고 여기며 독선적일 수 있는가? 있다면 그것은 오로지 한 가지 경우밖에 없다. 바로 사적인 자리이다. 사적인 형편, 상황, 장소, 시간, 기분 등의 범위 안에서 말이다. 『논어·술이』에 보면, 공자의 개인적 공간을 느낄 수 있는 한 대목이 있는데, 다음과 같다. "공자는 집에 어떤 특별한 일이 없어 한가롭게 지낼 때는 옷차림이 단정하고 화기애애하며 편안한 모습이 었다" 공자도 개인적 공간에서는 심신을 편안하고 느긋하게 했다.

따라서 우리는 될 수 있는 대로 자신감과 자부심을 가질 수 있지만, 더 많은 경우에는 자신을 구속해야 하고, 조심성이 있어야 하며, 심지어 긴장을 늦추지 말아야 한다. 왜 그럴까? 왜냐하면, 사람은 혼자서 사는 것이 아니라 다른 사람과 더불어 살아가는 존재이기 때문이다. 그러므로 우리는 다른 사람과 사회에 대해서 공손히 대하며 존경하는 '공경심'을 가져야 하고, 더 나아가 이런 공경심으로 두려워할 줄 아는 마음인 '경외심'을 가져야 한다.

언행이 겸손하고 예의 바른 공손한 사람은 제멋대로가 아니라 조심스럽게 처신하는 신중함이 반드시 있다.

자신의 명예를 소중히 여기는 사람은 부끄러움을 많이 탄다.

고귀한 사람은 자신을 낮추는 사람이다.

삶에서 우리는 덕성과 명망이 높고 학문이 깊은 사람들이 아주 겸허하며 온화하다는 것을 자주 경험하게 된다.

이도저도 아닌 그런 사람들만이 높은 수준에 이르지 못하기 때문에 오히려 알량한 수완으로 이를 드러내고 발톱을 치켜세우듯이 하면서 오만하고 안하무인격이 되는 것이다.

공자가 말했다. "강의목눌(剛毅木訥)은 '인(仁)'에 가까우니라(『논어·자로』)" 자세히 풀이하자면, "의지가 강직하고, 성격은 결단력과 인내심이 있어 의연하며, 태도와 자세는 꾸민 데가 없어 소박하고 수수하며 성실하고, 언사는 신중히 하여 말수도 적고 입이 무거운 것, 이것이 '인(仁)'에 가까운 품성이니라" '강의목눌(剛毅木訥)'은 '우리말샘사전'에 '강하고 굳세며 순박하고 말투가 어눌함'이라고 실려있다. 여기에서 '말투가 어눌함'은 아주 조심스러운 단면을 매우 잘 보여주는 것으로 신중에 신중을 기하는 것을 말한다. 이것으로 미루어 볼 때, 조심스럽게 처신하는 신중함은 성현의 품덕에 가까운 것이다. 반대로 제멋대로 방자하게 행동하는 것은 무뢰한의 모습과도 같다.

내가 만났던 사람들은 거의 모두 공손하려고 조심스럽게 처신하는 신중함이 있었다.

내가 만났던 소인은 자주 제멋대로 하는 방자한 사람이었다.

공자가 우리 곁으로

'공문(孔門)'의 유머

『논어·공야장』에는 '세 번 숙고하고 행동하다'라는 뜻으로 '삼사이후행(三思而后行)이 실려 있는데 문장 속으로 들어가 보자.

"계문자는 무슨 일이든지 꼭 세 번이나 깊이 생각하고 행동했다. 공자가 이 이야기를 듣고 완곡한 어조로 말했다. '두 번 숙고하고 행해도 되느니라'"

계씨 가문을 존칭하여 뒤에 '손'을 붙여 계손씨 가문이라고도 부르는데, 계보는 계문자(계손행부)-계무자(계손숙)-계도자(계손흘)-계평자(계손의여)-계환자(계손사)-계강자(계손비)의 순이다. 괄호 안이 본이름이고, 괄호 앞은 사후에 '시호'를 붙여 부른 호칭으로 가운데 글자가 '시호'에 해당된다. 즉, 계손행부의 시호는 '문'이고, 계문자로도 불린다.

계문자(계손행부)는 노나라 계씨 가문의 유명한 가장이다. 계평자(계손의여)의 증조부(3대조)이고, 계환자(계손사)의 고조부(4대조)이며, 계강자(계손비)의 현조부(5대조)이다. 여기에서 뒤 삼대 계손씨 가장인 계평자·계환자·계강자는 모두 공자와 깊은 관계를 맺고 있다. 계문자의 삶을 보게 되면 마치 조금의 오차도 없이 규격에 딱 맞는 것처럼 그의 행위는 규범에 부합하여 단정했다. 20여 년 동안 그가 집권한 노나라도 비교적 평온하고 순탄했으며, 자신도 천수를 다하고 끝마무리도 잘했을 뿐만 아니라 죽기 전에는 장례를 검소하게 지낼 것을 유언하기도 했다.

계문자가 죽었을 때 공자는 아직 태어나지 않았으므로 공자에게는 그가 노나라의 선배 정치가였던 셈이다.

계문자는 한 가지 특징이 있었는데, 일에 부딪치면 몇 번이고 생각한 다음에야 시행했다. 사람들은 이를 두고 '삼사이후행(三思而后行)'이라고 일컬었다. '세 번 숙고하고 행동하다'의 뜻이다. 사실, 여기에서 말하는 '삼(三)'은 '실수(實數)'가 아니라 단지 반복하여 여러모로 생각하는 것일 뿐이다. 그러면 공자는 어떻게 생각했을까? 공자는 정의를 위해 용감하게 나서는 것을 좋아하고, 곤란한 일이나 위험한 일에도 용감히 나서는 것을 좋아했다. 그런데, 우물쭈물하며 이것저것 걱정이 많아 소극적인 태도로 이해타산을 반복하여 생각하는 것을 그렇게 좋아하지 않았다. 그래서 일부러 이 '삼(三)'자에 대해 명확하게 실증하려고 "두 번 숙고하고 행해도 되느니라"라고 하면서 대선배에 대한 사람들의 인식에서 나온 '세 번 숙고하고 행동함'을 비웃으며 깎아내린 것이다. 이는 구태여 세 번 또는 그 이상 여러 번 생각할 필요가 없음을 말한다. 이로써 공자는 일부러 '실수(實數)'가 아닌 여러 번이라는 많은 횟수를 가리키는 '삼(三)'을 두 번이면 족하다고 하는 실제 숫자로 변경하여 비웃은 것이다. 이는 매우 고급스러운 유머이다. 생각이나 감정 따위를 직접적으로 드러내지 않고 함축적으로 비판했으며, 그렇게 깐깐하게 힘을 다하여 말한 것도 아니다. 그렇지 않았다면 유머라고도 볼 수 없을 것이다.

공자는 무거운 짐을 지고 있으면서도 태연자약한 사람이었다. 그래서 아주 원칙적이고 엄숙한 자리에서 모두가 그가 위대하고 영광스럽고 옳은 말을 할 것이라고 생각했을 때, 갑자기 그의 웃음 띤 얼굴이 환하게 활짝 열려 어둡고 무거운 공간을 비추면서 우리의 마음을 봄바람 속의 꽃가지처럼 살랑살랑 흔들리게 하여 시원스럽게 한다.

언언(言偃)은 공자의 제자로 자는 자유(子游)이고 문학에 밝았던 인물인데, 『논어·양화』편에 그에 관한 대목이 실려 있다. 그가 무성(武城)의 행정장관직(고을을 맡아 다스리던 지방관)을 맡고 있었을 때 일이다. 그때 공자가 제자 몇 명을 데리고 방문했다. 그들이 무성에 도착하여 그를 만났을 때쯤 성 안 곳곳에서 거문고를 타며 노래하는 소리가 들려왔다. 공자는 빙그레 웃으며 자유(子游)에게 "닭 잡는데 어찌하여 소 잡는 칼을 쓰느냐?"라고 말했다.

그런데, 자유는 분명히 그때 스승이 가뿐하고 유쾌한 마음으로 유머스럽게 하는 말을 느끼지 못한 듯이 아주 진지하게 대답했다. "옛날에 스승님께서 가르치시길 '군자가 도를 배우면 백성에게 은혜를 베풀며 어질고 자애롭게 대하고, 백성이 도를 배우면 분부를 듣고 잘 따른다'라고 하셨습니다. 그래서 저는 예악(禮樂)의 문화로 무성을 다스리고 있습니다."

그의 말을 듣고 공자는 웃음을 거두며 말했다. "제자들아, 들었느냐? 언언의 말이 참으로 맞도다. 방금 내가 한 말은 단지 농담을 했을 뿐이니라"

공자의 제자들 중에는 그처럼 유머를 구사하는 사람도 있다. 예를 들자면, 유약(有若)이 바로 그러한 사람이다. 그의 자는 자유(子有)이고 존칭하여 유자(有子)라고도 불린다. 그렇지만 그의 유머는 좀 썰렁하다. 『논어·안연』 편에 노나라 군주인 애공과 그의 담화가 실려 있다.

한번은 노애공이 유약에게 물었다. "올해 농사가 좋지 않아 나라의 살림이 부족한데 어떻게 하면 좋겠소? 짐을 도와 방법을 좀 생각해 주시오"

먼저, 당시 노나라의 세금 제도를 살펴보자. 노나라는 주나라의 제후국으로서 서주(西周, 건국초기부터 수도를 서안에서 낙양으로 옮기기 전까지의 주나라를 말함) 시기의 조세 제도를 따라 세금을 거두었다. 그때 논밭에 부과하는 조세로서 전세(田稅) 제도가 있었는데 이를 '철(徹)'이라고 하며, 국가는 경작지의 수확에서 '10분의 1'을 전세로 징수했다. 그런데, 노나라는 선공(宣公) 15년(기원전 594년)부터 이 '철(徹)' 조세 제도를 폐지하고 '10분의 2'를 전세로 징수하는 것을 실시한 것이다. 이는 원래의 세금을 두 배로 올린 것과 같다. 따라서 노애공 당시, 이미 세금을 많이 징수하고 있었던 것이다. 그럼에도 불구하고 귀족들의 지출이 갈수록 많아졌고, 세상 형편도 빠르고 크게 변화하면서 나라의 일도 많아졌다. 이런 상황에서 결국 나라 재정이 위기에 처하자 노애공은 이 어려움을 타개하려고 유약에게 해결할 방도를 물었던 것이다.

유약은 어떤 방도를 짜내어 답을 주었을까? 유약이 말했다. "그러면, 왜 원래 조세 제도인 '10분의 1'을 징수하는 '철' 세법을 실시하지 않으십니까?"

국고가 곧 텅 비게 생겨 그에게 세수를 늘리는 방도를 내어 달라고 했는데, 그는 담담하고 침착하며 여유 있게 오히려 세수를 낮추어 절반으로 줄인 것이다. 가만히 보면, 그의 말 속에는 어떤 사람은 돈이 너무 많아서

다 쓰지도 못하는 것 같은데, 그로 하여금 돕게 하고 살을 빼라고 하시죠라는 유머스러운 말도 함축되어 있는 것 같다.

노애공도 그것을 알아채기는 했지만 그래도 이렇게 중대하고 심각한 나랏일을 타개하려는 자리에서 그렇게까지 썰렁한 유머를 할 줄은 생각하지 못했다. 그는 자신의 귀를 의심하며 말했다. "지금 짐은 10분의 2의 전세를 시행하고 있소이다! 이래도 국고가 비게 생겨 나라의 재정이 턱없이 부족하니 짐이 그대의 지혜로 이 난국을 해결해 보려고 한 것을 정녕 모른다는 말이오. 어떻게 10분의 1을 징수하는 '철' 세법을 시행하라고 하는 것이오?"

이때 비로소 유약은 잔잔한 목소리로 말했다. "백성의 살림이 풍족하면 군주가 어떻게 풍족하지 않으시겠으며, 백성의 살림이 풍족하지 않으면 군주도 풍족하지 않게 되는데, 군주께서는 어떻게 혼자서만 풍족하려고 하시며, 방법을 써서 풍족하게 된들 그 누구와 더불어 풍족하시겠습니까?"

'공문(孔門)'의 유머 뒤에는 언제나 정당한 도리가 있다.

간고함으로 탁월함을 추구하다

공자의 제자 중 증삼(曾參)은 그렇게 총명한 학생은 아니었다. 그의 자는 자여(子輿)이고 존칭하여 증자(曾子)라고 부른다. 그는 공자 생전에 특별히 뛰어난 활약이 없었고, 사과십철(四科十哲)의 명단에도 들지 못했을 뿐만 아니라 스승으로부터 "증삼은 둔하다(『논어·선진』)"라는 평도 받았다.

그러나, 훗날의 증자는 의심할 여지가 없는 위대한 인물이 되었다. 그를 통해 연이어 자사(子思, 공자의 손자)와 맹자와 같은 대가들이 출현함으로써 정통 유학의 자리를 다지게 되었기 때문이다. 즉, 공자의 사상을 계승한 그의 가르침은 자사를 거쳐 맹자에게 전해져 정통 유교사상사의 관점에서 볼 때 아주 중요한 위치를 차지한다고 할 수 있다. 사실, 공자 생전에는 뛰어난 활약을 보이지 않았던 그였지만 훗날의 그는 오히려 특별한 활약을 펼쳤다. 이러한 그의 특별한 활약을 주목한다면 본래 전혀 뛰어나지 않았던 그가 수많은 공자의 제자들 중에서 어떻게 가장 큰 업적을 남긴 사람이 되었는지 이해할 수 있을 것이다.

증자는 소박하고 고집이 센 성격의 사람이었다. 자신을 수련하기 위해 자신에게 매우 모질고 단호했으며, 심지어 때로는 인정사정없이 자신을

공자가 우리 곁으로

봐주는 법이 없을 정도로 독했다.

예를 들면, 그는 효도를 다하기 위해 그의 아버지 증석(曾晳)이 그의 목숨을 앗아갈 정도로 몽둥이를 휘두르고 있을 때에도 그 자리에서 꼼짝도 하지 않았고, 격노한 아버지의 매를 그대로 받아들였으며, 심지어 기절하기까지 했다. 그런데, 그는 깨어난 뒤 곧바로 아버지의 방으로 가서 자식을 훈계하기 위해 무거운 방망이를 들고 애쓰셨으니 많이 힘들었을 것이라고 위로했다.

자신의 방으로 돌아가서는 아버지가 혹시나 자신의 상한 몸을 걱정할지도 모른다는 생각에 일부러 거문고를 타면서 목청껏 노래를 부르며 자신은 아무렇지도 않다는 듯이 아버지를 안심시키고 걱정하지 않도록 했다.

이 일의 결과로 그는 스승인 공자에게 호되게 꾸지람을 받았다. 그 수위가 하마터면 공문에서 제적당할 뻔한 정도였다. 공자가 결국 이 일을 통해서 그에게 일깨움을 준 것은 효도를 하면서도 때로는 지혜롭게 피할 줄도 아는 것이었다. 이럴 때에 자신의 생명도 보호할 수 있고 아버지의 평판도 보호할 수 있다고 증자를 가르치면서 일을 끝마쳤다.

공자는 아마도 증자가 효도를 다하기 위해 죽도록 맞을지라도 다른 것은 생각하지 못할 정도로 지혜를 가지고 융통성 있게 변통할 줄 모르는 것에 화가 났을 것이다. 이는 제자에 대한 스승의 사랑을 엿볼 수 있는 대목이다. 동시에, 공자는 그의 모습에서 풍겨나오는 '인(仁)'에 대해 거의 우둔함에 가까운 그의 천성을 은근히 기이하게 여기며 칭찬했을 것이다. 『논어·안연』편에서 공자는 "'인(仁)'이란 사람을 사랑하는 것이다"라고 말한 바 있다. 사실, 공자는 원칙적인 사람에게 적절하게 변통할 줄 알도록 가르치는 것은 그렇게 어렵지 않지만 참고 인내하며 끝까지 견딜 수 있는 학생은 보기 드물며 이런 학생을 얻기란 참으로 어렵다는 것을 안다.

소철(蘇轍, 북송의 문인이며 당송 팔대가의 한 사람)의 『고사·공자제자열전』에 의하면 증자는 그의 부친인 증석에게 효를 다하기 위해 반드시 술과 고기를 준비하여 드시게 했고, 차마 부모와 떨어져 살 수 없어 관직을 그만두기도 했으며, 아버지가 돌아가셨을 때는 장례를 주관하면서도 7일동안 물과 음식을 입에 대지도 않았다고 한다.

『맹자·공손추』에 의하면, 증자의 아버지는 야생에서 나는 고욤나무의 열매를 즐겨 먹었는데, 아버지가 죽은 후 증자는 다시는 이 고욤을 먹지 않았다고 한다.

『장자·우언』에는 아버지 증석이 죽은 후 증자의 심리적 변화에 대해서도 기록되어 있다. 증자가 처음 벼슬을 했을 때는 관직은 크지 않았고, 녹봉도 적었지만, 마음만은 행복했다. 왜냐하면 효도할 부모가 있었기 때문이다. 두 번째 벼슬을 했을 때는 관직이 커서 비록 3천 종(鐘, 고대 용량의 단위)이나 되는 많은 녹봉을 받았지만 부모님이 돌아가셔서 그들을 모시며 효도를 할 수 없었기 때문에 마음은 매우 슬펐다.

『한시외전』 제1권에 따르면, 부친인 증석이 살아 있을 때 증자는 부모를 잘 모시기 위해 "녹봉을 중요하게 여기고 자신에 대해서는 중요하게 여기지 않았다"라고 했는데 이는 부모를 부양하며 효도할 부모가 있었기 때문이다. 부모가 돌아가셨을 때 증자는 "자신의 몸을 중요하게 여기고 녹봉은 그렇게 중요하게 여기지 않았다"라고 했는데, 이는 '신체발부수지부모(身体發膚受之父母)'라고 했듯이 자신의 신체와 모발과 살은 부모에게서 받았으니 이를 잘 간수하여 '효'를 다하려고 했기 때문이다.

부모 생전에는 부모를 잘 모시기 위해서 마음을 놓지 못했고, 부모가 돌아가신 후에도 부모를 그리워하며 또 그들이 걱정할 것을 생각하여 부모로부터 받은 자신의 몸을 잘 간수하기 위해 마음을 놓지 못했다. 끝까지 효도를 다하기 위해 그는 부모에 대한 걱정을 언제쯤에 비로소 내려놓을 수 있을까?

『논어·태백』편에는 증자가 병에 걸리자 자신의 제자들을 불러 그들과 이야기를 나누는 대목이 실려 있다. 증자가 말했다. "내 발과 손을 좀 보아라! 모두 멀쩡하지 않느냐! 내 사랑하는 부모님으로부터 받은 신체발부를 잘 보전하기 위해 나의 일생은 『시경』에 이르기를, '조심해라! 신중해라! 마치 깊은 물웅덩이 옆에서 전전긍긍하는 것처럼 하고, 마치 살얼음판을 걷는 것처럼 해라'라고 한 것처럼 신중했고, 늘 엄숙하고 경건하며 조심조심했다. 이제부터는 내가 이런 두려움에서 벗어나 불효를 면하게 된 것을 비로소 알겠구나. 얘들아!" 끝까지 효도를 다하기 위한 그의 노력은 임종 직전에서야 마칠 수 있었다.

죽음에 이르러서야 비로소 시원하게 풀린 그의 일생을 보면서 경외감과 존경심으로 숙연해지지 않는가?

증자 같은 사람은 천성이 매우 성실하고 꾸밈이 없으며, 충직하고 온후하다. 그의 이러한 천성은 그의 둔함을 가장 잘 보완해주었다. 사실, 천성적인 이러한 품성의 여부는 오늘날 소위 말하는 아이큐 높낮이보다 디욱 더 중요하다.

『논어·학이』편 제 4절에 보면 매일 세 번 돌아보고 반성한다는 증자의 말이 기록되어 있다.

증자가 말했다. "나는 날마다 세 번씩 자신을 돌아보고 반성한다. 남을 돕기 위해 그를 대신하여 일을 처리할 때나 직접 도울 때 혹시 열과 성의를 다해 도왔는가? 친구와 교제할 때 혹시 정성스럽고 참된 모습으로 그에게 믿음을 주었는가? 스승의 가르침을 혹시 복습하여 익히고 실천했는가?" 여기에서 "나는 날마다 세 번씩 자신을 돌아보고 반성한다"라고 하는 '오일삼성오신(吾日三省吾身)'의 '삼(三)'은 일반적으로 그대로 '3'이라는 숫자로 해석하는데, 중국에서는 '여러 번' 또는 '자주'의 의미로 풀이하는 해석가도 있기 때문에 너무 숫자에 매일 필요는 없다고 여긴다. 따라서 날마다 '세 번' 또는 '여러 번'이나 '자주' 자신을 돌이켜보고, 끊임없이 도덕적으로 자기 반성을 하며, 자기 자신을 투박한 돌로 여기고 그것을 자르고 쪼고 갈고 닦듯이 하는 것을 말한다. 이 얼마나 그토록 자신을 모질게 대하는가? 이 얼마나 처절한 자기와의 싸움인가? 이러한 심신수양과 학문수양은 궁극적으로 어디로 향하기에 그토록 자신에게 철저하게 대한다는 말인가? 모든 수양의 궁극적인 목표는 결국 인격의 완성을 향하여 달려가는 것이다. 증자는 바로 이러한 깨달음을 이미 얻어 그토록 자신을 제어하며 모질게 채찍질한 것이다. 앞서 훗날의 증자는 의심할 여지가 없는 위대한 인물이 되었다고 했는데, 과연 명불허전이 아닐 수 없다.

『논어·태백』편 6절에는 '군자에 대한 신의와 지조'라고 할 수 있는 증자의 말이 실려 있다.

증자가 말했다. "나이가 어린 군주를 잘 보필하도록 맡길 수 있고, 나라의 명맥을 맡길 수 있으며, 생사의 갈림길에서 생명의 위험에 직면했을 때에도 두려워하지 않고 어떤 외압에도 흔들림이 없이 굴복하지 않는 자가 있다면, 바로 이런 사람이 군자다운 사람이 아니겠는가? 당연히 군자다운 사람이니라" 이 얼마나 그토록 자기를 강화시키는 말인가? 군자는 특히 신의와 지조의 대명사라고 할 수 있기 때문에 이럴 때에 진정한 군자의 면

공자가 우리 곁으로

모를 갖추었다고 볼 수 있다. 앞서 증자는 소박하고 고집이 센 성격의 사람이었다고 말했듯이 그는 이러한 신념을 가지고 소박하고 고집스럽게 자신을 강화시키며 굳혀 나갔던 사람이다.

『논어·태백』편 7절에는 선비가 가져야 할 덕목과 임무, 그리고 그로 인하여 그가 감당해야 하는 인생의 무게에 대한 증자의 말이 실려 있다.

증자가 말했다. "선비는 마음이 너그럽고 뜻과 의지가 굳세지 않으면 안되는 것이거늘, 이는 그의 임무가 매우 중대하고 무겁고 가야 할 길이 멀기 때문이다. '인(仁)'을 자기의 임무로 삼았으니 어찌 그의 짐이 무겁지 않겠는가? 이는 삶이 끝나는 죽음 뒤에야 비로소 마치는 것이니 이 얼마나 긴 인생의 여정인가?" 이 얼마나 그토록 자기의 임무를 사명으로 받아들이도록 자신을 강하게 그 길로 밀어내고 있는가? 증자는 자신을 철저하고도 모질게 하루에 세 번 자신을 살폈던 사람이고, 군자의 면모를 갖추기 위해 고집스럽게 그런 자신의 신념을 강화시켜 나갔으며, '신체발부'는 부모로부터 온 것이니 그것을 잘 보전하여 효를 다하기 위해 죽을 때까지 전전긍긍하면서 일생 동안 조심했다. 그런데 그가 또 평생 '인(仁)'을 자기의 임무로 삼았다고 했으니 그가 감당했던 인생의 무게가 느껴지는 대목이 아닐 수 없다. 앞서 공자는 그의 모습에서 풍겨나오는 '인(仁)'에 대해 거의 우둔함에 가까운 그의 천성을 은근히 기이하게 여기며 칭찬했을 것이라고 말한 바 있다. 또한 그의 스승인 공자는 "'인(仁)'이란 사람을 사랑하는 것이다"라고 말한 바 있다. 증자는 그의 스승의 가르침대로 타자를 사랑하는 '인(仁)'의 실천을 인생의 최종 목표로 삼고 이런 뜻과 의지를 굳세게 하여 죽을 때까지 달려 간 것이다. 실로 그의 길이 아름답다고 하지 않을 수 없다.

미덕을 닦는 데 조금도 자신을 풀어 늦추지 않았고, 잘못을 고치며 편

향되어 치우친 것을 바로잡는 데에도 절대로 소홀히 하지 않았으며, 맡은 책임에 대해서도 결코 포기하거나 내려 놓지 않았다. 바로 이런 사람이 군자다운 사람이겠는가? 당연히 군자다운 사람이도다!

『장자·양왕』편에는 자기 수양을 하는 증자의 처절한 모습이 기록되어 있다.

"증자가 위(衛)나라에서 살고 있을 때, 그가 입고 있는 솜옷의 겉 천이 거의 없을 정도로 헤졌고, 얼굴은 부기로 누렇게 들떠 있었으며, 손과 발은 모두 굳은살투성이었다. 사흘 동안 불을 지펴 밥을 짓지 못하는 것은 예사였고, 10년 동안은 옷 한 벌도 만들어 입어보지 못했다. 그가 관을 똑바로 쓰려고 하면 갓끈이 이미 끊어져 있었고, 옷깃을 여미려고 잡아당기면 팔꿈치가 삐져 나왔으며, 신을 신으면 신발 뒤축이 갈라져 있었다. 그런데, 그런 신을 신고 질질 끌면서도 그가 높은 소리로 『시경』의 한 편명인 「상송」을 읊으면, 그 소리가 그야말로 온 천지를 꽉 채울만큼 가득찼는데, 사람의 몸에서 나오는 소리가 아니라 마치 종(鐘)이나 경(磬)과 같은 악기에서 흘러 나오는 소리 같았다. 천자도 그를 신하로 둘 수 없었고, 제후들도 그와 더불어 벗할 수가 없었다."

마지막으로 장자는 그의 그런 모습에 크게 찬탄하며 말했다. "뜻을 기르는 사람은 자신의 이미지를 잊고, 자신의 이미지를 기르는 사람은 자신의 이익과 관록을 잊으며, 도를 닦는 데 집중하는 사람은 마음조차 잊는 것이다"

온갖 간난신고를 무릅쓰고 탁월함을 추구한 자가 바로 증자이다!

자공의 총명함

　　자공(子貢)의 본명은 단목사(端木賜)인데, 성이 '단목'이고 이름이 '사'이며, '자공'이 바로 그의 자(字)이다.『사기·화식열전』에 의하면, 공문의 제자 중에서 육예(六藝)에 능통한 "칠십여 제자에 속했던 단목사가 가장 풍족했다"라고 한다. 게다가 그의 외교적 업적과 노(魯)·위(衛) 두 작은 나라의 그에 대한 정치·외교적 수완의 탁월함에 힘입어 그는 재계의 '대부호'이자 정계의 '거물급 인사'가 되었다. 공자는 제자들이 벼슬이나 장사를 하는 것을 별로 좋아하지 않았기 때문에 공문의 제자 중에는 가난한 사람들이 많았다. 위에서 인용한『사기·화식열전』에서의 "단목사가 가장 풍족했다"라고 하는 말 뒤에 바로 이어서 공자의 또 다른 제자인 원헌(原憲, 자는 '자사'이며 '원사'라고도 부름)이 나오는데, 그에 대해 다음과 같이 기록되어 있나. "원헌은 술지게미와 쌀겨 같은 변변찮은 거친 음식을 먹으면서 가난한 사람들이 사는 좁고 허름한 골목에서 숨어 살았다. 그런데, 자공은 사두마차를 타고 다니면서 비단으로 이루어진 속백을 예물로 준비하여 여러 제후들을 찾아가 친교를 하니 그가 가는 곳마다 군주들은 대등한 예를 취하여 그를 대하지 않는 자가 없었다" 이런 외형적인 비교를 가만히 보면, 자공이 자신의 막강한 자본과 그것으로 사두마차를 타고 다니며 여러 제후들로부터 대등하게 친교하는 예우를 받는 것은 자신의 동료들보다 강함을 나타내기도 하는 것이어서 그들을 우습게 볼 수도 있었을 것이다. 그런데, 그는 그렇게는 하지 않았다. 『사기·중니제자열전』에 이르기를, "그는 다른 사람의 장점을 드러내주면서 칭찬하는 것을 좋아했지만, 다른 사람의 잘못을 감싸며 덮어 주지는 못했다"라고 한 것처럼 비록 그에게도 '방인(方人)'하는 단점이 있었지만 그는 다른 사람의 장점을 알아주었다. '방인'에 대해서는 앞서 소제목 '타인을 바로잡는 권한'이라는 부분에서 언급했듯이 "일종의 일정한 규칙과 표준으로 다른 사람을 바로잡아 고치도록 강요한다"는 뜻을 지니고 있어, '상대방을 강제로 따르게 한다'는 의미를 담고 있다. 그래서 스승인 공자도 바로 이점을 반대했던 것이다. 어느 날 자공이 다른 사람들을 비평하자 공자가 말했다. "자공아, 너는 모든 면에서 현명하게 처신하더냐? 나는 남을 비평할 시간이 없는데 말이다(『논어·헌문』)."

『장자·양왕』편에는 자공과 원헌 사이의 작은 오해로 보이는 대목이 다음과 같이 기록되어 있다.

원헌이 노나라에서 살고 있을 때의 일이다. 그의 집은 사방 한 칸 정도의 작고 누추한 집이었는데, 마치 사람이 살지 않는 것처럼 초가지붕에는 풀이 자라고 있었고, 싸리문은 부서져 바깥바람이 그대로 들어오고 있었으며, 뽕나무 줄기로 문지도리를 삼았고, 방은 부서진 항아리를 박아서 창문을 만들었지만 지붕 위에서는 비가 새고 방바닥은 축축했다. 이런 환경에서도 원헌은 거문고를 타고 노래하며 스스로 그 안에서 기쁨을 누리고 있었다. 자공은 그를 보러 가기 위해 아주 커다란 말이 끄는 수레를 탔는데, 화려하고 진귀한 것으로 꾸며져 있었다. 그렇지만 아쉽게도 그가 탄 큰 수레가 원헌이 살고 있는 좁고 허름한 골목으로 진입할 수가 없어서 할 수 없이 그는 수레에서 내려서 원헌을 만나러 갔다. 원헌은 찢어진 관을 쓰고 뒤축이 망가진 신발을 신고서 지팡이를 짚고 걸어 나가서 문을 열고 그를 맞았다. 자공이 말했다. "아아구! 선생께서는 무슨 병이라도 걸리셨습니까?" 원헌이 말했다. "제가 듣기로는 재물이 없는 것을 '가난'이라고 말하고, 배우고도 실천하지 않는 것을 '병'이라고 합니다. 지금 저 원헌은 가난할 뿐, 병은 아닙니다" 공자는 일찍이 다음과 같이 말했다. "선비로서 도에 뜻을 두었을지라도, 해져서 너덜너덜한 허름한 옷차림과 반찬도 없는 간단한 밥을 부끄러워 한다면, 이런 자와는 더불어 이야기를 나눌 가치도 못되느니라(『논어·이인』)" 즉, 해져서 너덜너덜한 원헌의 허름한 옷은 바로 도에 뜻을 둔 것을 상징적으로 보여주는 모습이라고 할 수 있다. 그래서 자공은 원헌의 말을 듣고 스승의 가르침이 생각나서 매우 부끄러워했을 것이다. 원헌은 이어서 말했다. "세상의 풍속과 평판에 영합하여 수완을 부리며 행동하고, 주위를 맴돌며 힘있는 자만을 골라 그와 더불어 친교를 하면서 벗하며, 학문은 남의 환심을 사기 위해서 하고, 자기의 지식을 남에게 가르치는 일은 자기를 드러내어 과시하며 자랑하기 위해서 하며, 인의(仁義)가 없고 그저 화려하게 장식한 위세가 좋은 수레와 말만 보이니, 저 원헌은 차마 그렇게는 하지 못할 뿐만 아니라 참을 수 없는 일입니다."

『장자·양왕』편에 기록된 자공과 원헌 사이의 이야기는 자공을 비웃고 풍자한 것이다. 사실, 자공은 원헌의 훈계가 필요 없었다. 왜냐하면 그 자신도 꽤 자각하고 있었으니 말이다. 『장자』에 나오는 많은 내용은 우화적인 기법을 차용하여 기록한 것으로 글자 그대로 다 믿을 수 있는 것은 아니다. 사실성에 초점을 둔 믿을 만한 이야기 속으로 들어가 보자.

『논어·학이』에는 '가난'과 '부유'에 대한 공자와 자공의 대화가 다음과 같이 기록되어 있다.

자공이 물었다. "가난할지라도 아첨하지 않고, 부유할지라도 교만하지 않다면 어떻습니까?" 공자가 말했다. "그러면 괜찮으니라. 그런데 말이다. 가난하면서도 학문을 닦고 도리를 지키면서 즐겁게 살아가고, 부유하면서도 예(禮)를 좋아하는 사람만큼은 못하느니라" 자공이 또 물었다. "『시경』에 이르기를, '옥·상아·돌 따위를 자르고 쪼고 갈고 닦듯이 학문과 도덕수양을 쌓을 때도 이와 같이 똑같은 과정을 거쳐야 한다'라고 했는데, 스승님의 말씀은 바로 이를 두고 하는 말이겠습니다. 맞는지요?" 공자가 말했다. "자공아, 이제 비로소 너와 더불어 『시경』을 논할 수 있게 되었구나! 내 너에게 한 가지를 말해 주었더니 이제는 그것을 미루어 알려주지 않은 다른 것도 스스로 알다니 말이다" 이 글을 보게 되면, 자공은 가난할지라도 아첨하지 않고, 부유할지라도 교만하지 않을 자신은 있었던 것으로 보인다. 그래서 스승에게 물어 본 것인데, 그의 말을 듣고서 더 높은 차원이 있음을 깨닫고 지속적으로 절차탁마를 하며 정진해야 됨을 알게 된 것이다. 좀 더 자세히 살펴보자.

부자로서 '부유할지라도 교만하지 않음'을 행할 자기 도덕적 기대가 있기란 사실 쉬운 것이 아니다. 그런데도 공자는 그에게 더 높이 나아갈 것을 주문했다. '부유하면서도 예(禮)를 좋아함'에 이르는 것을 말한다. 사실, 자공과 같이 성공한 사람이 공자에게 매우 탄복하여 그의 문하에 들어가 가르침을 받은 것 자체가 어찌 '부유하면서도 예(禮)를 좋아함'이 아니겠는가? 스승이 소천한 후, 그는 스승을 위해 묘 옆에 여막을 치고 6년상을 지내면서 사업에서 돈을 버는 일과 관리 사회에서 높은 벼슬자리에 앉는 승급 기회도 전혀 개의치 않았다. 이것이 얼마나 높은 경지인가!

『논어·선진』편에는 안회와 자공을 비교한 대목이 있는데, 다음과 같이 기록되어 있다.

공자가 말했다. "안회는 학문과 도덕 수양이 거의 완성에 가까웠지만 오히려 그는 가난했고, 자공은 천명을 받들지 않고 그런 구속에서 벗어나 장사를 하며 돈을 벌어 부자가 되었는데, 그는 예측과 시세 파악을 잘하여 시장 상황을 정확하게 판단했다"

공자의 말투를 살펴 보고 재구성해 보면 다음과 같이 말할 수 있다. "안회는 말이야 참 좋은 학생이야! 성적도 우수하고 말이야! 그렇지만, 천명에 순응하여 자신의 본분을 지켜 학문과 도덕 수양에 정진하니 어쩔 수 없이 항상 가난하구나. 자공은 말이야, 천명의 구속을 받지 않아 공부하는 것에 있어서는 말을 잘 듣지는 않지만 항상 그렇게 돈을 잘 버는구나"

그렇다면 돈 많은 자공은 곤궁하게 지내는 안회를 어떻게 봤을까?

아마 공자도 그런 생각을 했을 것이다. 그래서 공자가 자공에게 묻는 대목이 『논어·공야장』편에 다음과 같이 기록되어 있다.

공자가 자공에게 물었다. "네가 안회와 비교하면 너희 둘 중 누가 더 낫다고 생각하느냐?" 자공은 약간 놀란 듯이 대답했다. "제가 어떻게 감히 안회와 비교가 되겠습니까? 안회는 하나를 들으면 열을 미루어 알고, 저는 하나를 들으면 겨우 둘을 미루어 압니다"

자공은 총명하고 외교적 수완이 탁월했으며, 상업에도 능했다. 그런데,

그의 가장 총명한 점은 외교적·상업적 수완이 아니라 사람에 대한 가치 판단에서 나타난다. 공자가 일찍이 자공에게 지혜로운 자(智者)와 인한 자(仁者, 어진 자)에 대해 질문한 적이 있었는데 『공자가어·삼서』편에 다음과 같이 기록되어 있다.

공자가 말했다. "지혜로운 자는 어떠하며, 인한 자(仁者, 어진 자)는 어떠하냐?" 자공이 말했다. "지혜로운 자(智者)는 사람을 알아 보고, 인한 자(仁者, 어진 자)는 사람을 사랑합니다"

자신과 타인을 헤아릴 줄 알고, 세상에서 이룬 공훈과 업적으로 사람의 경지를 판단할 수 없다는 것을 알며, 성공과 실패로 영웅을 논할 수 없다는 것을 아는 것, 이것이 비로 자공의 지혜이다.

장점에 걸려 넘어지다

자로(子路)의 본명은 중유(仲由)인데, 성이 '중'이고 이름이 '유'이며, '자로'가 바로 그의 자(字)이다. 계로(季路)라고도 불린다. 자로는 용사이다. 그는 처음 공자를 만났을 때 옷차림이 매우 우스꽝스러웠다. 머리에는 수탉 볏을 달고, 몸에는 숫돼지의 이빨을 걸치고 있었다. 그 모습이 마치 나는 수탉이고, 숫돼지이니 사납지 아니한가, 힘이 세지 아니하냐고 묻고 있는 것 같았다.

그는 공문에 들어가 공자를 스승으로 삼고 가르침을 받으려고 한 것이 아니라 행패를 부리러 온 것이었다.

이에 대해 공자는 그저 우습게 여겼다. 그는 자로에게 과연 어떻게 말했을까?

"너 그 꼴이 뭐냐? 미개하고 야만스럽기 짝이 없구나. 사람의 역량은 겉에 드러나는 너의 몸(힘)에 있는 것이 아니라 머리 곧 지력(智力)에 있는 것이니라. 즉, 사람의 탁월함은 얼마나 용맹한가에 있는 것이 아니라 이성과 지혜로써 행동하거나 판단하는 이지적(理智)인 사람인지에 있는 것이니라. 이 세상에서 너의 행위가 통하느냐 마느냐는 무공에 의한 것이 아니라 너의 행위가 예의(禮義)에 맞는지에 달려 있는 것이거늘. 이제 알아들었느냐?"

사실, 공자 자신도 키가 2미터에 가까운 용맹한 전사와도 같은 체격을 가지고 있었다. 따라서 자로가 공자와 일대일로 겨룬다고 할지라도 그가 공자를 반드시 이길 수 있는 상황도 아니었다.

그러나, 공자는 행패를 부리러 온 자로와 팔씨름하듯이 힘으로 맞서지 않고 자로에게 예의를 알아야 자신의 행위가 비로서 인정을 받을 수 있음을 가르쳐 주었다. 자로는 결국 공자의 말에 탄복하여 그의 제자로 받아 줄 것을 요구했고, 그는 이렇게 자로를 제자로 삼게 된 것이다.

그러나, 강산이 쉽게 변하지 않는 것처럼 본성도 쉽게 변하지 않는다. 자로는 자신의 가장 큰 장점이 용맹함이라고 생각하고 스승이 배우기를 좋아하는 사람이나 인의(仁義)가 있는 사람을 칭찬할 때, 그의 옆에서 해바라기처럼 그를 바라보며 끊임없이 자기를 좀 봐 달라고 했다. 한번 자로의 심정이 되어서 말하자면, "스승님, 용맹함은 매우 중요합니다. 스승님께서 만약 '용맹함'을 평가지표에 포함시킨다면 바로 제가 가장 뛰어난 사람이 되니 저 좀 많이 칭찬해 주어야 합니다. 게다가 저는 공문의 제자들 중에서 대선배이지 않습니까!"

그래서 『논어·양화』편에 보면 그는 이와 같은 분명한 암시를 가지고 스승에게 질문을 하는 대목이 다음과 같이 기록되어 있다.

자로가 물었다. "군자는 용맹함을 귀하게 여겨 그것을 주장하며 숭상하지 않습니까?" 공자는 그의 속내를 꿰뚫어보며 유유히 말했다. "군자가 만일 용맹함이 있는데 의로움이 없다면 그는 난을 일으키게 될 것이고, 소인이 만일 용맹함이 있는데 의로움이 없다면 그는 강도질을 하게 될 것이다"

가정이지만 어찌 군자가 의롭지 않을 수 있단 말인가? 사실, 용맹함만 가진 군자란 상상할 수 없고 그가 의롭지 않다면 더더욱 그는 이미 군자가 아닌 것이다. 그럼에도 불구하고 공자는 용맹함만 내세우는 제자를 바르게 인도하기 위해 가정법으로 예를 든 것이다. 즉, 용맹함도 중요하고 필요하기는 하지만 용맹함만 가지고서는 안 되고, 그것을 제어할 수 있는 의로움이 있어야 되며, 이것이 없는 용맹함은 이미 진정한 용맹함을 상실하여 질서를 어지럽히는 난폭함이라는 것이다. 말하는 스승과 듣는 제자가 모두 마음이 아팠겠지만 한마디로 자로는 거절을 당했다.

이번에는 공자가 여러 제자들 앞에서 어느 한 제자를 칭찬하는데 거기에 갑자기 자로가 등장한다. 칭찬에 목말라 있었던 그는 과연 칭찬을 받게 되었을까? 『논어·술이』 속으로 들어가 보자.

어느 날 공자는 안회를 칭찬하며 말했다. "안회야, 누군가 필요로 하여 써주면 재능을 드러내 뜻을 펼치고, 써주지 않으면 재능을 감추고 물러날 수 있는 사람은 오직 너와 나뿐, 이러한 경지는 너와 나만이 갖추었을 것이다"

이 말을 들은 자로가 바로 나서서 말했다. "그럼 스승님께서 군대를 거느리고 전쟁을 치른다면, 누구의 도움을 원하십니까?"

그의 말은 스승이 군대를 이끌고 전쟁을 치른다면 결국은 자신과 같이 무술이 뛰어난 용사를 데리고 가지 않겠느냐는 뜻이다.

사실, 그가 원한 것은 그저 스승의 칭찬 한마디였지 이 외의 다른 뜻은 없었다. 그는 공자보다 아홉 살 아래여서 스승과 나이 차이가 그렇게 나지 않고 그 자신도 많은 나이이기 때문에, 왜 그렇게 스승의 칭찬을 듣고 싶어

할까라고 의아해할 수도 있겠지만 아무리 나이가 많아도 제자는 제자이지 않겠는가? 그 역시도 스승의 총애를 받고 싶어하니 다른 제자들과 똑같이 그의 총애를 받으려고 서로 다투고 있는 것이다. 마치 어린아이가 심술을 부리며 투정하는 것처럼 말이다. 그는 나이가 들었으나 스승 앞에서는 역시 어린아이와 같았고 그렇게 행동했다.

그러나, 안타깝지만 스승은 스승이지 않겠는가? 스승인 공자는 아직 이런 사람은 교육상 칭찬할 수 없다는 것을 알고 있다. 그러면 공자는 뭐라고 말했을까?

공자는 여전히 유유하게 천천히 말했다. "맨주먹으로 호랑이와 싸우려고 하고, 맨몸으로 강을 건너려다가 목숨을 잃어도 죽을 때까지 뉘우칠 줄 모르는 사람이라면, 누가 그와 함께 하고 싶을 것이며 소중하게 여기겠느냐! 나 역시 조금도 그를 소중하게 여기지 않을 것이다. 나는 이런 사람은 필요 없다"

물론, 『논어·공야장』을 보면 공자도 반 마디 칭찬이기는 하지만 자로를 칭찬한 적이 있다.

공자가 말했다. "만일 내 주장이 통하지 않아 나의 정치적 이상이 이루어질 수 없다면, 나는 뗏목을 타고 망망대해를 표류할 것이다. 그때 나를 따라나설 사람은 아마도 자로일 것이다" 이 말을 들은 자로는 크게 기뻐했다. 그러자 또 공자가 말했다. "자로는 용맹을 너무 좋아하고 그 정도가 나를 훨씬 능가하지만 사리를 헤아려서 분별하는 것에는 능하지 못하는구나"

먼저 스승은 자로의 충직함을 칭찬하고서도 단번에 그의 장점까지도 덮어 없애버릴 정도의 아주 따끔한 경고장을 날린다. 경고장은 바로 '무소취재(无所取材)'이다. 직역하면 '취할 재료가 조금도 없다'는 말이다. 앞말과 연결해서 의역해보면 자로는 용맹스럽기 그지없고 또 그것이 나를 능가하지만 사리를 헤아려서 분별하는 것에는 능하지 못하기 때문에 제아무리 용맹함이 있다고 할지라도 이는 아무짝에도 쓸모가 없다는 말이다. 이런 냉혹한 결론을 내린 근거는 바로 그의 장점인 용맹함에 있다. 이는 춘추 시대라는 난세를 잘 헤쳐나가야 하는 시기였으니 행동이 거칠고 경솔하며 무모하기까지 했던 그에 대해 그의 용맹스러운 장점을 인정하면서도 그가 한 단계 더 뛰어오르기를 바라는 제자에 대한 스승으로서의 사랑과 근심이 묻어나는 대목이 아닐 수 없다.

공자가 자로를 매번 엄하게 꾸짖으니 결국에는 공문의 제자들마저 그를 무시하며 존경하지 않는 심각한 결과를 초래하게 되었다. 사실, 자로는 공문의 제1기 제자 그룹에 속하는 문하생이고, 공자를 가장 오래 따라 다녔는데, 특히 그가 노나라를 떠나 장기간에 걸쳐 여러 나라를 두루 돌아다닐 때 그를 수행하며 동고동락했던 사람이다. 한마디로 자로는 도를 추구하는 구도자로서의 열정만큼은 어느 누구보다도 강했으며 진심이었고 그렇게 행동했다. 그런데, 왜 공자는 줄곧 그를 높게 평가하지 않았을까?

이유는 생각보다 간단하다. 자로가 자신의 용맹함에 너무 자아도취적으로 빠져 있었기 때문이다.

사실, 자로는 줄곧 자신의 용맹함을 자신을 상징하는 트레이드마크처럼 여겨왔다. 그는 공자 뒤에 서서 두 눈을 동그랗게 뜨는 모습으로 자신의 트레이드마크를 넌지시 드러내었고, 만일 인품 등이 단정하지 않은 일부 사람들이 나타나면 그들의 말을 가로 막곤 했다. 이런 일이 거듭될수록 공자는 자기 뒤에 있는 자로 때문에 사람들이 다시는 함부로 말을 못할 것이고, 이로 인해 제자인 자로가 신성한 성취감을 맛보며 거기에 도취되어 가고 있음을 느꼈던 것이다.

필자는 그가 일생 동안 살면서 자신이 생각하고 있었던 한 번의 기회가 반드시 자신에게 오기를 갈망했을 것이라고 믿는다. 예를 들면, 영웅이 미인을 구하는 장면을 상상하면서 위험한 지경에 빠져 있는 미인을 자신의 용맹함으로 멋지게 구하거나 또는 스승이 위험한 상황에 빠져 있을 때 물불을 가리지 않고 자신이 용감히 나서서 구해내는 기회 말이다. 한번은 스승인 공자가 자로와 자공과 안회를 불러 함께 노나라 경내의 농산(『한시외전』에는 '언융산'으로 기록됨)에 올라가 그들에게 각자 자신의 포부를 이야기해 보라고 하자 자로가 먼저 나섰다. 그는 높은 곳에 올라가서는 멀리 바라보며 경치와 자신의 꿈을 스승 앞에서 말할 수 있게 되었다는 생각에 도취되었다. 그는 마음을 가다듬고 가슴 속에 담아 놓은 포부를 마치 생생한 장면을 묘사하듯이 말했는데, 『공자가어·치사』에 다음과 같이 기록되어 있다.

"저 자로는 달처럼 밝은 흰 깃털이 달린 영기(지휘봉)와 태양처럼 붉게 이글거리는 적색 군기로 지휘하며 호령하고, 위로는 종과 북 소리가 곧장 하늘까지 진동케 하여 울려 퍼지게 하며, 아래로는 수많은 오색찬란한 깃발이 바람을 타고 땅을 뒤덮을 정도로 펄럭이게 할 것입니다. 제가 한 무리의 군대를 이끌고 진격하여 적군과 맞선다면 반드시 적군 진영의 천리 땅을 점령하여 적군의 깃발을 뽑고 귀를 잘라 승리의 증표로 가져 올 수 있습니다. 이런 일은 오직 저 같이 용맹한 자만이 할 수 있는 것이오니 자공

공자가 우리 곁으로

과 안연 저 두 사람이 저를 따르도록 해 주십시오" 자로의 이야기를 들은 공자의 반응은 어땠을까? 그는 약간 웃음 띤 얼굴로 말했다. "용맹스럽도다!" 즉, 자로 너는 여전히 참으로 용맹스럽다는 말이다. 약간 웃음 띤 모습으로 말한 것이지만 어투로 느껴지는 내심은 뭔가 근심으로 가득 차 있는 것 같다.

공자는 일찍이 "자로와 같은 성격의 사람은 아마도 제 명에 죽지 못할 것이야(『논어·선진』)'라고 말하며 염려한 적이 있었다. 그는 스승의 염려대로 위(衛)나라의 왕위 계승 분쟁에 휘말려 태자인 괴외(蒯聵)의 난 때, 강직하여 굽힐 줄 모르고 피할 줄도 몰라 죽임을 당했다. 괴외는 자신의 아들인 괴첩(蒯輒)과 왕위 쟁탈전을 벌였고, 부자간에 서로 죽이려는 그런 싸움은 쌍방 모두 의(義)가 없는 행위로써 당연히 공자의 멸시를 받았다. 안타깝게도 자로는 그런 불의한 싸움에서 스스로 벗어날 수 없었다. 끝내 그는 의롭지 않은 싸움 한복판에서 목숨을 잃게 됨으로써 스승인 공자에게 억장이 무너지는 끝없는 아픔과 슬픔을 안겨 주었던 것이다. 이는 공자가 일찍이 가정법으로 말한 바 있었던 "군자가 만일 용맹함이 있는데 의로움이 없다면 그는 난을 일으키게 될 것이다"라는 사리에 합당한 그의 논리를 실증한 셈이다. 자로 자체가 당연히 의가 없었던 것은 아니지만 의롭지 않은 싸움 한복판에서 물러날 줄 알아야 했던 것이다. 그는 용맹스럽기는 했으나 지나치게 강직하고 거친 성품과 행동으로 경솔하며 무모하기까지 하여 겁낼 줄도 모르고 물러날 줄도 몰랐다. 스승인 공자는 늘 이점을 염려했던 것이다.

자로는 여러 가지 장점을 가지고 있다. 솔직하고 정직하며 신의가 있고 자기 직분에 충실했으며 효성이 지극한 사람으로도 알려져 있는 인물이다. 자로의 대표적인 장점이자 강점은 용맹함과 강직함이다. 그중 그의 가장 큰 장점은 '용맹함'이다.

그는 평생 자신의 용맹함에 탐닉했고, 늘 자신의 용맹함을 드러내려는 미련을 떨치지 못했다. 그가 가장 펼쳐 보여주고 싶었던 것도 역시 자신의 용맹함이었다. 『한비자·오두』편에는 재미있는 어느 농부 이야기가 다음과 같이 실려 있다.

"송나라에 밭을 가는 한 농부가 있었고, 그의 밭 안에는 나무 그루터기가 있었는데, 어느 날 그는 일을 하다가 토끼 한 마리가 쏜살같이 달려가다가 그 나무 그루터기에 부딪쳐 목이 부러져 죽는 것을 목격했다. 그래서 그 이후에 또 토끼를 그런 식으로 잡을까 하여 아예 쟁기를 내려 놓고 멀찍이 떨어져 그루터기를 지켜 보면서 다른 토끼가 달려와서 부딪쳐 죽는 것을 기다렸다. 그런데 토끼는 또다시 오지 않았고, 결국 그는 그런 모습을 지켜 보고 있었던 송나라 사람들의 웃음거리가 되고 말았다"

이 이야기를 한마디로 말하자면 '수주대토(守株待兎)'이다. 직역하면 '나무 그루터기를 지키면서 토끼를 기다리다'이다. 국립국어원의 『표준국어대사전』에 보면 '수주대토'란 "한 가지 일에만 얽매여 발전을 모르는 어리석은 사람을 비유적으로 이르는 말"이라고 되어 있다. 자로는 거의 한평생 인내하며 '용맹함'이라는 나무 그루터기를 지키며 토끼를 기다린 것이다.

마침내 토끼가 왔지만 부딪쳐 죽은 것은 토끼가 아니라 극도로 흥분한 자신이었다.

사람은 자주 자신의 장점에 의해 얽매이고, 자신의 장점에 의해 제한을 받으며, 자신의 장점과 뒤엉킨다. 결국에는 자신의 장점에 의해 걸려 넘어지거나 지쳐 죽게 된다.

유자는 공자 같다

공자의 제자 중에 유약(有若)이라는 제자가 있다. 그의 성은 '유'이고 이름은 '약'이며, 자(字)는 자유(子有)이다. 그를 존칭하여 유자(有子)라고도 부른다. 사마천의 『사기·중니제자열전』에는 공자의 모습을 닮은 한 제자를 다음과 같이 소개하고 있다.

"공자가 소천한 후, 그의 제자들은 그를 무척 사모했다. 마침 제자 중에서 유약이 공자를 매우 닮은 모습을 하고 있었는데, 제자들은 그를 스승으로 추대하여 공자를 섬기듯이 그를 섬겼다"

『맹자·등문공상』에 보면 "자하(子夏), 자장(子張), 자유(子游)가 유약이 공자를 닮았다며 공자를 섬기던 것과 같이 그를 섬기려고 했다"라고 되어 있듯이 사마천의 기록은 바로 여기에서 비롯된 것으로 주측된다.

그러나 『맹자·등문공상』의 기록에는 약간 이상한 점이 발견된다. 맹자는 "유약이 공자를 닮았다"라고 했는데, 도대체 유약이 공자의 어떤 것을 닮았다는 것인지 구체적인 내용은 없다. '전체적인 모습(狀)'? '얼굴 생김새(貌)'? '말(言)'? '사상이나 학문(道)'? 또한, 사마천이 말한 '상사(狀似, 모습이 닮음)'는 모호하고 분명하지 않다. '상(狀, 모습)'은 안과 겉에서 표출되는 모든 것을 말한다. 즉, 형상(形狀, 겉모습), 행상(行狀, 언행), 성상(性狀, 성격)을 모두 가리킬 수 있다. 그런데,『논어』의 첫 번째 편명인『학이』편 첫 문장에서 '학이시습지(學而時習之)' 즉, "배운 것을 때때로 복습하여 익히다"라고 공자가 말을 시작한 후 곧바로 이어서 유자(有子, 유약을 존칭하여 부른 이름)가 등장하며 다음과 같이 말했다. "그 사람됨이 부모에게 효도하고, 형제간에 우애롭게 지내기를 서로 존중하고 사랑하면서도 윗사람에게 거역하는 것을 좋아하는 사람은 매우 적다. 따라서 윗사람에게 거역하는 것을 좋아하지 않으면서도 난을 일으키는 것을 좋아하는 사람은 지금까지 없었다. 군자는 근본이 되는 기초작업에 온 마음을 다해 힘써야 된다. 근본이 되는 기초가 바로 세워지게 되면 나아갈 도(道)가 생기는 것이므로, 효도와 우애(존중·사랑)가 바로 인(仁)의 근본이 되는 기초이며 비로서 인(仁)을 행할 수 있는 것이다" 이를 통해『논어』의 저자, 즉 최초의 저자인 공문의 제자들에게 유자는 확실히 특별한 지위를 갖은 존재였다는 것을 알 수 있다. 이러한 지위는 그의 사상적 경지가 공자와 가장 가까운 것과 관련이 있을 것이다. 그래서 필자는 유자가 공자를 닮은 점이 바로 '도(道, 사상·학문 등)'이며, 적어도 '말(言)'일 것이라고 생각한다. 유자의 학우인 자유(子游)는 "유자의 말은 스승님을 닮았다"라고 말했다. 이는『예기·단궁상』의 기록에서 나온 것이고 구체적 내용은 아래와 같다.

유자가 증자에게 물었다. "스승(공자)에게 관직을 잃는 일에 대해 물어본 적이 있습니까?" 증자가 말했다. "오! 스승님께서 그런 것에 대해 이렇게 말하는 것을 들은 적은 있소이다. '관직을 잃은 후에는 빨리 가난해져야 하고, 죽은 뒤에는 빨리 썩어버려야 되느니라"라고 말했소이다. 그러자 유자가 즉시 말했다. "그런 말은 군자가 하는 말이 아닙니다"

공자가 우리 곁으로

증자가 다시 말했다. "나는 확실히 스승님께 들었소이다" 이에 유자는 단호하게 말했다. "그런 말은 군자가 하는 말이 아닙니다"

증자는 좀 더 상세히 말했다. "나는 자유(子游)와 함께 스승님의 그 말씀을 들었소이다" 유자는 정색을 하며 말했다. "그렇다면 그것은 스승님께서 어느 특정된 사람이나 일을 두고 그렇게 말씀을 하신 것이 틀림없습니다"

증자가 이 일을 자유에게 말하자 자유가 말했다. "네? 무엇이라고요? 유자의 말이 스승님을 닮았습니다. 정말 대단하군요! 그의 말이 꼭 스승님 같습니다! 당시 스승님은 송나라에 사셨습니다. 그때 스승님께서는 환사마(桓司馬)가 자기 자신을 위해 석곽(石槨, 시신을 넣은 목관이 썩지 않도록 만든 석관이고 그 안에 목관을 다시 넣는데 이는 신분을 상징하기도 함)을 만드는 것을 봤는데, 3년이 지나도록 완성되지 않았다고 하셨습니다. 그래서 스승님께서는 말씀하시길, "그렇게 사치스럽게 낭비하느니 차라리 죽어서 빨리 썩어버리는 것이 나으니라"라고 하셨습니다. 이 말은 환사마를 두고 한 말입니다. 그리고, 남궁경숙(南宮敬叔)은 관직을 잃고 노나라를 떠났다가 귀국할 때 기필고 귀중한 물건을 예물로 준비하여 군주를 알현하고 복직을 도모했습니다. 그때 스승님께서는 "그렇게 뇌물을 바쳐 가면서까지 복직을 간청하느니 차라리 빨리 가난해지는 것이 나으니라" 이는 남궁경숙을 두고 한 말입니다."

"관직을 잃은 후에는 빨리 가난해져야 하고, 죽은 뒤에는 빨리 썩어버려야 되느니라(상욕속빈, 사욕속후: 喪欲速貧, 死欲速朽)"라는 극단적인 말에 대해 증자가 두 번이나 공자의 말임을 분명히 알렸음에도 불구하고 유자는 두 번이나 "그런 말은 군자가 하는 말이 아닙니다"라고 확고히 판단했다. 특수한 상황을 제외한 일반적인 상황에서 군자가 할 수 있는 말이 아니라는 말이다. 그의 말은 적중했다. 앞서 "군자는 근본이 되는 기초작업에 온 마음을 다해 힘써야 된다. 근본이 되는 기초가 바로 세워지게 되면 나아갈 도(道)가 생기는 것이므로, 효도와 우애(존중·사랑)가 바로 인(仁)의 근본이 되는 기초이며 비로서 인(仁)을 행할 수 있는 것이다"라고 말했듯이 군자는 인(仁)의 근본이 되는 효도와 우애(존중·사랑)를 바탕으로 인(仁)을 행하므로 '상욕속빈, 사욕속후'라는 말은 인(仁)을 행하는 말이 아니니 군자라면 할 수 있는 말이 아닌 것이다. 따라서 그는 단호하게 군자의 말이 아니라고 판단했고, 이는 비록 스승일지라도 인(仁)에 부합하지 않은 것은 감히 지적함으로써 인(仁)에 대한 그의 원칙을 매우 잘 드러내 주었다. 이를 통해 유자는 그의 극히 높은 가치 판단력을 보여주었을 뿐만 아니라 공자가 말한 "인(仁)을 행하는 일에 관해서는 무릇 인(仁)에 맞지 않는 것은 반드시 이치에 따라 힘껏 따져야 하며 스승 앞에서라도 양보하지 말아야 하느니라(『논어·위령공』)"라는 진리를 끝까지 지키는 정신도 보여주었다. 결국, 그는 스승의 가르침대로 따른 것이다.

만약 이것이 단지 '말(言)'만 공자를 닮은 것이라면, 아래와 같은 대목은 '사상이나 학문(道)'에서 공자를 닮지 않았다고 말할 수는 없을 것이다. 소제목 '공문의 유머'에서도 다룬 바가 있으며, 썰렁한 유머이지만 공자처럼 유머를 구사하는 사람이 바로 유자라고 소개했었다. 다시 『논어·안연』편으로 들어가보자.

애공이 유약(유자)에게 말했다. "올해 농사가 좋지 않아 나라의 살림이 부족한데 어떻게 하면 좋겠소? 짐을 도와 방법을 좀 생각해 주시오" 이에 유약이 말했다. "그러면, 왜 원래 조세 제도인 '10분의 1'을 징수하는 '철'

세법을 실시하지 않으십니까?" 애공이 또 말했다. "지금 짐은 10분의 2의 전세를 시행하고 있소이다! 이래도 국고가 비게 생겨 나라의 재정이 턱없이 부족하니 짐이 그대의 지혜로 이 난국을 해결해 보려고 한 것을 정녕 모른다는 말이오. 어떻게 10분의 1을 징수하는 '철' 세법을 시행하라고 하는 것이오?" 그러자 유약이 또 말했다. "백성의 살림이 풍족하면 군주가 어떻게 풍족하지 않으시겠으며, 백성의 살림이 풍족하지 않으면 군주도 풍족하지 않게 되는데, 군주께서는 어떻게 혼자서만 풍족하려고 하시며, 방법을 써서 풍족하게 된들 그 누구와 더불어 풍족하시겠습니까?(백성족, 군숙여부족? 백성부족, 군숙여족 : 百姓足, 君孰与不足? 百姓不足, 君孰与足?)"

"백성족, 군숙여부족? 백성부족, 군숙여족?" 이 말은 비록 명언이나 격언이 보물과 같이 쌓여 있는 『논어』라는 경서에 담겨져 있는 말일지라도 결코 경시되어서는 안 되며, 오히려 영원히 밝게 빛나야 할 것이다. 이는 정치학의 변하지 않는 진리이고, 공자 정치학의 대대손손 전해 내려오는 실전된 독보적인 학문이며, 이 세상 정치의 양심이자 정부의 양심이다. 실로 학문이나 지식을 초월한 경지라고 말하지 않을 수 없다.

그러나, 사마천의 "유약의 모습은 공자를 닮았다(有若狀似孔子)", 맹자의 "유약은 성인을 닮았다(有若似圣人, 성인은 공자를 가리킴)"라고 운운하는 것은 유약을 추앙하는 것으로 볼 수도 있고, 유약에 대한 조소가 담긴 말일 수도 있다. 그는 공자가 아닐 뿐만 아니라 공자와 필적할 수도 없으며 그의 경지에 미치지도 못한다.

예를 들면, 『학이』편 2절 후반부에서 그가 친히 말한 바와 같이 "부모에게 효도하고 형제간에 우애하는 것이 인(仁)의 근본이다"라는 말을 그도 잘 이해하고 있다. 이 사상은 물론 공자와 비슷하지만 그는 2절 전반부에서 다음과 같이 말했다.

"부모에게 효도하고, 형제간에 우애롭게 지내기를 서로 존중하고 사랑하면서도 윗사람에게 거역하는 것을 좋아하는 사람은 매우 적다. 따라서 윗사람에게 거역하는 것을 좋아하지 않으면서도 난을 일으키는 것을 좋아하는 사람은 지금까지 없었다"

이는 아주 유의미있는 말이기는 하지만 공자를 닮은 말은 아니다. 사람은 예의가 바르고 공손하고 성실해야 하며, 법을 준수할 때 덕과 규율을 갖춘 좋은 사람이 되어야 한다. 이는 당연히 옳은 말이다. 사람은 난을 일으키지 말아야 한다는 말도 원칙적으로 역시 맞는 말이다. 그런데, 절대 윗사람에게 거역해서는 안 된다고 말한다면 바로 문제가 있는 것이다. 이렇게 되면 권력의 절대성이 확립될 뿐만 아니라 그 무엇도 주장할 권리도 없는 집단적 노예근성을 키우게 되기 때문이며, 더더욱 이는 공자가 결코 찬성할 수 없는 것이다. 한번은 중유(자로)가 군주를 섬기는 일에 대해 묻자 공자가 말했다. "군주를 속이지도 말고, 그의 비위를 거스르더라도 바른 말로 간언해야 하느니라(『논어·헌문』)" 이것이 바로 유약과 공자의 차이이다.

공자와 양화

양화는 노나라의 집권자인 계평자가 총애하는 신하였다. 공자가 17세 때 양화는 이미 계평자의 집안일을 관리하고 담당하는 대집사가 되었다. 그때 계평자는 노나라의 집정 대신이었는데 현재 국무원 총리와 같은 급이다. "대집사"로서 양화는 바로 국무원 사무실 주임인 셈이다. 『사기·공자세가』의 기록에 따르면 그 해 계씨는 노나라 사대부의 자제들을 초대하여 잔치를 베풀어 그들의 신분을 등록하고 확정하려고 했다. 그때 공자는 어머니를 여의고 허리에 삼띠를 두르고 제를 지내고 있었다. 하지만 사대부 자제로서의 신분을 잃지 않기 위해 상복을 입고 갔는데 양화에게 출입을 거절당했다. 격식에 얽매이지 않고 예악을 무시하는 양화는 공자가 상복을 입고 연회에 왔다 하여 그를 거절한 것이 아니라 공자의 자격을 의심해서 그런 행동을 보인 것이다. 오늘 이 자리는 "계총리"가 사대부의 자제들을 초대한 연회라 공자의 신분이 의심스러우니 어떻게 감히 연회에 모시겠는가고 하면서 그를 내쫓았다.

이것은 공자와 양화의 첫 만남이다. 양화의 거절은 사실상 사대부로서의 공자신분을 의심하고 부정한 것이기에 공자가 상류사회로 진출할 수 있는 통로를 막았고 이는 또한 공자에게 치명적인 타격을 주었다. 공자가 19살 때 어머니의 제사를 마치고 원한을 품고 송나라로 유학을 갔다. 공자의 이러한 행동은 노나라에서의 자신의 진로에 대해 절망한 것으로 판단된다.

그는 유학을 하면서 배우지 못했던 상나라의 예를 배웠을 뿐만 아니라 아내를 맞이하여 가정을 이루기도 하였다.

그 뒤로 아들을 보았고 소공으로부터 고기를 하사받아 사실은 사대부의 신분을 확립한 것이다.

공자처럼 확고한 신념만 가지고 있으면 소인의 배척과 유린은 결국 인생에 영향을 주지 못할 것이며, 오히려 생명의 깊이를 더해준다는 걸 입증한 셈이다.

세상은 돌고 돈다고 30여 년이 지난 뒤 양화는 공자의 신세를 지게 되었다.

노정공 7년, 계평자가 세상을 뜨고 계환자가 왕위를 계승했다. 양화는 각종 수단과 방법으로 환자(桓子)와 노정공을 통제하고는 노나라의 대권을 장악했다. 그러나 집사 출신으로서 비정상적인 방식으로 대권과 명예를 얻었지만 이 또한 그로 하여금 매일 불안함에 휩싸이게 하였다. 그래서 그는 자신의 세력과 군중 기반을 키우고 싶었다. 이때 공자는 노나라에서 학교를 세운 지 이미 20년이 되었고 노나라 귀족의 자제들을 포함한 많은 젊은이들이 그의 제자가 되었으므로 높은 명망과 국제적 영향력을 가지고 있었다. 양화는 공자의 힘을 빌어 자신의 지위를 안정시키고 노나라를 안정시킬 필요가 있었다.

그러나 공자는 그럴 마음이 전혀 없었다. 예전에 양화가 공자의 사대부의 신분을 인정하지 않았듯이 현재 양화도 공자 마음속에서는 "난신(亂臣)"으로 분류되었기 때문이다. 『논어·양화』는 두 사람이 뜻하지 않게 만나 벌어진 교전을 생생하게 기록했다. 비록 양화는 의도가 분명하고 또한 절박한 어투로 공자와 대화를 시도했다. 공자도 귀를 기울여 경청하는 모습을 보여 양화의 체면을 세워주었지만 사실 공자는 양화에게 "네가 있으면 내가 없다. 네가 노나라 정권을 장악하는 한 나는 정계에 나서지 않겠다"는 의도를 분명하게 보여주었다.

공자의 나이 17세 때 양화는 고의로 공자가 상류사회로 진출하는 통로를 막았다. 그리고 30년이 지나 47세 때 양화는 또 자신이 노나라 집권자의 위세로 공자가 정계로 들어가는 길을 막아 놓은 셈이다.

이는 어쩌면 운명일지도 모른다. 성인도 때때로 현실의 장벽을 뛰어넘을 수 없다. 현실의 두꺼운 장벽 앞에서 그 벽이 무너지기를 조용히 기다릴 수밖에 없는 것이다.

그러나 양화를 단지 공자 인생에서의 부정적인 요소로만 본다면 그것은 너무 피상적인 것이라고 하지 않을 수 없다. 양화가 공자에게 벼슬에 나갈 것을 권했지만 공자가 이를 거절하자 "재덕을 갖고 있으나 국가를 위해 힘쓰지 않는다"고 비판한 것을 보면 양화가 얼마나 공자의 도움이 절실한 지를 알 수 있다. 그는 또 공자에게 "시간은 기다려 주시 않는다"고 말한 것도 그가 얼마나 절절한지를 보여주고 있다. 하지만 공자는 이에 변명하지 않았다. 주희(朱熹)를 비롯한 많은 사람들은 공자가 답할 가치가 없으니 안 한 것이라고 생각한다. 그러나 양화가 한 말들이 이치에 맞았다는 점을 감안하면 공자는 그 사람을 미워한다고 해서 그의 언행조차 부정적으로 받아들이는 사람은 아니었으니 어디서부터 답변을 할 수 있겠는가?

공자와의 대화가 끝난 이듬해에 양화는 패배하고 제나라로 도망갔다. 공자는 바로 벼슬길에 나서 정계에서의 찬란한 시대를 열었다.

양화의 말이 공자에게 어떠한 영향도 미치지 않았다는 것은 잘못된 생각이다. 좀 더 구태어 말한다면 "나이 쉰살에 지천명"을 한 공자로써 양화의 영향이 없다고는 할 수 없다.

우리가 살면서 늘 다른 지향을 가진 사람들 때문에 인생의 궤적을 바꾸는 경우가 종종 있다.

다른 지향을 가진 사람들은 오히려 우리 인생에 긍정적인 요소가 될 때도 있다.

공자가 우리 곁으로

『논어』속의 무명인들(1)

　　『논어』에 수록되어 있는 500여 개의 이야기는 공자가 그의 제자들과 주고받은 말과 그 시대의 여러 부류의 사람들의 말들로 구성되었는데 이야기 속에 출현한 인물들은 대부분 이름을 가지고 있다. 물론 어떤 인물은 우리가 정확하게 알 수 없는 경우도 있다. 예를 들면 『자한』편에서 "태재(太宰)가 자공에게 물었다"에서 "태재"가 누구였는지 학자마다 견해가 다르지만 기록자의 관점에서 보면 모두 분명하고 구체적인 인물이다.

　　그러나 『논어』에는 일부 무명인들이 한 말들이 기록되어 있기도 하다. 예를 들면 "어떤 이가 말하기를"이 다섯 번, "어떤 이가 묻기를" 이 세 번, "어떤 이가 가리키기를" 이 한 번, "어떤 이가 대답하기를" 이 한 번 도합 열 번이나 등장한다. 이외에도 거백옥의 사자, 신문(晨門), 하괴자(荷蕢者, 은사를 가리킴), 초광(楚狂), 장저(長沮), 걸익(桀溺), 하조장인(荷蓧丈人-삼태기를 메고 다니는 노인을 말함), 의봉인(儀封人), 달항당인(達巷党人) 등이 있다.

　　주목할 만한 것은 이 사람들이 한 말들은 들을 만한 가치가 있을 뿐만 아니라 "가언"이라고 할 수도 있다. 예를 들면 거백옥의 사자가 "저희 어르신은 잘못을 적게 하려고 노력하시는데 그렇게 잘 되지 않습니다."라고 한 말에 공자가 크게 감탄해했으며 앞의 장절에서도 이미 언급한 적이 있다. 『미자』편에 기록된 초광접여, 장저, 걸익, 하려장인과 『헌문』에 기록된 하괴자는 도가에 속하는 인물이라고 할 수 있는데 그들이 『논어』에서 빈번하게 등장하는 것은 우리로 하여금 그 시대 인물의 풍부함과 문화적 깊이를 알게 하였을 뿐만 아니라 그들의 기발한 언행과 선명한 개성은 그 시대의 아름다움을 더 한층 동경하게 한다. 비록 그들은 그 시대와 단절된 형상으로 나타나고 있지만 어떤 의미에서는 한 시대가 반대자를 용납하고 그들이 마음껏 행동하도록 허용한다면 오히려 존경을 받을 수 있고 반대자가 마음껏 반대할 수 있는 시대는 오히려 그렇지 않은 시대보다 더욱 매력적으로 다가올 수 있다는 것을 보여주고 있다.

『논어』는 이런 부류의 사람들의 이름을 지을 때 어찌보면 나름대로 이름을 붙이는 것 같지만 그 속에는 일정한 뜻을 내포하고 있다. 즉 나름대로 이름을 붙이는 것은 그들의 특성에 따라 이름을 붙이는 것에서 나타나고 이름자 속에 내포된 뜻에서 그 사람의 모습을 연상시키게 한다. 예를 들면 초나라의 어떤 사람이 고개를 쳐들고 미친 듯이 노래하는 것을 보고 초나라의 광인-"초광"이라고 이름을 지었다. 그리고 초광이 공자의 마차를 향해 달려 왔기 때문에 "접여(接輿)"라고도 불렀다. 이 초광 접여가 공자를 보고 웃으면서 말하기를 "봉황새야! 봉황새야! (너는 덕이 쇠퇴한 시대에 나와서 너의 덕을 쇠퇴하게 만들려고 하니) 너의 처지가 어떻게 이렇게 안타까울 수 있을고? 과거는 돌이킬 수 없지만 훗날에 기회가 있어 아직도 늦지 않았거늘. 그만두고 내버려두어라! 그만두고 내버려두어라! 지금 위정자들은 모두 위태롭기 짝이 없고 위험하다!"

이 말은 듣기에 난처했다. 초광은 고개를 들고 공자를 쳐다보지도 않았

공자가 우리 곁으로

지만 구구절절 남을 빗대고 공자를 욕하는 말들이었다. 공자는 마음속으로는 알고 있었지만 마침 예순의 나이인지라 초광의 말을 거부하지도 않았을 뿐만 아니라 얼른 수레에서 내려 그를 붙잡고 더 많은 이야기를 하려 했으나 초광은 오히려 피해 버려 한동안 넋을 잃고 서있기만 하였다.

이 이야기가 너무 정채로워 장자는 이 이야기를 빌어 자신의 대언으로 삼았다: 공자가 초나라에 있을 때 일이다. 초광 접여가 공자한테 말하기를 "봉황이여! 봉황이여! 점점 쇠퇴해진 덕을 어찌하겠는가? 미래를 기대할 수도 없고 지나간 일 또한 돌이킬 수도 없다네. 천하에 도가 있으면 성인은 그것을 완성시키고, 천하에 도가 없으면 성인은 자신의 목숨이나 부지하며, 지금 같은 때를 만나서는 겨우 형벌을 면할 뿐이네. 복은 깃털보다도 가벼운데 그것을 손바닥 위에 올려놓을 줄 모르며, 재앙은 땅덩어리보다도 무거운데 피할 줄 모르는구나. 그만둘지어다 그만둘지어다. 도덕으로 세상 사람들에게 자신을 과시하지 말아라. 위태롭구나 위태롭구나. 규칙을 세워 인간을 규제하지 말아라. 가시풀이여! 가시풀이여! 내 다리를 찌르지 마라. 내 물러나기도 하고 돌아가기도 하여 내 발을 다치게 하지 않으리."(『장자·인간세(庄子·人間世)』)

장자가 미치광이의 노래를 선택한 것은 어찌보면 『논어』에서 우연히 스쳐지나갈 것만 같은 초광이라도 세속과 인성인심에 대한 통찰력을 가지고 있다는 것을 보여주고 있다. 안타까운 것은 공자는 그를 잡고 더 깊은 대화를 나누지 않았다는 것이다. 하지만 장자는 그의 글에서 초광과 더욱 깊은 대화를 나누려고 시도하였고 200년이라는 시간을 사이두고 초광의 말에 답을 주었다. 초광과 비교하자면, 장자는 전국시기라는 시국을 놓고 더욱 비관적인 태도를 보여주었고 예측할 수 없는 것에 대한 강한 공포감을 품고 있었다. 지어는 "이이이이(已而已而)"를 "이호이호(已乎已乎)"라는 말로 바꾸면서 그의 심정 변화도 보여주었다. 세상을 욕하던 데로부터 세상에 대한 한탄으로 변했고 분노와 격정으로부터 어쩔 수 없는 유감으로 변했다. 그렇다, 공자에서 장자로, 시대의 황혼은 더욱 짙어만 갔다.

그리고 필자는 특히 마지막 네 문장, 즉 "가시풀이여! 가시풀이여! 내 다리를 찌르지 마라. 내 물러나기도 하고 돌아가기도 하여 내 발을 다치게 하지 않으리"를 좋아한다. 1989년, 필자가 『장자』를 읽으면서 이 몇 구절을 읽었을 때 너무 감격한 나머지 눈물까지 흘렸다.

춘추의 땅에서 "나란히 밭을 갈고 있는" 장저(長沮)와 걸익(桀溺)은 공자를 풍자했을 뿐만 아니라 비웃기까지 하였다. 장저의 "가는 길을 잘 알 것이오(是知津矣)"라는 말 한 마디는 그가 공자를 조롱하면서 나타내는 야유의 감정도 보여준다. 걸익이 말하는 "사람을 피해 다니는 사람"과 "세상을 피해 사는 사람"이라는 글귀는 우리로 하여금 어쩔 수 없는 세상과 마주하는 두 사람의 부동한 인생을 쉽게 식별할 수 있게 한다. 또한 이 두 사람은 아마도 자로의 탄탄한 몸을 부러워했을 것이다. 틀림없이 좋은 노동력일 것이라 여겨 그를 공자에게서 빼앗아 오려 했을 것이다. 울타리에 말뚝 세 개를 쳐서 장저와 걸익, 그리고 자로까지 셋이면 춘추의 대지에 세상의 모래바람을 막는 울타리를 치고 세상사를 묻지 않고 삼만 심을 수 있는 생활을 할 수 있었을 것이니 말이다.

물론 『헌문』편에 나오는 "광주리를 메고 공자가 묵고 있는 집의 문을 지나가던 어떤 남자"를 언급하지 않을 수 없다. 그는 문을 사이에 두고 경쇠 치는 소리 속에 담겨져 있는 공자의 속마음을 알아들을 수 있었을 뿐만 아니라 "비속하도다! 저 융통성이 없고 고집스러운 집착 같은 쨍강쨍강하는 경쇠 소리가!"라는 평가를 내리기도 하였다. 그러나 "융통성이 없고 고집스럽다(硜硜乎)"는 말은 공자가 일찍이 소인을 묘사하는 데 사용했던 평가이다. "물이 깊으면 옷을 입은 채로 그대로 건너고, 물이 얕으면 옷을 걷어 올리고 가도 무방하다"는 말은 오늘날 마음을 치유해 주는 이야기와 매우 흡사하다. 즉 "세상을 바꿀 수 없다면, 자신을 바꿔라." 애석하게도 공자는 이런 사람이 아니었다.

이 사람들은, 공자의 사상에 대해 결코 찬성하지 않았으며 또한 공자보다 더 많은 지식을 가지고 있다고 자신한다. 우리는 예순의 나이에 도달한 공자의 모습을 배워도 좋다. 공자의 사상을 반대하는 이런 인물들의 존재로 인해 그 시대의 풍부한 정신생활을 읽을 수 있는데 만족하면 된다. 그렇다. 그들의 시대는 한 위대한 왕조의 말세이다. 하지만 그들이 가지고 있는 자유로운 정신적 풍모만 본다고 하여도 그 시대는 위대한 왕조였다는 것을 우리는 기억해야 한다.

『논어』속의 무명인들(2)

『논어』에 나오는 무명인들의 말속에서 필자를 가장 감동시킨 것은 『헌문』편에 나오는 신문이다. 신문은 아침이면 성문을 여는 일을 맡은 사람이다.

자로가 석문에서 하룻밤 묵었다. 둘째 날 이른 아침에 성으로 들어가려고 하자 그곳 문지기가 자로에게 물었다. "어디서 왔소?" 자로가 말했다. "공자님 댁에서 왔소" 그러자 문지기가 또 말했다. "안 될 줄 뻔히 알면서도 애써 굳이 하려고 하는 그 사람인가요?"

석문(石門)은 노나라 도성(곡부-曲阜)의 외성에 있는 성문이다. 자로는 공자를 따라 열국을 돌아다녔는데 때로는 귀국하여 부모님을 찾아뵙거나 업무를 처리하였다. 어느 하루 귀국이 늦어서 성문 밖 객역에서 하룻밤 묵게 되었다. 아침 일찍 성문을 들어서니 문지기가 "어디서 오셨습니까?"라고 묻자, 자로는 "공자한테서 왔습니다"라고 말한다. 그러자 신문이 말하기를 "안 되는 줄 분명 알면서도 굳이 하려고 하는 그 사람인가요?"라고 했다.

공자가 우리 곁으로

"안 되는 줄 분명 알면서도 굳이 하려고 하는 그 사람"이라는 말은 공자에 대한 가장 정확한 인식이고 공자 사상에 대한 가장 간결하고도 확실한 개괄이며 인류의 비극적인 숭고함에 대한 가장 간결한 해석이다. 전목 선생은 "신문의 한 마디로 성심의 일생을 들추었다."(『논어신해』)라고 말했는데 필자는 항상 이 말을 노나라 신문과 『사기·공자세가』에서 공자를 "상갓집의 개"라고 묘사한 정나라 사람(『공자가어』에서는 고포자경이 말했다고 하였다)을 함께 생각하게 된다. 어떻게 그 시대에는 이런 대단한 사람이 있었는지 놀랍고, 의식적이든 무의식적이든 이런 형이상학적인 발언을 늘어놓아 사람들을 놀라게 할 수 있는지도 의아해할 일이다.

공자가 정나라에 갔다가 제자들과 서로 헤어져 혼자 동쪽 성곽문 밖에 서 있었다. 정나라 사람 누군가가 자공에게 말했다. "동쪽 성문 밖에 한 사람이 있었는데 이마는 요임금과 비슷하고 목은 고요와 같고, 어깨는 자산과 비슷합니다. 그러나 허리 아래로는 우보다 세 치 정도 짧았습니다. 지쳐서 초라한 모습이 마치 상갓집 개와 같았습니다."

일반 사람들은 "상갓집 개"로 타인을 묘사하는 것은 타인에 대한 무시로 받아들인다. 그러니 크게 화를 내지 않는다고 하여도 매우 난저하게 여기는 것이 정상이다. 그런데 재미있는 것은 이토록 스승을 비꼬는 말일지어도 자공은 그대로 "공자에게 고한다"는 것이다. 그리고 공자는 그 말을 듣고 기꺼이 웃으며 말하기를 "형상이 중요한 것은 아니지만 상갓집 개와 같다고 말했으니 참으로 그러하구나! 참으로 그러하구나!"
이 정나라 사람은 왜 "상갓집 개"라는 단어를 사용했는지 모르겠다. 그러나 공자와 자공은 "상갓집 개"라는 비유에서 다른 사람이 보지 못한 인간의 비극적인 운명, 황당한 존재, 그리고 비극과 황당함을 직시하는 인간의 위대함과 고고함을 보아낸 것이다.

그렇다, 에덴 동산에서 쫓겨난 사람들은 황폐하고 쓸쓸한 자신의 처지를 직면해야 한다. 그러나 이러한 순간일수록 인간은 자신의 처지를 정확히 인식하고 자신의 처지를 돌봐야만 인간의 자아와 소지하고 있는 위대한 재능이 나타나기 시작하는 것이다. 이 순간부터 인간은 비로소 자아의 도덕적 의식을 호소하기 시작하고 자신의 정신세계를 구축하기 시작하며 그 속에서 자존과 숭고함을 얻을 수 있게 된다. 마찬가지로, 자신의 황폐하여 거칠고 쓸쓸한 처지를 깨달아야 자신의 목표를 찾을 수 있게 되는데 그것은 바로 '귀가' 즉 집으로 돌아가는 것이다. 여기에는 노발리스의 유명한 격언인 "철학은 영원한 향수를 품고 집을 찾는 것이다"를 인용하기로 하자. 맹자는 공자와 자신을 선각자라고 불렀다. 선각자란 무엇인가? 가장 먼저 황폐하여 거칠고 쓸쓸한 처지를 알아차리고 주변에서 불어오는 차가운 바람을 느끼며 자신이 집에서 쫓겨났다는 것을 깨달은 사람을 말한다.

사실, 에덴 동산에서 쫓겨난다고 하여 모두 쓸쓸한 처지로 되는 것은 아니다. 우리가 비관적인 태도로 이를 바라볼 필요는 없다. 우리 대신 이를 알아볼 선각자가 있지 않은가? 그들은 우리를 일깨우면서 자신의 주변으로 집중시킬 것이다.

마지막으로 『팔일』의 '의봉인'을 보기로 하자. 위나라의 '의'라 불리는 지방에서 토지 관리자로 일하는 사람을 말한다.

'의(儀)'라는 지역의 한 국경 관리자가 공자를 만나 뵙기를 청하며 말했다. "이곳에 오신 모든 군자들을 나는 아직까지 만나지 못한 적이 없었소이다" 공자를 수행하는 제자들이 그에게 그 관리자를 만나 줄 것을 부탁하고서 그를 스승에게 소개해주었다. 그는 공자를 만나고 나오면서 제자들에게 말했다. "여러분들은 왜 관직이 없는 것에 조급해하는 것이오? 벼슬에 연연하지 마시오. 천하가 어두워 도가 없어진지 오래되었소이다. 하늘이 장차 여러분들의 스승을 목탁으로 삼고자 하는 것이오."

이 사람은 분명 자신만의 생각을 가지고 있는 사람이자 인을 추구하는 사람이다. 그는 이곳을 지나가는 대성인인 공자를 만나겠다고 고집스럽게 요구했다. 면회를 허락받고 나온 뒤 공자의 제자들에게 "너희들은 삶의 터전이 소실되어가는 것을 걱정할 필요가 있느냐. 천하가 어둡고 무도한 지 오래다. 하늘은 너희들의 스승을 민심을 모으는 목탁으로 삼을 것이다"라고 말했다.

'어찌 걱정하였을까(何患于喪)', 일반적으로 이 '걱정'을 직위 상실로 인한 걱정이라고 해석하지만 필자는 정나라 사람의 "상갓집 개"를 "집 잃은 자"로 이해하겠다.

"그 불가함을 알고도 하고자 하는 자", "상갓집 개", "목탁", 이 말들은 우리에게 서로 다른 시각에서 공사를 일게 하였다. 어찌보면 마음속에 알 수 없는 감동과 2천 년 전의 따뜻함을 느끼게 한다.

『논어』 속의 "죽음"

『논어』속의 "죽음"

공자는 죽음을 말하지 않는다. 이는 이미 학계의 정설로 굳어졌다. 하지만, 『논어·선진』에는 이런 이야기가 기록되어 있다. 귀신을 어떻게 섬기는지에 대해 자로가 묻자 공자가 말했다. "살아있는 사람도 제대로 섬기지 못하거늘 어떻게 귀신을 섬기겠느냐" 계로가 또 말했다. "감히 죽음에 대해 묻겠습니다" 그러자 공자가 또 말했다. "아직도 삶을 알지 못하겠거늘 어떻게 죽음을 알겠느냐". 사실, 이 기록은 단지 공자가 자로와 죽음에 대해 이야기하는 것을 회피한 것뿐인데, 이 기록에 앞서 여러 절에 걸쳐 안회의 죽음을 기록하였다. 안회가 죽자 62세가 된 자로도 갑자기 저물어가는 황혼을 맞이하는 느낌이 들어 죽음에 대해 물었다. 공자가 이 질문을 회피한 것은 사실 자로에 대한 위로였다.

사실 공자는 죽음에 대해 이야기하는 것을 피하지 않았다. 『논어』에서 "죽음"을 37번이나 언급했는데 이것은 공자와 제자들의 일상적인 대화에서 분명 "죽음" 에 대해 많이 언급했다는 것을 알 수 있다. 『논어·선진』에는 이런 기록이 있다. 공자가 '광(匡)' 지방에서 봉변을 당해 위험한 지경에 처했을 때 뒤쳐져 있는 안연이 도착하자 공자가 말했다. "나는 네가 죽은 줄 알았다" 이에 안연이 말했다. "스승님께서 살아 계시는데 제가 어찌 감히 죽겠습니까?". 길을 가는 도중에 갑자기 어려움을 겪게 되어 스승과 제자가 서로 헤어지고 가까스로 위험에서 벗어나자 바로 상대방에게 "죽은 줄 알았다."고 말하고 있는 모습이다. "죽는다"는 것은 "죽으러 가는 것"이다. 위급한 상황에 어떤 일에 대한 책임감 때문에 최선을 다한 뒤 목숨을 바치는 것은 사대부의 선택이다. 그래서 공자는 안회가 "죽었다"고 예상되어 그한테 이렇게 말한 것이다. 공자는 다음과 같이 말했다. "뜻이 있는 지사(志士)와 남을 사랑하고 어진 사람(仁人)은 목숨을 아끼고 죽음을 두려워하여 인을 해치는 일이 없고, 오직 용감히 자신을 희생함으로써 인을 이루게 하는 일은 있느니라(『논어·위령공』)" "살신(殺身)"이란 "죽는 것"이다. "살신"을 하지 않으면 성인(인자한 사람)이 될 수 없고 구차하게 삶을 애원하면 성인(인자한 사람)이 될 수 없다. 죽음은 우리가 추구하는 것이요, 우리의 복이며, 우리가 반드시 잡아야 할 기회이다. 이처럼 공자는 죽음을 인생의 피동적인, 피할 수 없는 처량한 결말이 아닌, 많은 경우에는 오히려 인생을 성취하는 하나의 필수적인 절차로 인생 최후의 명예와 성공이라고 인식했다. 바꿔 말하면 "죽음"은 "인위적"일 수 있다. 즉 인간은 "죽음"을 좌우할 수 있고 계획할 수 있고 자신의 인생계획에 포함시킬 수도 있다.

이처럼 공자는 죽음을 인생의 긍정적 요소로 여겼다. 즉 "죽는 것"은 "삶"의 완성이며 성인의 상징이다. 때문에 "죽는다는 것"은 또한 "살기 위한 것"이다.

그러나 다른 한편으로 공자는 삶은 죽음을 위한 것이라고 생각한다. 인생은 죽음을 배우는 것이다. 인생은 바로 품위 있고 존엄한 죽음을 위한 것이다. 위대한 일생은 영광스러운 죽음을 위한 것이다. 공자가 자로에게 답한 "생을 모르면 어찌 죽음을 알 수 있는가"라는 말에는 "만약 우리가 열심히 노력해서 삶을 산다면, 죽음은 문제가 되지 않는다, 죽음은 문제가 아니다, 삶이 문제인 것이다."라는 내용을 내포하고 있다. 『논어·이인』에서 공자가 이르기를 "아침에 도를 들으면, 저녁에 죽어도 좋으리라" 고 했다. 삶에 아쉬움이 없다면 어찌 죽음을 걱정할 필요가 있겠는가? 만약 살아서 도를 듣고 행도를 한다면 죽음에도 아쉬움이 없을 것이다. 죽음은 누구나 피할 수 없다. 그러기에 더이상 토의할 만한 문제가 아니다. "죽음"에 관해 유일하게 가치 있는 질문은 우리가 피할 수 없는 그 순간을 위해 무엇을 준비했는가, 혹은 그 떠나는 순간이 왔을 때 우리가 충분한 대응을 하였는 가이다. 『논어·태백』에도 이런 내용이 적혀 있다. "증자가 병에 걸리자 자신의 제자들을 불러 놓고 말했다. 내 발과 손을 좀 보아라! 모두 멀쩡하지 않느냐! 내 사랑하는 부모님으로부터 받은 신체발부를 잘 보전하기 위해 나의 일생은 『시경』에 이르기를, '조심해라! 신중해라! 마치 깊은 물웅덩이 옆에서 전전긍긍하는 것처럼 하고, 마치 살얼음판을 걷는 것처럼 해라'라고 한 것처럼 신중했고, 늘 엄숙하고 경건하며 조심조심했다. 이제부터는 내가 이런 두려움에서 벗어나 불효를 면하게 된 것을 비로소 알겠구나. 얘들아!" 한평생 조심한 것은 최후의 순간에 당당하게 떠나기 위함이고 한평생 고지식함은 모든 것을 내려놓고 죽음을 맞이하기 위함이다. 『논어·계씨』에도 이런 내용이 있다. "제나라의 경공(齊景)은 말 사천 필을 가지고 있었으나 그가 죽을 때 백성들은 아무도 그가 덕행이 있다고 칭송하지 않았다. 백이·숙제 형제는 수양산 아래에서 산나물로 주린 배를 채우다가 굶어 죽었으나 사람들은 지금까지도 그들을 칭송하고 있다." 일생의 노력은 죽는 날 덕을 갖춘 자라는 평가를 얻기 위해서이다. 『논어·위령공』에서 공자가 말하기를, "군자는 죽을 때까지나 죽어서 좋은 평판이 나지 않고 칭송되지 않는 것을 걱정한다."고 했다. 이 말은 진정한 "죽음을 위해 산 것이다." 즉 원만한 죽음을 목표로, 이러한 목표를 위하여 살아간다면 삶의 방향이 더 명확해지는 것이다.

장자도 탄식하며 말했다.

"그 누가 생과 사는 하나라는 도리를 알 수 있겠는가."(『장자·대종사(庄子·大宗師)』)사실 공자는 일찍이 생과 사는 상부상조이고 원융일체를 이룬다는 것을 알고 있었다. 다만 공자는 장자처럼 이로 인해 허무함을 느낀 것이 아니라 오히려 인생의 가치를 더욱 확고히 할 수 있는 계기로 삼은 것이다. 『논어·태백』에서 증자가 말하기를 "선비는 마음이 너그럽고 뜻과 의지가 굳세지 않으면 안 되는 것이거늘, 이는 그의 임무가 매우 중대하고 무겁고 가야 할 길이 멀기 때문이다. '인(仁)'을 자기의 임무로 삼았으니 어찌 그의 짐이 무겁지 않겠는가? 이는 삶이 끝나는 죽음 뒤에야 비로소 마치는 것이니 이 얼마나 긴 인생의 여정인가?" 죽음은 결코 증자로 하여금 인생의 허무함을 한탄하게 하지 않았다. 오히려 인생의 짧음과 절박함을 체득하고 인생의 책임을 감당하여야 한다는 것을 알게 하였다. 이것은 공자를 대표로 하는 선진시대 유학자들이 죽음을 대하는 태도이며 또한 그들이 인생을 대하는 기개이다.

인생은 곧 천명이다

『논어』에서 공자는 두 번이나 "천명"을 언급하면서 이를 군자의 기본적인 수양과 결합시켰다.

공자가 말하기를, "천명(天命)을 모르면 군자가 될 수 없고, 예(禮)를 모르면 사회에 발붙일 수 없으며, 남의 말을 분별할 줄 모르면 그 사람을 이해할 수 없다.(『논어·요왈』)"

공자는 또 다음과 같이 말하였다. "군자는 세 가지 경외하는 것이 있다. 천명을 경외하고, 덕행이 있는 대인을 경외하며, 성인의 말을 경외하느니라. 소인은 아예 천명을 모르기 때문에 그것을 경외하지 않고, 천명을 알고 실천하는 대인을 보더라도 존중할 마음이 생기기 않고 가볍게 여길 뿐이며, 성인의 말을 경시하여 심지어 모욕하는 말을 할 뿐이다(『논어·계씨』)"

천명은 존재하지 않으며 미신이라는 견해가 있었다. 사실 공자가 말한 천명은 첫째, 객관적으로 존재한다. 둘째, 그것은 미신이 아닐 뿐만 아니라 바른 믿음이다.

공자의 "천명"에는 어떤 뜻이 내포되어 있는지 우리는 정확히 알 수 없다. 하지만 대체적으로 객관과 주관의 두 가지를 포함해야 할 것이다. 즉 객관적인 측면에서 천명은 인간과 자연의 관계, 인간과 사회의 관계, 인간과 인간의 관계를 포함한다…. 이 모든 것은 우리보다 먼저 존재하거나, 우리가 변화시킬 수 없으며, 우리의 주관적인 의지대로 변화하지 않는 것이다.

예를 들면, 우리가 지구에서 태어나고 자기 나라에서 태어난 것이 천명이다. 우리가 사람으로 태어난 것도 천명이다.

우리는 한 가정에서 태어났고, 자신의 부모, 형제, 자매가 있는 것도 하늘이 준 운명이다.

이 모든 것은 우리가 인지하고 인정해야 하며, 무조건 받아들여야 하는 것이다.

이것을 받아들인 후에 우리는 또한 이 운명에 대한 모든 책임을 다해야 하는데, 이것이 바로 천명의 주관적인 측면이다.

주관적인 측면은, 천명은 인간의 도덕적 책임, 인간의 규칙, 인간의 출세, 은거, 부유와 가난 등 풍부한 의미를 포함한다.

여기서 우리는 인간은 도덕적 사명을 가지고 있다는 것을 인식할 수 있다. 즉 인간은 하나의 도덕적 존재일 뿐만 아니라 동물과 구별된다는 것이다. 그리고 인간은 도덕적 세계를 건설할 책임이 있다.

그래서 공자가 말하는 "지천명" 중에서 "지"는 "이미 알고 있는 것", "인지"를 가리킬 뿐만 아니라 "이행", "지행"도 가리킨다.

구체적으로 말하자면, 다음 세 가지이다.

첫째, 우리는 천명을 인식해야 한다.

천명이 실제로 존재한다는 것을 깨닫는 것이다. 사람은 항상 일정한 조건하에서 생존하고, 일정한 배경에 의탁하며, 일정한 의지속에서 발전한다. 또한, 인간으로 태어나기 위해서는 반드시 이 모든 것을 감내해야 한다. 이러한 감내는 피할 수 없다. 왜냐하면 이 또한 인간이 타고난 천명이기 때문이다.

둘째, 우리는 천명을 경외해야 한다.

이런 운명적인 선천적인 모든 것을 경외하는 것이지, 그것을 싫어하는 것은 아니다. 이것은 경외심이다.

그렇다면, 천명을 경외하는 것이 우리에게 남의 장단에 맞춰 흐지부지하게 지내거나, 내버려 두거나, 아무 것도 하지 못하게 하는 결과를 초래하지는 않을까? 아니다. 천명 자체에는 우리의 주관적인 노력, 특히 우리가 짊어져야 할 도덕적 책임이 포함되기 때문이다.

셋째, 우리는 천명을 다해야 한다.

천명을 아는 것이 곧 "사명"을 아는 것이다. 주어진 삶의 의탁을 인식하고 경외하는 전제하에서, 인간은 만물의 장인으로서 천명의 일부분임을 인식할 수 있다. 하늘의 뜻인 천의(天意)는 개체에서 나타나며 개체의 역사적 사명이기도 하다. 지천명, 지천의, 지천도로 자기의 역사적 사명을 아는 것이다. 그리하여 주어진 조건에 순응하고 배경과 의거로 기세를 몰아 백절불굴의 의지로 정해진 방향으로 전진하며 자기의 역사적 사명을 완수한다. 이에 천명을 경외하는 것은 우리로 하여금 보다 적극적이고 용감한 인생을 갖게 할 수 있다.

지천명은 우리로 하여금 경외심을 갖게 할 뿐만 아니라 진취심을 부여한다.

천명을 인지하는 것은 인이다.

천명을 경외하는 것은 예이다.

천명을 이행하는 것은 의이다.

맹자는 대장부라는 것은 "천하의 가장 넓은 거처인 '인'에서 살고 천하의 가장 올바른 자리인 '예'에 서 있으며 천하의 가장 넓은 길인 '의'의 위에서 걷는다. 이런 과정에서 뜻을 이루었을 때는 백성과 함께 그 뜻을 따르며 못하더라도 스스로 그 도의를 지켜야 하는 것이다."고 했다.

이게 바로 천명이다 .

공자가 우리 곁으로

공자는 왜 점을 치지 않았을까

최근 몇 년 동안 민간에서는 『주역』이 성행했는데, 필자는 기업가들을 상대로 한 "경영자 국학반"과 같은 수업을 많이 진행했었다. 그중 가장 인기를 끈 "국학"이 바로 『주역』인데, 『주역』을 말하는 사람과 『주역』을 듣는 사람이 가장 흥미를 갖는 것은 바로 점괘에 관한 것이다.

어떤 사람이 내게 물었다. "선생님은 『주역』을 연구합니까?"

나는 이렇게 대답했다. "당분간은 연구할 생각이 없습니다. 공자는 오십에 『역』을 배웠는데, 내가 아직 오십이 되지도 않았으니 어찌 감히 공자를 능가할 수 있겠습니까?" 사실, 『주역』을 읽으려면 풍부한 인생 경력이 없이는 읽을 수도 없고, 깨닫기도 어렵다. 핵심을 배우지 못하고 겉돌기 일쑤이다.

그 사람이 계속해서 물었다.

"공자님께서도 점을 치는가요?"

나는 아주 단호하게 "아니요."라고 답했다.

"그런데 우리 선생님은 공자가 점괘를 치는데 아주 능하다고 하셨습니다."

"그건 거짓말입니다."

『사기·공자세가』에는 공자가 나이가 들어 『주역』을 좋아했고……『주역』을 읽었는데 죽간을 엮던 쇠가죽이 여러 번 끊어졌다고 한다. 『논어』는 다음과 같이 언급했다. "오십 세에 주역을 배운" 공자는 또한 『역전』 10편을 만들었는데 이를 "십익(十翼)"이라 부른다. 공자는 도대체 점을 쳤는가에 대한 질문에 나의 대답은 이러하다. 공자는 탐구를 위해, 혹은 호기심이 발동해서 틀림없이 점을 쳐 보았을 것이다. 그러나, 그는 믿지 않았을 것이다. 믿지 않기 때문에, 나중에는 치지도 않았다. 그가 점괘를 믿지 않은 것은 사실 판단에 의거한 것이 아니라 가치 판단에 의거한 것이고 인지하지 않은 것이 아니라 인정하지 않았기 때문이다.

고대의 문헌에 공자가 점을 쳤다고 기록한 것도 있다. 『공자가어·호생(孔子家語·好生)』에서 "공자는 스스로 점괘로 점을 치다가 분괘(賁卦, 주역에서의 64괘 가운데 하나)가 나오니 씁쓸한 표정을 지으며 언짢해 하는 기색을 하였다."라고 하였는데 이것은 호기심 혹은 탐구정신에서 비롯한 점괘를 친 경우에 해당한다. 『공자가어·72제자해』의 기록을 본다면 양전(梁鱣)은 제나라 사람이고 자는 숙어이며, 공자보다 39살이나 어리다. 나이 서른에 자식이 없으니, 그 아내를 내쫓으려 했다. 상구(商瞿)는 다음과 같이 말했다. "그러지 말게나, 옛날에 나는 38살이 되도록 자식이 없었는데, 어머니가 나를 위해 다른 여인을 아내로 맞아드리게 했지만 선생은 나를 제나라에 가도록 했지, 그러자 어머니가 나를 가지 못하게 해 달라고 선생님께 청하니, 선생님께서 말씀하시길: '걱정하지 마십시오. 상구 나이 40이 넘으면 자식이 다섯이나 될 것입니다'고 했지. 지금 나는 아들을 보았지. 그러하

　　　　　　　　　　　　　　　　공자가 우리 곁으로

오니 자네도 나처럼 늦게 자식을 볼 거 같으니 아내의 잘못이 아니네." 그의 말을 들은 양전은 그로부터 2년 뒤에 아들을 보았다. 그러나 공자가 상구에게 마흔이 지나면 아들이 다섯 명 있을 것이라고 예언한 것이 점을 쳐서 얻어낸 것이 아니다. 『사기·중니제자열전』에도 상구와 같은 이야기를 기록하였는데 이 또한 공자가 점쟁이라는 것은 아니다. 하지만 『사기·중니제자열전』에서의 해석을 보면 다음과 같다. "노나라 사람 상구가 제나라로 향하였다. 하지만 나이 40살에도 자식이 없는 그는 먼 길을 나서면 자식을 보기가 어렵다고 판단되어 길을 떠나기가 두려웠던 것이다. 이에 공자가 정월에 상구의 어머니에게 점을 치면서 이르기를 '이후에 상구가 아들 다섯 명이나 볼 것입니다'라고 하였다. 이에 그의 제자 자공은 어찌 상구가 아들을 볼 수 있는가고 공자에게 물었다. 공자가 이르기를, '점괘에 대축을 만났는데 간(艮)의 이세(二世)이다. 구이(九二)는 갑인(甲寅)의 목(木)으로 세(世)가 되고, 육오(六五)는 경자(景子)의 물로 응(應)이 된다. 세(世)는 밖의 상(象)을 내고, 상(象)이 와서 효를 내어 서로 내상(內象)이 되고, 간(艮)은 아들을 이별함이고, 응(應)은 다섯 아들을 두는데 그중의 한 명은 명이 짧다고 한다'고 하였다. 무엇에 근거한 것인지는 모르겠으나 장수절(張守節, 당나라 시기의 학자로 사마천의 『사기』에 주해를 단 사람으로 『사기정의』를 펴냄.)의 『사기정의』에서 언급한 내용이니 당연히 사마천의 잘못으로 놀려서는 안 된나.

　필자가 공자가 점을 치지 않는다고 단정한 데는 결코 공자가 "점괘에 관한 책"을 연구하면서 여태껏 점을 치지 않았다고 한다면 오히려 더 이상하다. 필자가 이해한 바로는 앞날의 길흉과 인물의 품평, 정치적 판단과 사회의 추세에 대해 공자는 점을 치는 방식으로 입장을 결정하지 않았다는 것이다. 즉, 인생의 선택에 직면했을 때 공자는 점괘로 자신의 인생을 결정하지 않았다.

『사기·공자세가』에는 이런 이야기가 기록되어 있다.

공자가 위(衛)나라에서 중용되지 못하자 서쪽에 있는 진(晉)나라로 가서 조간자(趙簡子)를 만나려 했다. 황하에 이르러서야 두명독(竇鳴犢)과 순화(舜华)가 조간자에게 죽임을 당했다는 소식을 듣고 황하를 마주하고 탄식하며 말했다. "출렁이는 황하수여! 아름답기 그지없구려, 내가 황하를 건너지 못하는 것도 하늘의 뜻이 아니겠는가?……두명독과 순화는 진나라의 덕망이 높은 대부였다. 조간자가 뜻을 얻지 못하였을 때는 이 두 사람의 말을 듣고 정치에서 뜻을 이루었지. 그런데 자신의 뜻을 이룬 뒤에는 오히려 그들을 죽였구나. 듣건대 새끼를 밴 짐승의 배를 갈라 새끼까지 죽이면 기린이 교외에도 오지 않고, 연못의 물을 말려 물고기를 잡아버리면 교룡이 음양의 기운을 조화롭게 하지 않아 가물게 되며, 둥지를 뒤엎어 알을 깨뜨리면 봉황이 그 고을에 날아오지 않는다고 했다. 왜 그렇겠는가? 군자도 그와 같은 동류에게 피해를 주기 싫어하기 때문이 아니겠는가! 새나 짐승조차도 의롭지 못한 일을 보면 피할 줄 아는데 내가 어찌 그것을 모르겠는가? 나는……다시 위나라로 돌아가겠다." 공자가 진나라에 간 것도 다시 위나라로 되돌아 온 것도 점괘를 보았기 때문이 아니라 상황에 맞게 판단을 했을 뿐이다.

공자가 말했다. "한 사람의 언행을 보고, 그 원인과 이유가 되는 근거와 동기를 관찰하며, 그의 마음이 안정되어 모습이 편안한지를 살펴본다면, 그 사람이 어떻게 자신을 가려 숨길 수 있겠는가? 그 사람이 어떻게 자신을 가려 숨길 수 있겠는가?(『논어·위정』)"라고 하였는데 한 인간을 관찰하는데도 점괘를 사용한 것이 아니다. 오히려 『공자가어·형정』에는 이렇게

공자가 우리 곁으로

기록되어 있다. "귀신, 출생시간, 점괘 등을 사칭하여 사람들의 마음을 유혹하고 사기치려는 자는 죽여야 한다." 점괘를 치고, 미심쩍은 귀신노릇으로 사람의 마음을 현혹하는 사람들에 대해 공자는 죽이라고 했다.

『역경·항괘·구삼요사(易經·恒卦·九三爻辭)』에는 다음과 같은 구절이 있다. "만일 자신의 덕행을 꾸준하게 닦고 쌓지 않으면 언젠가는 다른 사람으로부터 업신여김을 당한다"고 했는데 이것은 바로 자신의 덕행을 꾸준히 유지하지 못하면 모욕을 감수해야 한다는 뜻이다. 공자는 이에 대해 "꾸준함이 없는 것과 같이 항심이 없는 사람은 점을 칠 필요가 없느니라. 그가 하는 일은 늘 되는 일이 없기 때문이니라"라고 설명했다.(『논어·자로』)

공자가 여기서 말한 점을 치지 않는 "불점"은 후에 순자에 의해 "역에 능한 자는 점을 치지 않는다." (『순자·대략』)라고 해석되었다. 『역』을 잘 하는 사람은 바로 바른 길을 배우는 사람이다. 『역』이 우리에게 가르쳐 준 것은 바로 바른 길을 걷고 바른 사람이 되는 것이다. 이렇게 하면 자연히 전화위복을 만나거나 길함을 만나기 때문에 점을 칠 필요가 없다.

콩 심은 데 콩이 나고, 팥 심은 데 팥이 난다. 모든 화복은 자업자득이다. 화와 복은 별개가 아니다. 다만 사람이 스스로 자초하는 것이지, 점을 치는 것과는 관계가 없다. 공자가 말한 도리가 바로 이런 것이다.

『논어·옹야』에서도 공자는 다음과 같이 말했다. "사람은 정직하게 살아가야 하느니라. 정직하지 않은 사람도 물론 살아갈 수 있기는 하지만 이는 그가 단지 운 좋게도 화를 면할 것일 뿐이다."

정직하고 정도에 맞는 것은 바로 삶의 생문이고 사곡으로 사악한 길을 가는 것은 바로 죽는 문 즉 사문이다.

생문에서 태어나는 것이 일상이다. 죽음의 문턱에서 죽지 않는 것은 요행이다.

『논어』는 단지 좋은 사람만 읽을 수 있는 것이 아니다. 사실, 이와 같은 말은 감옥에 있는 탐관오리와 도둑놈들이 읽으면 더욱 실감할 수 있다.

인생의 최고의 지혜는 정도를 인지하고 인정하는 것이다.[1]

부록

백서『요』제3부분[2]

공자가 나이가 들어 『역』을 좋아했는데, 집에 있을 때면 늘 옆에 두었고, 행차하면서까지도 지니고 다녔다. 자감이 말하기를, "선생님께서 제자에게 가르치길 '신령을 따르다 보면 덕행과 멀어지고 점괘를 자주 보면 지략과 멀어진다'고 하였습니다. 그래서 저는 스승님의 말씀에 따라 행하려고 노력했습니다. 그런데 선생님은 어찌하여 연세가 들어서 주역을 좋아하게 되셨습니까?"

공자가 답하기를: "군자의 말은 근거가 있어야 하고 앞뒤가 일치해야 하느니라. 내가 예전에 『역』을 읽기 좋아하니 예전에 너희들과 한 말과 다

---

1   점괘에 대한 공자의 태도에 대해서는 부록을 참조할 것.

2   백서『요』본문의 해석과 관련하여 세부적인 부분에서 서로 다른 견해가 많다. 필자의 이 부분에 대한 해설은 유빈(劉彬)의 『백서「요」편 교석』(광명일보출판사, 2009·9) 초판을 참조한 것임)

른 것 같아서 너희들의 의심을 사게 되었구나. 하지만 내가 지금 행하고 있는 행실은 예전에 말하였던 말들과 반대되는 것은 아니고 정확한 것이니라. 『역』이 가지고 있는 진정한 핵심을 알게 되면 내가 예전에 한 말과 반대되게 행동하지 않고 있다는 것을 알게 되느니라. 『상서』는 간략하게 말했으므로 빠뜨린 것이 많지만 『역』은 상세하게 구성이 짜여있으니 누락이 적은 것이니라. 주역의 괘를 본다면 고인들의 교훈들도 남아있다. 나는 『역』의 점괘에 따라 안일한 태도를 가지는 것이 아니라 점괘가 보여주는 지식을 진정으로 좋아할 뿐이니라, 이 또한 무슨 잘못이 있겠는가? ”

자공이 말하기를: “이러하다면 군자는 이미 또 다시 잘못을 범한 것이 아닙니까? 선생님께서 예전에 말씀하시기를 ‘평범한 사람들의 방법을 따르고 정확한 방법으로 일을 해결하면 의혹이 없을 것이다’라고 하셨습니다. 선생님은 지금 『역』으로 인해 안일한 태도를 가지는 것이 아닌 단지 그 속에 있는 지식을 좋아한다고 하였는데 이는 새로운 방법으로써 다른 사람들과는 다른 방법이 아닙니까? 이렇게 해도 되는 것입니까?”

공자가 말하기를: “자공아, 자네가 너무 각박하기만 하구나……『역』은 강자더러 공포감을 느끼게 할 수 있고 약자들에게 계략을 알게 할 수 있으며 어리석은 자들에게는 함부로 행동하지 못하게 하고 교활한 자들을 속임수를 쓸 수 없게 하는 것이니라. 문왕은 인덕을 숭상하시만 인덕민으로 큰 꿈을 이룰 수 없었는데 주왕이 도가 없으니 문왕이 흥하기 시작한 것이다. 문왕은 자신의 마음을 숨기는 방식으로 화를 피했고 이를 기회로『역』을 만든 것이다. 나는 점괘 속에 숨겨져 있는 철리를 배울 수 있게 되어 참으로 즐겁다. 만약 문왕이 『역』을 만들지 않았다면 나로써 문왕이 어떻게 주왕을 시봉하였는지 알 수 없지 않느냐.”

자공이 말하길. "선생님도 『역』의 점괘를 믿습니까?"

공자가 말하기를 "백중 칠십은 믿느니라. 주량산에서의 점괘가 그러하다.(많은 사람이 점괘를 한 관계로) 마지막에는 많은 사람들이 점괘를 믿게 되었지." 공자가 말하기를 "나는 『역』이 가지고 있는 점괘의 작용보다는 그 속에 내포된 덕성에 관심을 가지고 있었다. 『역』의 내용은 낮은 단계부터 높은 단계까지 총 세 개 단계로 구성되었지. 신명에 의해 술수를 효달하고 술수에 의해 덕의 의리를 알게 되며 덕의는 인을 지키고 의를 행하는 것이다.

단지 『역』에서 말한 귀신들의 술수를 알고 도달 술수를 모르는 것은 무당이고 술수는 알고 달덕의 의리를 모르면 그것이 바로 역사이다. 사가와 무당들이 하는 점괘는 『역』을 동경하지만 『역』의 경지에 이르지 못하고, 『역』을 좋아하지만 『역』의 근본을 잃어버린 것이다."

"후세의 학자들이 나에게 질문을 하는 것은 아마도 『역』 때문일 것이다! 나는 단지 『역』의 덕을 추구할 뿐이다. 역사가, 무당들과 길은 같으나 목적이 달랐다. 같은 『역』에 입각하였지만 취지가 다르다. 군자는 자신의 덕행으로 복을 구하기 때문에 점을 치지 않는다. 그들은 자기의 인의로 길함을 구하는 것이기 때문에 점을 칠 필요가 없는 것이다. 그러니 『주역』에 관해서는 점괘의 용도를 마지막에 두어야 하느니라!"

공자는 왜 침묵을 지켰는가

『논어·선진』편에는 다음과 같이 기록되어 있다.

귀신을 어떻게 섬기는지에 대해 자로가 묻자 공자가 말했다. "살아있는 사람도 제대로 섬기지 못하거늘 어떻게 귀신을 섬기겠느냐" 자로가 또 말했다. "감히 죽음에 대해 묻겠습니다" 그러자 공자가 또 말했다. "아직도 삶을 알지 못하겠거늘 어떻게 죽음을 알겠느냐"

공자는 두 번의 반문으로 자로가 질문한 생사 귀신에 관한 문제에 정면으로 답하는 것을 거부했다.

사실 공자에게서 이런 답을 얻은 것은 자로뿐만이 아니다. 공자는 스승으로서 일부 내용들은 절대로 가르치지 않거나 보통 학생들에게만 말하지 않았다. 이에 대해 자공이 한탄하기를:

"육경과 같은 경서 등 각종 고대 문헌에 관한 스승님의 학문은 우리가 얻어 들을 수 있었지만, 천성(본성)과 천도(天道)에 관한 스승님의 말씀은 우리가 얻어 들을 수가 없었다(『논어·공야장』)"

문장은 시, 서, 역, 예 등 각종 고대 문헌 중의 학문을 가리킨다. 성(性)은 인간의 자연스러운 본성을 가리킨다. 천도(天道)는 고대에는 일반적으로 자연의 법칙 및 인간과 인간의 길흉과 화복을 가리킨다.

자연도, 인간성도, 사실의 관점에서 말하자면 모두 신비롭지만 실증적이지 않은 것들이다. 가치의 관점에서도 사람들의 보편적인 공감대를 표출하고 환기시키기 어렵다. 공자는 이런 현묘하고 근거가 없는 것들에 대해서는 논하려 하지 않았다. 적어도 대다수 사람들과는 논의하지 않았다. 그는 자신의 지성으로 깨달으려 했다.

공자는 사람들이 후천적으로 수련하여 만들어진 도덕 성품을 중시한다. 그는 천부적인 자연스러움에 대해 말하기 싫어했고 말할 필요도 없다고 생각했다. 도덕적 성품은 인도(人道)에 통하고, 자연적 본성은 천도에 통한다. 인도는 친절하고 천도는 냉담하다. 인도는 절박하고 천도는 멀다. 인도적인 사람은 인으로 통하고, 인적인 사람은 사람을 사랑하는 것으로 당연히 이야기해야 한다. 그런데 하늘과 땅이 어질지 않고 만물을 추구로 여기니 어찌 더 말할 필요가 있겠는가? 어찌 많은 이야기를 할 수 있겠는가? 그러니 공자는 인도에 대해 이야기하되 말하지 않거나 적게, 천도에 대해서는 신중하게 이야기한다.

여기서 유의해야 할 점은 자공은 여기서 공자가 성품과 천도를 말하지 않는다고 언급하지 않았지만 그의 말 속에 담겨져 있는 뜻을 자세히 분석해 보면 오히려 공자는 "이야기했지만" 그 자신이 "알아들을 수 없었다"라는 것이다. 공자가 천도와 인성에 대해 말하지만 이를 알아들을 수 있는 상

대는 몇몇 안 된다는 것이다. 자공도 잘 알아듣지 못하는 데 또 누가 알아
들을 수 있으랴? 하지만 오직 한 사람이 있다. 바로 안회이다.

『논어·술이』편에 다음과 같이 기록되어 있다. "공자는 괴상한 것, 폭력
과 같은 힘, 혼란, 귀신에 대해서는 거론하지 않았다"

여기서 말하는 귀신은 귀신의 실체가 아니라 귀신이 가지고 있는 힘의
신기함이다.

그래서 정확한 번역은 "공자는 괴이한 일, 위세부리는 일, 어지럽히는
일, 신기한 일을 말하지 않는다"이다.

공자는 모든 비상한 것을 말하지 않고 우리가 일상적인 지식을 알 것만
요구한다.

너무 현묘하고 신비하며 근거가 부족한 모든 것은 공자도 말하지 않는
다. 공자는 우리에게 이성을 가지라고 한다.

공자는 이런 종류의 것을 사치스럽게 이야기하면 사람들이 악마에 빠
져 헛소리를 할 뿐만 아니라 제멋대로 행동하게 될 것을 걱정했다.

만약 이렇게 된다면 그 결과는 자신의 운명이 자신의 덕행에 의해 결정
된다고 믿지 않고 오히려 그것을 알 수 없는 것에 맡기게 되는 것이다. 이
것은 도덕적 책임을 버리고자 하는 행동을 일으킬 수 있을 뿐만 아니라 도
덕적 타락까지 불러올 수 있다.

그러니---

공자는 변이적인 것을 논하지 않고 일상적인 것을 논했다. 일상적인 것
은 보편적으로 적용되는 지식이기에 우리가 알아야 한다. 변이된 것은 단
지 특별한 경우일 뿐, 지식의 보편성을 갖추지 못한다.

공자는 사람의 덕목만 논하고 용력(勇力)은 논하지 않는다. 덕목은 근본

이고 키울 수 있으며 한 사람의 가치를 결정하는 열쇠이다. 용력은 말단적이며 종종 타고나는 것으로 한 사람의 최종 가치와의 관계는 크지 않다.

공자는 합리적인 것을 이야기하고 혼란스럽고 상식에 어긋나는 것은 이야기하지 않는다. 합리적인 것은 우리의 판단의 근거이자 전제이며, 우리의 모든 지식의 기초이다. 상식에 어긋나는 것은 비록 어느 때나 어느 곳에 우연히 존재하지만 오히려 반지식적이고 반상식적인 것이므로 과다하게 이런 것들을 이야기하면 우리의 정상적인 사고를 흐리게 할 수 있다.

공자는 신기한 것을 논하지 않고 인력(인간의 힘)에 대해 논했다. 사람의 품행, 행동, 의향은 사람의 운명을 결정한다. 이른바 신기, 신력이 아니다. 인력은 실재하고 결정권은 자신에게 있다. 귀신은 현허하고, 근거가 없으나 결정권은 그에게 있다. 인간의 행복과 상호 관련이 없을 뿐만 아니라 신력을 믿는 것은 인간의 도덕적 자아를 향상시키는 데 방해가 된다.

무엇을 믿어야 하는지, 무엇을 믿지 말아야 하는지를 아는 것은 지혜이며 심지어는 지혜의 근본이기도 하다.

공자가 우리 곁으로

귀신도 하나의 가치로 존재한다

"귀신"과 같은 근거없는 것을 공자는 믿었을가? 필자의 대답은 공자는 그 가치를 믿지만 그 사실을 믿지 않았다. 이에 대해 아래와 같은 기록이 있다.

"조상에게 제사를 지낼 때는 조상이 마치 앞에 살아 계시는 듯이 정성을 다하고, 신에게 제사를 지낼 때는 신이 거기에 실제로 계시는 듯이 경건한 마음으로 임해야 한다. 공자가 말했다. '만일 내가 직접 제사에 참여할 수 없다면, 다른 사람에게 대신해 달라고 부탁을 하지 않는다. 직접 참여하지 않는 것은 제사를 지내지 않는 것과 같다.' (『논어·팔일』)"

공자의 이러한 사상은 제사를 지낼 때 조상과 신령이 실재하듯이 제사를 지낸다는 뜻이다. 그리고 제사를 지낼 때 경건함을 유지하기 위해 마음속으로 조상과 신령을 묵념하여야 한다. 그렇다면, 공자의 이 구절은 사실 의식적으로든 무의식적으로든 우리에게 "그는 귀신의 실제 물리적인 존재로 믿지 않지만 단지 가치로는 존재한다." 는 것을 믿고 있다는 것을 말해

주고 있다.

『공자가어·치사』에는 이런 기록이 있다.

자공이 공자에게 물었다. "죽은 자에게도 지각이 있습니까?" 이에 공자가 답하기를 "만일 내가 죽은 삶이 지각이 있다고 말한다면 장차 세상의 모든 효자와 순한 자손들이 사는데 방해가 된다고 여겨 죽은 부모들의 장례를 지나치게 치를까봐 두렵고, 반대로 죽은 자에게 지각이 없다고 말한다면, 장차 세상의 모든 불효자들이 그 부모의 시체를 아무렇게나 버려두고 장례도 치르지 않을까 두렵구나. 사(자공)야! 죽은 사람이 지각이 있는지, 없는지에 대해서는 차라리 알려고 들지 않는 것이 좋다. 지금은 그런 것이 급한 것이 아니니, 나중에는 스스로 알게 될 것이다"

이로부터 알 수 있듯이 "죽은 자가 지각이 있는가 없는가"라는 질문에 대한 인식과 해답의 관건은 사실을 판별하는 것이 아니라 가치를 고려하는 것이다.

『논어·옹야』의 기록을 한번 살펴보자.

번지가 어떻게 하면 지혜로운지에 대해 묻자 공자가 말했다. "마음과 힘을 한결같이 백성들이 의(義)의 길을 걷는 데에 두고, 귀신을 존중하면서도 경원하듯이 멀리하면 지혜롭게 처신한다고 할 수 있느니라. 번지가 또 어떻게 하면 인(仁)이 있는 것인지에 대해 묻자 공자가 또 말했다. "먼저 어렵고 힘든 것을 행함으로써 시련을 겪게 하고, 후에 자연스럽게 공을 얻는 것이면 인이라고 할 수 있느니라."

왜서 귀신을 '존중'하면서도 또 '멀리'해야 할까? 그것은 '귀신'을 공경하는 것은 가치를 존경하는 것이고 '멀리'하는 것은 귀신이 실제로 존재한다는 것을 믿지 않기에 몰입할 필요가 없다는 것이다. 신비한 힘을 경외할 줄 모르는 것은 신앙이 없는 것이다. 귀신이 실제로 존재하고 있다는 것을 믿는 것은 이성이 결여된 것이다. 신앙도 있고 이성도 있는 것을 지혜라고 한다.

지혜와 지식은 다르다. 쉽게 말해서, 지식은 "사실을 인지하는 것"으로 그 상대는 단지 사실이다. 하지만 지혜는 사실을 인지할 수 있을 뿐만 아니라 가치를 고려하고 인식하는 데 더 큰 비중을 둔다. 공자가 말하기를 "군자는 그릇이 아니다"라 하였다. 왜 군자는 그릇이 아니라고 했는가? 왜냐하면 군자는 전문적인 지식과 기예를 가지고 있을 뿐만 아니라 가치를 고려하고, 의논하고, 평가하고 인지할 수 있으며, 인류가 단지 물리적 존재일 뿐만 아니라 가치의 존재라는 것을 인지할 수 있기 때문이다. 인간의 삶은 물질과 육체적인 삶만이 아니라 정신과 도덕적인 삶이다. 인간의 생명은 짐승의 생명과 다르다. 그는 생리적일 뿐만 아니라 정신적이기도 하다. 그래서 "성명(性命)"이라 부른다. 이는 "생구(牲口)"와 다르다. '성'은 마음에서 생기는 것이고 '생'은 물질에 한한 것이다. 맹자는 인간과 동물의 다른 점에 대해, 인간은 짐승과 다른 점은 소중하지만 쉽게 잃게 되는 "마음"(『맹자·이루하』)이라고 했다. 그래서 맹자는 재차 "잃어버린 본심을 찾아야 한다"고 호소했다.(『맹자·고자상(孟子·告子上)』)

사실 귀신이라는 우스꽝스러운 물건이 만들어지는 것은 어떤 가치를 위해서이다. 이에 대해 성인은 알고 지나가지만 소인은 현혹된다. 그러나 특정한 역사적 조건하에서 성인은 소인의 "미신"을 이용하여 도덕적 목표를 실현한다. 이것이 바로 소위 말하는 '귀신이나 미신을 믿는 것을 이용하여 백성들을 우롱한다'이다. 『역·관(易·觀)』에 이르기를 "하늘의 신묘한 도를 보면 사시가 어긋나지 않는 도리를 알게 되고 성인이 신묘한 도로써 가르침을 베풀어야 천하가 따른다." 미신도 일종의 믿음이다. 믿음이 있으면 행실이 있고, 믿음이 없으면 행실이 없다. 또 믿음이 있으면 효제가 되고, 행실이 없으면 방탕하고 편벽하게 된다. 그러므로 믿음이 있는 백성이 믿음이 없는 백성보다 더 났다는 것이다.

공자는 『중용』에서 다음과 같이 말했다. "귀신의 덕행은 아주 크다고 보아야 한다. 그를 관찰하려고 하면 보이지 않고 들으려 하면 듣기지도 않는다. 하지만 귀신은 이 세상에 존재하느니 그것을 포기할 수 없고 멀리 할 수 없다. 사람들은 그를 위해 채식을 하면서 마음을 수련하고 옷을 정갈하게 입고 제사를 지내주니 어찌 존재하지 않는다 할 수 있겠는가. 마치 『시경』에서 말한 것처럼 '신이 언제 오는가를 우리는 예측할 수 없으니 어찌 함부로 대하고 불경할 수 있는가'말이다. 너무 작아 보이지 않는 것으로부터 보이기까지 사실과 존재는 바로 이렇게 덮어지고 감춰진 것이다!"

『순자·예론』에서도 다음과 같이 기록되어 있다.

제사란 죽은 이를 사모하는 마음이 쌓여 이루어지는 것이며, 충성과 신의와 사랑과 공경을 지극히 다하는 일이며, 예의와 형식의 모양을 성대하게 갖추는 행사이다. 성인이 아니라면 그 뜻을 알 수가 없다. 성인께서는 그 뜻을 분명히 아시어, 선비와 군자들은 그것을 편안히 시행하고, 관리들은 그것을 자기의 수칙으로 삼고, 백성들은 그것으로 풍속을 이루도록 하였다. 그것을 군자들은 인간의 도리라 생각하고 있으나, 백성들은 귀신에 관한 일이라 생각하고 있다.

귀신이 없다는 것을 아는 것은 지식에 불과하다. 모든 귀신에 관한 일은 인도와 관련된다. 귀신은 우리의 진심어린 슬픔에 대한 검증이고 인간의 지혜에 대한 시험일뿐이라는 것을 알 수 있다.

○

후
기

이 책에 실린 70여 편의 글은 『광명일보』 '지혜판'에 실린 필자의 "노포 담고"칼럼을 한 권으로 묶은 것입니다. 삼 년 넘게 진행된 이 칼럼은 『광명 일보』와 애독자들이 저에 대한 믿음이었습니다. 또한 책임편집자인 왕스 민(王斯敏) 여사의 따뜻한 경고와 재촉이 제가 견지해 온 동력입니다.

지금 이 글들은 한 권의 책으로 엮어 독자들에게 선보였습니다. 책이 출간되기까지 힘써 주신 악록서사 사장님을 비롯한 모든 분들께 감사드립 니다. 무엇보다 요의(饒毅) 여사에게 감사드립니다. 요의 여사는 내가 생각 하기만 하면 감동되고 양심의 가책을 느끼게 하는 분입니다. 우리는 오랫 동안 알고 지내왔습니다. 여사의 교양과 온화함은 저에게 너무 많은 이해 와 관용과 배려를 주었습니다. 그러나 저는 항상 약속을 지키지 못했었죠. 허허! 내가 잘되기를 누구보다 바라고 기다려준 사람이 곁에 있다는 사실 에 인생이 참 아름답다고 생각합니다.

복단대학의 푸제 교수, 그의 학문적 성과와 인성은 제가 너무 존경합 니다. 『광명일보』에 저의 칼럼이 연재되는 동안, 그는 몇 차례나 이 글들을 언급하면서, 격려를 아끼지 않았습니다. 제가 전화를 걸어 감히 이 저서의 서문을 써달라고 간청했을 때, 흔쾌히 승낙해 주셨고, 제게 주신 고무와 격 려에 오랫동안 감동했었습니다. 1970년대 초등학생인 저는 처음으로 공자를 알았고 선생님이 내어준 과제에 따라 공자에 대해 완전히 무지한 상태에서 '공자를 비판하는' 글을 썼습니다. 그리고 40여 년의 세월이 흐른 지금에 와서야 공자에 대해 점점 더 많은 것을 알게 되었습니다. 그러나 저는 오히려 점점 더 자신이 초등학생이라고 느끼고, 자신이 공자에 대해 느끼는 것도 점점 더 간단해져 이 감정을 '감동'이란 두 글자로 정의하게 되었습니다.

그리고 2000여 년이 흘렀지만 공자는 오늘도 우리에게 지혜를 가르쳐주고 우리의 삶에 정의로운 근거를 제공합니다. 그의 희망은 여전히 우리의 소망이고 그의 언행은 여전히 우리의 마음속 말입니다.

이 책은 바로 이런 취지하에 씌여진 감격스러운 작품입니다.

바오펑산

2014. 7. 7. 편안재(偏安齋)에서

　이 책에서는 성현의 글을 통해 인류사회의 해법을 제시하는 것이 아니라, 공자의 사상과 사유방식 그리고 그보다 한층 더 높은 관념과 이념을 터득하는 것이다. 『논어』를 품독하는 것은, 일종의 마음의 안식처이며, 문화의 전승이며, 공자의 은혜를 배우는 인생의 진실한 맛을 전승하는 것이다. 격변하는 사회에서 사람마다 여러가지의 가치관의 충격과 인생 선택의 기로에서 방황하고 있으며 미래에 대한 위기와 도전에 어찌할 바를 모르고 헤매이는 경우가 많다. 이러한 시점에서 『논어』를 통해 현실 생활을 분석하고 결부시킨 이 저서의 번역은 의미가 크다고 하겠다.

　『공자가 우리 곁으로』에서는 백성을 사랑하고 제자를 사랑한 그의 열정적인 모습을 볼 수 있어서 감명 깊게 읽었다. 특히, 사람을 향한 불쌍히 여기는 공자의 마음을 읽을 수 있어서 따뜻한 그의 인간미에 감동을 받았다. 그리고 정치란 바르게 하는 것이고, 스스로 먼저 바르게 하여 본을 보이는 것이라고 한 공자의 말은 인상 깊었다. 이 책은 공자가 실제로 평생 그렇게 살았음을 느낄 수 있게 한다. 솔선수범하여 바르게 사는 삶은 우리 모두가 따라야 할 삶이기도 하다. 이것이 이 책의 중심 내용이 되는 『논어』이다. 『논어』의 철학 사상은 아주 넓고 깊은 바 크게는 나라를 다스리고 작게는 일상 생활에 이르기까지 알찬 깨우침이 깃들어 있고 사회, 정치, 철학, 윤리, 교육 등 여러 방면에 걸치는 공자의 탁월한 견해들이 내포되어 있다. 그 인문 사상의 빛은 수천 년간 중한 양국 유교문화의 중요한 표지로 되었다. 무엇보다도 백성의 삶과 직결되어 있었던 정치를 바르게 세우는 이상을 향한 열정, 제자에 대해 부모처럼 늘 근심하는 모습, 겸손한 자세로 끊임없이 배우는 열정, 사람을 불쌍히 여기는 따뜻한 가슴, 동네 아저씨와도 같은 인간미 등은 마치 공자가 우리 곁으로 오는 듯한 느낌을 받기에 충분할 것이다.

좋은 원서를 한국어로 옮겨 한국인 독자들에게 새롭게 풀이된 논어의 철학과 현시대의 접목을 알게 하고 싶어 출간하기로 마음을 굳혔다. 이렇게 시작된 번역 작업이 2년이란 시간에 걸쳐 오늘에야 끝내 빛을 보게 되다니 감개가 무량하다.

『공자가 우리 곁으로』는 이해하기 쉽게 다양한 이야기들을 통해 공자의 철학을 배울 수 있도록 안내해 주었다. 공자의 난해한 철학이 담긴 것이지만 쉬운 이야기 구성과 많은 자료들로 인해 순조롭게 진행되던 번역 작업은 고어를 만나면서 암초에 부딪혔다. 보기에는 같은 한자지만 여러 가지 뜻을 가지고 있는 글자들, 논어에 대한 많은 다른 해설들, 이로 인해 번역 작업의 어려움은 말로 형용할 수가 없었다. 하지만 역자들이 인내하며 서로 힘이 되어 주고, 수많은 논어 해설들을 해독하면서 마치 산을 넘고 또 넘듯이 원서에서 인용된 논어를 쉽게 현대말로 풀어 나갈 수 있었다.

번역한 원고를 임기헌 교수님께 감수를 부탁했다. 난삽하고 이해하기 어려운 말들, 논어에 대한 풀이를 쉽게 원문에 맞게 해설하기 위해 수많은 노력을 기울였다. 과로로 어깨에 통증이 심했지만 3년여 만의 한국행을 앞두고 모든 작업을 마무리 할 수 있어 다행이라고 거듭 말씀하셨다. 참 고맙고 또 감사하다. 교수님의 끈질긴 노력이 없었더라면 이 역저의 탄생은 상상도 할 수 없다. 진심으로 감사를 드린다.

기꺼이 출판을 맡아주신 역락 도서출판사 이대현 사장님, 어려운 고문들을 일일이 까근하게 교정을 봐주시고 이쁘게 책을 만들어 주신 이태곤 이사님을 비롯한 역락출판사 모든 편집선생님들께도 감사의 마음을 전한다.

올해는 중한 수교 30주년을 맞는 해이다. 뜻깊은 해에 역저를 출간할 수 있어서 중한 문화교류에 조금이나마 도움이 되길 바란다.

2022년 8월 28일

공자가 우리 곁으로

저자 소개   **바오펑산**(鮑鵬山)

교수, 학자, 작가.

저서로는『논어해설』,『선진제가팔대가』,『공자전』등 10여 권이 있으며 일부 작품은 중국 고등학교 어문교재에 게재되기도 했다. 중국 국영 채널 CCTV에서 방영되는 인문학 프로그램인『백가강단(百家講壇)』에서『바오펑산이 수호전을 말하다』,『공자는 어떻게 단련되었는가』를 주제로 강의를 하여 큰 인기를 얻었다.

역자 소개   **장영미**(張英美) 1972년생.

중국연변대학교 조선어학과 교수, 중국 한국(조선)어교육연구학회 부회장 겸 비서장 역임.

2005/2006년 한국 연세대학교 국학연구원 객원 연구원.

2017/2018년 한국 고등교육재단 방문학자-서울대학교 국어교육연구소 객원 연구원.

주요 관심분야는 중국에서의 한국어교육연구와 중한 번역, 한국 근현대문학과 중국 관련 연구이고, 연구저서『재중조선인 시문학과 디아스포라 성향연구』와 역저『문학사의 명명과 문학사관에 대한 성찰』그리고 한국어교육 관련 교재 14권, 논문 30여 편이 있다.

최 민(崔敏) 1991년생.

중국연변대학교 조선언어문학학과 강사, 중국연변작가협회회원, 준국연변아동문학연구회(中國延邊儿童文學研究會) 부회장 역임.

중국 국내 잡지에 평론 10여 편과 번역서 20여 편을 출간했다.

이미정(李美靜) 1988년생.

연변조선족자치주문화라지오텔레비죤방송및관광국(中國延邊朝鮮族自治州文化广播電視和旅游局) 직원, 중국연변문화예술연구센터(中國延邊文化藝術研究中心)부주임 역임.

감수자 소개   **임기헌**(林起憲)

서울문화예술대학교 한국어언어문화학과(한국).

중국정주대학교(中國鄭州大學校) 언어학 및 응용언어학과(중국).

중국연변대학교 한국어교수 역임.

공자가 우리 곁으로
孔子如來

초판1쇄 인쇄 2022년 9월 28일
초판1쇄 발행 2022년 10월 17일

지은이   바오펑산鮑鵬山
옮긴이   장영미張英美 최민崔敏 이미정李美靜
감수   임기헌林起憲
펴낸이   이대현
책임편집   이태곤
편집   권분옥 임애정 강윤경
디자인   안혜진 최선주 이경진
마케팅   박태훈 안현진

펴낸곳   도서출판 역락
출판등록   1999년 4월 19일 제303-2002-000014호
주소   서울시 서초구 동광로 46길 6-6 문창빌딩 2층 (우06589)
전화   02-3409-2060
팩스   02-3409-2059
홈페이지   www.youkrackbooks.com
이메일   youkrack@hanmail.net

ISBN 979-11-6742-391-7 03820

*정가는 뒤표지에 있습니다.
*이 책의 판권은 지은이와 도서출판 역락에 있습니다. 서면 동의 없는 무단 전재 및 무단 복제를 금합니다.
*잘못된 책은 바꿔 드립니다.